HEYNE <

STEFANIE MERTENS

Grande Amore

EINE LIEBE IN ZWEI WELTEN

ROMAN

WILHELM HEYNE VERLAG
MÜNCHEN

Sollte diese Publikation Links auf Webseiten Dritter enthalten, so übernehmen wir für deren Inhalte keine Haftung, da wir uns diese nicht zu eigen machen, sondern lediglich auf deren Stand zum Zeitpunkt der Erstveröffentlichung verweisen.

MIX
Papier aus verantwortungsvollen Quellen
FSC® C014496

Penguin Random House Verlagsgruppe FSC® N001967

Dieses Werk wurde vermittelt durch
die Literarische Agentur Michael Gaeb.
Originalausgabe 12/2022

Redaktion: Susann Rehlein
Printed in Germany
Umschlaggestaltung: Nele Schütz Design
unter Verwendung von Shutterstock.com/bioraven;
Getty Images/George Marks
Satz: Leingärtner, Nabburg
Druck und Bindung: GGP Media GmbH, Pößneck
ISBN: 978-3-453-42518-7

www.heyne.de

per il mio grande amore – mia figlia

Wir riefen Arbeitskräfte,
und es kamen Menschen.

Max Frisch

TEIL 1

Katharina

Katharina legte den Stift aus der Hand und versuchte, sich für ein paar Augenblicke zu entspannen. Durch das Fenster trug der Morgenwind den Duft von jungem Grün und feuchter Erde in das enge Kontor, wo er sich mit dem Geruch staubiger Akten mischte. Dankbar atmete sie die milde Luft tief ein. In den Weinstöcken auf dem Hügel zu ihrer Linken zwitscherten die Vögel. Unten in Rebenach krähte ein Hahn. Sonst war alles noch still. Ihr Blick glitt zu den Eifelbergen, die sich hinter den Weinhängen am Horizont erhoben. Üppig bewaldete, längst verstummte Vulkane, Millionen Jahre alt. Verwaschen und konturlos lagen sie im Morgendunst – genauso wie ihre Zukunft und die des Weinguts. Mit einem tiefen Seufzer sah sie auf den Kalender. 20. Mai 1956. Pfingstsonntag. Vor einem Jahr und zwei Monaten – am 20. März 1955 – war ihre Welt eingestürzt. Während ihre Familie von dem verheerenden Krieg und seinen Folgen weitgehend verschont geblieben war, hatte das Schicksal an diesem sonnigen Vorfrühlingstag erbarmungslos zugeschlagen. Wie immer, wenn sie an das schreckliche Unglück dachte, spürte sie, wie eine eiserne Faust ihr Herz zusammendrückte.

Doch bevor die Erinnerung sie wieder überrollen konnte, vernahm sie das Klappern hoher Absätze auf den Holzdielen des Ganges. Ein paar Sekunden später klopfte es an die Kontortür. Im Türrahmen stand ihre Mutter – mit großen Augen und so frisch anzusehen wie dieser Frühlingsmorgen.

»Hier bist du!«, rief Martha Hammes erstaunt aus. Ihr weich geschnittenes Gesicht nahm einen mitleidigen Ausdruck an. »Ach, Liebes, konntest du wieder einmal nicht schlafen?«

Katharina setzte ein unbeschwertes Lächeln auf. »Die Sonne hat mich geweckt.«

Natürlich glaubte ihre Mutter ihr nicht. Dennoch erwiderte sie genauso unbeschwert: »Endlich lässt sie sich nach der langen Schlechtwetterperiode mal wieder bei uns sehen.«

»Warum bist du denn schon so früh auf?«

»Frühgottesdienst. Da wir doch zum Mittagessen bei Lotte und Ursel eingeladen sind ...« Martha Hammes ließ das Ende des Satzes in der Luft hängen. Schon lange akzeptierte sie, dass Katharina sie nicht mehr zum Kirchgang begleitete. »Hermann ist auch in aller Herrgottsfrühe in den Wingert gegangen«, fuhr sie mit bekümmertem Blick fort.

Katharina nickte. »Ich habe ihn gesehen.«

Ihre Mutter sah sie bedeutungsvoll an. »Katharina, wir müssen endlich etwas ändern. So geht es doch nicht weiter.«

»Mutter, bitte. Lass uns lieber über dein neues Kleid reden. Es sieht wunderschön aus.«

Martha lächelte geschmeichelt. »Gestern Abend fertig geworden.« Dabei strich sie liebevoll über den lindgrünen, leicht glänzenden Stoff, der ihrer barocken Figur schmeichelte. Dann fragte sie unsicher: »Oder meinst du, dass es für eine solche Farbe noch zu früh ist?«

»Unsinn«, widersprach Katharina. »Das Trauerjahr ist vorbei. Mit fünfzig bist du noch zu jung, um den Rest deines Lebens Schwarz zu tragen. Ich bin gespannt, was deine Freundinnen gleich sagen werden.«

Ihre Mutter verzog bedauernd das Gesicht. »Ich werde heute in der Kirche keine Sensation sein. Erna und Hanna haben ihre Kostüme auch fertig genäht und werden sie bestimmt heute anziehen.«

»Ihr drei solltet ein Schneideratelier eröffnen.«

Martha schüttelte den Kopf. »Trotz Wirtschaftswunder legen die Frauen hier auf dem Land leider noch keinen großen Wert auf modische Kleidung. In Bad Neuenahr mit dem großen Kurpark, den Hotels und dem Kasino sieht das schon anders aus.« Sie winkte mit der weiß behandschuhten Hand ab. »So, ich muss jetzt gehen. Da läuten schon die Glocken.« In der Kontortür drehte sie sich noch einmal um. »Solltest du gleich noch in den Wingert gehen – setz lieber einen Hut auf. Bei der Sonne bleicht dein Haar sonst aus.«

»Das ist doch jeden Sommer so, Mutter«, entgegnete Katharina lächelnd.

Ihre Mutter zögerte. »Weißt du, was Hermann an den Feiertagen macht?«

»Wahrscheinlich das, was er immer am Wochenende macht.«

»Er hätte auch mit uns zu meiner Schwester fahren können. Lotte hat ihn ausdrücklich eingeladen.«

»Du kennst ihn doch …«

Mitleidig schüttelte Martha den Kopf. »Ich möchte nicht wissen, was dem armen Mann auf seinen stundenlangen Wanderungen alles durch den Kopf geht.«

»Wir tragen alle so viel Trauer mit uns herum. Und dennoch muss das Leben weitergehen.« Katharina nickte ihrer Mutter aufmunternd zu. »Hermann ist nun mal ein Einzelgänger. So …«, sie hob die Hand, »jetzt geh du in den Gottesdienst, und ich widme mich wieder den Geschäftsbüchern.«

Martha bekreuzigte sich. »Ich werde für das Weingut beten.« Dann zog sie die Tür hinter sich zu.

Ob das helfen wird?, fragte sich Katharina. Sie seufzte und schaute hoch in den weiten Himmel, der sich über das felsige

Ahrtal spannte. »Ach, Vater«, sagte sie leise vor sich hin, »falls du dort oben wirklich sein solltest und du mich jetzt hörst, dann hilf mir doch. Ich will ja kämpfen, aber im Moment weiß ich wirklich nicht mehr weiter.« Sie merkte, wie Tränen in ihr aufstiegen. Doch bevor sie ihre Augen füllen konnten, räusperte sie sich mehrmals energisch, setzte sich aufrecht hin und nahm den Stift wieder in die Hand. Nein, sie wollte nicht jammern. Das würde ihrem Vater nicht gefallen – falls er sie tatsächlich von dort oben sehen konnte. Du bist stark, du wirst das schaffen – das waren seine letzten Worte gewesen. Ja, sagte sie sich tapfer, ich schaffe das. Und als sie noch einmal hoch in das klare Blau sah, war ihr, als würde ihr die Sonne zweimal zublinken. Ganz besonders hell und leuchtend. Da musste sie lächeln. Hatte ihr Vater sie tatsächlich gehört?

Luciano

Luciano saß auf der Bank vor dem kleinen Steinhaus, das oberhalb des elterlichen Hofes lag. Ein sanfter Wind wehte ihm den Duft von wildem Thymian und Rosmarin um die Nase. Es war immer noch warm. Während er dem Gesang der Zikaden lauschte, blickte er hinauf nach Il Nido, das wie ein Vogelnest auf dem Felsen rechts von ihm lag, den die untergehende Sonne zum Leuchten brachte. Hinter dem kleinen Ort erstreckte sich das Madoniegebirge mit seinen kargen Steinlandschaften. Zu seiner Linken reichte sein Blick über den abfallenden Hügel, auf dem wie hingestreut einzelne Höfe lagen, bis zum Meer.

Luciano liebte diese Stunde, wenn die Geräusche des Tages leiser wurden, wenn sich der aprikosenfarbene Himmel über Sizilien langsam in ein immer dunkleres Violett färbte. Doch an diesem Abend war alles anders. Vor drei Tagen hatte er erfahren, dass er bald arbeitslos sein würde. Die Autowerkstatt in Cefalú, wo er schon seine Lehre gemacht hatte, würde schließen. Carlo war im Alter von fünfzig völlig unerwartet verstorben.

Nach einem tiefen Seufzer zog er an seiner Zigarette und stieß den Rauch scharf aus. Er wusste, dass sich sein Leben fortan verändern würde. Er wusste nur noch nicht, in welche Richtung. Erleichternd war, dass er bei seinen Plänen weder auf eine Ehefrau noch auf Kinder Rücksicht nehmen musste. Er konnte überall hingehen, um zu arbeiten.

Luciano blickte den Hang hinunter zum elterlichen Hof, von dem das Singen seiner Mutter und das Lachen seiner beiden Neffen zu ihm heraufklangen. Seine Familie wusste noch nichts von seiner Situation. Er hatte seine Mutter nicht beunruhigen wollen.

Ein Geräusch, das nicht in die ihm vertrauten Geräusche der Natur passte, riss ihn aus seinen Gedanken. Er stand auf und trat die Zigarette aus. Ein Motorroller kam die sich windende, schmale Straße herunter. Er zog eine lange Staubwolke hinter sich her. Luciano erkannte den Fahrer auf den ersten Blick. Es war der Sohn des Barbesitzers aus Il Nido. Der Sechzehnjährige bog in den Weg ein, der zu Lucianos kleinem Rustico führte.

»Buona sera, Luciano, come stai?«, rief der Junge ihm zu.

»Bene«, antwortete Luciano mit plötzlich pochendem Herzen. Mit einem Mal spürte er eine unbestimmte Unruhe in sich – eine Ahnung, dass etwas geschehen war, das Auswirkungen auf sein Leben hatte.

»Du sollst deinen Onkel in Deutschland anrufen. Es ist dringend.«

»Ich komme sofort«, erwiderte Luciano und lief hinein, um seinen Motorradschlüssel zu holen.

Als er am elterlichen Hof vorbeifuhr, rief sein Bruder ihm erstaunt zu: »Wohin fährst du? Wir essen in einer halben Stunde.«

»Bin gleich zurück.«

Eine Viertelstunde später fuhr Luciano die steile Straße von Il Nido wieder hinunter – und fühlte sich wie neu geboren. Vom Himmel funkelten ihm die ersten Sterne zu, als wollten sie ihm gratulieren, und von Weitem schon wehte ihm der köstliche Duft von Pasta con le sarde entgegen. Pasta, Sardinen und wilder Gebirgsfenchel – nach dem Rezept seiner Mutter zubereitet – war sein Lieblingsessen. Seine Familie saß bereits an dem langen Holztisch unter der mit Wein bewachsenen Pergola im Innenhof.

»Na, endlich!«, rief sein Bruder missmutig. »Wir haben Hunger.«

Maria, die Frau des Bruders, brachte den Korb mit der noch ofenwarmen Focaccia. Seine Mutter stellte eine große Platte mit pomodoro verde auf den Tisch. Silvio schenkte den Nero d'Avola ein, den er selbst erzeugte, während sich seine Söhne lautstark über die neuesten Fußballergebnisse stritten.

»Gabriele, Matteo – basta!«, rief ihre Nonna sie zur Ordnung, woraufhin die beiden sofort verstummten.

Luciano musste lächeln. Jeder hatte vor seiner Mamma Respekt.

Nachdem seine Mutter das Gebet gesprochen hatte, machten sich alle nach ihrem harten Arbeitstag über die grünen Tomaten mit Olivenöl her. Violetta Pasini richtete ihren Blick auf ihren jüngsten Sohn. »Warum bist du hoch in den Ort gefahren?«

»Onkel Cesare hat in der Bar angerufen«, antwortete Luciano, nachdem er einen Schluck Rotwein getrunken hatte.

»Was wollte er?« Die großen schwarzen Augen seiner Mutter hatten bis heute nicht an Feuer verloren. Unter diesem prüfenden, ja geradezu warnenden Blick fühlte sich Luciano zurückversetzt in seine Kindheit, als hätte er etwas Verbotenes getan, was nicht im Sinne seiner Mutter gewesen war.

»Onkel Cesare hat mich gefragt, ob ich für Antonio einspringen kann. Er muss ins Krankenhaus. Eine Magenoperation. Onkel Cesare will in einer Kleinstadt unterhalb von Bonn einen zweiten Eissalon eröffnen. Um die Nachfrage zu testen, ist Antonio seit ein paar Wochen für vier Tage die Woche dort mit dem Eiswagen unterwegs.«

Silvio, den so schnell nichts vom Essen ablenken konnte, blickte ruckartig vom Teller auf. »Aber du musst doch arbeiten.«

Luciano atmete tief durch. »Nur noch bis Samstag. Danach bin ich arbeitslos. Die Tochter von Carlo, Gott hab ihn selig, hat die Räume der Kfz-Werkstatt kurzfristig als Lagerräume an den Fischereibetrieb vermietet.«

Seine Mutter ließ das Besteck fallen und bekreuzigte sich. »Madonna! Und was jetzt?«

Silvio sah ihn vorwurfsvoll an. »Warum hast du uns das nicht erzählt?«

Luciano hob die Schultern. »Ich wollte euch nicht beunruhigen.«

»Woher weiß Onkel Cesare denn, dass du Zeit hast?«, erkundigte sich Silvio.

»Von Antonio. Ich habe ihn letzte Woche an seinem Geburtstag angerufen, weil ich vergessen hatte, eine Karte zu schicken.«

»Und jetzt willst du wirklich nach Deutschland und für deinen Vetter einspringen?«, fragte Violetta, und ihre Missbilligung war nicht zu überhören.

»Montag fange ich an.«

»Madonna! Dann musst du ja schon in vier Tagen fahren! Und so weit weg! Für wie lange denn?«

»Vier Wochen. Bis Ende Juni.«

Wie nicht anders zu erwarten, begann Lucianos Mutter zu weinen. »Ich bin fünfundsiebzig Jahre alt. Wer weiß, was in diesen vier Wochen alles passieren kann.«

Silvio legte eine Hand auf ihren Arm. »Mamma, wenn Luciano ab nächster Woche arbeitslos ist, passt das doch.

Vielleicht kann er ja bei Onkel Cesare länger arbeiten als nur vier Wochen. Dann ist er abgesichert. Kein Mann will untätig herumsitzen, das musst du verstehen.«

»Nein, das hat er klargestellt«, wiegelte Luciano alle Hoffnungen seines älteren Bruders ab.

Violetta setzte sich aufrecht hin. Obwohl sie klein und rundlich war, strahlte sie etwas Hoheitsvolles aus. Ihre Augen sprühten Blitze. »Meine Kinder müssen nicht für Cesare arbeiten. Luciano wird auch hier Arbeit finden. In Palermo oder Catania.« Sie beugte sich vor, und ihre volltönende Stimme rutschte eine Oktave höher. »Wisst ihr, was euer Onkel Cesare ist? Un egoista. Cesare hat seinen einzigen Bruder – meinen Mann und euren Vater – allein gegen die Tedeschi kämpfen lassen und ist dann auch noch zu denen gegangen, um dort reich zu werden.«

»Vergiss nicht, Mamma, dass Onkel Cesare uns nach Vaters Tod finanziell unterstützt hat«, erinnerte Silvio, der sonst nur wenig sagte, seine Mutter. »Die neue Ölmühle und den Traktor hätten wir uns ohne ihn nicht leisten können.«

»Taci!«, schnaubte Violetta mit wegwerfender Bewegung. »Und was ist mit Sophia?«, wandte sie sich mit herausforderndem Blick an Luciano.

Alle sahen sie an, auch Luciano. Dieser spürte, wie die Wut in ihm hochstieg.

»Sie wird dich vermissen, wenn du nach Deutschland gehst, und dich danach vielleicht nicht mehr wollen.«

Er atmete einmal tief durch, bevor er ruhig, aber entschieden antwortete: »Mamma, lass bitte Sophia aus dem Spiel.«

Dummerweise hatte Sophia seiner Schwester Carlotta, die mit Sophias Onkel verheiratet war, anvertraut, dass er etwas mit ihr gehabt hatte – zweimal eine gemeinsame Nacht, jeweils nach einem Fest und zu viel Wein. Carlotta hatte diese

Neuigkeit prompt in der Familie herumerzählt, die nun nur allzu gerne glauben wollte, dass aus ihm und der Nichte seines Schwagers Alessandro ein Paar würde.

»Du bist in dem Alter, in dem du eine Familie gründen solltest«, fuhr seine Mutter ungerührt fort. »Sophia wäre die richtige Frau für dich. Sie ist Sizilianerin, jung und schön. Nun gut, sie hat nicht den besten Ruf, aber sie gehört zur Familie. Und sie wird bestimmt einmal eine gute Mutter werden.«

Lucianos Halsschlagader begann zu pochen. Er wollte jetzt keinen Streit anfangen. Er liebte seine Mutter, sie meinte es nur gut mit ihm. Aber seine Zukunft würde er selbst gestalten. So griff er zum Glas und spülte die unwirsche Entgegnung, die ihm auf den Lippen lag, mit ein paar Schlucken Rotwein herunter.

»Sophia!« Sein sechzehnjähriger Neffe Gabriele verdrehte verzückt die Augen. »Bella Sophia ... Jeder Mann aus Il Nido läuft ihr nach.«

»Und sie läuft Terzo nach«, fügte sein jüngerer Bruder Matteo grinsend hinzu.

»Jetzt nicht mehr, der ist ja als Gastarbeiter nach Deutschland gegangen«, erwiderte Gabriele, bevor er sich ein Stück Focaccia in den Mund schob.

»Seid still!«, wies ihre Mutter die beiden zurecht. »Ihr seid noch zu jung für so etwas.«

»Sind wir nicht«, begehrten beide Jungspunde gleichzeitig auf.

»Adesso basta!«, sprach da ihre Nonna ein Machtwort, woraufhin beide sofort schwiegen.

»Ich hoffe, du verstehst, dass ich hier auf dem Hof keine Arbeit für dich habe«, wechselte Silvio das Thema, wobei er seinen jüngeren Bruder schuldbewusst ansah. »Aber das Stück Land gibt einfach nicht mehr her für eine weitere Person.«

»Das verstehe ich«, beruhigte Luciano ihn. »Außerdem wollte ich nie Bauer werden. Das weißt du doch. Ich liebe meinen Beruf. Wenn ich aus Deutschland zurück bin, werde ich mir sofort Arbeit suchen. Das Angebot von Onkel Cesare sehe ich in meiner gegenwärtigen Situation jedoch als ein regalo di dio an, und dafür bin ich erst einmal dankbar.«

Katharina

Brütend stand die Hitze über dem Ahrtal. Die Luft fühlte sich schwer und klebrig an, der Himmel war verhangen. Nur noch wenigen Sonnenstrahlen gelang es, die gelbliche Wolkenschicht zu durchbrechen. Sie warfen ein gespenstisch helles Licht auf die Reben.

Katharina strich sich mit dem Handrücken den feuchten Film von der Stirn. Warum musste das Wetter auch immer so extrem sein? Vor Tagen noch hatte es unentwegt geregnet, und jetzt war es viel zu heiß für Ende Mai.

»Ich mache Schluss für heute!«, rief Hermann ihr zu. »Ich bin in Dernau verabredet. Du solltest auch aufhören. Es gibt bestimmt gleich Gewitter.«

»Nur noch drei Reihen!«

»Wir sehen uns morgen.« Hermann winkte ihr aus der übernächsten Rebenreihe zu. »Übrigens – morgen helfen uns drei Schüler aus der Weinbauschule beim Heften der Triebe aus.«

»Morgen ist Fronleichnam!«

Hermann lachte. »Das ist den jungen Leuten egal. Sie wollen Geld verdienen.«

Dankbar lächelte sie ihm zu. »Das klingt gut.« Dann sah sie ihn ernst an. »Hermann – wir müssen uns mal zusammensetzen und über die Zukunft das Weinguts reden. Ich brauche deinen Rat.«

»Kein Problem. Wie wär's morgen Abend?«

Sie strahlte ihn über die Reben hinweg an. »Wunderbar.

Achtzehn Uhr?« Sie hob die Hand. »Also dann – einen schönen Abend.«

Beide Hände in den schmerzenden Rücken gestützt, sah sie dem Kellermeister ein paar Augenblicke nach, wie er in seiner grünen Arbeitskluft und mit der Schiebermütze auf dem schlohweißen Haar zwischen den Rebstöcken hindurch talwärts ging. Seine gebeugte Haltung und sein langsamer Gang ließen ihn wie einen alten Mann erscheinen, obwohl er erst Anfang fünfzig war. Das haben der Krieg und die russische Gefangenschaft aus ihm gemacht, dachte sie voller Mitleid.

Sie erinnerte sich noch daran, wie Hermann vor einem Jahr zu ihr gekommen war. Wie ein Geist war er ihr erschienen – dürr und durchsichtig. Inzwischen hatte er dank Hedwigs deftiger Küche einen kleinen Wohlstandsbauch bekommen. Und die Arbeit, die er so liebte, hatte ihm wieder Leben eingehaucht.

Nachdem Katharina einmal tief durchgeatmet hatte, krempelte sie die Ärmel des Oberhemds, das einmal ihrem Bruder gehört hatte, höher und fuhr damit fort, die Geiztriebe herauszuschneiden. Nach einer Stunde war sie fertig. Das weiße Hemd klebte ihr am Oberkörper, und ihr Haar fühlte sich unter dem Florentinerhut feucht an. Jetzt war es Zeit für ein erfrischendes Bad.

Sie blickte hoch zum Himmel, der sich nun vollends zugezogen hatte. Dunkle, bedrohlich wirkende Wolkenmassen lagen über den Ahrbergen wie eine Decke mit gelben und violetten Rändern. Noch waren sie in Bewegung. Vielleicht ziehen sie ja weiter, hoffte Katharina, während sie Rebenschere und Harke in den kleinen Geräteschuppen brachte, der an dem asphaltierten Weg oberhalb des Hangs stand. Dann lief sie zwischen den Rebenzeilen hindurch hinunter zum Haus.

Als sie durch den Torbogen ging, über dem das Wappen ihrer Familie eingemeißelt war, hörte sie in der Ferne ein Grollen.

Sie stieg aus den Gummistiefeln. Welch eine Wohltat! Seit sieben Uhr war sie auf den Beinen. Die körperliche Arbeit tat ihr gut, lenkte sie ab und ließ sie abends gut einschlafen. Sie griff in die Brusttasche der grünen Latzhose – ebenfalls ein Erbstück ihres Bruders –, die sie mit einem braunen Ledergürtel auf Taille brachte. Wo war denn ihr Schlüsselbund? War er etwa bei der gebückten Haltung im Hang herausgefallen? Nur das nicht! Mit klopfendem Herzen durchsuchte sie die anderen Taschen. Nichts.

»O nein«, murmelte sie.

Inzwischen drückten die bleigrauen Wolken tief herab. Kurz entschlossen stieg sie wieder in die Stiefel. Den Blick konzentriert auf den Boden gerichtet, der mit Luzerne und Klee überwuchert war, stieg sie zügig hangaufwärts. Auf halber Höhe blieb sie stehen – schwer atmend, schwitzend und verzweifelt. Wo mochte sie den Schlüsselbund verloren haben?

Es wurde immer dunkler. Die Vögel hatten aufgehört zu singen. Kein Rebenblatt regte sich mehr. Die Welt schien den Atem anzuhalten in Erwartung von etwas ganz Großem. Eine eigenartige Spannung lag in der Luft – Elektrizität, die sich entladen wollte.

Katharina drückte den Rücken durch und stieg weiter bergan, den Blick auf den Boden gerichtet.

»Suchen Sie das hier?«, hörte sie plötzlich kurz unter der Hangkuppe jemanden fragen.

Sie zuckte zusammen, als hätte sie einen Stromschlag bekommen. Dann sah sie auf und entdeckte den Mann. Er stand am Rand des Weges und hielt ihren Schlüsselbund hoch. »Gehört der Ihnen?«, fragte er mit rauer Stimme.

Katharina blinzelte verwirrt. Ihr Blick wurde gefangen von der Größe des Mannes und seiner Attraktivität. Schwarzes, glänzendes Deckhaar, das er aus der Stirn gekämmt trug, ein kantiges gebräuntes Gesicht, ein sensibel geschnittener Mund. Er trug ein weißes Oberhemd mit locker gebundener brauner Krawatte, eine beige Stoffhose, Slippers an den nackten Füßen – und zeigte ihr ein Lächeln, das ihr die Knie weich werden ließ. Dieses Lächeln vertiefte sich, bekam einen amüsierten Ausdruck, während sie ihn immer noch stumm von unten anstarrte.

»Ja?«, vergewisserte er sich, wobei sich der belustigte Ausdruck auf seinem Gesicht vertiefte. Ihre Verblüffung schien ihm Spaß zu machen.

»Ja, die gehören mir«, brachte sie schließlich mit belegter Stimme hervor. Dann kam wieder Leben in sie. Was passierte hier mit ihr? Sie war doch sonst nicht auf den Mund gefallen. Aber so eine Situation hatte sie noch nie erlebt. Es gefiel ihr überhaupt nicht, wie sie von ihrem Standort zwangsweise zu ihm aufblicken musste. Und noch weniger gefiel ihr, dass er sie so sah – verschwitzt, schmutzig, außer Atem und wie hypnotisiert.

Bevor sie etwas sagen konnte, fragte der Fremde mit diesem besonderen Lächeln: »Sind das die Schlüssel zu Ihrem Herzen, Signorina?« Dabei reichte er ihr galant die Hand, die sie wie in Trance ergriff, und zog sie hinauf auf den Weg. Jetzt standen sie sich gegenüber. Er wirkte gelassen, schien ganz in sich zu ruhen. Da sie keine kleine Frau war, überragte er sie nur um zwei Handbreiten, was ihr schon sehr viel besser gefiel.

»So viele Schlüssel, um Ihr Herz aufzuschließen?« Der Blick aus seinen tiefbraunen Augen hielt ihren fest.

Jetzt, auf fast gleicher Höhe mit ihm, fand sie endlich ihre Geistesgegenwart wieder. »Selbst die reichen nicht«, erwiderte sie mit einem Lächeln, das weit weniger kühl ausfiel, als es hatte sein sollen. Sie griff nach ihrem Schlüsselbund, den er immer noch wie eine Trophäe hochhielt. »Danke.«

Ihre Blicke trafen sich, hielten sich fest. Die Augenblicke zogen sich hin. Katharina spürte eine unsichtbare Spannung zwischen ihr und diesem Fremden, oder war das nur die elektrisch aufgeladene Luft des nahenden Gewitters? Sie musste jetzt entweder auf dem Absatz umdrehen oder diesem Schweigen ein Ende machen.

»Sind Sie Italiener?«, fragte sie geradeheraus.

Er lächelte voller Stolz. »Sizilianer.«

»Sie sprechen sehr gut Deutsch. Mit einem Akzent, der irgendwie österreichisch klingt. Oder?«

»Österreichisch und italienisch.«

»Und woher können Sie so gut Deutsch?«, fragte sie weiter. Da sie jetzt die Gesprächsführung in die Hand genommen hatte, fühlte sie sich wieder sicher.

»Von meinem Professore, meinem Lehrer aus der Schule.«

Ungläubig sah sie ihn an. »Wird in den Schulen auf Sizilien Deutsch unterrichtet?«

Er lachte, dunkel und tief. »Er hat es mir privat beigebracht.«

Und wieder verfingen sich ihre Blicke. Wieder schwiegen sie, ohne dass sein Blick ihren losließ.

»Und Ihr Professore ist Österreicher?«, nahm sie die Unterhaltung rasch wieder auf.

»Italiener. Seine Mutter war Österreicherin. Nach ihrem Tod wollte er die deutsche Sprache nicht verlernen. Also hat er mich unterrichtet, und wir sprechen nur Deutsch miteinander.«

Sie hatte jetzt weniger seinen Worten zugehört, als mehr seiner rauen Stimme mit dem weichen Akzent gelauscht. Was für ein Mann. Sie musste unbedingt mehr über ihn erfahren.

»Machen Sie Urlaub hier?«

»Ich helfe für vier Wochen bei meinem Onkel aus. Er besitzt eine Eisdiele in Bonn.«

Sie überlegte kurz. »Und was machen Sie auf Sizilien?«

Da trat er einen Schritt von ihr zurück und hob die Hände. »Signorina, Sie stellen sehr, sehr viele Fragen. Ist das typisch für deutsche Frauen?«

Sie spitzte die Lippen und entschied sich, ihn unbekümmert anzulächeln. »Ich glaube, dieses Phänomen ist bei Frauen international zu finden. Oder sind Italienerinnen nicht neugierig? Man muss doch schließlich wissen, mit wem man es zu tun hat.«

»Das sehe ich genauso. Deshalb möchte ich Ihnen jetzt auch eine Frage stellen.«

Sie lachte. »Bitte.«

Er maß sie von oben bis unten – von ihrem zerzausten Zopf, der seitlich unter dem Hut hervorlugte, bis zu ihren verstaubten Gummistiefeln. »Arbeiten Sie hier im Weinberg?«

»Danach sieht es aus, nicht wahr?«, entgegnete sie keck.

»Dann sind Sie eine Landarbeiterin.«

Den Bruchteil einer Sekunde zögerte sie. »Ja.«

»Und wo wohnen Sie?«

Sie zeigte den Hang hinunter. »Dort unten in Rebenach.«

Da glitt ein zufriedenes Lächeln über das attraktive Männergesicht, so, als hätte sie die Prüfung bestanden. Er reichte ihr die Hand.

»Ich bin Luciano. Luciano Pasini.«

»Katharina«, stellte sie sich vor und ergriff seine Hand, die sich angenehm anfühlte, kräftig und groß genug, um ihre zu bedecken. Sie vermittelte Stärke und Geborgenheit.

»Katharina …«, wiederholte Luciano mit seiner tiefen Stimme. Dabei zog er das Wort lang auseinander und rollte das R, was ihren Namen sehr sinnlich klingen ließ. Sie merkte, wie sein Blick sie wieder fixierte, und bevor sie erneut unsicher werden konnte, zeigte sie auf das Motorrad, das unter dem

Vordach des Geräteschuppens stand. »Sind Sie damit aus Ihrer Heimat gekommen?«

Er nickte, wieder mit dem belustigten Glitzern in den braunschwarzen Augen.

Sie verstand nicht viel von Motorrädern, obwohl sie auch nach dem Krieg immer noch das Straßenbild bestimmten. Dieses hier sah groß und schwer aus und hatte einen Beiwagen, auf dem eine braune, lederne Fliegerjacke, Brille und Handschuhe lagen.

»Wie viele Kilometer sind das?«, erkundigte sie sich interessiert.

»Ungefähr zweitausenddreihundert und eine Fahrzeit von etwa vierundzwanzig Stunden.«

»So weit? Unglaublich!«, rief sie aus. Ja, das passte zu ihm. Er strahlte Energie aus, Sicherheit und Ruhe. So ein Mann war ihr noch nie begegnet.

Plötzlich wusste sie nicht mehr, was sie sagen sollte. In diesem Moment erhellte ein greller Blitz zischend den Himmel. Ihm folgte ein ohrenbetäubender Donnerschlag. Sie hatte das nahende Gewitter gänzlich vergessen. Jetzt zuckte sie erschrocken zusammen und griff unwillkürlich nach Lucianos Arm. Überrascht sah er sie an. Schnell zog sie ihre Hand zurück. Sie spürte, wie ihr die Röte in die Wangen stieg, und trat von ihm zurück. Nun fielen auch die ersten Tropfen vom Himmel. Der Donner hörte sich an wie rollende Fässer über ihnen.

»Kommen Sie!« Luciano legte den Arm um ihre Schultern und zog sie mit sich zu der Bank unter dem Vordach des Geräteschuppens. »Bitte.« Mit einer höflichen Geste bot er ihr den Platz auf der Holzbank an, so als wären sie in einem der besten Lokale Bad Neuenahrs.

Sie setzte sich. Dicht nebeneinander schauten sie zu, wie der Himmel seine Schleusen öffnete und die Blitze ihn in

Stücke rissen. Katharina atmete Lucianos Duft ein, den Duft von Zitronen und Sandelholz, und hoffte, dass sie nach diesem Tag nicht etwa nach Schweiß riechen würde. Unmerklich rückte sie ein Stück von ihm weg. Immer noch schwiegen sie. Die Regentropfen hüpften vor ihnen auf dem Weg, der Wind kam in Böen und fuhr fauchend durch die Weinblätter. Feuchtigkeit lag in der Luft, die sich auf die Haut legte. Katharina begann innerlich zu zittern, nicht aus Angst vor dem Gewitter, nicht vor Kälte, sondern vor Aufregung. Zu gerne hätte sie noch mehr Zeit mit Luciano verbracht, aber sie dachte an ihre Mutter, die sich bestimmt Sorgen machen würde. Inzwischen goss es in Strömen. Sie drückten sich an die Holzwand. Bevor das Schweigen zwischen ihnen noch spannungsvoller werden konnte, sagte sie:

»Ich muss nach Hause. Meine Mutter macht sich sonst Sorgen.«

»Ich fahre Sie ins Tal«, bot er ihr an.

»Nein, nein«, wehrte sie hastig ab und fügte dann etwas ruhiger hinzu: »Ich habe es nicht weit.«

»Aber bei diesem Wetter ...« Voller Unverständnis sah er sie an.

Sie lachte. »Das ist nicht das erste Gewitter, das ich erlebe.«

»Wie Sie wollen ...« Er hob die breiten Schultern. »Meinen Sie, ich kann das Gewitter hier abwarten, bevor ich mich auf den Rückweg mache?«

»Natürlich«, erwiderte sie und stand auf. Er erhob sich ebenfalls und reichte ihr die Hand. »Dann ... Auf Wiedersehen.« Als sie sich noch einmal in die Augen sahen, wusste sie, dass sie diesen Mann unbedingt wiedersehen musste. Und wider alle Vernunft und wider ihre zurückhaltende Art sagte sie:

»Ich habe noch nie italienisches Eis gegessen.«

Da lächelte er sie an, mit diesem jungenhaften, verwegenen Lächeln. »Dann ist es höchste Zeit. Zum Beispiel Samstag in Bad Neuenahr. Dann bin ich mit dem Eiswagen dort.«

»Ja, vielleicht«, erwiderte sie. »Mal sehen.«

Einen Tag später fanden sich Katharina, ihre Mutter und Hermann Roth pünktlich um achtzehn Uhr im Innenhof des Weinguts ein. Martha hatte den langen Holztisch unter der Linde schon eingedeckt mit drei Gläsern, einer Schale mit Salzstangen und einem Käseigel. Sie reichte Hermann die Flasche. »Das ist ein Weißburgunder vom Kaiserstuhl. Den hat mein Mann vor drei Jahren von einem Winzerkollegen geschenkt bekommen. Den sollten wir heute mal probieren.«

Nachdem Hermann eingeschenkt hatte, kosteten sie den Wein in kleinen, bedachten Schlucken.

Hermann nickte anerkennend. »Geröstete Mandeln, Holunderblüten und Feuerstein, würde ich sagen.«

»Ein typischer Weißburgunder«, stimmte Martha ihm zu. »Sehr gut.«

»Ehrlich gesagt, mir sind unsere jungen Rieslinge lieber«, sagte Katharina. »Die schmecken fruchtiger und frischer.«

»Aber schlecht ist er nicht«, verteidigte Martha ihre Wahl und wandte sich dann im Plauderton an Hermann: »Und, wie waren deine Wanderungen an den Feiertagen?«

»Bei dem schönen Wetter waren sehr viele Leute unterwegs. Ich bin ja lieber allein mit der Natur.« Dann wechselte der Kellermeister das Thema: »Und wie war es bei euren Verwandten?«

»Wir sollen dich grüßen.« Martha lächelte ihn herzlich an. »Bei Lotte und Ursel gibt es Neuigkeiten. Sie wollen die Garage zu einem zusätzlichen Verkaufsraum ausbauen, da der Lebensmittelladen so gut läuft. Selbst hier in der Eifel auf dem Land merkt man das Wirtschaftswunder. Alle sind in Lohn und Brot und leisten sich wieder was. Essen und Trinken stehen dabei an erster Stelle.«

»Hat Ursel inzwischen ihren Führerschein gemacht?«, erkundigte sich Hermann.

»Am ersten Juni hat sie Prüfung«, antwortete Katharina.

»Und in knapp drei Wochen fahre ich mit meiner Schwester nach Bad Gastein«, fügte ihre Mutter seufzend hinzu.

Hermann sah sie erstaunt an. »Du klingst, als müsstest du ins Krankenhaus, nicht in den Urlaub. Freu dich doch!«

»Das hat Lotte auch gesagt, aber ich habe ein schlechtes Gewissen wegen unserer finanziellen Situation.«

Katharina rückte mit dem Holzstuhl näher an den Tisch. »So, damit hat Mutter gerade das Stichwort gegeben. Jetzt lasst uns über das Weingut reden.« Sie zog ein Blatt Papier aus der Rocktasche und legte es auf den Tisch. Dann sah sie Hermann bedeutungsvoll an. »Ich habe in der letzten Zeit ja schon häufiger erwähnt, dass die Bestellungen wie auch die Direktvermarktung seit Vaters und Peters Tod rückläufig sind«, leitete sie mit fester Stimme das Gespräch ein. »Hier ein paar Fakten: Vergangenes Jahr haben die meisten unserer langjährigen Kunden im Frühjahr, also kurz nach Vaters und Peters Tod, noch für den Herbst und Winter geordert. Für das ADAC-Eifel-Rennen Ende Mai hatten wir auch noch Wein geliefert. Danach jedoch ist es stetig bergab gegangen. Zurzeit ist die Auftragslage im Vergleich zu 1954, als Vater das Weingut noch geleitet hat, um neunzig Prozent eingebrochen. Direktverkäufe haben wir kaum noch. Wir haben weder eine Anfrage für das diesjährige ADAC-Eifel-Rennen erhalten noch für den Bundespresseball im November in Bad Neuenahr. Genauso wenig hat die Stadt Bad Neuenahr bis jetzt angefragt, ob wir in diesem September mit einem Weinstand auf dem Dahlienfest vertreten sein werden. Damit sind drei feste Größen in der Finanzplanung des Weinguts weggebrochen.« Katharina faltete das Papier zusammen und resümierte in müdem Ton: »So ist die Lage. Das Geschäftskonto ist inzwischen bei null, da die monatlichen Ausgaben die Einnahmen bei Weitem übersteigen.«

»Ich glaube ja, die Leute denken, das Traditionsweingut Hammes existiert nach Vaters Tod nicht mehr«, sagte Martha.

»Ausgeschlossen«, widersprach ihr Katharina. »Nach dem Unfall habe ich alle Kunden darüber informiert, dass ich das Weingut in alter Tradition weiterführen werde. Und dass wir einen neuen Kellermeister haben. Nein, nein«, energisch schüttelte sie den Kopf. »Inzwischen bin ich davon überzeugt, dass selbst die Kunden, die schon ewig bei uns kaufen, keine Geschäfte mit mir machen wollen. Wahrscheinlich trauen sie einer Frau nicht zu, ein Weingut leiten zu können.«

»Vielleicht trauen sie auch dem neuen Kellermeister nichts zu«, meinte Hermann mit schiefem Lächeln.

»Unsinn«, erwiderte Katharina. »Du hast dir in dem einen Jahr bei uns einen hervorragenden Ruf erarbeitet. Durch deinen guten Kontakt zur Weinbauschule in Ahrweiler bist du inzwischen auch überregional bekannt. Nein, Hermann, es liegt am Zeitgeist. In dieser Branche wird eine Frau nicht ernst genommen.«

Hermann nahm einen Schluck, ließ den Weißburgunder ein paar Augenblicke auf der Zunge spielen und lehnte sich zurück. »Durch meine Kontakte bekomme ich natürlich viel mit«, begann er so zögerlich, als wäre er sich nicht sicher, ob er das Folgende überhaupt sagen sollte. Schließlich fuhr er mit fester Stimme fort: »Tatsächlich tun sich viele schwer damit, dass du nun das Weingut leitest. Du bist keine Winzerin und auch keine Kellermeisterin. Der Weinbau ist eine Männerdomäne.«

»Das ist so ungerecht!«, rief Katharina erbost aus. »Alle Kunden wissen, dass ich in dem ältesten und größten Weinbaubetrieb im Ahrtal groß geworden bin. Und jeder weiß auch, dass ich eine kaufmännische Ausbildung habe und seit meinem zwanzigsten Lebensjahr Seite an Seite mit meinem Vater und meinem Bruder hier gearbeitet habe. Ich finde es eine Unverschämtheit, dass man mir nicht zutraut, das Weingut allein weiterführen zu können. Hält man eine Frau etwa für zu dusselig, Wein zu vermarkten? Es kann den Leuten doch egal sein, von wem sie kaufen. Die Hauptsache ist, dass das Produkt qualitativ noch genauso gut ist wie zu Vaters und Peters Zeiten.«

»Bitte, Kind, rege dich doch nicht so auf«, versuchte ihre Mutter sie zu beschwichtigen.

Mit bedrückter Miene hob Hermann die Schultern. »Dass die Einnahmen derart stark zurückgegangen sind, liegt natürlich auch daran, dass 1955 kein besonders gutes Weinjahr gewesen ist – in allen Regionen Deutschlands. Der viel zu trockene Sommer hat die Entwicklung der Trauben gehemmt, und hinzukommt …«

»Und dieses Jahr?«, unterbrach Katharina ihn ungeduldig. »Wie wird dieses Jahr?«

»Wenn wir dem Bauernkalender glauben wollen, wird es nicht besser. Sankt Eulalia Sonnenschein, bringt viel Obst und guten Wein.«

Katharina zog die Stirn zusammen. »Wann ist St. Eulalia?«

»Am 12. Februar«, antwortete Hermann. »Erinnert ihr euch an den Februar? Er gehört zu den kältesten Monaten seit Beginn der Wetteraufzeichnung und hat vielen Reben nach dem bereits vorher erfolgten Rebschnitt erheblich geschadet.«

Katharina seufzte. »Na bestens, dann sind ja weitere finanzielle Einbrüche vorprogrammiert.«

In einer Geste der Ergebenheit hob Hermann die Schultern. »Die Natur arbeitet nicht immer mit dem Winzer zusammen.« Er räusperte sich energisch, bevor er fortfuhr: »Wir dürfen aber auch nicht vergessen, dass der Weinkonsum in den vergangenen Jahren stetig rückläufig war, was daran liegt, dass wir hier in Deutschland auf Massenproduktion setzen statt auf Qualität. Anders als in Frankreich zum Beispiel. Die mindere Qualität verstimmt die Verbraucher. Da bleiben Absatznöte nicht aus.«

»Und warum ändern wir das nicht?«, fragte Katharina mit herausforderndem Blick.

»Einige Winzer und Kellermeister sind sich inzwischen durchaus bewusst, dass man die Weinkelterung revolutionieren muss«, erwiderte Hermann ruhig. »Seit Kurzem sind neue Kelterverfahren wie auch neue Rebsorten im Gespräch. Aber das braucht Zeit und Geduld.«

»Deshalb sage ich ja immer wieder, dass wir uns der Mayschosser Winzergenossenschaft anschließen sollten«, meldete sich Martha wieder zu Wort. Dabei drückte sie die nur halb gerauchte Zigarette entschlossen aus. »Dann müssen wir unsere Trauben nur noch pflücken und dort abliefern. Alle zur Genossenschaft gehörenden Winzer teilen sich die Arbeiter, die Geräte und Maschinen. Und die Genossenschaft übernimmt sogar die Aufgabe der Vermarktung. Damit würden wir viele Kosten einsparen.«

Katharina hatte sich nur schwer beherrschen können, dem so leidenschaftlich vorgebrachten Vortrag ihrer Mutter geduldig zuzuhören. Diese Lösung kam für sie nicht infrage, obwohl sie durchaus einige Vorteile aufwies. Aber sie hatte ihrem Vater ein Versprechen gegeben. Und dieses würde sie halten.

»Sag, Hermann …« Sie beugte sich vor. »Wir sind jetzt noch im Mai. Wenn wir den Hang, den Vater vor zwei Jahren dazugekauft hat, in den kommenden Tagen mit einer neuen Rebsorte bepflanzen würden, ab wann würden wir dann …?«

»Das kommt ein bisschen auf die Rebsorte an. Aber grundsätzlich trägt eine neu gepflanzte Rebe in der Regel in den ersten drei Jahren keine weinbringende Frucht«, unterbrach der Kellermeister sie. »Das wäre eine langfristige Lösung, aber keine kurzfristige.«

Katharina streckte das Kinn vor. »Dennoch. Da ich nicht vorhabe, das Weingut aufzugeben, sollten wir darüber nachdenken.«

Ohne darauf einzugehen, fuhr Hermann fort: »Was Einsparungen bei den laufenden Kosten angeht, könnte ich mal in der Weinbauschule in Ahrweiler nachfragen, ob ein paar Schüler von denen sich dauerhaft was dazuverdienen wollen. Bei der Erneuerung der Pfähle könnten wir Hilfe brauchen, bei der Ausbesserung der Drahtanlage oder dem Entblättern der Reben. Die würden im Lohn billiger sein als die Arbeiter aus dem Tal.«

Katharina seufzte und strich sich mit beiden Händen das Haar aus der Stirn, das ihr in großen, dichten Locken über die Schultern fiel. »Ja, das ist eine gute Idee«, sagte sie matt. »Vielleicht könnten wir sowieso bei den Arbeitern einsparen. Ich könnte auch mehr helfen. Im Kontor gibt es ja immer weniger für mich zu tun«, fügte sie bitter hinzu.

»Um die sechs Hektar fachgerecht zu bewirtschaften, brauchen wir auch Leute, die etwas vom Weinanbau verstehen. Ich kann nicht überall sein und alle kontrollieren.« Hermann sah sie bedeutungsvoll an. »Ganz ehrlich: Wenn ihr euch keine Arbeitskräfte mehr leisten könnt, dann verkauft lieber, bevor die Reben unter schlechter Pflege leiden.«

Martha, die sich eine neue Zigarette angezündet und den Rauch scharf ausgestoßen hatte, sagte: »Ich meine ja immer noch, dass wir uns der Winzergenossenschaft anschließen sollten. Einer für alle, alle für einen.« Sie suchte den Blick ihrer Tochter. »Katharina, du bist jetzt achtundzwanzig. Du kannst doch nicht deine beste Zeit an das Weingut vergeuden. Was soll denn aus deinem Leben werden? Wenn du einen Mann und Kinder haben willst, wird es Zeit.«

»Also, bitte … Jetzt hör aber auf!«, rief Katharina ungehalten aus.

Martha biss sich auf die Lippe. »Wir könnten Hedwig entlassen, und ich koche ab jetzt«, meinte sie dann kleinlaut.

»Das kommt überhaupt nicht infrage«, erwiderte Katharina mit hochroten Wangen. »Hedwig ist seit Urzeiten bei uns. Seit ihr Mann als Invalide aus dem Krieg zurückgekehrt ist, brauchen die beiden das Geld mehr denn je. Hedwig bleibt.« Sie atmete tief durch und hielt einen Moment inne. Dann sah sie ihre Mutter und Hermann nacheinander an. »Ich werde noch einmal alle Kunden von früher anschreiben«, sprach sie etwas ruhiger weiter. »Darüber hinaus muss ich mir etwas einfallen lassen, wie wir möglichst schnell zu Nebeneinnahmen kommen. Wahrscheinlich muss ich mich von dem Gedanken verabschieden, dass ich das Weingut im Alleinerwerb fortführen kann. Aber eines werde ich ganz bestimmt nicht«, fuhr sie mit erhobener Stimme fort: »Und zwar all die, die mir diese Aufgabe nicht zutrauen, in ihrer Meinung bestätigen, indem ich der Genossenschaft beitrete oder gar aufgebe.«

Nachdem ihre Mutter und Hermann gegangen waren, blieb Katharina allein unter dem hellgrünen Blätterdach der alten Linde sitzen. Es war ein milder Abend. In der Luft schwebte der Duft von Muskat und Honig. Er kam von den blühenden Holunderbüschen her, die hinter dem Haus standen. Hier im Hof war es schon dämmerig, während die Ahrberge in der Ferne noch im goldenen Licht der untergehenden Sonne lagen.

Katharina schenkte sich von dem Weißburgunder nach und ließ den Blick schweifen – über das stets sauber gefegte Basaltpflaster, die Natursteinwände des u-förmigen Gebäudes, an denen wilder Wein hochrankte, über die üppig wuchernden roten Geranien auf den Fensterbänken … Hier war ihre Heimat, die sie liebte, die ihr stets Sicherheit und Geborgenheit gegeben hatte. Im Moment jedoch fühlte sie sich wie auf einem Schiff im tobenden Meer. Ganz allein und ohne Kompass stand sie am Steuer dieses Schiffes – des Weinbaubetriebes, der nicht nur sie und ihre Mutter ernährte, sondern auch Hermann, Hedwig und die Arbeiter aus dem Tal. Sein Ertrag war abhängig vom Wetter, von der Wirtschaftslage und von den Kunden. Einst war das Weingut von ihrem Großvater gegründet worden, ihr Vater hatte es zum Erfolg geführt, und jetzt befand es sich kurz vor dem Untergang. Diesen Untergang musste sie verhindern.

Nachdem sie zwei Schlucke getrunken hatte, blickte sie hoch zu dem gläsernen Himmel, an dem sich bereits die schmale Sichel des Mondes zeigte. Sie atmete den Duft des Holunders tief ein, spürte die warme Luft auf ihrer Haut … Dieser Abend war viel zu schön für ihre schweren Gedanken. Er war vielmehr für die Liebe gemacht. Und wieder musste sie an den schönen Italiener denken, den sie gestern kennengelernt hatte. Luciano Pasini. Allein schon sein Name klang sehr sinnlich. Sie musste lächeln. Ob er auch noch an sie dachte? Sollte sie tatsächlich übermorgen nach Bad Neuenahr fahren? Was wäre, wenn sie sich gar verlieben würde? Er arbeitete für vier Wochen als Aushilfe bei seinem Onkel. Und was würde danach sein? Fragen über Fragen.

Katharina trank ihr Glas in einem Zug aus und stand auf. Schluss jetzt. Sie war müde. Ihr blieb noch genug Zeit, um für Samstag eine Entscheidung zu treffen.

Wie jeden Freitag gab es auch an diesem Abend im Hause Hammes geräucherte Ahrforelle mit Kartoffelsalat. Katharina und ihre Mutter saßen an dem langen Esszimmertisch aus Mooreiche.

»Ich habe Erna und Hanna von der Idee erzählt, ein Schneideratelier aufzumachen«, erzählte Martha. »Es wäre ja eine Möglichkeit, um Geld zu verdienen. Die beiden waren zuerst Feuer und Flamme, aber dann hat Hanna deswegen mit ihrem Mann einen heftigen Ehekrach gehabt. Ich hatte mir gleich gedacht, dass die Männer der beiden das niemals erlauben würden.«

Katharina hörte ihr kaum zu. Ihre Gedanken waren gerade wieder bei Luciano. In jeder freien Minute stand ihr sein Bild vor Augen, wie eine Melodie, die man nicht mehr aus dem Ohr bekam. Ob sie ihm so sehr gefallen hatte wie er ihr? Wenn sie an ihn dachte, spürte sie ein Kribbeln im Bauch. So etwas hatte sie noch nie zuvor erlebt. Musste sie deswegen gegenüber Frank ein schlechtes Gewissen haben? Nein, beschloss sie, während sie die Gabel zum Mund hob, das musste sie nicht.

»Sag mal, Liebes, hörst du mir überhaupt zu?«, unterbrach da ihre Mutter in pikiertem Ton ihr stummes Selbstgespräch.

Katharina zuckte zusammen und sah sie an. »Natürlich, Mutter.«

»Stell dir vor«, fuhr Martha empört fort, »er verbietet Hanna zu arbeiten, und sie kann nichts machen. Steht so im Gesetz. Der Mann muss es erlauben.« Sie seufzte bekümmert. »Also, das finde ich nicht richtig. Wenn ich hätte arbeiten wollen, hätte dein Vater mir das niemals verboten. Aber Hannas Mann hat Angst, die Leute könnten denken, er verdient zu wenig und seine Frau muss deshalb mitverdienen.«

»Das würde ich mir niemals gefallen lassen«, entgegnete Katharina. »Gesetz hin oder her.«

»Du bist ja auch eine andere Generation. Frauen in meinem Alter lassen sich noch mehr gefallen.«

Katharina legte das schwere Silberbesteck zur Seite. »Das stimmt nicht. Ich habe heute Morgen beim Friseur gehört …«

»Du warst beim Friseur?«, unterbrach ihre Mutter sie erstaunt. »Was hast du denn machen lassen?«

»Nur ein paar Zentimeter abschneiden lassen.«

»Willst du dir nicht auch so einen schicken Kurzhaarschnitt machen lassen, wie man ihn heute trägt?«

»Ich liebe meine Haare so, wie sie sind.«

»Wer trägt denn heute noch langes Haar?«, fragte Martha mit zweifelndem Blick. »Mit dem langen Haar siehst du wild aus.«

Katharina lachte. »Mir gefällt's. Außerdem trage ich ja meistens einen Zopf, oder ich stecke es hoch.«

Martha hob die Schultern. »Ich weiß nicht … Lotte und Ursel haben so moderne Schnitte. Vielleicht …«

»Mutter, lass es gut sein. Was ich dir eigentlich erzählen wollte: Frau Lehnert hat die Scheidung eingereicht – und sie ist bestimmt acht Jahre älter als du. Das nur dazu, dass sich Frauen aus deiner Generation mehr gefallen lassen.«

»Tatsächlich?«, fragte ihre Mutter mit großen Augen. »Warum?«

»Seit ihr Mann aus russischer Kriegsgefangenschaft zurück ist, hat er sich zum Tyrannen entwickelt.« Katharina beugte sich vor. »Erinnerst du dich noch, wie Frau Lehnert während des Krieges die Holzhandlung am Laufen gehalten hat? Wie sie geschuftet hat? Vor einem Jahr hat Herr Lehnert wieder das Ruder in die Hand genommen und sie zurück an den Kochtopf gedrängt. Er hat sie des Büros verwiesen und gewährt ihr keine Einsicht mehr in die Bücher. Ist das nicht eine Unverschämtheit? Nur ihr hat er es zu verdanken, dass die Holzhandlung den Krieg überhaupt überlebt hat.« Katharina redete sich immer mehr in Rage. »Ich sage dir, Mutter, das Problem liegt bei den Männern. Die kommen mit selbstständigen Frauen nicht zurecht.«

»Aber sich scheiden zu lassen«, staunte Martha. »Respekt. Da hat sie wirklich Mut. Als geschiedene Frau wird sie es nicht einfach haben. Die meisten werden schief angesehen.«

»Auch das wird sich in Zukunft ändern. Je mehr Frauen sich scheiden lassen, desto selbstverständlicher wird es irgendwann für die Gesellschaft sein.«

Im nächsten Moment klingelte das Telefon in der großen Diele. Katharina stand auf. »Ich gehe schon. Das ist bestimmt Ursel.«

»Ich bin's – Ursel«, bestätigte ihre Cousine Katharinas Vermutung fröhlich. »Stell dir vor, ich habe heute die Führerscheinprüfung bestanden.«

»Herzlichen Glückwunsch«, erwiderte Katharina. »Ich habe dir die Daumen gedrückt.«

Ursel lachte. »Hat funktioniert. Morgen Mittag komme ich mit unserem Lieferwagen und hole dich ab. Dann machen wir einen Ausflug nach Bonn in die Eisdiele, wo ich schon ein paarmal mit einer Freundin gewesen bin. Da fühlst du dich wie in Italien. Dolce Vita, Espresso und Eis«, schwärmte sie.

»Nach Bonn?«, wiederholte Katharina zögernd, denn in diesem Moment kam ihr eine Idee.

»Du Angsthase! Ist dir das zu weit für deine erste Spritztour mit mir am Steuer?«

»Na ja ...«

»Meinetwegen, dann nicht so weit. Aber Bad Neuenahr muss es schon sein. Dann gehen wir dort ein bisschen bummeln.«

»Das klingt für den Anfang viel besser«, erwiderte Katharina mit zufriedenem Lächeln.

Am nächsten Nachmittag schlenderte Katharina mit ihrer Cousine, die mehr als einen Kopf kleiner war als sie und sehr viel rundlicher, untergehakt über die Kurgartenstraße in Bad Neuenahr. Zu ihrer Rechten lag das Thermalbadehaus mit seinen vier dorischen Säulen, danach folgten das Kurhotel und das Kasino; zu ihrer Linken erstreckte sich der Kurpark mit dem Lesesaal, den Trinkhallen und der Orchestermuschel. Die Leute saßen auf den Bänken in der Sonne oder spazierten unter den blühenden Bäumen her. Die Stadt verströmte die typische Leichtigkeit eines Kurbades.

»Schade, dass es hier keine Eisdiele gibt«, sagte Ursel, als sie über die Ahrbrücke in Richtung Stadtkern gingen.

»Vielleicht nächstes Jahr«, erwiderte Katharina, die voller nervöser Anspannung war. Wo mochte Luciano mit dem Eiswagen stehen? Auf dem Marktplatz? In der Poststraße? Beim Bahnhof?

»Lass uns mal durch die Telegrafenstraße gehen«, schlug Ursel vor. »Dort gibt es doch das schöne Modegeschäft.«

Als sie am Ende der Straße ankamen, hätte Katharina sie für diesen Vorschlag umarmen können. Sie liefen geradewegs auf einen hellblauen VW-Bus zu, auf dessen Kühlerhaube in den italienischen Nationalfarben Grün, Rot, Weiß »Die fahrende Eisdiele Rimini – Inh. Cesare Pasini« stand.

»Schau mal!«, rief Ursel begeistert aus. »Ich werd verrückt! Das ist der Wagen von der italienischen Eisdiele in Bonn.«

Vor der Seitenfront des Busses, an der eine Verkaufstheke angebracht war, stand eine lange Schlange – und hinter der Theke Luciano in weißem Hemd, umwerfend attraktiv und in bester Laune. Wie Katharina jetzt auffiel, waren die meisten der Kunden junge Frauen, die er eine nach der anderen mit seinem besonderen Lächeln bedachte. Plötzlich spürte sie Ursels Ellbogen in der Seite.

»Der sieht ja toll aus!«, sagte ihre Cousine in beinahe andächtigem Ton, während sie sich in die Schlange einreihten. Katharina schwieg. Luciano hatte sie noch nicht entdeckt. Er war ganz in seine Tätigkeit versunken. Mit einigen jungen Frauen, die ihn anhimmelten, schäkerte er auch – was ihr einen feinen Stich versetzte. Sollte sie umkehren? Keinesfalls wollte sie den Eindruck erwecken, als würde sie ihm nachlaufen. Doch bevor sie eine Entscheidung treffen konnte, entdeckte er sie. Auf seinem Gesicht spiegelte sich freudige Überraschung – und noch etwas anderes. Sie sah ihm deutlich an, dass sie ihm gefiel. Natürlich hatte sie sich für diesen Ausflug besondere Mühe mit ihrem Aussehen gegeben. Ihr Haar trug sie aufgesteckt, die weiße Bluse brachte ihren leicht gebräunten Teint und den roten Lippenstift zur Geltung, und die beigefarbene schmale Hose mit den Ballerinas dazu betonte ihre langen Beine.

»Der hat dich gerade angelächelt«, raunte Ursel ihr zu, während sie in der Schlange aufrückten. Katharina tat so, als hätte sie es nicht gehört. Ihr Herzschlag hatte einen beunruhigend schnellen Rhythmus angenommen, während sie darauf warteten, an die Reihe zu kommen.

»Schön, dass Sie gekommen sind«, sagte Luciano, als sie endlich vor der Theke standen. »Ich war mir nicht sicher.«

Katharina sah aus dem Augenwinkel, wie Ursel sie sprachlos anstarrte.

Sie lächelte Luciano an. »Meine Cousine hat gestern den Führerschein bestanden, und ich habe sie heute auf eine Spritztour nach Bad Neuenahr eingeladen.«

»Das ist tatsächlich ein Grund zum Feiern«, erwiderte Luciano. »Ich gratuliere Ihnen«, fügte er an Ursel gewandt hinzu. »Was wollen Sie denn haben?«

Katharina sah ihre Cousine, die gerade so stumm war wie noch nie, auffordernd an. »Und?«

»Ich ... Hm, also, ich hätte gerne Erdbeere und Schokolade«, stammelte Ursel.

»Also Erdbeere und Schokolade«, wiederholte Luciano zwinkernd.

Katharina beobachtete, wie er mit seinen schönen Händen die cremige Masse mit dem Spachtel aus den Metalltöpfen nahm und in die Waffel füllte – ruhig, geradezu sinnlich, ohne Hast, trotz der langen Schlange.

»Bitte schön.« Er reichte Ursel das Eis über die Theke. »Das ist ein Geschenk des Hauses zur bestandenen Prüfung.«

»Danke schön.« Ursel lächelte strahlend zu ihm hoch. »Und das kostet wirklich nichts?«

Luciano lachte. »Wirklich nichts.« Dann wandte er sich mit tiefem Blick an Katharina. »Und Sie?«

»Nur Vanilleeis.«

»Das passt zu Ihnen.«

Katharina errötete. Als er ihr dann die Eiswaffel über die Theke reichte, hielt er sie noch zwei, drei Sekunden lang fest, sodass sich ihre Finger berührten. Ihre Blicke fanden sich. Es war ein Moment intimer Zweisamkeit, der Katharinas Herz ins Stolpern brachte.

»Morgen Nachmittag bin ich wieder in den Weinbergen«,

erzählte Luciano wie nebenbei. »So gegen vier«, fügte er dann noch hinzu.

Katharina verstand die Botschaft. Sie scheute sich jedoch zu antworten: Ich werde auch da sein. Stattdessen nickte sie. »Das ist schön.«

Luciano hob die Hand. »Wiedersehen. Vielleicht bis zum nächsten Mal.«

»Was war das denn?«, stieß Ursel hervor, als sie an der Kundenschlange vorbeigingen. »Habt ihr euch etwa gerade verabredet? Woher kennst du den überhaupt?«

Katharina bog mit ihr in die Seitenstraße ein und atmete erst einmal tief durch. »Komm, wir setzen uns dort auf die Bank und essen unser Eis«, schlug sie vor.

Außer Sichtweite des Eiswagens erzählte sie Ursel von ihrer ersten Begegnung mit dem Sizilianer.

»Der ist ja umwerfend«, sagte Ursel, die sich, nachdem gerade erst ihre Beziehung mit ihrem ersten Freund zerbrochen war, zurzeit nicht für Männer interessierte. »Der würde mir auch gefallen.«

Katharina leckte an dem cremigen Eis, ließ es auf der Zunge zergehen und ging in Gedanken noch einmal das kurze Gespräch mit Luciano durch.

»Und er ist nur für einen Monat hier?«, hörte sie ihre Cousine fragen.

Sie nickte.

»Und dann?«

»Dann fährt er wieder zurück nach Sizilien.«

»Du solltest dich in dieser Zeit auf alle Fälle mit ihm treffen. So einen Mann darfst du nicht einfach so ziehen lassen. Außerdem ist es ja wirklich so was wie Schicksal, dass unsere Mütter nächstes Wochenende für vierzehn Tage in Urlaub fahren. Da hast du sturmfreie Bude.«

Katharina lächelte schwach. »Du weißt, mein Vater hat nicht an Schicksal geglaubt.«

Ursel lachte ihr helles Lachen. »Wie auch immer ... Nur – verlieben solltest du dich nicht in ihn. Die Italiener sollen sehr charmant und feurig sein, aber sie schäkern auch gerne.«

Katharina sah sie skeptisch von der Seite an. »Woher weißt du das denn?«

»Aus unserem Laden. Da wird viel getratscht. Und wir haben doch inzwischen so viele Gastarbeiter in Deutschland.«

In der Nacht zum Sonntag hatte Katharina vor Aufregung kaum schlafen können. Einerseits war da die starke Anziehung, die Luciano auf sie ausübte, und der Wunsch nach der Wärme und Zärtlichkeit eines Mannes; andererseits jedoch war ihr auch bewusst, dass Luciano nur kurze Zeit in Deutschland sein würde. Und danach?

Als sie sonntagmorgens aufwachte, regnete es in Strömen. Und das Anfang Juni, dachte sie enttäuscht. Ob Luciano bei diesem Wetter überhaupt kommen würde?

Sie verbrachte den Vormittag im Kontor und wurde gegen Mittag immer unruhiger. Das Ahrtal versank inzwischen im Nebelmeer. Die grauen Schleier verwoben sich mit einer tief hängenden Wolkendecke. Feiner Nieselregen schluckte das spärliche Tageslicht und ließ die Welt trist erscheinen. Gegenüber dem Vortag waren die Temperaturen um zehn Grad gesunken. Dennoch machte sich Katharina, nachdem ihre Mutter zum Kaffeetrinken zu Nachbarn gegangen war, kurz vor vier auf den Weg. Nicht in geblümtem Sommerkleid und Pumps, wie sie vorgehabt hatte, sondern in Gummistiefeln und Regencape. Der Regen peitschte ihr ins Gesicht. Auf dem matschigen Weg rutschte sie mehrmals auf ihren Gummisohlen aus und wurde mit jedem weiteren Schritt immer wütender auf sich, dass sie bei diesem Wetter überhaupt hier hinaufstieg, nur um einen Mann zu treffen, den sie kaum kannte. Inzwischen ging sie sogar davon aus, dass Luciano gar nicht kommen würde.

Oben angekommen fühlte sie sich in ihrem Verdacht bestätigt. Dennoch setzte sie sich auf die Bank unter dem Vordach des Gerätehauses. Sie fror, kam sich vor, wie bestellt und nicht abgeholt. Die Minuten krochen dahin. Als sie schon gehen wollte, hörte sie ein Motorengeräusch – das tiefe Brummen einer schweren Maschine. Tatsächlich! Luciano kam doch! Katharinas Herz schlug einen Purzelbaum.

Luciano zog seinen Kleppermantel aus, der vor Nässe triefte, nahm den Helm ab und schenkte ihr ein Lächeln, das sie für alles entschädigte – die Zweifel, die Warterei, die zitternden Knie.

»Entschuldigen Sie, aber bei dem Wetter konnte ich nur langsam fahren.« Er sah ihr forschend in die Augen, wie um darin zu lesen, ob sie böse auf ihn war. »Darf ich?«, fragte er, bevor er sich unter dem Schutzdach neben sie setzte.

»Wollen wir nicht lieber hineingehen?«, schlug sie vor. »Da ist es wenigstens trocken.«

Sie schloss die Tür auf, und er folgte ihr. Der Schuppen hatte zu beiden Seiten zwei kleine Fenster, die Licht in den Raum ließen, ansonsten war er vollgestopft mit landwirtschaftlichen Geräten. Verlegen setzten sie sich auf zwei leere Weinfässer und blickten sich um.

Schließlich fragte Luciano: »Wird hier heute nicht gearbeitet? Auf dem Weg durch die Weinberge hab ich niemanden gesehen.«

»Normalerweise kennt der Weinbau weder Sonntage noch schlechtes Wetter«, antwortete Katharina. »Aber heute haben wir tatsächlich frei.«

Er lachte. »Das kenne ich von zu Hause. Mein ältester Bruder Silvio hat den kleinen Bauernhof unserer Familie geerbt, so, wie es bei uns Sitte ist. Der Hof dient jedoch hauptsächlich zur Selbstversorgung. Was übrig bleibt, verkaufen meine älteste Schwester und deren Mann in ihrem negozio di alimentari in Cefalù.«

»Wo liegt das?«

»Cefalù ist ein kleiner Küstenort im Norden Siziliens, etwa zwölf Kilometer von Il Nido entfernt, meinem Heimatdorf. Il Nido liegt im Madoniegebirge.«

»Madoniegebirge …«, wiederholte Katharina Silbe für Silbe. »Das habe ich noch nie gehört.«

»Es ist eine Gebirgslandschaft aus zerfurchtem Kalkstein, bis zu zweitausend Meter hoch, wo man im Winter Ski laufen kann. Dort gibt es große Eichen- und Tannenwälder, wilde Macchia, fruchtbare Felder und blühende Wiesen«, erklärte er ihr in schwärmerischem Ton, der die Liebe zu seiner Heimat verriet. Dann legte er leicht den Kopf schief und sah sie an. »Wollen wir uns nicht duzen?«

Sie lächelte ihn an. »Ja, gerne.« Nach kurzem Zögern fragte sie: »Arbeitest du auch auf dem Hof deines Bruders?«

»Nein, ich wollte nie Bauer werden. Von Kindheit an haben mich Autos fasziniert. Ich habe in Cefalù als Automechaniker gearbeitet.«

»Das klingt so, als würdest das du heute nicht mehr tun.«

Er seufzte. »Seit Kurzem bin ich arbeitslos. Unverschuldet. Wenn ich zurück bin, werde ich mich sofort nach einer neuen Stelle umsehen. In Palermo oder Catania, das sind große Städte auf der Insel, werde ich bestimmt etwas finden.«

Mit einem Mal war sie enttäuscht. Das klang danach, dass sie ihn nicht wiedersehen würde. Aber was hatte sie erwartet?

»Es wird nicht leicht werden«, sprach Luciano weiter. »Sizilien ist, wie der gesamte Süden Italiens, sehr arm. Wer kann, wandert in den Norden ab. Hauptsächlich junge Leute. 1950 hat die Regierung zwar Maßnahmen zur Förderung des Südens beschlossen, wollte dort Industriestandorte schaffen, die Landwirtschaft mit moderner Technologie versehen, aber das Programm ist nicht richtig ins Rollen gekommen.«

»Gibt es in Italien kein Wirtschaftswunder wie bei uns?«, fragte sie überrascht.

»Doch, im Norden. Mailand, Turin, Genua, wo die großen Firmen ansässig sind. Autofirmen, die Erdgasindustrie. Und die großen Häfen.«

Katharina hätte ihm ewig zuhören können. Die lebendigen Gesten, die seine Worte begleiteten, dieser sinnliche Mund, die raue Stimme, der Akzent … Langsam jedoch wurde sie unruhig. Sie musste unbedingt vor ihrer Mutter wieder zu Hause sein. Wie hätte sie ihre Abwesenheit bei diesem Wetter erklären sollen?

Schweren Herzens stand sie auf. »Meine Mutter wartet mit dem Abendessen auf mich«, erklärte sie ihm mit verlegenem Lächeln.

»Lebst du noch zu Hause?«

»Ja.«

»Darf ich fragen, wie alt du bist?«

»Achtundzwanzig. Und du?«

»Dreißig. Ich wohne auch noch zu Hause, aber in einem eigenen kleinen Steinhaus mit nur einem Raum unten und einem Schlafzimmer oben. Es liegt oberhalb des Hofes.«

Nun schwiegen sie beide. Katharina wusste nicht, was sie sagen sollte. Sie wollte Luciano unbedingt wiedersehen. Aber die Initiative musste wohl von ihm ausgehen.

»In meiner Heimat isst man erst gegen einundzwanzig Uhr«, erzählte er weiter, als wollte er sie auch noch nicht loslassen.

»Nicht nur wegen der Hitze tagsüber, sondern weil die Menschen in den Bergregionen auf den Feldern arbeiten oder das Vieh hüten und einen langen Nachhauseweg haben.«

Sie lächelte und schwieg.

Dann räusperte er sich und suchte ihren Blick. »Möchtest du mich wiedersehen?«

Da wurde ihr das Herz weit. »Ja, sehr gerne.«

»Ich würde dich gerne ins Kino einladen. Magst du Filme?«

»Sehr.«

»Im Scala-Theater in Bad Neuenahr läuft der Film *Die große Schlacht des Don Camillo*. Hast du Lust?«

»Und wie!«

»Kommenden Mittwoch? Achtzehn Uhr?«

»Wunderbar.«

»Ich hole dich ab. Du musst mir nur sagen ...«

»Das brauchst du nicht«, unterbrach sie ihn rasch. »Wir können uns auf dem Parkplatz am Bahnhof in Bad Neuenahr treffen.«

Erstaunt hob er die Brauen. »Es macht mir aber nichts aus, dich abzuholen.«

»Das ist nett von dir, aber ich ... ich komme selbst«, beendete sie den Satz, sprang auf und öffnete die Schuppentür. »Also dann – bis Mittwoch um achtzehn Uhr auf dem Bahnhofsparkplatz.«

Er hob die Schultern. »Wenn du wirklich mit dem Zug fahren willst ...«

Draußen drehte sie sich noch einmal um. »Machst du bitte die Tür zu, wenn du fährst?«

Er hob die Hand. »Klar, mache ich.«

Der Mittwochabend war ein schöner, milder Frühsommerabend, der den Regen der vergangenen Tage vergessen ließ.

Der wolkenlose Himmel über Bad Neuenahr war von einem lichten Blau und die Luft wie Seide. Katharina war weit vor der verabredeten Zeit auf dem Parkplatz angekommen. Sie blieb im Auto sitzen. Vor Aufregung waren ihre Hände kalt und klamm. Schon zum zweiten Mal betrachtete sie sich in ihrem Handspiegel. Sie hatte ihr Haar locker aufgesteckt, was ihr Profil gut zur Geltung brachte. Zu dem bunt gemusterten, wadenlangen Tellerrock trug sie eine weiße Bluse, in den Ohren Perlen und an den Füßen schwarze Ballerinas. Sie gefiel sich, was ihr ein Gefühl der Sicherheit gab. Wie gut, dass ihre Mutter heute zu einem sechzigsten Geburtstag in der Nachbarschaft eingeladen war. Das würde spät werden. Da sie mit Luciano für die Frühvorstellung verabredet war, hatte sie wieder einmal Glück gehabt. Zufall? Nein, es sollte so sein, würde ihr Vater sagen. Zu diesem Zeitpunkt wollte sie ihrer Mutter noch nichts von Luciano erzählen. Sicher würde sie das Ganze nicht gutheißen. Wahrscheinlich würde sie ihrer Mutter überhaupt nichts erzählen. In drei Wochen würde Luciano ja sowieso wieder auf Sizilien sein.

Als Katharina den Blick hob, entdeckte sie den Eiswagen drei Parklücken weiter. Luciano lehnte an der Kühlerhaube des hellblauen Bulli und rauchte. Offensichtlich wartete er auf sie. Ihr Herzschlag beschleunigte sich. Wie er mit seinen langen, gekreuzten Beinen an dem Wagen lehnte – die eine Hand in der Hosentasche, in der anderen eine Zigarette, auf der Nase eine schwarze Sonnenbrille – sah er aus wie einer dieser amerikanischen Filmstars, die öfter in der *Bunten* abgebildet waren. Während sie ihn betrachtete, begann ihr Herz schneller zu schlagen. Schnell puderte sie sich noch einmal die Nase, zog den roten Lippenstift nach und stieg aus.

Sie blieb neben ihrem Auto stehen. »Luciano!«

Luciano sah in ihre Richtung, und auf seinem Gesicht breitete sich Überraschung aus. Dann trat er die Zigarette aus und kam auf sie zu. Sein Gang war leicht und dennoch kraftvoll. Sie lächelte ihn an, als er vor ihr stehen blieb. Doch sein ruhiger, aufmerksamer Blick galt nicht ihr, sondern ihrem weißen VW-Käfer. Dann erst sah er sie an. »Du fährst Auto?«

Hatte er ihr das nicht zugetraut? Sie musste lachen. »Natürlich.«

»Und wem gehört der Wagen?«, erkundigte er sich so ernst wie ein Polizist.

Unwillig zog sie die Stirn zusammen. »Mir.«

»Verdient man in Deutschland als Landarbeiterin so viel Geld?«

Aha, daher wehte der Wind. Sie atmete tief durch und sagte dann erhobenen Hauptes: »Ich bin keine Landarbeiterin.«

Seine Augen wurden schmaler. »Sondern?«

»Das Weingut gehört meiner Familie.«

Auf seinem Gesicht arbeitete es. »Dann bist du also eine Principessa?«

Seine Frage klang leicht spöttisch, was sie verletzte. Sie ahnte jedoch, was in diesem Moment in seinem Kopf vor sich ging: Er kam aus dem ärmsten Teil Italiens, war arbeitslos und musste sie nun für die Tochter eines reichen Weinbauern halten.

»Ich bin keine Prinzessin«, stellte sie in ernstem, entschiedenem Ton richtig. »Meine Familie ist nicht reich. Das Weingut steckt vielmehr in einer großen Krise.« Dann lächelte sie ihn versöhnlich an und fuhr etwas sanfter fort: »Aber lassen wir das bitte. Ich freue mich schon auf den Film.« Sie wollte losgehen, doch er blieb stehen.

»Eigentlich habe ich mir gleich gedacht, dass du keine Landarbeiterin bist.«

Überrascht sah sie ihn an. »Warum?«

»Du strahlst so eine natürliche Würde aus, wie jemand, der sich nichts befehlen lässt, sondern eher selbst befiehlt.«

Was sollte sie darauf antworten? Abwartend sah sie ihn an. Würde er jetzt nicht mehr mit ihr ins Kino gehen wollen?

Zu ihrer großen Erleichterung jedoch lächelte er sie an, und sein Blick hielt den ihren fest, während er sagte: »Eine Principessa bist du auf alle Fälle – wenigstens für mich. So, und nun lass uns gehen. Die Vorstellung fängt gleich an.« Er legte seine Hand auf ihren Rücken und dirigierte sie zwischen den parkenden Autos hindurch zur Straße. Auch nachdem er seine Hand schon längst weggenommen hatte, spürte sie sie immer noch. Sie hatte ihr ein Gefühl von Sicherheit, ja, Geborgenheit, gegeben.

Das Kino war bereits gut besetzt, als Katharina und Luciano von dem Platzanweiser zu ihrer Reihe geführt wurden. Für einen Moment hielt Katharina den Atem an. Zwei Reihen vor ihnen saß eine Bekannte von ihr aus Rebenach mit ihrem Mann. Wenn die mich sieht, weiß morgen das ganze Ahrtal, dass ich einen Italiener zum Freund habe, schoss es ihr durch den Kopf. Im nächsten Moment klappte Luciano für sie galant den Kinositz herunter. Dann soll sie doch tratschen, sagte sie sich und nahm Platz. Die Lichter gingen aus, die Werbung fing an, und in der Pause kaufte Luciano bei der jungen Frau, die mit dem Bauchladen durch die Sitzreihen ging, zwei Langnese-Eis. Dann begann der Film.

Sie saßen eng nebeneinander, so eng, dass sich ihre Arme und Schenkel berührten. Die körperliche Nähe zu Luciano und sein Duft von Sandelholz und Zitrone, der ihre Nase umspielte, lenkten Katharina so sehr ab, dass sie sich kaum auf den Film konzentrieren konnte. Stattdessen verfolgte sie jede Berührung zwischen ihnen und fragte sich, ob sie tatsächlich nur rein zufällig war. Als das Licht im Saal wieder anging, war sie sogar ein wenig enttäuscht, dass Luciano nicht einmal ihre Hand genommen hatte. Sie konnte sich noch genau daran erinnern, dass diese Geste Franks erster Annäherungsversuch gewesen war. Und nach der Kinovorstellung hatte Frank sie dann zum ersten Mal geküsst. Ach, Frank …, dachte sie mit plötzlich aufsteigender Traurigkeit. Wie lange war das her? Sieben Jahre waren sie zusammen gewesen, später sogar verlobt – und jetzt war er tot.

»Wie leer bei euch die Straßen um diese Uhrzeit sind«, wunderte sich Luciano, als er neben ihr herging, beide Hände in den Hosentaschen vergraben. »Bei uns geht um diese Zeit das Leben erst richtig los. Und auch die Lokale bei euch. Bei uns essen die Gäste auf dem Trottoir, in der Abendluft.«

Katharina lächelte ihn von der Seite an. »Vielleicht gefällt es den Deutschen nicht, dass man ihnen beim Essen und Trinken zusieht.«

Luciano lachte. »Das könnte der Grund sein. Ihr habt ja den Ruf, sehr arbeitsam und tüchtig zu sein. Wir in Italien arbeiten, um zu leben, und genießen das Leben.«

Katharina schluckte. Von diesen Unterschieden zwischen ihnen wollte sie eigentlich gar nichts wissen. Während sie im Gleichschritt nebeneinanderher gingen, fühlte sie sich Luciano vielmehr so nah, als würden sie sich schon viel länger kennen. Und als er jetzt auch noch den Arm um ihre Schultern legte, gab ihr diese Geste ein Gefühl von Zusammengehörigkeit.

»Darf ich dich zum Essen einladen?«, fragte er mit seiner rauchigen Stimme. Sein Blick war dabei voller Erwartung.

Sie seufzte bedauernd. »Ich kann nicht.« Wie gerne wäre sie noch länger mit ihm zusammengeblieben, aber was sollte sie ihrer Mutter sagen, falls sie nach ihr nach Hause kommen würde? »Ein anderes Mal gerne«, fügte sie rasch hinzu.

»Gut, dann gehen wir zurück zum Parkplatz«, erwiderte er und lächelte sie an – wobei ihr sein Lächeln dieses Mal als weniger warm und herzlich erschien.

Auf dem Weg zu ihren Wagen sprachen sie über den Film und dann standen sie auch schon vor ihrem Auto. Luciano legte die Hände auf ihre Schultern und küsste sie freundschaftlich auf beide Wangen. Sein Blick wurde wieder inniger. »Wollen wir am Sonntag einen Ausflug zum Nürburgring machen?«

Der Knoten in ihrer Brust, der sie bis zum Parkplatz begleitet hatte, löste sich mit einem Mal auf. Obwohl sie sich vor mehr als einem Jahr geschworen hatte, niemals mehr dorthin zu fahren, sagte sie jetzt nur allzu gerne Ja.

»Traust du dich, auf meinem Motorrad mitzufahren?«, fragte er mit blitzenden Augen.

»Warum nicht?«, erwiderte sie forsch.

»Alora – dann hole ich dich am Sonntag um elf Uhr ab. Va bene?«

»Va bene«, wiederholte sie. »Wir treffen uns beim Bahnhof.«

Er wirkte überrascht. Wahrscheinlich war er davon ausgegangen, sie zu Hause abzuholen, doch er sagte nichts dazu. Ob er ahnte, dass sie ihre Verabredung vor der Nachbarschaft geheim halten wollte?

Die Aussicht darauf, in vier Tagen mehr Zeit mit Luciano verbringen zu können als nur zwei Stunden, verlieh ihr auf dem Nachhauseweg Flügel. Wann hatte sie sich das letzte Mal so energiegeladen und leicht gefühlt?

Als sie abends im Bett lag, träumte sie sich Luciano neben sich, rief sich seine dunkle Stimme in Erinnerung, sah seine tiefbraunen Augen vor sich und sein Lächeln. Als schließlich die Sterne am Himmel funkelten, wusste sie, dass sie sich verliebt hatte. Sie hieß diese Empfindung, die sie von innen wärmte und ihre Sorgen um das Weingut vergessen ließ, willkommen. Nach langer Zeit hatte sie wieder einmal das Gefühl, zu leben.

In den Tagen bis Sonntag arbeitete Katharina täglich ein paar Stunden im Weinberg. Sie half, die Jungreben der Dornfeldertraube auf dem neuen Hang einzupflanzen, den Hermann zuvor mithilfe von ein paar Schülern aus der Weinbauschule gerodet und auf die Neubepflanzung vorbereitet hatte. Die körperliche Arbeit tat ihr gut. Sie machte ihren Geist frei, der, wenn sie nicht an Luciano dachte, angestrengt auf der Suche nach einer Idee für einen Nebenerwerb war. Mit einem tiefen Seufzer richtete sie sich aus der gebückten Haltung auf und drückte den Rücken durch. Sie blickte hoch in den grauen Himmel. Papa, du hast mir bis jetzt noch kein Zeichen gegeben, dachte sie liebevoll lächelnd. Dir fällt wahrscheinlich auch nichts ein.

Katharina fuhr in ihrer Arbeit fort – und dachte wieder an Luciano. Sie wünschte sich, mehr von ihm zu bekommen als nur zwei Abschiedsküsse auf die Wangen. Aber wo konnten sie ungestört zusammen sein? Da kam ihr eine Idee. Ihr Vater hatte seine Jagd in der Nähe des Nürburgrings bis Ende 1957 gepachtet. In dem Jagdgebiet befand sich eine urige Jagdhütte, in der ihr Vater manchmal, wenn er zum Nachtansitz gegangen war, übernachtet hatte. Das letzte Mal hatte sie dort vor etwa einem Dreivierteljahr nach dem Rechten gesehen. Versonnen lächelte Katharina vor sich hin. Diese Hütte, tief im Wald verborgen, eignete sich hervorragend als Liebesnest. Doch kaum hatte sie diesen Gedanken zu Ende gedacht, bekam sie Angst vor der eigenen Courage. Sollte sie sich tatsächlich auf Luciano einlassen? In etwas mehr als zwei Wochen würde er wieder in seiner Heimat sein. Doch dann sah sie ihn wieder auf dem Bahnhofsparkplatz an dem Eiswagen lehnen, schlank, sehnig, sonnengebräunt. Dieses Bild hatte sie wie ein Foto vor Augen. Der hellblaue Bulli mit der Aufschrift »Die fahrende Eisdiele – Rimini« und dieser attraktive Italiener davor …

Abrupt hielt sie in ihrer Bewegung inne. Unfähig, weiterzuarbeiten, blieb sie zwischen den Reben stehen wie vom Blitz getroffen. Tatsächlich hatte sie gerade ein Blitz getroffen, ein Gedankenblitz, der ihren Puls in den Schläfen hämmern ließ. Ja, das war eine Idee! So konnte es gelingen. Sie musste zurück ins Kontor. Jetzt. Sofort. Sie brauchte ihren Schreibtisch, Stift und Papier.

An diesem Donnerstagabend kam Katharina zu spät zum Abendessen, in verschmutztem weißem Oberhemd, grüner Latzhose und mit zerzausten Haaren.

»Warst du etwa so lange im Wingert, Kind?«, fragte Martha besorgt.

»Nein, im Kontor.«

Die Augen ihrer Mutter wurden noch größer. »Dort gibt es doch gar nicht mehr so viel zu tun.«

Katharina lachte. »Mehr als du denkst, Mutter.«

»Du strahlst ja. So hab ich dich lange nicht gesehen, Mädchen. Gibt es gute Nachrichten?«

»Mir ist eine Idee gekommen, wie wir Geld verdienen könnten«, redete sie da aufgeregt los. »Ich werde zwei- oder dreimal in der Woche über Land fahren und dort Dinge des täglichen Bedarfs verkaufen. In den kleinen Eifeldörfern, die weit verstreut liegen, leben doch viele ältere Frauen, oft Kriegswitwen, die keinen Führerschein haben und die sich damit schwertun, ihre Einkäufe zu tätigen. Die fahren vielleicht zweimal im Monat mit der Tochter oder der Nachbarin in die Stadt, aber ansonsten leben sie von ihren Vorräten. Bei mir können sie die frischen Lebensmittel mehrmals wöchentlich kaufen. Und das direkt vor der Haustür.« Ein wenig atemlos hielt sie inne und trank einen Schluck Riesling. Dann sah sie ihre Mutter erwartungsvoll an. »Was hältst du von dieser Idee?«

»Mit welchem Wagen denn?«

»Mit unserem Lieferwagen natürlich. Der steht doch sowieso meistens nur herum, seit wir so wenig Bestellungen haben. Hermann müsste nur Regale, ein Stromaggregat und einen Kühlschrank einbauen.«

Ihre Mutter nickte, und Katharina sah ihr an, dass es in ihrem Kopf arbeitete. »Und was genau willst du verkaufen?«

Katharina hob die Schultern. »Meine Güte, das, was alle brauchen«, antwortete sie ungeduldig. »Butter, Wurst, Käse, Salat. Vielleicht sogar Waschpulver. Halt Sachen des täglichen Bedarfs wie auch Tante Lotte und Ursel, nur in kleinerem Sortiment, weil ja nicht so viel in den Wagen passt.«

»Also …« Martha lehnte sich zurück. »Wie bist du denn auf diese Idee gekommen?«

»Durch einen italienischen Eiswagen, der ein paarmal in der Woche in Bad Neuenahr steht und Eis verkauft. Nicht der Wagen, sondern der Eisverkäufer natürlich«, verbesserte Katharina sich.

Ihre Mutter nickte wissend. »Die italienischen Eisdielen schießen ja jetzt wie Pilze aus dem Boden. Die kommen hierher, verdienen bei uns ordentlich Geld und gehen nach ein paar Jahren zurück nach Italien, um sich dort die schönsten Häuser zu bauen.«

Katharina stutzte. »Woher willst du das denn wissen?«

»Das erzählt man sich so. Italienische Eisdielen hat es doch schon vor dem Krieg gegeben, auch schon in kleineren Städten. Selbst unter Hitler, der allen anderen ausländischen

Gewerbetreibenden die Lizenz entzog. Nur die italienischen Eisdielen durften bleiben, damit wurde die Nähe des faschistischen Italien zum nationalsozialistischen Deutschland demonstriert. Aber viele Italiener sind dann doch in ihr Land zurückgegangen. Die hängen doch viel zu sehr an ihrer Heimat, als dass sie sich in einem anderen Land für immer niederlassen würden.«

Von dem, was ihre Mutter gerade gesagt hatte, kreiste jetzt nur der eine Satz in ihrem Kopf: Die hängen doch viel zu sehr an ihrer Heimat, als dass sie sich in einem anderen Land für immer niederlassen würden.

»Ach was, das ist ein Vorurteil«, tat sie diese Bemerkung verärgert ab.

»Glaubst du wirklich, dass die vielen Gastarbeiter, die zurzeit bei uns eintreffen, bleiben werden? Die wollen hier Geld verdienen, und dann sind sie weg.«

Die Worte ihrer Mutter stießen Katharina bitter auf. Sie fühlte sich persönlich getroffen. »Ich will jetzt nicht über italienische Gastarbeiter reden, sondern über meine neue Idee«, wiegelte sie ab. »Also, versuchen wir es?«

Martha zündete sich eine Zigarette an und blies den Rauch mit nachdenklicher Miene an die mit Holz getäfelte Esszimmerdecke. Währenddessen versuchte Katharina, ruhig zu bleiben. Ohne die Zustimmung ihrer Mutter konnte sie die Sache vergessen.

Doch dann begann ihre Mutter zu strahlen. »Ich finde die Idee fantastisch! Das wäre eine Erleichterung für viele Menschen in der tiefsten Eifel. Aber glaubst du nicht, dass es so ein fahrbares Geschäft vielleicht schon gibt?«

»Vielleicht. Doch die Eifel ist groß. Sollte ich bereits eine Konkurrenz haben, werde ich mir eine Fahrstrecke aussuchen, die noch nicht versorgt wird. Da kann mir das Gewerbeamt vielleicht helfen, bei dem ich ja sowieso eine Lizenz erwerben muss.«

»Aber wir müssen die Sachen ja erst mal selbst irgendwo kaufen.«

»Wo kaufen denn Tante Lotte und Ursel ihre Ware? Dort werden wir auch kaufen.« Katharina beugte sich mit glühenden Wangen vor. »Ich habe sogar schon daran gedacht, die Ware erst einmal in Kommission zu verkaufen – so lange, bis ich einschätzen kann, wie groß der Kundenkreis ist.«

»Wie meinst du das?«

»Ich frage Tante Lotte und Ursel, ob sie mir die Lebensmittel bereitstellen. Alles, was ich nicht verkaufe, gebe ich ihnen zurück.«

Martha sah ihre Tochter bedeutungsvoll an. »Du weißt, dass Lotte eine gute Geschäftsfrau ist. Obwohl wir verwandt sind, wird sie bestimmt an dieser Lösung ordentlich verdienen wollen.«

Katharina lächelte. »Ich bin auch eine gute Geschäftsfrau, Mutter. Natürlich wird ein Paket Butter oder ein halbes Pfund Holländer Käse bei mir ein paar Pfennige mehr kosten als in dem Lebensmittelgeschäft in der nächsten Kleinstadt. Immerhin verfahre ich ja auch Benzin, und der Wagen hat einen höheren Verschleiß, als wenn Hermann einmal im Monat damit nach Remagen fährt, um ein paar Kisten Wein zu verschiffen. Das sind alles Kosten, die ich wieder reinholen muss. Und natürlich müsste ich erst einmal auch Tante Lotte etwas von meinem Verdienst abgeben. Aber dadurch ist mein Risiko geringer. Wenn ich irgendwann einen festen Kundenstamm habe und weiß, welche Produkte gut laufen und welche Mengen ich verkaufen kann, werde ich wie Ursel selbst auf dem Großmarkt einkaufen.«

Martha atmete so tief durch, dass sich die Bluse über ihrem

ausladenden Busen spannte. »Ich fahre mit dir. Ich bin dabei«, verkündete sie stolz.

»Wirklich?«

»Das Geldverdienen kann nicht nur auf deinen Schultern lasten. In dieser Situation müssen wir zusammenhalten. Außerdem …« Auf ihr Gesicht legte sich ein trauriges Lächeln. »Dank deines Vaters habe ich bisher ein gutes Leben geführt, er hat für alles gesorgt. Selbst im Krieg musste ich nicht um meinen Mann bangen, so wie Lotte zum Beispiel, weil er ja wegen seines Sehfehlers freigestellt war. Weißt du, mein Kind …« Ihre Stimme kündigte die aufsteigenden Tränen an. »Ich möchte jetzt dem Schicksal etwas zurückgeben.«

»Abgemacht, wir machen es zusammen«, sagte Katharina betont burschikos. »Aber nicht in deinem schillernden hellgrünen Kleid.«

Da lachte ihre Mutter wieder. »Das ist doch ein Grund für ein neues Nähprojekt. Was hältst du von einem grünen Lodenrock und einer grünen Bluse?«

»Ich bin sicher, die sind schon mal die beste Voraussetzung für unseren Geschäftserfolg.«

»Wenn ich aus dem Urlaub zurück bin, legen wir los.«

Katharina lachte. »Nun mal langsam. Wir brauchen eine Vorbereitungszeit. Der Wagen muss doch erst umgebaut werden. Und er braucht eine Beschriftung. ›Lebensmitteldienst Hammes‹.«

»Das kann Hermann doch in den vierzehn Tagen machen, die ich in den Ferien bin«, sagte Martha unternehmungslustig.

»Ich werde mich darum kümmern«, versprach Katharina. Sie freute sich über die Begeisterung und den Tatendrang ihrer Mutter.

Martha beugte sich vor und streichelte über den Tisch hinweg ihre Hand. »Ich bin stolz auf dich, mein Schatz. Und dein

Vater wäre es auch. Aber du hattest schon als Kind keine Angst vor Neuem.« Sie lachte leise. »Im Gegenteil. Du warst immer neugierig und hattest Lust, Grenzen zu überschreiten. Und du warst viel mutiger als dein älterer Bruder.« Dann zog sie die Hand zurück und setzte sich aufrecht hin. »Morgen Abend könnten wir uns mit Lotte und Ursel zusammensetzen wegen der Kommissionsware«, schlug sie vor. »Dann habe ich noch den Samstag zum Packen, und Sonntag geht es los.«

An diesem Abend konnte Katharina vor Aufregung nicht einschlafen. Noch lange saß sie am Fenster und sah in den Himmel, von dem ihr, nachdem sich die Wolken am Abend verzogen hatten, die Sterne entgegenblinkten.

»Danke, Papa«, sagte sie leise. »Jetzt bin ich sicher, dass die Begegnung mit Luciano kein Zufall sein kann. Durch ihn bin ich auf die Idee gekommen. Das siehst du doch genauso, oder?«

Sonntagmorgen in aller Früh herrschte auf dem Hof des Weinguts helle Aufregung. Martha, ihre Schwester und Katharina liefen aufgeregt hin und her und redeten durcheinander. Mit dem kurzen braunen Haar und in der weiten Hose sah Lotte burschikos und viel jünger aus als fünfundvierzig. Die fünf Jahre ältere Martha dagegen wirkte in dem selbst geschneiderten, figurbetonten Sommerkleid sehr damenhaft. Kaum jemand hätte die beiden für Schwestern gehalten. Mit hochroten Köpfen trugen die drei Marthas Koffer und Taschen in Lottes Wagen. Der Proviantkorb, den Hedwig am Vorabend gepackt hatte, passte gerade eben noch hinein.

»Ist das ein herrlicher Morgen!«, rief Lotte begeistert aus. »Kein Wölkchen am Himmel.«

»Wenn Engel reisen …«, entgegnete Martha mit verschwörerischem Zwinkern.

»Mit diesem Auto wollt ihr tatsächlich nach Bad Gastein fahren?«, scherzte Katharina.

»Das ist ein Schnelllaster DKW Kastenwagen mit 32 PS und erst ein Jahr alt«, erwiderte ihre Tante mit gespielter Empörung. »Der schafft achtzig Stundenkilometer. Damit fahren wir allen anderen davon.«

Katharina lachte und umarmte Lotte. »Wie auch immer – ich wünsche euch eine gute Reise und schöne Tage.«

»Die werden wir ganz bestimmt haben«, versicherte ihre Tante ihr.

»Danke noch einmal dafür, dass wir uns gestern Abend bezüglich der Kommissionsware einig geworden sind!«, rief Katharina ihr nach, bevor sich Lotte auf den Fahrersitz schwang.

»Als Familie muss man doch zusammenhalten«, antwortete Lotte, bevor sie die Tür zuschlug.

Der Motor heulte auf, ein dreimaliges Hupen, zwei Hände winkten aus den Fenstern – und dann trat eine geradezu unheimliche Stille ein. Katharina stand allein auf dem Hof. Sie konnte noch nicht glauben, dass sie die kommenden vierzehn Tage sturmfreie Bude hatte – wie Ursel es ausgedrückt hatte. Was mochte in diesen zwei Wochen alles passieren?

Katharina war so nervös, als würde sich an diesem Sonntag ihr Leben für immer verändern. Die Zeit wollte und wollte nicht vergehen. Sie schrieb Rechnungen für Weinlieferungen an vier Hotels rheinabwärts, die in der kommenden Woche beliefert werden sollten. Diese Einnahmen waren zwar nicht mehr als ein Tropfen auf den heißen Stein, aber immerhin hatten sich auf ihr zweites Anschreiben wieder ein paar alte Kunden gemeldet. Das freute sie. Endlich war es so weit. Sie prüfte noch einmal ihr Make-up und ging kurz nach halb elf hinüber zu dem kleinen Bahnhof in Rebenach. Für den Motorradausflug hatte sie eine Hose angezogen. Ihr Haar hatte sie zum Zopf gebändigt, damit es unter den Helm passen würde, den Luciano für sie mitbringen wollte.

Als sie weit vor der verabredeten Zeit dort ankam, war Luciano bereits da. Rauchend, mit schwarzer Sonnenbrille lehnte er an seiner Maschine.

»Madonna!«, rief er mit ausgebreiteten Armen aus, als sie auf ihn zuging. »Welch ein Wetter!« Dann sah er sie mit seinem besonderen Lächeln an, das sie so mochte. »Bist du bereit?«

»Natürlich«, erwiderte sie ebenso strahlend. Sie erwartete, dass er sie mit Küsschen auf die Wangen begrüßte – so wie er sich am Mittwochabend von ihr verabschiedet hatte –, aber er tat nichts dergleichen.

»Du sagst mir, wie ich fahren muss«, bat er sie stattdessen mit intensivem Blick, als er ihr den Helm reichte.

»Wo soll ich sitzen?« Sie hatte bereits bemerkt, dass in dem Beiwagen Papiertüten und eine Decke lagen.

»Hinter mir. Du kannst dich an mir festhalten. Im Beiwagen fährt unser Picknick mit.« Er prüfte gewissenhaft, ob sie ihren Helm auch richtig aufgesetzt und zugemacht hatte, und half ihr dann galant auf den Motorradsattel. Dabei umwehte sie sein Rasierwasser, das ihr schon vertraut vorkam.

»Du duftest gut«, sagte er und setzte sich vor sie. Sie lächelte. Zwei Seelen – ein Gedanke. Und wieder faszinierte sie seine sinnliche Stimme, dieser besondere Tonfall, der Akzent. Wenn er mich heute verführen sollte, werde ich es zulassen, dachte sie, während sie die Arme um seine Mitte schlang.

Luciano zündete den Motor, der sanft zu schnurren begann, und fuhr los. Die ersten Kilometer ging es in geruhsamem Tempo an der Ahr entlang, die sich in engen Bögen durch die bizarre Felslandschaft schlängelte. Zu beiden Seiten des schmalen Flusses schmiegten sich hellgrüne Weinreben an die Hänge. Schon nach den ersten Metern fühlte sich Katharina, die nie zuvor auf einem Motorrad gesessen hatte, angeschmiegt an Luciano sicher und geborgen. So hätte sie bis ans Ende der Welt fahren wollen.

Die Fahrt ging durch kleine Weinorte, bis sie hinter Altenahr links in Richtung Nürburgring abbogen. Hier tauchten sie in eine bunte Wiesenlandschaft ein, die friedlich in der Mittagssonne lag. In der warmen Luft hing der herbe Geruch von Löwenzahn, dessen Blüten das strahlende Gelb der Sonne am wolkenlosen Himmel eingefangen hatten. Bald wand sich die schmale Landstraße bergauf durch ein Waldgebiet, wo Buchen und Eichen majestätisch in den Himmel ragten. Zwischen ihren ausladenden Kronen hindurch fiel flirrendes Sonnenlicht und malte Muster auf den Asphalt. Hinter dem Wald schließlich eröffnete sich ihnen der Blick auf die Eifelhöhen, die sich bis zu den Ardennen hinzogen. Von hier aus war es nicht mehr weit bis zu ihrem Ziel. Aus der Ferne war bereits das Heulen der Motoren zu hören. Je näher sie dem Nürburgring kamen, desto mehr krampfte sich Katharinas Herz zusammen.

Sie hielten auf einem Parkplatz an der Nordschleife, wo sich schon andere Motorsportbegeisterte versammelt hatten. Die Leute standen unweit der Rennstrecke am Zaun oder saßen auf Campingstühlen auf der Wiese, um ein paar Blicke auf die Hobbyrennfahrer zu erhaschen, für die diese Strecke am Wochenende freigegeben war, da kein offizielles Rennen stattfand. Katharina stieg vom Motorradsattel und nahm den Helm ab. Ohrenbetäubender Motorlärm und Reifenquietschen drängten jetzt erbarmungslos auf sie ein – ein Déjà-vu, das ihr für ein paar Momente die Luft nahm.

»Hast du schon einmal etwas von der Targa Florio gehört?«,

fragte Luciano und legte seine Hand auf ihren Rücken, um sie zur Rennstrecke zu dirigieren.

»Nein.« Abrupt blieb sie stehen. Ihre Beine wollten nicht weitergehen.

»Das ist ein Autorennen auf Sizilien, das seit 1906 jedes Jahr stattfindet. Die Rennstrecke geht durchs Madoniegebirge, dort, wo wir wohnen, und ist sehr gefährlich. Die Autos fahren in unmittelbarer Nähe der Höfe vorbei, ohne Sicherheitszäune. Zuschauer, Felsen, Bäume und Abgründe säumen die Rennstrecke. Verlorene Hufnägel von Pferden oder auch Hühner auf der Fahrbahn haben schon zu manch tödlichem Unfall geführt. Mein Chef und ich waren jedes Jahr dort und sind dem Rennen nachgefahren. Wenn es an den Rennwagen zu irgendwelchen Schäden kam, waren wir zuerst vor Ort. Dort habe ich viel über Sportwagen gelernt.«

Luciano hatte mit dem ungebremsten Eifer eines kleinen Jungen gesprochen. Jetzt erst schien er zu bemerken, dass seine Worte sie unangenehm berührten. Mit unsicherem Blick sah er sie an. »Mögen deutsche Frauen keine Autorennen?«

Katharina biss sich auf die Lippe. Sie wollte ihm den Spaß nicht verderben, aber er sollte auch wissen, warum sie diesen Sport hasste. Sie hatte ihn begleitet, um mit ihm zusammen zu sein – ohne zu ahnen, wie schwer es ihr immer noch fiel, an der Stätte zu sein, wo sie ihre Liebsten verloren hatte.

Sie holte tief Luft und sagte tonlos: »Mein Vater, mein Bruder und mein Verlobter Frank sind hier vor einem Jahr und zwei Monaten an einem Sonntag bei einem privaten Rennen ums Leben gekommen.«

»Madonna!« Luciano bekreuzigte sich und sah sie fassungslos an. »Hier?«

»Ja, in dieser Nordschleife.« Sie räusperte sich und fuhr dann sachlich fort: »Mein Vater hatte sich ein neues Auto gekauft.

Mein Bruder saß am Steuer, mein Vater daneben. Frank fuhr mit seinem eigenen Wagen. Er flog aus der Kurve und fuhr in den Wagen meines Vaters hinein. Beide Autos überschlugen sich, fingen Feuer. Frank und Peter waren auf der Stelle tot. Mein Vater starb zwei Tage später an seinen Verbrennungen.« Bei den beiden letzten Sätzen hatte ihre Stimme zu zittern begonnen, und sie hatte Mühe, die Tränen zurückzuhalten. Plötzlich war alles wieder zum Greifen nah. Der Motorlärm, das Quietschen der Bremsen, das Zischen der Flammen, die Schreie …

Da spürte sie Lucianos Arme um sich, die sie hielten und sanft an ihn drückten. »Scusa«, sagte er leise an ihrem Ohr. »Mi dispiace – es tut mir leid. Hätte ich das gewusst, hätte ich dich doch nicht zum Nürburgring eingeladen.«

Dass er so viel Mitgefühl zeigte, ließ sie ein wenig entspannen. Ein paar Herzschläge lang lehnte sie sich an ihn, genoss die Wärme seines Körpers, atmete seinen Duft ein und hoffte, diese Augenblicke der Nähe würden nicht so schnell enden. Dann jedoch löste sich Luciano von ihr.

»Weißt du was?«, fragte er in aufmunterndem Ton. »Wir fahren jetzt irgendwo anders hin, an einen Ort, der dich nicht traurig macht. Und dort machen wir ein schönes italienisches Picknick. Kennst du vielleicht einen solchen Ort hier in der Nähe?«

Die Jagdhütte lag nur ein paar Kilometer vom Nürburgring entfernt. Katharina und Luciano fuhren durch Wiesenauen, durch Wacholderheide und Buchenwälder, bis sie schließlich in einen landwirtschaftlichen Weg einbogen, der in einen Birkenwald führte. Dort lag die Hütte mitten auf einer Lichtung in der Sonne.

»Magnifico!«, rief Luciano begeistert aus. »Wem gehört diese Hütte?«

Katharina erzählte es ihm.

»Und du hast den Schlüssel? Was für eine schöne Überraschung.«

Sie reichte ihm den Schlüssel, und er schloss auf. Hintereinander betraten sie den Raum, aus dem ihnen ein feuchtmodriger Geruch entgegenschlug.

»Darf ich die Fenster öffnen?«

»Natürlich«, entgegnete sie lächelnd.

Als Luciano die Fensterflügel aufstieß, begannen Abertausende Staubteilchen auf den Sonnenstrahlen, die in den großen Raum fielen, zu tanzen.

Katharina ließ die Holztür offen stehen und sah sich um. Alles war noch ordentlich und sauber – der große Tisch mit den Stühlen in der Mitte, die Küchenzeile mit dem zweiflammigen Gasherd, der über eine Gasflasche gespeist wurde, die Regale mit dem Geschirr und den Töpfen, der Kamin mit dem Hirschfell und den beiden Sesseln davor.

»Wohin führt diese Tür?«, fragte Luciano neugierig.

»Da ist noch ein kleiner Raum mit zwei Betten. Meine Eltern haben manchmal hier übernachtet, wenn sie nach einer Treibjagd gefeiert haben.«

»Das ist ja ein richtiges Haus!«

Sie musste lachen. »Na ja … Die Toilette ist außerhalb in einem Hüttchen mit Herz in der Tür, und das Wasser muss man aus dem Weiher holen, der etwa zweihundert Meter entfernt liegt.«

»Bei uns ist die Toilette auch draußen«, erzählte er ihr unbekümmert. »Oberhalb des Hühnerstalls.«

Für den Bruchteil einer Sekunde stutzte sie – was er ihr angesehen haben mochte. Denn ernst fügte er hinzu: »Ja, so ist das auf unserer Insel. In den Dörfern gibt es natürlich Kanalisation, aber wir leben außerhalb von Il Nido.«

Sie sah ihn an, wie er so vor ihr stand – ungemein attraktiv, modisch gekleidet, intelligent, eloquent … So wie er aussah, passte er doch gar nicht in die Umgebung, die er beschrieb.

Luciano rieb sich die Hände. »So, jetzt mache ich uns ein schönes Picknick. Wo möchte die Principessa speisen?«

Sie spürte einen leichten Stich im Herzen. Es gefiel ihr nicht, wenn er sie so nannte, machte es ihr doch die gegensätzlichen Welten, in denen sie lebten, viel zu deutlich bewusst.

Ein paar Minuten später stand Katharina staunend vor dem grob gezimmerten Tisch, der auf der Holzveranda unter dem überstehenden Dach stand.

»Ein Freund von Onkel Cesare besitzt einen negozio di alimentari. Dort habe ich eingekauft«, erzählte Luciano ihr stolz und zeigte auf die einzelnen Schalen, die sich auf der Tischplatte aneinanderreihten. »Fenchelsalami, Schinken, Pecorino, Burrata, in Kräutern und Olivenöl eingelegte Tomaten, Kapern, Oliven, Ciabatta, das meine Tante selbst backt. Und hier …«, er hielt eine Flasche hoch, die eine zartgrüne Flüssigkeit enthielt, »… das beste Olivenöl Siziliens. Die Sorte Nocellara del Belice. Im Duft ist es fruchtig-frisch, die Früchte schmecken nach Strauchtomaten, Äpfeln und frischem schwarzem Pfeffer. Koste mal.« Ruhig und konzentriert drehte er den Verschluss auf, ließ vorsichtig einen dünnen Strahl auf einen der beiden Teller laufen und brach ein Stück Ciabatta ab. Dann tunkte er es in das Öl und hielt es ihr vor den Mund.

Sie nahm es und aß. »Köstlich«, schwärmte sie. »So etwas habe ich noch nie gegessen.«

Er lächelte sie an – zufrieden und zärtlich. »Da ist noch Öl. Lass mich mal«, murmelte er und strich behutsam über ihre Unterlippe. Dann leckte er das Öl von seinem Zeigefinger, während er ihr tief in die Augen sah. Diese sinnliche Geste, diese leichte Berührung, pulsierte durch Katharinas Körper. Sie fühlte sich in Lucianos Blick gefangen, wartete darauf, dass er sie in diesem Augenblick voller Intimität in die Arme nehmen und küssen würde. Stattdessen trat er einen Schritt von ihr zurück und deutete mit einer Geste an, sie solle Platz nehmen.

»Und natürlich sizilianischer Wein«, fuhr er fort, seine Schätze anzupreisen, als hätte es die kribbelnde Situation zwischen ihnen nicht gegeben. »Weißer Grillo. Der ist perfekt für mittags. Natürlich müsste er kälter sein, aber das war unter diesen Umständen nicht möglich«, fügte er zwinkernd hinzu.

Nachdem er eingeschenkt hatte, setzte er sich ihr gegenüber und wünschte ihr guten Appetit.

»Buon appetito«, sprach sie seine Worte nach. »Richtig?«

»Perfetto.«

Zaghaft griff sie zu, probierte zuerst die Fenchelsalami und sagte dann begeistert: »Die schmeckt köstlich. Viel besser als die, die wir in Rebenach beim Metzger kaufen.« Und bald schon stellte sie fest, dass alles auf dem Tisch köstlich schmeckte.

Luciano strahlte und griff ebenso beherzt zu. Bevor er sich eine der fleischigen Oliven in den Mund schob, fragte er: »Du warst verlobt?«

Katharina zuckte innerlich zusammen wie unter einem eiskalten Wasserstrahl. Sie griff nach dem Glas und trank einen großen Schluck Wein. Dann nickte sie. »Frank und ich haben uns in der Tanzschule kennengelernt.«

Lucianos tiefbraune Augen sahen sie voller Mitgefühl an. »Trauerst du immer noch um ihn?«

Für ein paar Augenblicke verlor sich ihr Blick in dem Blätterwerk der Birken, in dem die Sonnenstrahlen spielten. »Ich werde ihn niemals vergessen«, antwortete sie. »Aber …« Ihr

Blick kehrte zu Luciano zurück, der sie forschend ansah. »Aber inzwischen habe ich seinen Tod überwunden. Zuerst war es schrecklich. Dann hat das Leben meine Trauer überrollt. Mir blieb nur wenig Zeit, um zu weinen. Und seit einiger Zeit tut es nicht mehr weh.«

Luciano seufzte. »Welch eine Tragik! Auch noch dein Vater und dein Bruder …«

Ihr Lächeln fühlte sich verunglückt an. »Ja, meine Familie ist dadurch geschrumpft auf meine Mutter, meine Tante Lotte und meine Cousine Ursel, die du am Eiswagen ja kennengelernt hast.«

»So wenige?« Luciano sah sie mit großen Augen an.

»Tante Lotte hat noch einen Stiefsohn. Heiner. Der ist jedoch 1939 mit achtzehn in die USA ausgewandert. Meine Tante hatte einen sehr viel älteren Witwer geheiratet, der Heiner mit in die Ehe gebracht hat. Heiner besitzt heute in Detroit ein großes Autohaus. Er kommt jedes Jahr im Sommer, um uns zu besuchen.«

»Bei uns in Italien ist die Familie das Wichtigste«, erzählte Luciano, während er ein Stück Pecorino abschnitt. »Und die Familien sind sehr viel größer.«

Schweigen breitete sich aus, was Katharina bedrückte, aber sie hatte keine Idee, was sie hätte sagen sollen. Die vielen Unterschiede zwischen ihr und Luciano. Immer wieder zeigte sich ein neuer. Und dabei fühlte sie sich ihm doch auf eine vom Verstand nicht nachvollziehbare Weise eng verbunden. Bildete sie sich das alles nur ein?

Es war Luciano, der die Unterhaltung wieder in Gang brachte. »Wer leitet denn seit dem Tod deines Vaters das Weingut?«

Katharina setzte sich aufrecht hin. »Ich.«

»Du?« Er blinzelte verwirrt. »Wirklich?«

»Wirklich. Aber warum überrascht dich das so?«

Er hob die Schultern. »Bei uns machen die Frauen das, was sie seit Jahrtausenden gemacht haben: Sie werden Mütter und geben ihrer Familie ein Zuhause. Natürlich ist das in den Städten auch nicht mehr überall so«, räumte er ein. Dann neigte er den Kopf, musterte sie prüfend. »Aber eigentlich wundert mich das nicht«, fuhr er fort. »Das passt zu dir.«

»Ich habe meinem Vater am Sterbebett versprochen, das Weingut weiterzuführen. Obwohl es nicht einfach ist. Die Männerwelt akzeptiert mich nicht. Unsere Verkaufszahlen sind nach dem Tod meines Vaters drastisch eingebrochen, und ich habe mit großen Schwierigkeiten zu kämpfen. Aber ich werde weitermachen. Ich werde allen beweisen, dass ich es kann.«

Luciano schwieg. Den Ausdruck in seinen Augen konnte sie nicht lesen.

»Dabei haben die Frauen im Krieg doch bewiesen, dass sie gute Geschäftsfrauen sind«, fuhr sie fort. »Sie haben ihre Kinder erzogen und zusätzlich die Betriebe ihrer Männer weitergeführt. Ich verstehe gar nicht, dass man uns nach dem Krieg nicht mehr zutraut, in der Geschäftswelt erfolgreich sein zu können.« Sie hatte sich so sehr in Rage geredet, dass sie jetzt atemlos verstummte.

»Willst du denn auch Kinder haben?«, fragte Luciano leise.

»Warum nicht? Aber ich würde auch als Mutter das Weingut weiterführen wollen. Das gebe ich nicht auf.«

Er trank einen Schluck und sagte dann lächelnd: »Eine Frau wie dich habe ich noch nie kennengelernt.«

»Du warst ja vorher auch noch nicht in Deutschland«, erwiderte sie zwinkernd. »Findest du mich deswegen unsympathisch?«, erkundigte sie sich mit herausforderndem Blick.

Er hob beide Hände. »Du bist weiblich und wunderschön, und ich bewundere dich für deinen Mut und deine Entschlossenheit, aber ich …«, er suchte nach Worten, »aber ich muss mich erst daran gewöhnen.«

Katharina schluckte schwer. Um irgendetwas zu tun, nippte sie an dem Wein. Enttäuschung breitete sich in ihr aus. Wieder spürte sie das Unvereinbare zwischen ihnen.

»Und wer macht auf deinem Weingut den Wein?«, fragte er weiter, während er ihnen beiden nachschenkte.

»Ich habe einen Kellermeister. Hermann stammt aus dem Rheingau und besaß dort vor dem Krieg ein kleines Weingut. Als er 1953 aus russischer Gefangenschaft zurückgekehrt ist, fand er alles zerstört vor. Sein Sohn war gefallen, seine Frau inzwischen mit einem anderen verheiratet, seine Tochter mit einem GI nach Kalifornien gegangen. Er verließ den Rheingau auf der Suche nach Arbeit. Als er kurz nach dem Tod meines Vaters nach Dernau kam, erfuhr er, dass das Weingut Hammes einen Kellermeister brauchte. Für uns, für meine Mutter und mich, war er die letzte Rettung. Er macht seine Arbeit hervorragend und ist längst Mitglied unserer Familie.« Sie atmete tief durch und sah Luciano lächelnd an. »Jetzt erzähl du mir von deiner Familie.«

Luciano lachte. »Da könnte ich bis morgen früh erzählen. Wir sind eine sehr große Familie.«

»Erzähle mir nur von den wichtigsten Mitgliedern.«

»Alora … Mein Vater stammt aus Norditalien, aus einem Tal in den Dolomiten. Das ist die Region der Eismacher. Während Onkel Cesare, sein jüngerer Bruder, die Tradition fortgesetzt hat, ist mein Vater zur See gefahren und schließlich in Palermo hängen geblieben, wo er meine Mutter Violetta kennengelernt hat. Mein Vater war ein schweigsamer Mann mit umtriebigem Geist. Im Zweiten Weltkrieg kämpfte er in den Reihen der Partisanen gegen die Deutschen und ist erschossen worden.« Er lächelte, bevor er hinzufügte: »Von ihm habe ich meine Größe geerbt. Meine Geschwister sind alle kleiner als ich.«

»Und deine Mutter?«

»Mamma wird im Dorf *la strega* genannt. Das heißt Hexe. Nicht, weil sie so böse wäre, sondern weil sie während des Krieges, als wir keinen Arzt hatten, die Kranken mit ihren Kräutermischungen behandelt und auch meistens geheilt hat. Sie hat geholfen, die Toten zu waschen, und hat sich um Alte und Waisenkinder gekümmert.« Luciano lächelte zärtlich und fuhr mit bedeutungsvollem Blick fort: »Bei uns in Italien ist die Mutter der Mittelpunkt der Familie. Keiner wagt es, sich gegen ihr Wort zu stellen. Sie ist immer die erste Frau im Leben eines italienischen Mannes.« Katharina zog unwillkürlich die Brauen zusammen, was Luciano jedoch nicht zu bemerken schien. Vorbehaltlos sprach er weiter: »Dann gibt es noch meinen Bruder Silvio, den ich schon erwähnt habe, seine Frau Maria und ihre beiden Söhne. Dann …«

»Moment bitte, was sagt denn deine Schwägerin dazu, dass deine Mutter im Haus das Sagen hat?«, unterbrach sie ihn neugierig.

Luciano hob erstaunt die Brauen. »Das ist normal bei uns. Wenn meine Mutter tot ist, wird Maria ihre Rolle übernehmen.« Er lächelte sie an. »Alora, ich erzähle weiter. Meine Schwester Carlotta ist zu ihrem Mann Alessandro und dessen Familie nach Cefalù gezogen, wo sie einen negozio di alimentari haben. Die beiden haben drei Kinder. Drei Geschwister von mir leben nicht mehr. Ich bin das jüngste Kind meiner Eltern, weshalb meine Mutter auch so sehr an mir hängt und eifersüchtig über mich wacht. Sie ist schon fünfundsiebzig.« Nachdem er einen Schluck Wein getrunken hatte, fiel ihm noch ein: »Ach ja, und da gibt es noch Terzo. Er ist der sehr viel jüngere Bruder meiner Schwägerin Maria. Mamma hat sich seiner und Marias angenommen, nachdem die Eltern der beiden mit dem Auto verunglückt sind. Terzo vergöttert meine Mutter, was ihr natürlich gut gefällt«, fügte er grinsend hinzu.

»Und was ist mit dem Professore?«, fragte Katharina.

»Er ist als Junglehrer wegen seiner kommunistischen Einstellung aus Modena zwangsversetzt worden nach Sizilien, wo er seine Frau kennengelernt hat. Für ihn bin ich sein Ersatzsohn. Er und seine Frau hatten keine Kinder.« Ein weiches Lächeln umspielte seinen Mund, während er einen Augenblick gedankenversunken schwieg. »Wir haben ein sehr enges Verhältnis. Wesensmäßig ist er mir sogar näher als meine Familie. Meine Mutter hasst ihn, aber ich habe mir von ihr den Kontakt nicht verbieten lassen und dafür viel Streit mit ihr in Kauf genommen. Seit dem Tod seiner Frau fühle ich mich ihm gegenüber noch stärker verpflichtet. Der Professore und ich sehen uns jeden Tag.«

»Dann habe ich es ihm zu verdanken, dass wir uns so gut unterhalten können.«

»Ja, was die Sprache betrifft, aber ansonsten hast du dir das selbst zu verdanken, weil wir uns sehr ähnlich sind.«

Seine ernste Erklärung machte sie erst einmal sprachlos. »Trotz aller Unterschiede?«, fragte sie.

Sein Blick tauchte in ihren und hielt ihn fest. »Du bist la mia anima gemella – meine Seelenverwandte. Das habe ich sofort gespürt. Hier …« Er legte die rechte Hand auf sein Herz. »Gott will es so. Alora …«, fuhr er leichthin fort und stand auf. »Hast du Lust auf einen Spaziergang?«

Sie ließen das Essen auf dem Tisch stehen und spazierten in den Birkenwald hinein. Durch das Geäst der hohen Bäume warf die Sonne goldene Fäden auf den moosigen Weg. In der

Luft lag der würzige Duft von Harz, und am Wegesrand standen blaue Lupinen und Himbeerbüsche.

Luciano blieb stehen. »Magst du Himbeeren?«

Katharina lächelte ihn an. »Sehr.« Er beugte sich zu den Sträuchern hinunter und pflückte eine Handvoll. »Hier.« Beere für Beere hielt er an ihre Lippen. Sie kostete sie mit geschlossenen Augen, konzentrierte sich ganz darauf, wie die Süße der Frucht ihren Mund ausfüllte und wie Lucianos Finger jedes Mal ganz leicht ihre Lippen berührten. Dann öffnete sie die Augen – und blickte geradewegs in seine. Ihre Blicke verfingen sich, hielten einander fest. Katharina konnte die Spannung, die sich dabei zwischen ihnen aufbaute, kaum mehr aushalten. Da endlich legte Luciano seine Hand auf ihren Nacken und zog ihren Kopf sanft zu sich heran.

»Katharina, wie schön du bist«, sagte er andächtig, während er sie betrachtete. Mit den Fingerspitzen zeichnete er ihre Brauen nach, ihre Wangen, ihre Oberlippe. Seine sanfte Stimme mit dem Akzent, seine Worte und seine Berührungen brachten sie fast um den Verstand. Ihr Puls raste unter dem Ansturm der Gefühle, die dieser Mann in ihr entfachte. Wie hypnotisiert von dem Feuer in seinen tiefbraunen Augen, spürte sie ein sehnsüchtiges Ziehen im Leib. Da warf sie alle Zurückhaltung über Bord, legte die Arme um seinen Nacken und schmiegte sich an ihn. Er hielt sie fest an sich gedrückt, streichelte ihr übers Haar, über die Schultern, den Rücken, als würde er sich vergewissern wollen, ob sie auch wirklich leibhaftig war. Sie sprachen kein Wort, waren sich fremd und vertraut zugleich. Nach einer Weile ließ Luciano sie los, nahm ihr Gesicht in beide Hände und liebkoste es mit seinem zärtlichen Blick. Und dann endlich küsste er sie. Er küsste sie, wie noch nie zuvor ein Mann sie geküsst hatte. Sein Mund nahm von ihrem Besitz und erzählte ihr eine wunderschöne Geschichte von Liebe und Leidenschaft. Mit geschlossenen Lidern atmete sie seinen Duft ein wie ein Lebenselixier, seine Körperwärme drang ihr durch die Haut geradewegs in die Seele. Nach einer langen Zeit löste sich Luciano sacht von ihr.

»Wir müssen langsam zurück«, sagte er heiser. »Meine Tante hat mich für heute Abend zum Essen eingeladen.«

Katharina nickte nur. Sie war noch gar nicht wieder im realen Leben angekommen.

Hand in Hand gingen sie zur Hütte zurück, blieben immer wieder stehen und küssten sich. Das Einpacken des Picknicks und das Abschließen der Hütte passierten schweigend, aber das Versprechen auf eine Rückkehr lag bereits in der Luft. Luciano hatte die zweite Flasche aus seinem Korb innen aufs Fensterbrett gestellt, bevor er hinaustrat.

»Soll ich dich nach Hause fahren?«, rief Luciano ihr auf der Rückfahrt über die Schulter zu.

»Nein, nur bis zum Bahnhof, wo wir uns getroffen haben«, antwortete sie.

Dort angekommen sahen sie sich an – gleichermaßen unsicher, wie sie nun mit der Situation umgehen sollten. Auf dem kleinen Bahnhofsvorplatz waren, wie meistens sonntags, viele Leute. Die meisten waren Ausflügler, die aus Köln, Bonn oder Koblenz an die Ahr gekommen waren und sich jetzt wieder auf den Rückweg machten.

»Ich möchte dich wiedersehen«, sagte Luciano.

»Ich dich auch.«

»Kommenden Mittwoch?«

Sie nickte.

»Zeigst du mir eure Kelterei? Ich interessiere mich für alles, was mit Maschinen zu tun hat.«

»Wir haben keine Maschinen«, klärte sie ihn auf. »Der Weinbau ist Handarbeit. Die beiden einzigen Maschinen sind unsere Trecker. Diesbezüglich sind wir schon sehr fortschrittlich. Viele Winzer fahren noch mit Pferd und Wagen in den Weinberg.«

»Ich dachte …« Er wirkte so enttäuscht wie ein kleiner Junge.

Sie musste lachen. »Weil wir das Wirtschaftswunderland sind?«

»Ja, wahrscheinlich.«

»Ich zeige dir gerne die Kelterei. Mittwoch um fünfzehn Uhr bei dem kleinen Gerätehaus im Weinberg. Einverstanden?«

Luciano küsste sie zum Abschied nur auf beide Wangen. Sie hätte nicht sagen können, ob ihr das angesichts der Zuschauer ganz recht war oder ob sie es bedauerte. Sie hatte sich schon umgedreht, als er ihr nachrief: »Katharina – bello che ci sei.«

Sie wusste nicht, was die Worte bedeuteten. Waren sie eine Liebeserklärung, die die anderen nicht verstehen sollten?

Sie nahm sich vor, ihn in drei Tagen zu fragen.

Kaum hatte Katharina das Haus betreten, da klingelte das Telefon.

»Wo warst du denn den ganzen Tag?«, fragte ihre Cousine vorwurfsvoll. »Ich habe schon mehrmals angerufen.«

»Ich habe einen Ausflug gemacht«, antwortete Katharina wenig erfreut. Eigentlich stand ihr jetzt nicht der Sinn danach, mit jemandem zu sprechen. Vielmehr wollte sie an diesem Abend ihre Ruhe haben, um sich in das Erlebte zurückzuträumen. »Was gibt es denn so Wichtiges?«

»Was es so Wichtiges gibt?«, fragte Ursel spitz zurück. »Deine Mutter hat dich auch nicht erreicht. Sie wollte dir sagen, dass sie heute Station in Salzburg machen und morgen weiterfahren. Und dass alles in Ordnung ist und schöne Grüße.«

»Danke«, erwiderte Katharina mit einem unterdrückten Seufzer.

»Wo warst du denn den ganzen Sonntag?«

»Ich habe mit Luciano eine Motorradtour gemacht.«

Sofort war Ursels Unmut verflogen. »Sag das doch gleich! Der Italiener! Und? Wie war es?«, drängte sie.

Katharina lächelte in sich hinein. »Sehr schön. Und was hast du so getrieben?«

»Ich war heute Mittag mit Angelika – du weißt schon, mit der ich manchmal tanzen gehe – in Bonn Eis essen.« Es folgten zwei, drei Sekunden Pause, dann sprach sie in ehrfurchtsvollem Ton weiter: »Du, ich glaube, so italienische Eisverkäufer verdienen eine Menge Geld. Die Eisdiele war proppenvoll.«

»Aber nur im Sommer«, entgegnete Katharina, die bereits ahnte, worauf ihre Cousine hinauswollte.

»Wenn es ein guter Sommer ist, dann verdienen sie für den Winter mit. Vielleicht kann er ja bei seinem Onkel einsteigen. Dann würde er hierbleiben.«

Katharina atmete tief durch. »Sein Onkel hat einen Sohn und eine Tochter. Da ist kein Platz für ihn.«

»Dann soll er selbst eine Eisdiele eröffnen.«

»Das bedeutet zu investieren.«

Am anderen Ende der Leitung war es einen Moment still. »Ist er denn so arm?«, fragte Ursel erwartungsgemäß.

»Er ist arbeitslos«, klärte Katharina sie ungehalten auf. Ihr widerstrebte die Einmischung ihrer Cousine – auch wenn diese es nur gut meinte.

»Arbeitslos?« Ursel war entsetzt. »Ich dachte, der wäre auf Urlaub hier und würde bei seinem Onkel freundlicherweise aushelfen.«

»Das ist auch so – aber ja, er ist arbeitslos«, erwiderte Katharina mit fester Stimme. Sie konnte förmlich hören, wie Ursel überlegte.

»Und wenn er bei euch arbeiten würde?«

»Ursel, wir haben zurzeit kein Geld für einen weiteren Arbeiter. Außerdem – er versteht nichts vom Weinbau, und darüber hinaus kennen wir uns doch kaum.«

»Das ist aber blöd.«

Katharina musste leise lachen. In manchen Situationen war es der forschen Ursel dann doch anzumerken, dass sie erst zweiundzwanzig war.

»Wie lange ist er noch hier?«

»Noch vierzehn Tage.«

»Dann könnt ihr euch ja noch oft sehen«, meinte Ursel zuversichtlich. »Jetzt genieße erst mal die Zeit. Besser könnte es doch gar nicht sein. Wenn deine Mutter hier wäre, hättest du es schwer, ihn zu sehen. Oder würdest du es ihr etwa erzählen?«

»Erstens stellt sich diese Frage nicht, und zweitens bin ich erwachsen. Ich kann tun, was ich will«, sagte Katharina mit fester Stimme.

»Ich würde meiner Mutter auf jeden Fall nichts davon sagen, wenn ich in einen Italiener verschossen wäre, ich bin doch nicht verrückt«, erwiderte ihre Cousine.

Bevor Katharina schlafen ging, saß sie noch lange vor ihrem Wohnzimmerfenster und schaute in den sternenübersäten Himmel. Luciano hatte ein Chaos von Emotionen in ihr hervorgerufen, die sie nicht mehr kontrollieren konnte. Durch seine zärtlichen, bewundernden Blicke blühte sie innerlich auf. Jedes Mal durchströmte sie ein wohliger Schauder, wenn sie einen dieser Blicke auffing und sie sich dann in dem Wissen darum, einander zu gefallen, ansahen. Ja, es gab sie tatsächlich – die Liebe auf den ersten Blick. Sie war ein eigenartiges Gefühl, geprägt von freudiger Erwartung, aber auch von Unsicherheit und bangem Hoffen. Dennoch fühlte sie sich herrlich an. Mit einem Mal war alles so leicht und die Welt von goldenem Nebel umhüllt, der die belastenden Gedanken von ihr fernhielt.

Als sich Katharina und Luciano Mittwochnachmittag im Weinberg wiedersahen, begrüßte Luciano sie wieder nur mit einem Kuss auf die Wangen – obwohl weit und breit niemand zu sehen war. Wie sehr hatte sie sich seit Sonntag nach seinen leidenschaftlichen Küssen gesehnt!

»Zeigst du mir heute die Kelterei?«, fragte er erwartungsvoll.

»Komm!« Sie berührte seinen Arm. »Sie liegt nur fünfzig Meter von hier entfernt.«

Er blickte in die Richtung, in die sie zeigte. »Da ist doch nichts.«

»Mein Großvater hat sie in den Weinberg gebaut, wegen der konstanten Temperaturen dort. Die sind wichtig bei der Lagerung des Weines.«

Sie gingen nebeneinander den Weg hinunter, ohne dass Luciano Anstalten machte, ihre Hand zu nehmen oder den Arm um sie zu legen. Und sie wagte es nicht, die Initiative zu einer so vertrauten Geste zu ergreifen. Vielleicht bereute er ja schon längst seine Zärtlichkeiten von Sonntag.

Vor einer schweren Eichenholztür blieb sie stehen. »Hier sind wir.« Sie schloss auf. Hermann hatte sie an diesem Nachmittag nach Remagen geschickt, um Wein zu verschiffen. Sie würde also mit Luciano in der Kelterei allein sein.

»In diesem Stollen haben wir uns während des Krieges mit Nachbarn und Bekannten aus dem Tal vor den Bomben der Alliierten versteckt«, erzählte sie Luciano, als sie die Tür zu dem dunklen Gewölbe aufstieß.

Luciano folgte ihr in den großen unterirdischen Raum, aus dem ihnen kalte Luft und der Geruch von reifendem Wein, Erde und Felsgestein entgegenschlugen. Katharina schaltete die Neonröhren an, die das Gewölbe in ein grelles, hartes Licht tauchten.

»Wo kommt denn hier der Strom her?«, fragte Luciano interessiert.

»Von einem Aggregat«, erwiderte sie und erklärte mit einer umfassenden Geste: »Also – hier vorne ist die Kelterei.« Sie zeigte auf einen meterlangen Tisch, der linkerhand an der Felswand stand. »Dort werden die Trauben sofort nach der Lese gegen Ende September entbeert und in der Mühle dahinter zu einem dickflüssigen Gemisch aus Fruchtfleisch, Kernen, Schalen und Saft verarbeitet. Wir nennen das maischen.« Sie wandte sich zur anderen Seite. »Dort steht die Spindelkelter, die die Maische auspresst. Der Most kommt dann in die mit Gärverschlüssen abgedichteten Fässer dort hinten, in denen er gären muss, bevor er gegen Ende Dezember nach der Entfernung der abgelagerten Hefe zur Reifung in andere Holzfässer umgefüllt wird. In denen wird er dann bis zum nächsten Frühjahr oder auch länger gelagert, bevor er in Flaschen abgefüllt wird.«

Luciano hatte ihrem Vortrag mit äußerster Konzentration zugehört, als gebe es in diesem Moment nichts Wichtigeres. »Ist die Herstellung von Weißwein und Rotwein die gleiche?«, fragte er.

»Im Prinzip ja. Grundsätzlich unterscheiden sich die Gärverfahren bei Weiß- und Rotwein nicht voneinander. Der wichtigste Unterschied ist, dass beim Rotwein die Schalen mit vergoren werden und beim Weißwein eben nur der Saft. Außerdem gären Rotweine in riesigen, offenen Gärbehältern, weil das Kohlendioxid nach oben entweicht und die in der

Flüssigkeit schwimmenden Schalen mit nach oben treiben. Das nennt man Tresterhut, der immer wieder nach unten gedrückt werden muss, damit der Wein genügend Kontakt zu den Schalen hat. Während der alkoholischen Gärung findet die Extraktion von Farbe und Gerbstoffen aus der Schale statt. Gelöst werden die Farbstoffe vom entstehenden Alkohol. Das passiert binnen weniger Tage. Der Wein ist jetzt dunkelrot, die Schalen sind hellviolett. Der Wein wird nun nicht mehr umgewälzt. Wenn die Gärung beendet ist und kein Kohlendioxid mehr entsteht, sinken die Schalen, die toten Hefen und das Fruchtfleisch auf den Boden. Dann wird der angegorene Rotwein abgepumpt und fermentiert in Fässern langsam zu Ende.«

»Das klingt alles nach viel Arbeit. Bei uns auf dem Hof ist die Weinherstellung sehr viel einfacher. Aber wir haben ja auch nur ein paar Rebstöcke.«

»Und wie macht ihr das?«, erkundigte sie sich.

»Wir stampfen die Trauben mit nackten Füßen zu Brei – wie es schon die alten Römer gemacht haben. Dann schöpfen wir den Saft aus dem Behälter. Wir füllen den Wein in Amphoren, aus denen wir ihn dann zapfen.«

»Und hier …«, Katharina ging weiter in den Berg hinein, »hier lagern die Flaschen der vergangenen Jahrgänge. Ganz hinten liegen Weißweine, die sogar mehr als zehn Jahre alt sind. Und einige Rotweine das Doppelte.«

»Bei uns wird hauptsächlich der weiße Grillo angebaut.«

»Bei uns an der Ahr überwiegt der Rotwein. Für Weißweine bauen wir besonders den Riesling und in den vergangenen Jahren bevorzugt die Müller-Thurgau-Traube an. Hermann, unser Kellermeister …« Sie verstummte jäh. Luciano hatte ihr gerade durch Heben der Hand Einhalt geboten. Dann schüttelte er den Kopf. »Entschuldige, erzähl weiter. Da war nur gerade so ein Geräusch.«

Sie lachte. »Hier unten hört man ständig ein Knarren und Knarzen. Der Berg arbeitet, sagte mein Vater immer. Also ...«, fuhr sie fort, »Hermann meint jedoch, dass sich die Gewichtung in Zukunft noch stärker zum Rotwein hin verändern wird. Um an dieser Entwicklung früh genug teilzuhaben, haben wir vor Kurzem einen ganzen Hang mit der Dornfelder-Traube bepflanzt.«

Luciano sah sich in dem tunnelartigen Gang, an dessen Wänden sich Fässer und Flaschenregale aneinanderreihten, mit prüfendem Blick um.

»Hast du Lust auf eine Weinverkostung?«, fragte sie ihn.

»Sehr gerne.«

»Weiß- oder Rotwein? Oder beides?«

Er lachte. »Wenn ich wählen darf, dann fangen wir mal mit dem Rotwein an.«

Sie nahm eine der Flaschen aus dem hintersten Regal am Ende des Ganges. Die Flasche war mit einer dicken weißgrauen Schicht Kellerschimmel belegt. »Das ist etwas ganz Besonderes«, erklärte sie. »Das ist ein Jahrgang 1936. Ein Spätburgunder.«

»Und den sollen wir jetzt wirklich probieren?«, fragte er voller Ehrfurcht.

»Warum nicht? Sollte etwas übrig bleiben, wird sich Hermann heute Abend freuen. Er ist immer viel zu bescheiden.« Sie säuberte die Flasche mit ihrem Taschentuch, zog mit gekonnten Handgriffen den Korken heraus und hielt ihn unter die Nase. »Alles in Ordnung«, murmelte sie.

Luciano zeigte auf zwei bauchige Gläser, die mit anderen Probiergläsern in einem der Regale standen. »Diese hier?«

»Die sind genau richtig. Jetzt brauchen wir nur noch eine Sitzgelegenheit.«

Er ging auf vier aufrecht stehende Fässer zu. »Hier?«

Sie hielt ihm die Flasche entgegen. »Möchtest du einschenken?«

Er schüttelte den Kopf. »Du bist die Herrin des Weinguts.«

Vorsichtig ließ sie den wertvollen Tropfen in die Gläser fließen. Der Spätburgunder hatte eine tiefrote Farbe. »Jeder Wein erzählt eine Geschichte«, sagte sie dabei in versonnenem Ton. »Von einem Ort, einem Menschen, einem Moment, von einem besorgten Winzer oder vielleicht einem, der verliebt ist«, fügte sie zwinkernd hinzu. Dann nahm sie ihr Glas und ließ den Rotwein ein paarmal darin kreisen. »So bekommt er Sauerstoff und entfaltet sein Aroma.«

Luciano tat es ihr nach. Beide atmeten das Bouquet tief ein. Katharina lächelte zufrieden. Sie sah Luciano an. »Sag du! Was riechst du?«

»Rote Beeren? Pilze?«

»Rieche ich auch. Und ein wenig Erde. Lass uns kosten.« Sie hob ihr Glas. »Salute.«

Sein Blick tauchte in ihren. »Salute«, wiederholte er mit seiner rauen Stimme.

Sie betrachtete ihn, während er ruhig und konzentriert das Glas an die Lippen führte. Die schwarze Haarsträhne, die ihm in die Stirn fiel, sein Bartschatten, seine Unterarme unter den hochgekrempelten Hemdsärmeln – glatte, gebräunte Haut, ausgeprägte Muskeln, sichtbare Venen. Sie sah zu, wie er mit geschlossenen Augen den Wein über die Zunge fließen ließ, wie er den Kopf etwas zurücklegte, um das vielschichtige Aroma zu genießen, und stellte sich vor, wie sie mit ihren Lippen seine Kehle liebkosen würde, wenn sie sich liebten. Seine Haut, sein Duft, seine Stimme, seine Lippen, seine Hände auf ihrem Körper in der Stille der Nacht ... Nach einer solchen Nacht sehnte sie sich. Aber sollte sie sich wirklich so weit auf ihn einlassen? In zwei Wochen würde er in seine Heimat zurückfahren.

Als Luciano die Augen öffnete, senkte sie schnell den Blick auf ihr Glas. Auf dem blutroten Wein schwamm etwas. Winzige Körnchen. Korken? Da rieselten weitere Körnchen in den Wein. Sand? Sie sah hoch zur Decke. Gleichzeitig vernahm sie ein entferntes Grummeln – als wenn vom Ende des Tunnelns her eine schwer beladene Lore auf sie zufahren würde. Luciano sprang auf. Das Fass, auf dem er gesessen hatte, fiel um. »Raus hier!«, schrie er. Mit einer einzigen Bewegung stieß er das Fass zur Seite, das zwischen ihnen stand. Die Flasche darauf fiel klirrend auf den Boden. Unfähig, sich zu rühren, sah sie, dass sich der Wein wie ein Blutstrom auf den Steinen ergoss. Da riss Luciano sie von ihrem Platz, nahm sie wie ein Kind auf die Arme und lief mit ihr durch den Gang zum Ausgang – verfolgt von ohrenbetäubendem Knirschen, Krachen, Poltern, Klirren und einer Staubwolke, die ihnen dicht auf den Fersen war.

Wenige Sekunden später standen sie draußen inmitten der malerischen Rebenlandschaft in der warmen Sonne, die von einem wolkenlosen Himmel schien. Luciano stellte sie vorsichtig auf die Füße. Als sie benommen wankte, legte er den Arm um sie und hielt sie fest. Mit Blick auf den Staub, der aus der Weinkellertür quoll, sagte er trocken: »Sieht so aus, als hätte der Berg gerade ein bisschen zu viel gearbeitet.«

Seine Stimme nahm sie wie durch Watte wahr. Das Blut summte in ihren Ohren. Sie musste gegen ein hysterisches Lachen ankämpfen. Das konnte doch nicht wahr sein! Sie fühlte sich außerstande, sich zu bewegen oder etwas zu sagen. Über Gefühle wie Verzweiflung oder Angst schien sie weit hinaus zu sein. Dumpfe Ergebenheit erfüllte ihr Inneres, während sie immer noch auf die offen stehende Eichenholztür starrte, aus der Staubwolken nach draußen in die klare Luft drangen. In der Kelterei war es jetzt gespenstisch still. »Alles dahin«, murmelte sie vor sich hin. »Alles dahin.«

Sie spürte, wie Luciano sie fest an sich drückte. »Aber wir leben. Das hätte auch anders enden können.«

»Ich verstehe das nicht …«

»Die uralten Holzpfeiler haben die Deckenkonstruktion nicht mehr gehalten.«

Sie sah ihn an. »Aber warum gerade jetzt?«

Luciano blickte hoch zum Himmel und schlug ein Kreuz vor der Brust. Dann küsste er sie auf die Stirn und sagte zärtlich: »Vielleicht, weil ich jetzt da war und dich retten konnte.«

Da lief ein Zittern durch ihren Körper, und sie schluchzte auf.

»Komm, wir setzen uns.« Behutsam führte Luciano sie zu der Bank vor dem Gerätehaus, wo sie sich kennengelernt hatten.

Das Gefühl der Geborgenheit und Sicherheit, das seine Umarmung ihr gab, und seine leise zärtliche Stimme, die beruhigend auf sie einsprach, bewirkten, dass sie sich langsam von dem Schock erholte. Ihr Gehirn begann wieder zu arbeiten. Sie löste sich aus Lucianos Armen und setzte sich aufrecht neben ihn. Dann seufzte sie. »Auch das noch«, sagte sie wie zu sich selbst. »Als wenn die Schwierigkeiten nicht schon groß genug gewesen wären. In dreieinhalb Monaten ist Weinlese. Was machen wir da ohne Kelterei und Weinkeller?«

»Dreieinhalb Monate sind eine lange Zeit, in der viel passieren kann«, antwortete Luciano sanft. »Jetzt stehen erst einmal Aufräumarbeiten an, du musst schauen, wie es da drinnen überhaupt aussieht.«

Sie sah ihn an und nickte. »Ja, das muss zuerst gemacht werden. Ich muss mit Hermann sprechen. Er wird Leute holen. Dann muss ich mich darum kümmern, dass wir eine neue Kelterei bekommen …«

Er sah sie bedeutungsvoll an. »Wenn du möchtest, kann ich bei den Aufräumarbeiten helfen. Nächste Woche muss ich nicht mehr arbeiten. Mein Vetter kommt früher aus dem Krankenhaus zurück. Ich hatte vor, die nächste Woche noch hierzubleiben, mir die Gegend anzusehen ...« Er lächelte sie zurückhaltend an. »Dich zu treffen. Genauso gut kann ich euch auch helfen.«

»Du hast nächste Woche frei?«, fragte sie noch einmal nach – aus Angst, sie könnte ihn in ihrer Verfassung falsch verstanden haben.

»Ja. Von kommendem Sonntag an. Am 24. Juni fahre ich nach Sizilien zurück.«

Eine Woche lang ... Katharina schluckte. In dieser Woche könnten sie sich jeden Tag sehen – und vielleicht auch jede Nacht.

»Ich werde mir ein Zimmer hier an der Ahr mieten, damit ich von meinen Verwandten in Bonn unabhängig bin«, fuhr er fort.

»Wenn du möchtest, kannst du in der Jagdhütte wohnen«, bot sie ihm spontan an.

»Das würde ich sehr gern. Am liebsten mit dir zusammen, aber du wirst wahrscheinlich jetzt sehr viel zu tun haben.«

»Das werde ich regeln«, erwiderte sie zuversichtlich.

Die Aussicht darauf, eine ganze Woche lang mit ihm zusammen sein zu können, gab ihr neue Energie.

An diesem Nachmittag ließ sich Katharina zum ersten Mal von Luciano nach Hause fahren. Sie bat ihn jedoch nicht ins Haus – weniger, um dem Gerede der Nachbarn keinen Vorschub zu geben, sondern weil sie die Zeit, bis Hermann nach Hause kam, dafür nutzen wollte, einen Plan auszuarbeiten, wie es weitergehen sollte.

»Wir sehen uns am Sonntagmorgen an der Jagdhütte«, verabschiedete sie sich mit zärtlichem Blick von Luciano vor dem Torbogen des Weinguts.

»Ich werde um zehn Uhr dort sein. Und denk daran: Falls du möchtest, kann ich nächste Woche beim Aufräumen helfen.«

Dass sie sein Angebot nicht annehmen würde, wusste sie jetzt schon. Diese eine Woche sollte ihnen ganz allein gehören.

Als Hermann gegen Abend mit dem Lieferwagen auf den Hof gefahren kam, lief Katharina ihm entgegen.

»Hermann, es ist etwas Schreckliches passiert«, bestürmte sie ihn. »Komm, lass uns zu dir reingehen.«

Hermann wohnte in dem kleinen Nebentrakt des Weinguts, in dem einst ihr Bruder gewohnt hatte. Der Kellermeister hatte nichts an der Einrichtung geändert, die Katharina stets schmerzlich an den Verlust ihres Bruders erinnerte. An diesem Abend war die Trauer jedoch durch ein anderes Ereignis überlagert. In knappen Sätzen erzählte sie ihm von dem Unglück.

Hermann blieb ganz ruhig. Er hatte in seinem Leben alles verloren, was ihm lieb und teuer gewesen war. Mit eindringlichem Blick sagte er nur: »Wenn du weitermachen willst, brauchen wir bis zur Weinlese eine neue Kelterei.«

»Natürlich will ich weitermachen. Ich gebe jetzt doch nicht auf. Wir müssen nur überlegen, was die sinnvollste Lösung ist. Die alte Kelterei wieder aufzubauen oder …«

»Nein, da wäre ich gegen. Die alte Holzkonstruktion habe ich schon lange misstrauisch beäugt. Die passt nicht mehr in die heutige Zeit. Wir brauchen eine neue Kelterei und ein neues Weinlager. Platz dafür wäre in der leer stehenden Scheune, die man entsprechend ausbauen könnte – aber das würde natürlich Geld kosten.«

Katharina seufzte. Geld. Für ein solches Projekt musste sie einen Kredit aufnehmen. Ob man ihr in Anbetracht der schlechten Bilanzen der vergangenen zwei Jahre überhaupt einen gewähren würde?

»Wenn die Kelterei in die Scheune käme, hätte das den Vorteil, dass dort endlich ein Stromanschluss hinkäme und wir nicht mehr von einem Aggregat abhängig wären«, sagte Hermann.

»Der Nachteil wäre jedoch, dass die geernteten Trauben erst einmal den Hang hinuntergeschafft werden müssten«, wandte sie ein.

»Da alle Wege im Weinberg hier zum Haus führen, ist das mit den beiden Treckern nur ein kleiner Mehraufwand.«

»Stimmt.« Sie schwieg einen Augenblick, dann sah sie ihn prüfend an. »Bevor ich mich verschulde, musst du mir sagen, wie du die Lage der Weinwirtschaft grundsätzlich einschätzt. Glaubst du, dass der Weinkonsum in den kommenden Jahren noch stärker zurückgehen wird?«

»Das halte ich für ausgeschlossen. Wein ist immer getrunken worden und wird auch immer getrunken werden«, erwiderte Hermann mit fester Stimme. »In der Weinschule ist man der Meinung, dass die Weinwirtschaft durch neue Techniken in den kommenden Jahren einen Schub erhalten wird. Von diesem Aspekt her lohnt sich der Bau einer neuen Kelterei auf alle Fälle.«

Katharina nickte. »Gut. Das wollte ich hören.« Sie reichte Hermann die Hand. »Kann ich auf dich zählen?«

Hermann schlug ein.

Katharina hatte abends keinen Appetit. Abgesehen davon, dass ihr der Schock immer noch in den Gliedern saß, gingen ihr so viele Gedanken durch den Kopf, dass ihr ganz schwindelig war. Sie brauchte einen Kredit, aber vorher brauchte sie Baupläne und einen Kostenplan für die neue Kelterei. Zudem würde sie eine Baufirma beauftragen müssen, die das Projekt in dem engen Zeitfenster bis spätestens Mitte September fertigzustellen hätte. Zuallererst jedoch musste der alte Tunnel freigeräumt und von einem Fachmann auf weitere Einsturzgefahr begutachtet werden. Über der alten Kellerei standen die Rieslingstöcke in Reih und Glied. Falls der ganze Berg einstürzen würde, wäre das eine große Ernteeinbuße. Eine Bestandsaufnahme des Schadens stand für die nächsten Tage an. Dann war da ja auch noch ihre Nebentätigkeit. Sie musste einen Gewerbeschein beantragen, die Beschriftung für den Lieferwagen bestellen, Informationsblätter für die Kunden formulieren und drucken lassen. Hermann musste sich um den Innenausbau des Lieferwagens und den Einbau des Aggregates kümmern …

Katharina rieb sich die Schläfen, hinter denen es hämmerte. Sie seufzte leise vor sich hin, während sie hoch zum Himmel blickte, der mehr und mehr an Farbe verlor. Vögel sangen ihr Abendlied. Es war angenehm mild. Alles war ruhig und friedlich – so, als hätte es das Unglück gar nicht gegeben. Die Welt bewegte sich weiter – ganz gleich, was dem einzelnen Menschen passierte, der auf ihr wandelte. Im großen Weltgeschehen war das Schicksal eines Einzelnen kaum ein Wimpernschlag.

Sie musste an Luciano denken, der ihr heute das Leben gerettet hatte. Daran, wie tatkräftig er sich einsetzen wollte – und bald würde er wieder in seiner Heimat sein. Würden sie sich jemals wiedersehen? Sollte sie überhaupt diese eine Woche mit ihm in der Jagdhütte verbringen? Welchen Stellenwert würden diese Tage in zwanzig, dreißig oder vierzig Jahren in ihrem Leben rückblickend haben? Sie würden mit den Jahren zu einer immer mehr verblassenden Erinnerung werden. Aber sollte sie deshalb von vornherein darauf verzichten?

Katharina schrak zusammen, als das Telefon klingelte. Sie lief ins Haus.

»Liebes! Ich bin's«, hörte sie die fröhliche Stimme ihrer Mutter. »Ich wollte mich nur mal kurz melden. Ist alles in Ordnung bei dir?«

Katharina schluckte schwer. »Alles in bester Ordnung«, log sie spontan. Die Wahrheit hätte ihrer Mutter nur den Urlaub, den ersten nach dem Krieg, verdorben.

»Das freut mich. Hier ist es wunderschön«, fuhr Martha lebhaft fort. »Bad Gastein ist sehr nobel. Dagegen ist Bad Neuenahr ein Dorf. Leider habe ich viel zu wenige Kleider dabei. Wir gehen jeden Nachmittag ins Gasthaus *Grüner Baum* zum Kaffeetrinken. Apfelstrudel mit Schlagobers ist die Spezialität hier. Der österreichische Wein ist wesentlich trockener als unserer. Ein Grüner Veltliner ist kaum zu trinken. Ich halte mich an die süßen ungarischen Weine, die es auch gibt. Ach, mein Schatz, hier ist es so schön!«

»Und was macht Tante Lotte?«, fragte Katharina in eine kurze Atempause ihrer Mutter hinein.

»Lotte geht es genauso wunderbar wie mir. Sie hat schon zugenommen und sich die Haare etwas rötlich tönen lassen. Das sieht fantastisch aus. Und wir haben zwei nette Herren kennengelernt, die hier zur Kur sind. Brüder aus Würzburg. Ein Witwer und ein Geschiedener. Lotte schäkert ein bisschen mit dem Geschiedenen.«

»Und du mit dem Witwer?«, fragte Katharina lächelnd.

»Wo denkst du hin! Das Trauerjahr ist doch erst kurz vorbei. Er hat auch erst vor Kurzem seine Frau verloren. Nein, nein, aber ein bisschen Spaß darf man ja haben.«

»Natürlich! Du bist doch noch jung.«

»Ach Kind, ich habe ein ganz schlechtes Gewissen, dich mit dem Weingut in dieser finanziellen Situation allein gelassen zu haben. Du hast keinerlei Freude.«

»Das wird sich wieder ändern, Mutter.«

»Hast du schon den Kühlschrank gekauft?«

»Der wird übermorgen geliefert.«

»Dann kann Hermann ihn ja Samstag einbauen.«

»Mal sehen«, erwiderte Katharina ausweichend. »Komm mal erst zurück. Vor dem ersten August werden wir sowieso nicht anfangen können. Vielleicht auch erst Mitte August. Es gibt ja noch so vieles zu erledigen.«

»Du machst das schon«, meinte Martha voller Zuversicht.

Katharina unterdrückte einen tiefen Seufzer, bevor sie erwiderte: »Ja, ich mache das schon, Mutter.«

Am Freitagabend saß Katharina mit Hermann im Wintergarten zur Lagebesprechung. Hedwig hatte ein paar Schnittchen gemacht, die Katharina nicht anrührte. Die dunklen Ringe unter ihren Augen verrieten, dass sie nachts nicht zur Ruhe kam.

»Hat es sich inzwischen schon herumgesprochen?«, fragte sie mit müdem Lächeln.

Hermann sah sie offen an. »Hast du etwas anderes erwartet?«

»Nein. Viele denken jetzt bestimmt, dass ich nun endlich aufgeben werde.« Sie atmete tief durch, bevor sie hinzufügte: »Na gut, dann zeige ich mal allen, dass ich nicht aufgeben werde. Im Gegenteil, jetzt lege ich erst richtig los. Also …«, sie beugte sich vor und sah Hermann bedeutungsvoll an, »ich habe heute Nachmittag das Gutachten von Thomas Schulte bekommen.«

Einen Tag nach dem Unglück hatte sie morgens den Jugendfreund ihres ehemaligen Verlobten angerufen, und er war noch am gleichen Tag gekommen.

»Und? Was sagt das Gutachten?«, fragte Hermann bang.

»Thomas rät dringend davon ab, die Kelterei im Berg wiederaufzubauen. Bestenfalls könnten wir den Vorraum weiterhin als Ausweichlager nutzen, aber auch dafür muss erst ein Statiker das Gewölbe prüfen. Thomas sieht den Ausbau der Scheune als gute Alternative an. Er kennt die Scheune und weiß also, wovon er redet. Wenn ich keine großen Ansprüche an Komfort stelle, wird der Ausbau seiner Meinung nach gar nicht so lange dauern. Und was die Kosten angeht, hält er einen Rahmen von circa zwanzigtausend für realistisch. Aber …« Sie seufzte tief. »Wir brauchen doch auch neue Fässer, eine neue Mühle, eine neue Presse. Das ist ja alles kaputtgegangen. Also muss ich wesentlich mehr Geld von der Bank bekommen.«

Hermann hatte ihr mit besorgter Miene zugehört. Jetzt legte er seine raue Hand auf ihre und drückte sie liebevoll. »Wenn ich Geld hätte, würde ich es dir geben.«

Sie lächelte ihn dankbar an. »Das weiß ich, aber ich komme schon klar. Heute Morgen habe ich mir einen Termin bei Bankdirektor Dr. Schröder in Bad Neuenahr geben lassen. Für Montag elf Uhr. Ich bin mal gespannt, ob er auch zu den Männern gehört, die mit Frauen keine Geschäfte machen wollen«, fügte sie mit halbseitigem Lächeln hinzu. Dann fiel ihr ein: »Hermann, da ist noch etwas. Ich bin Sonntag den ganzen Tag weg.« Sie verstummte und sah ihn forschend an. Ahnte er vielleicht schon, dass sie einen Freund hatte? Im Tal sprach sich so etwas schnell herum. Im Kino war sie gewiss mit Luciano zusammen gesehen worden.

»Ich bin am Sonntag auch den ganzen Tag unterwegs«, erwiderte Hermann mit undurchsichtiger Miene.

»Ich wollte dir das nur sagen, damit du dir keine Sorgen machst«, fügte sie hinzu.

»Kommst du am Abend heim?«

»Ja. Wir können auch morgen noch miteinander sprechen, falls etwas anliegen sollte.«

Er lächelte sie väterlich an und stand auf. »Morgen werde ich mit ein paar Leuten aus dem Tal und ein paar Schülern das Geröll wegräumen.«

Sie erhob sich ebenfalls und umarmte ihn. Das hatte sie noch nie gemacht, aber an diesem Abend war ihr danach.

Am Sonntagmorgen wachte Katharina besonders früh auf. Sie konnte nicht erwarten, Luciano wiederzusehen. Als sie aus dem Schlafzimmerfenster schaute, stellte sie fest, dass nach dem Regen in der Nacht der Himmel wie frisch geputzt aussah. Dieser Tag stand unter einem guten Stern!

Zum ersten Mal trug sie zum Treffen mit Luciano ihr Haar offen. In weichen Wellen floss es ihr über die Schultern. Sie wusste, dass ihr das gut stand – auch wenn sie so für den Geschmack ihrer Mutter zu wild wirkte. Sie entschied sich für ein hellblaues, tailliertes Hemdblusenkleid mit weitem, wadenlangem Rock, das ihre Oberweite und Taille betonte. An den nackten Füßen trug sie beigefarbene Ballerinas.

Luciano saß schon auf der Veranda der Jagdhütte in der Sonne. Als sie ihn sah – in der cremefarbenen Stoffhose, dem schwarzen Hemd mit der beigefarbenen Krawatte und der dunklen Sonnenbrille – und er ihr sein Lächeln schenkte, stieg ein unbeschreibliches Glücksgefühl in ihr hoch. Mit diesem Mann würde sie zusammen sein, heute, morgen, die ganze nächste Woche lang. Sie wollte so viele Stunden mit ihm verbringen, dass sie für die Ewigkeit reichen würden – und wusste doch, dass die Stunden nie genug sein würden. Dass er in einer Woche abreisen würde, tat ihr jetzt schon im Herzen weh.

Luciano stand auf und kam die Stufen herunter. »Cara«, sagte er leise, als er sie in die Arme nahm. So hatte er sie noch nie genannt. »Die Sonne scheint, wir haben eine schöne Zeit vor uns, und ich werde gleich für dich kochen – warum schaust du so traurig?«

Wie hatte er gesagt? Anima gemella … Seelenverwandte. Er spürte, was in ihr vorging. Dafür liebte sie ihn. Sie schlang die Arme um seinen Nacken und küsste ihn. All ihre Leidenschaft für ihn lag in diesem Kuss, all die Sehnsucht nach ihm und ihr Hunger nach mehr als nur seinen Küssen. Als er sie enger an sich zog, spürte sie durch den dünnen Stoff ihres Kleides die Wärme seines Körpers. Für ein paar Augenblicke fiel alles von ihr ab – alle Gedanken an die Zukunft, alle Sorgen. Es gab nur noch sie beide. Das Blut begann in ihren Adern zu rauschen, ihrer beider Atem ging schneller, während ihre Lippen miteinander verschmolzen. Als sie sich voneinander lösten, lächelten sie sich an. Es war ein Augenblick glücklicher Intimität. Dann ließ Luciano sie los.

»Was heißt Cara?«, fragte sie ihn lächelnd.

»Herz. Du bist mein Herz, Katharina«, sagte er mit einem tiefen Blick in ihre Augen. Dann küsste er sie kurz auf den Mund und erkundigte sich: »Was ist mit der Kelterei?«

Mit wenigen Sätzen erzählte sie ihm vom Stand der Dinge.

»Wenn du bei mir in Italien leben würdest, würde ich dir mit meinen Freunden zusammen eine neue Kelterei bauen«, sagte er bedauernd. »Wir Sizilianer können alle bauen, und wir helfen uns gegenseitig.«

Sie lächelte ihn an und schwieg.

»Komm mit!« Er zog sie zu seinem Motorrad, das an der Seitenwand der Hütte stand.

»Wie viel Gepäck hast du denn dabei?«, wunderte sie sich.

Er zählte auf: »Italienische Spezialitäten von meinem Onkel, Wein, meine Kleidung, meine Sachen, meine Mandoline, meine Bücher und noch vieles mehr!«

»Bücher?«

»Mit einem Buch an deiner Seite wirst du nie einsam sein, sagte mir einmal mein Professore. Er hat recht.«

»Was liest du denn?«, fragte sie überrascht.

»Goethe zum Beispiel«, antwortete er ganz selbstverständlich.

»Goethe?«

Er lachte. »Traust du mir das nicht zu?« Er stellte sich breitbeinig hin, breitete die Arme aus und rezitierte mit volltönender Stimme: »Kennst du das Land, wo die Zitronen blühn, im dunkeln Laub die Goldorangen glühn, ein sanfter Wind vom blauen Himmel weht …«

»… Die Myrte still und hoch der Lorbeer steht«, fiel sie nun ein. »Kennst du es wohl? Dahin! Dahin möcht' ich mit dir, o mein Geliebter, ziehn!«

Luciano nickte. »*Wilhelm Meisters Lehrjahre*.«

»Ja, das haben wir in der Schule durchgenommen«, antwortete sie, immer noch verwundert darüber, dass er so belesen war.

»Weißt du was?« Luciano sah sie mit blitzenden Augen an und rieb sich unternehmungslustig die Hände. »Jetzt koche ich uns erst einmal etwas Schönes.«

Kurze Zeit später standen Katharina und Luciano in der Hütte, durch die bald der Duft von Knoblauch, siedenden Tomaten und frischem Basilikum wehte – Gerüche, die Katharina bis dahin fremd gewesen waren.

»Hm, das riecht ja köstlich«, schwärmte sie mit Blick in die Pfanne.

»Darin wird jetzt der Tintenfisch gedünstet. Meine Tante hat ihn gestern auf dem Großmarkt in Köln gekauft. Dort leben bereits viele Italiener, und man bekommt dort inzwischen gute Sachen«, erzählte er ihr. Er blickte vom Gasherd auf. »Kannst du auch kochen?«

Diese Frage hatte sie befürchtet. »Woher kannst du denn kochen?«, erkundigte sie sich, statt eine Antwort zu geben.

»Von unserer Mamma. Ich habe ihr immer zugesehen.« Er suchte ihren Blick und lächelte sie wissend an. »Du kannst nicht kochen, oder?«

»Nur wenig«, gab sie zu. »Ich habe keine eigene Küche, sondern nur zwei Zimmer. Und wir hatten immer eine Haushälterin.«

Er blinzelte ihr zu. »Also doch eine Principessa.«

»Ich mag es nicht, wenn du mich so nennst«, sagte sie ernst.

»Scusa. Warum hast du denn keine eigene Wohnung? Du bist eine Chefin.«

»Erstens ist das Wohnungsangebot in Deutschland immer noch sehr knapp; und zweitens ist es normal, dass in ländlicheren Gegenden unverheiratete Frauen zu Hause wohnen. Selbst in einer Stadt wie Bad Neuenahr ist es eine Seltenheit, dass eine alleinstehende Frau in meinem Alter allein in einer Wohnung lebt. Das würden nur wenige Vermieter wollen.« Sie sah ihn mit geneigtem Kopf an. »Wie ist das denn in Italien?«

»Auf dem Land lebt man, solange man unverheiratet ist, bei den Eltern«, antwortete er, während er die Tintenfischtuben in Streifen schnitt. »In den Großstädten wie Mailand oder Turin ist das anders.« Er lachte sie an. »Ich lebe ja auch noch bei meiner Mutter und meinem Bruder.«

Sie aßen unter dem Vordach der Hütte. Luciano hatte sogar in der Zeit, in der er auf ihre Ankunft gewartet hatte, einen Wiesenblumenstrauß gepflückt, der jetzt auf dem Tisch stand.

»Schmeckt es dir?«, fragte er.

»Wunderbar«, schwärmte sie und ließ sich von ihm noch einmal nachlegen. Merkwürdig, dachte sie, als sie weiteraß. Luciano kochte für sie, obwohl in seinem Weltbild diese Aufgabe der Frau zukam. Er sah aus wie ein amerikanischer Schauspieler und las Goethe – und lebte dort, wo es keine modernen Toiletten gab. Er war ein Mann voller Gegensätze – was ihn vielleicht so interessant machte.

»Soll ich dir was auf der Mandoline vorspielen?«, fragte er in ihre Gedanken hinein.

»Ja, gern«, antwortete sie.

Er nahm das Instrument, das neben ihm auf der Bank lag, und griff in die Saiten. Nachdem er ein bisschen geklimpert hatte, schlug er Akkorde an, die ihr bekannt vorkamen. Dann begann er zu singen:

»Wenn bei Capri die rote Sonne im Meer versinkt …«

»Und am Himmel die bleiche Sichel des Mondes blinkt«, fiel sie da in seinen Gesang mit ein, und sie sangen gemeinsam weiter. »Bella, bella, bella Marie, sei mir treu, ich komm zurück morgen früh …«

»Deine Stimme klingt sehr schön«, sagte Luciano.

»Deine auch«, erwiderte sie. Sie sahen sich an, lange und intensiv, und plötzlich sehnte sie sich danach, dass er sie in die Arme nahm. Sie stand auf, trat neben ihn und zog ihn an der Hand hoch. In ihren Augen mochte all ihre Sehnsucht liegen, die sie in diesem Augenblick spürte, denn er hob jetzt die Hand und strich ihr mit den Fingern aufregend langsam über die Stirn, die Wange, den Hals entlang bis zum Ausschnitt ihres Kleides. Sein Blick ließ ihren dabei nicht los.

»Möchtest du es?«, fragte er leise, während seine Hände an ihren nackten Armen hinunterglitten, bevor er ihre Taille umfasste und sie fest an sich zog.

»Ja«, raunte sie mit geschlossenen Augen und schlang die

Arme um ihn. Sie drängte sich ihm entgegen, während seine Lippen die ihren suchten. Sie küssten sich wie im Fieber. Katharina hatte das Gefühl, jeder einzelne Nerv in ihrem Körper würde gerade zum Leben erwachen. Ohne seine Lippen von ihren zu lösen, hob Luciano sie hoch und trug sie in die Hütte. Sie liebten sich auf dem Hirschfell vor dem Kamin, in völliger Hingabe, nur eingehüllt von den Sonnenstrahlen, die durchs Fenster fielen. Nichts zählte mehr. Es gab nur diese Wonne, nur sie beide.

Nach dem Liebesakt hielt Luciano sie an sich gedrückt, bis ihre Herzen wieder ruhiger schlugen. Als sie später bei einem Glas Wein eng umschlungen vor der Hütte saßen, zog Luciano etwas aus der Hosentasche, das er mit seiner großen Hand umschloss, sodass sie es nicht erkennen konnte.

»Was ist das?«, fragte sie mit großen Augen.

»Ein Geschenk von mir, das immer bei dir sein soll, wenn ich es nicht mehr sein werde.«

Seine Worte ließen ihren Hals eng werden. Wieder stand ihr der Abschied am Ende der Woche, dieses Unvermeidliche, vor Augen.

Mit geheimnisvollem Lächeln sagte er: »Schließ die Augen.«

Sie tat es und spürte, wie er ihr etwas um den Hals legte und etwas Kühles, Schweres in den Ausschnitt ihres Kleides glitt.

»Jetzt sieh mich an.«

Sie öffnete die Augen.

»Wunderschön. Das passt zu dir. Ich liebe es, wenn Frauen Kreuze tragen.«

Erstaunt sah sie an sich hinunter. Um ihren Hals lag eine goldene Kette, an der ein goldenes Kreuz hing.

»Ich habe es im Bonner Münster segnen lassen, damit es dich immer beschützt«, sagte Luciano sanft.

Sie nahm das Kreuz in die Hand, drehte es um und las die

Inschrift: *Luciano.* »Danke.« Sie hob den Kopf, nahm ihn aber nur verschwommen wahr. Sein Geschenk hatte ihr die Tränen in die Augen getrieben.

»Keine Tränen, Cara.« Er nahm sie in die Arme. »Ich will dich glücklich machen und nicht zum Weinen bringen.«

Als sich die Nacht über die Lichtung senkte, fuhr Katharina nach Hause. An diesem Nachmittag hatten sie sich noch einmal geliebt. Sie hatten nicht genug voneinander bekommen können – und Katharina hatte jetzt schon Sehnsucht nach Luciano, der in ihr diese bisher nie gekannten Gefühle hervorrief.

»Morgen komme ich wieder«, sagte sie, nachdem sie sich noch einmal innig geküsst hatten. »Sofort nach dem Termin bei der Bank.« Sie streichelte ihm über die Wange. »Und was machst du bis dahin?«

Luciano küsste sie auf die Stirn. »Ich warte auf dich«, antwortete er ganz selbstverständlich. »Ich sitze hier draußen, genieße die Natur, esse etwas, trinke ein Glas Wein und erfreue mich am Leben. Damit vertreiben wir uns auf Sizilien die Zeit.«

Seine Antwort berührte Katharina unangenehm. Gerade noch hatte sie sich mit ihm eins gefühlt, und jetzt taten sich wieder Gegensätze zwischen ihnen auf.

»Woran denkst du?« Er sah sie forschend an.

Was sollte sie antworten?

»Wenn ich in Deutschland leben würde, würde ich mich an die deutschen Gepflogenheiten gewöhnen müssen«, meinte er schulterzuckend und verriet damit, dass er ihre Gedanken erahnt hatte. »Ihr Deutschen seid ja sehr arbeitsam.«

Katharina hob ebenfalls die Schultern. »Mein Vater sagte immer: Von nix kütt nix. Von nichts kommt nichts.«

Luciano lachte sein warmes Lachen. »Das klingt lustig.« Er zwinkerte ihr zu. »Und von viel kütt viel?«

Nun musste sie auch lachen. »So ist es.«

Da strich er ihr über die Wange. »Bis morgen, Cara. È fantastico che tu sia lì.«

Sie horchte auf. »Das wollte ich dich fragen – was heißt das?«

»Schön, dass es dich gibt.«

Katharina kannte Bankdirektor Dr. Schröder über ihre Eltern. Das Ehepaar Schröder war früher öfter auf dem Weingut zu Gast gewesen. Da Katharina wusste, dass der ältere Herr ein Charmeur war, legte sie am Montagmorgen besonderen Wert auf ihr Aussehen. Als sie sich in dem taillierten silbergrauen Kostüm und den hohen schwarzen Pumps vor dem Spiegel betrachtete, war sie sehr zufrieden. Das Haar hatte sie hochgesteckt und Make-up aufgelegt. Die Perlenkette gab ihr etwas Weiblich-Elegantes. In ihren Augen wirkte sie wie eine kompetente Geschäftsfrau.

Wie sie erwartet hatte, empfing sie der ältere Herr mit dem silberweißen Haar und dem Schnauzbart besonders herzlich. Im maßgeschneiderten Anzug, mit einer Zigarre in der Hand, sah er sie über seinen wuchtigen Schreibtisch hinweg wohlgefällig an.

»Was kann ich denn für Sie tun, junge Dame?«, erkundigte er sich in onkelhaftem Ton.

Katharina holte tief Luft und setzte ihr schönstes Lächeln auf. »Eine Menge, Herr Direktor, wenn ich das so sagen darf. Wahrscheinlich haben Sie schon von dem Unglück, das unser Weingut ganz unverschuldet getroffen hat, gehört.«

»Ja, so etwas spricht sich in der Gegend ja schnell herum«, meinte er mit bedauernder Miene. »Die Hauptsache ist erst einmal, dass niemand verletzt worden ist.«

»Ja, da haben wir Glück gehabt.«

»Ist denn alles zerstört worden?«, erkundigte er sich, wobei seine eisgrauen Augen etwas schmaler wurden – was Katharina verriet, dass das freundliche Geplänkel jetzt vorbei war und er bereits an Zahlen dachte.

Sie straffte sich und lächelte geschäftsmäßig. »Nun …«, begann sie, »natürlich ist vieles zerstört worden, wobei uns einige besonders gute Jahrgänge zum Glück erhalten geblieben sind. Aber das Schlimmste ist: Die Kelterei hat nun kein Dach mehr über dem Kopf. Laut eines Gutachtens von Bauingenieur Dr. Schulte aus Altenahr ist der Tunnel mit Kelterei und Weinkeller, den mein Großvater einst in den Berg gebaut hat, nicht wiederherzustellen. Kelterei und Lagerung sollen nun in der alten Scheune neben dem Wohnhaus untergebracht werden. Dafür muss die Scheune ausgebaut und isoliert werden, sie braucht ein neues Dach, Stromanschluss und vieles mehr – und das alles vor der Lese Ende September. Zudem müssen wir eine neue Mühle, eine neue Presse, neue Fässer und Flaschen …« In einer hilflosen Geste hob sie die Schultern.

Dr. Schröder legte die Zigarre in den Aschenbecher und faltete die gepflegten Hände über seinem Wohlstandsbauch. »Sie brauchen also Geld.«

Sie lächelte ihn an. »So ist es.«

»Verrennen Sie sich da nicht?«, fragte er freundlich.

Sie reckte ihr Kinn vor und entgegnete genauso freundlich: »Ganz sicher nicht.«

In einem Ton, als würde er mit einem uneinsichtigen Kind sprechen, fuhr er fort: »Ich kenne doch Ihre Zahlen. Ich habe mir vor diesem Termin natürlich Ihre Konten angesehen. Das Geschäftskonto läuft gegen null.«

»Richtig«, stimmte sie ihm zu. »Deshalb brauche ich ja einen Kredit.«

»Nun …«, er lachte, als hätte sie einen guten Witz gemacht, »die Bank braucht aber Sicherheiten, wenn sie Geld verleiht. Und die sehe ich bei Ihnen nicht. Es sei denn, Sie verpfänden das Wohnhaus und die Weinberge an uns. Dann könnten wir vielleicht, aber auch nur vielleicht, darüber reden.«

»Das Wohnhaus wird nicht verpfändet«, kam es da aus ihrem Mund wie aus der Pistole geschossen. »Über ein paar Weinberge können wir reden.«

Dr. Schröder zog erstaunt die buschigen weißen Brauen hoch. »Nun mal langsam mit den jungen Pferden, liebes Fräulein Hammes. Wer will denn hier was von wem?«

Sie beugte sich vor und legte beide Hände auf die Tischplatte. Sie waren eiskalt und klamm. »Ich von Ihnen, Dr. Schröder. Das ist mir sehr wohl bewusst, aber ich habe meinem Vater am Sterbebett zwei Versprechen gegeben: das Weingut in seinem Sinne weiterzuführen und meiner Mutter, die ja erst fünfzig ist, das Haus als Sicherheit und Schutz zu erhalten. Bitte verstehen Sie mich …« In den Blick, den sie ihm über den Schreibtisch hinweg zuwarf, legte sie all ihre Verzweiflung. Dass sie gerade das zweite Versprechen frei erfunden hatte, um den Bankdirektor, der sich der Öffentlichkeit gegenüber gerne als charakterlich tadellosen Menschen darstellte, milde zu stimmen, verzieh sie sich. »Natürlich sehe ich ein, dass die Bank Sicherheiten braucht«, fuhr sie fort, »aber wir besitzen um die sechs Hektar Weinberge. Das müsste doch als Sicherheit reichen.«

Er lachte. »Das kommt auf die Kredithöhe an. Was haben Sie sich denn vorgestellt?«

Sie schluckte. »Dreißigtausend Mark.«

Das Gesicht des Direktors blieb ausdruckslos. Er schwieg eine Weile, während er die Zigarre wieder anzündete und den Rauch ein paarmal an die holzgetäfelte Decke paffte. Sein

Schweigen machte Katharina von Sekunde zu Sekunde nervöser. Vielleicht wollte Dr. Schröder ja genau das bewirken. Schließlich legte sie die schwarze Dokumentenmappe auf den Tisch. »Ich habe Ihnen die Bilanzen aus 1955, 1954 und 1953 mitgebracht. Wenn Sie bitte einen Blick darauf werfen würden …«

Während sich Dr. Schröder mit dem Aktenordner beschäftigte, schaute sie zum Fenster hinaus auf die Kastanienbäume, die die Telegrafenstraße säumten. Durch das auf Kipp stehende Fenster drangen Straßengeräusche ins Büro – Autohupen, Pferdegetrappel, das Poltern eines Fasses, das gerade der gegenüberliegenden Gaststätte geliefert wurde.

Endlich klappte der Bankdirektor die Mappe zu. »Die Zahlen belegen eindeutig, dass es nach dem Tod Ihres Vaters mit dem Weingut bergab gegangen ist.«

»Und ich möchte dafür kämpfen, dass es zukünftig wieder bergauf geht«, erwiderte Katharina. »Dafür brauche ich eine neue Kelterei. Einen sehr guten Kellermeister habe ich bereits. Außerdem lassen Sie mich bitte noch etwas zu den Bilanzen sagen: 1954 und 1955 waren schlechte Weinjahre. Gegen die Natur kann auch der beste Winzer nichts ausrichten.«

Dr. Schröder nickte. »Der gute Ruf Ihres Kellermeisters ist auch schon bis zu mir vorgedrungen. Ich arbeite ja mit fast allen Weingütern hier an der Ahr zusammen.«

Sie schenkte ihm ihr schönstes Lächeln. »Sehen Sie. Bei einem so guten Kellermeister ist das Risiko für die Bank doch gar nicht so groß. Herr Roth wird auch weiterhin hervorragende Weine machen, die sich gut verkaufen lassen.«

Dr. Schröder lehnte sich zurück, nahm einen tiefen Zug aus seiner Zigarre und taxierte sie ein paar Atemzüge lang durch die Rauchwolke. Schließlich sagte er: »Ich tue mich sehr schwer mit einer so jungen und so hübschen Frau in dieser Branche.

Und ich glaube, ich bin da nicht der Einzige. Die Weinwirtschaft ist eine Männerdomäne. Oder haben Sie schon einmal von einer Kellermeisterin gehört?«

Katharina erstarrte. Genau das hatte sie befürchtet. Er wollte ihr den Kredit nicht geben, weil sie eine Frau war und er ihr nicht zutraute, das Weingut zu führen. Am liebsten wäre sie von dem gepolsterten Stuhl aufgesprungen und hätte die Tür mit einem Knall hinter sich zugeschlagen. Aber sie musste sich zusammennehmen. Schließlich wollte sie ihr Ziel erreichen.

So zwang sie sich zur Ruhe. Sie schob ihren Stuhl etwas zurück und schlug die Beine übereinander, die Dr. Schröder bei der Begrüßung mit bewunderndem Blick bedacht hatte. »Herr Dr. Schröder …«, begann sie mit weicher Stimme. »Ich kann Ihre Vorbehalte verstehen, aber die Weinwirtschaft ist mir nicht fremd. Erstens bin ich sozusagen im Wingert geboren, und zweitens, das wissen Sie, habe ich nach meiner kaufmännischen Ausbildung meinem Vater und meinem Bruder bis zu deren Tod im Geschäft zur Seite gestanden. Ich bin zwar keine Kellermeisterin, aber dafür habe ich ja Herrn Roth.«

Der Bankdirektor sah sie an – und dieses Mal mit geradezu fürsorglichem, väterlichem Blick. Dann seufzte er. »Sie werden von den Leuten nicht angenommen werden. Und zwar weil Sie eine Frau sind, Fräulein Hammes. Ich muss es leider so sagen. Außerdem ist die Konkurrenz bei uns im Ahrtal groß. Die Leute werden eher bei Weingütern kaufen, die unter männlicher Leitung stehen.« Er verschränkte die Arme vor der Brust und fuhr in eindringlichem Ton fort: »Wenn Sie in Anbetracht der gesamten Situation trotzdem weitermachen wollen – warum schließen Sie sich nicht der Genossenschaft an?«

Für ein paar Momente hatte sie das Gefühl, keine Kraft

mehr zu haben, aber dann brach es aus ihr heraus: »Auch das kommt nicht infrage. Ich breche mein Versprechen nicht. Und überhaupt ... Ich verstehe nicht, warum man mir das nicht zutraut. Ich weiß, wie das Weingut zu führen ist. Soll ich es etwa an die Konkurrenz verkaufen und mich in irgendein fremdes Kontor setzen? Nein.« Sie schüttelte so energisch den Kopf, dass sich ein paar Locken aus ihrer Hochsteckfrisur lösten und ihr in die Stirn fielen. »Ich gebe nicht auf. Ich führe die Familientradition fort. Es muss doch einen Weg geben. Und dabei können Sie mir helfen, wenn Sie nur wollen. Sie kennen meine Familie. Sie kennen mich. Sie kennen das Weingut, und meinetwegen verpfände ich auch alle Weinberge an die Bank – obwohl ich das völlig unangemessen fände, weil sie viel mehr wert sind als die läppischen dreißigtausend Mark, um die ich Sie bitte.«

Dr. Schröder presste die Lippen aufeinander und schwieg. Jäh breitete sich Panik in ihr aus. Hatte sie es sich mit ihrer direkten Art verscherzt? Würde er sie jetzt aus seinem Büro werfen?

Während die goldene Kaminuhr in dem deckenhohen Bücherregal gleichmäßig und ruhig weitertickte, hörte sie ihr eigenes Herz in der Brust hämmern. Ansonsten war es totenstill im Raum. Ihr Blick lag auf dem Mann, der gerade ihre Zukunft in den Händen hielt. Endlich bewegte sich seine bis jetzt ausdruckslose Miene.

»Falls Sie den Kredit in der von uns bemessenen Zeit nicht zurückzahlen können, gehören die Weinberge und die Kelterei erst einmal der Bank. Es käme dann zur Versteigerung. Ist Ihnen das bewusst?«

»Aber nicht unser Haus«, wandte sie heftig ein.

Da lächelte er milde. »Das lassen wir außen vor.«

»Das heißt ...« Sie schluckte und musste sich räuspern, um

ihrer Stimme einen festen Klang zu geben. »Das heißt, ich bekomme den Kredit?«

Dr. Schröder räusperte sich ebenfalls und stand auf. »Die Bilanzen würde ich gerne noch ein paar Tage behalten. Heute in einer Woche werden Sie von uns hören.«

Verwirrt sah sie ihn an. »Aber was heißt das denn jetzt?« Sie hörte selbst das Zittern in ihrer Stimme.

Er lächelte sie an. »Dass Sie mich eigentlich überzeugt haben.«

»Und uneigentlich?«

Da ging er um den Schreibtisch herum, reichte ihr mit einer Verbeugung galant die Hand und zog sie vom Stuhl hoch. »Uneigentlich auch«, sagte er dann zwinkernd, als sie sich auf Augenhöhe gegenüberstanden.

Nun konnte sie nicht anders – ganz spontan umarmte sie ihn. Als sie ihn losließ und in sein verdutztes Gesicht blickte, entschuldigte sie sich stammelnd und mit hochrotem Kopf.

Aber er lachte nur und meinte: »Mein Beruf wäre noch schöner, wenn ich öfter so hübsche, tapfere und mutige Kreditnehmerinnen hätte wie Sie. Machen Sie weiter so. Sie schaffen das.«

Mit einem Hochgefühl fuhr Katharina von Bad Neuenahr auf direktem Weg zur Jagdhütte. Auf dem Rücksitz stand ihre Tasche, in der sie etwas zum Umziehen hatte, ein wenig Kosmetik und einen Badeanzug. Das warme Frühlingswetter lud zum Schwimmen ein.

Als sie auf der Lichtung ankam, saß Luciano auf der Veranda in der Sonne und rauchte. Auf dem Tisch stand ein Glas Wein. Sie stieg aus, konnte es gar nicht erwarten, ihm von dem Termin bei der Bank zu erzählen.

In langen Schritten kam er auf sie zu. Einen Meter vor ihr

blieb er stehen und maß sie von Kopf bis Fuß mit bewunderndem Blick.

»Wie schön du bist!«, sagte er sanft. »So habe ich dich noch nicht gesehen. Bellissima!«

Sie musste lachen. »Das ist meine Uniform, die ich trage, wenn ich als Geschäftsfrau unterwegs bin«, scherzte sie.

»Lass mich raten. Du hast den Kredit bewilligt bekommen.«

Sie strahlte ihn an. »Ich glaube ja. Montag bekomme ich endgültig Bescheid.«

»Für einen Mann ist die Schönheit der Frau das beste Argument.«

Sie zog die Brauen zusammen. »So leicht seid ihr Männer zu überzeugen? Und was macht dann eine hässliche Frau?«

»Die hat es schwerer im Leben.«

»Das finde ich sehr schlimm. Ich möchte wegen meiner Fähigkeiten ernst genommen werden. Und über die sagt das Äußere doch rein gar nichts aus.«

Luciano breitete die Arme aus und lachte. »Non t'arrabiare, cara. Deine Hartnäckigkeit sieht man dir an, deinen Stolz und dein großes Herz. Keine Sorge, ich nehme dich ernst. Ich bewundere dich.« Er legte die rechte Hand auf sein Herz und beteuerte mit seiner rauen Stimme: »Ich bete dich an.«

Sie wusste nicht, ob sie lachen oder sich ärgern sollte. Frank war ein Mann sparsamer Worte gewesen. Aber sollte sie deshalb Lucianos Worten nicht glauben? Er war Italiener – Sizilianer, wie er gerne betonte – und eben anders als ein deutscher Mann.

»Komm her zu mir«, hörte sie ihn sanft sagen. Er nahm sie in die Arme. »Ich freue mich so, dass du wieder da bist. Und ärgere dich nicht über mich. Wir Sizilianer sind so. Aber ich meine jedes Wort ernst. Das schwöre ich dir.«

Als ihr sein Duft von Sandelholz und Zitrone in die Nase

stieg, als sich seine Arme besitzergreifend um sie legten, als sie seine Erregung fühlte, blendete ihr plötzliches Begehren alles andere aus. Sie war ganz benommen, unfähig, auch nur einen klaren Gedanken zu fassen. Sie spürte nur noch das lodernde Feuer, das er in ihr entfacht hatte. Ihre Haut glühte, und ihre Lippen brannten vor Sehnsucht, die seinen zu spüren.

Nachdem sie sich geliebt hatten, lagen sie noch eine Weile eng zusammen, während Luciano rauchte.

»Darf ich dich was fragen?«, sagte Katharina.

»Alles.«

»Wie viele Frauen hast du schon gehabt?«

Mit seinem besonderen Lächeln strich er ihr eine Locke aus der Stirn. »Ich habe nicht wie ein Mönch gelebt.«

Sie lachte leise. »Sag es mir«, bat sie ihn, während sie seine nackte Brust streichelte.

»Nach meiner ersten festen Freundin, die mich hatte heiraten wollen, als ich mich noch nicht reif genug dafür gefühlt habe, hatte ich immer nur kurze Verhältnisse.«

»Wie viele?«

»Viele, Cara.«

»Und was bin ich?« Sie hob den Kopf von seiner Brust und sah ihm in die Augen.

Er lächelte fein, den Blick abgewandt, zum Fenster.

»Auch ein kurzes Verhältnis?«, fragte sie. »Immerhin musst du ja in ein paar Tagen wieder abreisen.«

Lucianos Blick kehrte zu ihr zurück. »Man kann auch aus der Ferne lieben.«

Seine Antwort gefiel ihr nicht. »Aber das ist ja keine richtige Liebe.«

»Diese Liebe kann tiefer und dauerhafter sein als die körperliche Liebe.«

Sie richtete sich im Bett auf und schaute auf ihn hinunter, wie er sich ihr mit verschränkten Händen im Nacken und geschlossenen Augen in seiner Nacktheit darbot. Aber sie war jetzt nicht mehr in der Stimmung, ihrer wieder aufkeimenden Lust nachzugeben. Sie wollte, dass er sich in seiner Beziehung zu ihr festlegte. Stattdessen wich er aus.

»Und die körperliche Liebe nimmt man sich dann in seiner Heimat? Meinst du das?«, fragte sie herausfordernd.

Da öffnete er die Lider und richtete sich ebenfalls auf. »Cara, warum über die Liebe *reden*, wenn man sie so wunderschön *machen* kann wie wir beide?« Sein Tonfall war sanft gewesen, dennoch hatte ihm nicht die dominante Färbung gefehlt. Energiegeladen schwang Luciano sich aus dem Bett. »Lass uns an eines der Maare fahren und schwimmen gehen. Hast du einen Badeanzug dabei?«

Katharina musste, ob sie wollte oder nicht, leise lachen. »Diese Idee hatte ich heute Morgen auch.«

»Siehst du, Cara …« Sein ernster Blick ruhte auf ihr. »Du bist meine Anima gemella. Das ist sehr selten zwischen Mann und Frau. Das ist Liebe.«

Mit Katharinas Wagen fuhren sie zu einem der Maare in der Nähe, in dem gebadet werden durfte. Zu Wochenbeginn waren sie trotz des schönen Wetters die Einzigen dort. Nachdem sie schwimmen waren, lagen sie auf der Decke inmitten der blühenden Wiese.

»Erzähl mir etwas von deiner Heimat«, bat Katharina, nachdem Luciano gerade von der Eifler Landschaft geschwärmt hatte.

»Meine Heimat …« Er stützte sich mit dem rechten Arm auf, sodass er sie ansehen konnte. »Goethe ist auf seiner Italienreise im Jahre 1887 nach Sizilien gekommen und hat über die Insel gesagt: Dass ich Sizilien gesehen habe, ist mir ein unzerstörlicher Schatz in meinem Leben.«

Sie lächelte ihn an. »Wenn Goethe das sagte …«

»Sizilien ist eine Insel mit vielen Einflüssen. Als erste Kolonisten kamen die Phönizier aus dem heutigen Libanon, dann Karthager aus Tunesien, danach Araber, Perser, Griechen, Römer, Spanier. All diese Einflüsse schlagen sich in unseren Speisen und Bauwerken nieder und haben auch die Menschen geprägt.«

»Wie meinst du das?«

»Die Sizilianer nehmen das Leben, wie es sich ihnen bietet. Die meisten sind einfache Leute. Sie gehen ihrer Beschäftigung nach und freuen sich schon am Anfang der Woche auf das nächste Sonntagsmahl nach dem Kirchgang.«

Erstaunt sah sie ihn an. »Du scheinst aber anders zu sein.«

Er lächelte sie an. »Ich sagte ja schon, der enge Kontakt zu meinem Professore und seiner Frau hat mich sehr geprägt. Sonst lägen wir beide wahrscheinlich jetzt gar nicht hier.«

Mit einer zärtlichen Geste strich sie ihm über die Wange, die sich unter ihren Fingern rau anfühlte. »Das fände ich sehr schade«, flüsterte sie, bevor sie sich zu ihm hinunterbeugte und ihn auf den Mund küsste.

Die nächsten Tage waren für Katharina voller Sonnenschein, fassungslosen Glücks und tiefen Einverständnisses, die Nächte warm, voller Leidenschaft und Innigkeit. Die Stunden rieselten so unaufhaltsam dahin wie Sand in einer Sanduhr – lautlos und unmerklich. Womit hatte sie so viel Liebe, so viel Glück verdient?, fragte sie sich immer wieder, wenn sie gerade einmal für zwei Stunden nach Hause fuhr, um nach der Post zu sehen oder sich mit Hermann zu besprechen. Während ihrer Abwesenheit kümmerte er sich neben seinen normalen Tätigkeiten um den Umbau des Lieferwagens zum fahrenden Lebensmittelladen. Fraglos akzeptierte er, dass sie alle anderen Projekte um eine Woche verschoben hatte. Wahrscheinlich ahnte er, dass sie in dieser Woche ungestört mit einem Mann zusammen sein wollte.

Samstag, einen Tag vor Lucianos Abreise, fuhren Katharina und Luciano auf dem Motorrad zur Fatimakapelle. Es war Katharinas Idee gewesen, Luciano die idyllische Kapelle im Wald zu zeigen. Die Fahrt ging durch ein Wiesental, in dem weiße Margeriten, gelbe Dotterblumen und rosafarbener Frauenschuh wuchsen. Hohe Pappeln säumten das Flüsschen, das bei Adenau in die Ahr floss. Um die Mittagszeit stand die Luft schwül in dem kleinen Tal. Sie wurde klarer und frischer, als sie auf der ansteigenden Straße in den Wald eintauchten. Nach ein paar Hundert Metern sahen sie die kleine Kirche schon auf der rechten Seite auf einer Anhöhe stehen. Luciano hielt an.

»Bellissimo«, sagte er andächtig und schlug ein Kreuz.

»Komm!« Katharina nahm seine Hand und stieg mit ihm die Stufen hinauf, auf den kleinen Vorhof, wo ein paar Bänke standen.

»Alles sieht so gepflegt aus«, wunderte sich Luciano. »Und so neu. Wie alt ist die Kapelle?«

»Sie ist gerade erst im Mai eingeweiht worden. Ein Bauunternehmer aus Adenau hat sie erbaut. Während seiner schweren Krankheit im vergangenen Jahr hat er das Versprechen gegeben, hier in der Rappelsley eine Kapelle zu bauen, falls er gesund werden sollte.« Sie lächelte ihn an. »Wie du siehst, ist er gesund.«

»Fatimakapelle?«, wiederholte er.

»Die Kapelle hat ihren Namen von einer Statue der Gottesmutter Maria, die aus dem Wallfahrtsort Fatima in Portugal stammt. In den wenigen Wochen seit Mai ist das Kirchlein schon zum Wallfahrtsort geworden. Viele Menschen wandern hierhin, um Zwiesprache mit Gott zu halten oder sich für etwas zu bedanken, das ihnen an Gutem widerfahren ist.« Sie sah ihn an. »Möchtest du hineingehen?«

Luciano nickte. Hand in Hand betraten sie den winzigen lichten Raum, der höchstens für zehn Gläubige Platz bot. In der Luft hing der Duft von Weihrauch und den Blumen, die Besucher mitgebracht hatten. Unter dem Altar, auf dem die Muttergottes stand, brannten Kerzen, um den Altar herum lagen Dankschreiben.

Luciano versank eine Weile in tiefer Andacht. Dann drehte er sich zu ihr um und sah sie an. »Katharina ...«, begann er, »hier unter den Augen der Muttergottes verspreche ich dir, dass ich, wenn ich morgen zurückfahre, wiederkommen und dich heiraten werde. Wirst du auf mich warten?«

Auf dieses Versprechen hatte sie all die Tage so sehnsüchtig gewartet – und hatte sich fast schon damit abgefunden, dass Luciano es ihr nicht geben würde. Ihr Herz begann zu jubeln, und sie wäre ihm am liebsten um den Hals gefallen, doch der Blick Marias hielt sie davon ab. So nahm sie das Kreuz, das sie Tag und Nacht trug, in die Hand und sagte mit belegter Stimme: »Ich verspreche es dir, Luciano.«

Da nahm er ihr Gesicht in beide Hände, so vorsichtig, als wäre sie aus Porzellan, und küsste sie sanft auf den Mund. »Ich werde mich beeilen.«

Nach dem Besuch der Fatimakapelle fuhren Katharina und Luciano wieder zurück zur Jagdhütte. Katharina bekam zunehmend das Gefühl, auf einer tickenden Bombe zu sitzen. Sie zählte die Stunden bis zum Abschied. Sie machten einen Spaziergang, Luciano spielte auf seiner Mandoline und sang italienische Lieder. Sie alberten herum wie Kinder, spielten Fangen und machten Wettrennen, als könnten sie so der Zeit davonlaufen. Als sich die Dämmerung über die Lichtung senkte, saßen sie Hand in Hand vor der Hütte, blickten in den Himmel, schauten den Glühwürmchen zu, die ziellos durch die warme Luft schwirrten, und lauschten dem Zirpen der Grillen. Schließlich akzeptierten sie, dass ihre letzte Liebesnacht anbrach. Von da an lebte Katharina nur noch im Augenblick. Sie wusste, dass sie trotz Lucianos Versprechen in der Fatimakapelle ihre Zukunft nicht in der Hand hatte. Völlig gestaltlos lag sie jenseits dieser tiefschwarzen Nacht. Ihre einzige Gewissheit war das Hier und Jetzt – Lucianos Arme, die sie hielten, seine Lippen, die ihr die wunderschöne Geschichte von Liebe und Glück erzählten. In den Stunden bis zum neuen Tag war ihr Tonfall gedämpft, meistens schwiegen sie, und ihr Liebesspiel war erfüllt von einer neuen Intensität. Luciano küsste sie, bis sie in der Tiefe ihres Herzens davon überzeugt war, dass kein anderer Mensch auf dieser Welt sie mehr lieben konnte als er. Und sie küsste ihn mit einer verzweifelten Leidenschaft zurück, geboren aus der Sehnsucht nach ihm, die sie jetzt schon spürte, wenn sie daran dachte, ihn die nächste Zeit nicht zu sehen. In dieser Nacht erlebten sie noch einmal das Wunder, das sie zusammen entdeckt hatten: das Verschmelzen, das Einswerden mit dem anderen in einer einzigartigen Innigkeit, die sie beide nie zuvor erfahren hatten.

Langsam ging die Sonne am Horizont auf und tauchte den kleinen Raum in das erste diffuse Tageslicht. Während Lucianos Atem ruhig über ihre Wange strich, war Katharina schon lange wach. In den Fichten zwitscherten die Vögel, der wolkenlose Himmel versprach wieder einen schönen Tag. Wenigstens würde Luciano gutes Reisewetter haben, dachte sie wehmütig. Bei dem Gedanken an den bevorstehenden Abschied stiegen ihr die Tränen in die Augen, flossen über und rollten langsam an ihren Wangen herunter in Lucianos Haar. Lange blieb sie so regungslos liegen und beobachtete, wie es viel zu schnell hell wurde. Hätte sie die Macht besessen, hätte sie die Zeit angehalten, die Sonne nicht aufgehen lassen und für alle Ewigkeit den Moment hinausgezögert, in dem sie Abschied nehmen mussten. Noch einmal sog sie Lucianos Duft tief in sich ein. Dann stand sie auf. Kurz darauf wurde auch Luciano wach.

Sie packten alles zusammen, sprachen nur wenig dabei, vermieden jede Berührung und jeden Blick – aus Angst davor, die Dämme einzureißen, die sie um sich aufgebaut hatten, um den Abschied erträglich zu machen.

Als Luciano schließlich reisefertig vor ihr stand, fragte sie: »Wann wirst du wiederkommen?« Sie brauchte etwas Konkretes, ein Datum, auf das sie hinleben konnte.

Er sah sie ernst an. »Ich werde mir Arbeit suchen und Geld verdienen. Und dann werde ich wiederkommen.«

»Soll ich mich hier nach Arbeit für dich umhören?«, bot sie ihm eilfertig an in der Hoffnung, ihn dann früher wiedersehen zu können.

Da hob er abwehrend beide Hände. »Auf keinen Fall. Ein Mann lässt sich nicht von einer Frau eine Arbeitsstelle besorgen. Das macht er selbst.« Seine harte Reaktion hatte sie erschrocken zurückweichen lassen – was er bemerkt haben musste, denn er fügte dann weich hinzu: »Das musst du verstehen, Katharina. Wir Sizilianer haben Stolz und Ehre. Ich werde in Italien eine Arbeitsstelle finden, werde Geld sparen und dich vielleicht schon in einem Jahr bitten, meine Frau zu werden. Gib mir bitte diese Zeit.«

In einem Jahr? Katharina nickte benommen und spürte im

gleichen Moment, dass etwas in ihr einen Riss bekam. Seine starre Haltung empfand sie wie einen großen dunklen Schatten, der sie frösteln ließ.

Da nahm er sie in die Arme. »Wir können uns doch schreiben«, sagte er sanft. »Wie viele Paare waren im Krieg Jahre voneinander getrennt! Du musst wenigstens nicht um mein Leben bangen«, scherzte er. Doch Katharina konnte nicht darüber lachen. »Oder du besuchst mich auf Sizilien«, fuhr er aufmunternd fort. »Du solltest meine Heimat, meine Familie und den Professore kennenlernen.«

Sie trat einen Schritt von ihm zurück und schüttelte energisch den Kopf. »Das würde meine Mutter niemals erlauben. Das wäre unschicklich.«

»Dann fährst du mit Ursel zusammen. In Bonn habe ich in einem Reisebüro gelesen, dass es neuerdings Busreisen nach Palermo gibt. Dann würde ich nach Palermo kommen, und wir treffen uns dort. Oder vielleicht arbeite ich ja sogar dort.« Mit einem tiefen Seufzer zog er sie wieder an sich. »Wir werden uns wiedersehen, Cara. Ich habe es in der Kapelle geschworen.« Er küsste sie zart auf den Mund. »Wenn ich zu Hause angekommen bin, werde ich dir sofort schreiben.«

»Nein, besser anrufen«, bat sie ihn mit belegter Stimme. »Bitte!«

Er nickte. »Ich werde in eine Bar gehen und telefonieren.« Dann legte er seine Hand auf sein Herz und fügte hinzu: »Promesso.«

Sie lächelte unter Tränen und wiederholte leise: »Ja, versprich es mir.«

Als Katharina zu Hause ankam, war ihr zumute, als wäre sie monatelang weg gewesen – in einer anderen Welt, in einem anderen Leben. Noch nie hatte sie sich so einsam gefühlt wie in dem Moment, als sie den Flur mit seinem kühlen Mosaikboden betrat. Die Stille im Haus empfand sie geradezu als gespenstisch. Ihr war kalt. Sie ging in die Küche und brühte Kaffee auf. Wäre doch wenigstens Hedwig hier, ging ihr durch den Kopf, während sie den Kaffee Schluck für Schluck trank. Hermann war auch bereits unterwegs. Jeden Sonntag, ganz gleich bei welchem Wetter, wanderte er pünktlich um neun Uhr los.

Als plötzlich ein schrilles Klingeln die Stille zerriss, lief sie zum Telefon, froh darüber, mit jemandem reden zu können.

»Na endlich!«, hörte sie Ursel beleidigt sagen. »Du bist ja gar nicht mehr zu erreichen. Und melden tust du dich auch nicht.«

»Guten Morgen erst einmal«, erwiderte Katharina.

»Guten Morgen. Jetzt sag mir mal, wo du die ganzen Tage gewesen bist. Vermute ich richtig?«

»Was vermutest du denn?«

»In der Jagdhütte, mit deinem Italiener.«

»Der Italiener heißt Luciano.«

»Also in der Jagdhütte mit Luciano. Stimmt's?«

»Stimmt.«

»Und heute Morgen ist er gefahren?«

»Hm.«

»Himmel! Warum bist du denn so wortkarg? Wir haben uns doch früher immer alles anvertraut«, beschwerte sich ihre Cousine aufgebracht.

»Was willst du denn hören?«

»Ob es schön war zum Beispiel.«

Katharina musste lächeln. »Ja, sehr. Obwohl …« Sie seufzte. »Der Abschied eben …«

»Kommt er denn wieder?«

»Er hat es versprochen. Aber es wird noch dauern. Er muss sich jetzt zuerst mal um Arbeit kümmern. In einem Jahr vielleicht.«

»In einem Jahr?« Ursel betonte jede einzelne Silbe. »Aber warum erst in einem Jahr?«

»Sizilien liegt nicht gerade vor unserer Haustür. Da kann man nicht ständig hin- und herreisen.«

»Ja, aber …« Ursel schwieg ein paar Atemzüge lang. Dann fragte sie vorsichtig: »Bist du sicher, dass er es ernst mit dir meint?«

Katharina schluckte. »Bin ich.«

»Italiener sollen ja gerne poussieren. Hier ein bisschen Amore, da ein bisschen Amore.«

»So ein Quatsch! Das sind doch nur Vorurteile. Man kann nicht alle Italiener über einen Kamm scheren. Wo hast du das überhaupt her?«

»Im Laden bekomme ich so einiges mit.«

Katharina atmete tief durch und erwiderte scharf: »Lass mich bitte mit dem Getratsche eurer Kunden in Ruhe. Ich mache mir mein eigenes Bild.«

»Ist ja schon gut«, sagte ihre Cousine pikiert. »War doch nicht böse gemeint. Trotzdem, wenn er es wirklich ernst mit dir meinen würde, könnte er sich doch auch hier Arbeit suchen. Gerade jetzt, wo wir Arbeitskräfte brauchen und so viele seiner Landsleute hierhinkommen.«

Natürlich hatte Ursel nicht unrecht, aber darüber wollte sie jetzt nicht nachdenken. »Hast du schon von unserem Unglück gehört?«, wechselte sie das Thema.

»Ja, schrecklich. Hermann hat mir davon erzählt. Ich war vorgestern bei euch, weil ich dich ja telefonisch nicht erreicht habe. Hast du schon was in die Wege geleitet?«

»Damit fange ich morgen an«, antwortete Katharina und

erzählte von den Plänen, die sie für die kommende Woche hatte.

Nachdem sie sich verabschiedet hatten, legte Katharina mit einem unguten Gefühl auf. Von den Vorurteilen über Lucianos Landsleute wollte sie nichts mehr hören. Luciano war stolz und besaß Ehrgefühl, und sie vertraute ihm und seiner Liebe. Statt zu zweifeln, wollte sie die Stunden voller Leidenschaft, Zärtlichkeit und seelischer Verschmelzung mit ihm in Erinnerung behalten, die sie stark machen würden, die lange Trennung zu überstehen.

Abends, als es schon lange dunkel war, kündigte ein dreimaliges Hupen die Rückkehr von Martha und ihrer Schwester an. Schwungvoll kamen die beiden auf den Hof gefahren. Da war es mit der Ruhe vorbei – was Katharina einerseits freute, andererseits jedoch empfand sie das fröhliche Geplapper der beiden wie eine kalte Dusche. Nachdem Lotte gefahren war, trank Katharina mit ihrer Mutter im Wintergarten noch ein Glas Wein.

»Du siehst verändert aus, mein Schatz«, bemerkte Martha mit prüfendem Blick. »Du siehst aus, als wärst du auch in Urlaub gewesen. So erholt. Irgendwie fraulicher. Hast du zugenommen?«

Überrascht sah Katharina ihre Mutter an. Eigentlich hatte sie damit gerechnet, aufgrund der Sorgen eher schlechter auszusehen. Sie lächelte in sich hinein. Das macht die Liebe, hätte sie am liebsten geantwortet.

»Jetzt erzähl schon, wie es war«, wechselte sie das Thema.

Martha gähnte hinter vorgehaltener Hand und stand auf. »Ach, Schatz, das machen wir morgen. Ich merke jetzt, wie ich müde werde. Immerhin sind wir seit fünf Uhr heute Morgen unterwegs. Die arme Lotte …«

Katharina zögerte. Sollte sie ihrer Mutter von dem Einsturz der Kelterei erzählen?

»Was ist, Kind?«, fragte da Martha auch schon und setzte sich wieder in den Korbsessel. »Ist etwas passiert?«

Da berichtete Katharina ihr von dem Unglück – dass sie es mit Luciano zusammen erlebt hatte, ließ sie in ihrer Schilderung weg.

Ihre Mutter schlug die Hände vor den Mund. »Mein Gott, du hättest tot sein können!«

»Bin ich aber nicht, Mutter«, erwiderte Katharina lächelnd. »Ich sitze noch hier, und wie du gerade gesagt hast, sehe ich sogar gut aus.«

»Kind, Kind …«, Martha bekreuzigte sich. Dann sah sie Katharina eindringlich an. »Spätestens jetzt sollte dir klar sein, dass wir das Weingut abgeben müssen. Es steht unter einem schlechten Stern. Vielleicht könnten wir es verkaufen oder verpachten. Dann könntest du endlich ein normales Leben als junge Frau führen.«

Katharina stand auf. Es fiel ihr schwer, die aufsteigende Wut zu unterdrücken. »Erstens führe ich ein ganz normales Leben als junge Frau«, begann sie mit gepresster Stimme. »Und zweitens werde ich nicht nach jeder Niederlage die Flinte ins Korn werfen. Vater hat mir das Weingut anvertraut, und ich werde es weiterführen. Viele Frauen mögen sich auch heute noch damit begnügen, hinterm Herd zu stehen, aber wir leben in einer neuen Zeit, in der auch eine Frau erfolgreich Geschäfte führen kann. Denk mal an Aenne Burda, nach deren Schnittmustern du schneiderst. Sie hat es auch geschafft, allen Widrigkeiten zum Trotz. 1949 gründete sie ihren eigenen Modeverlag und ist heute weit über Deutschlands Grenzen bekannt.«

Ihre Mutter gab ihr mit einem einzigen Blick zu verstehen,

dass sie diesen Vergleich unpassend fand. »Und was gedenkst du jetzt zu tun?«, fragte sie spitz.

Katharina straffte sich. »Ich lasse die Scheune ausbauen, da kommt die neue Kelterei rein. Die Lagerung ebenfalls. Das heißt, ein Teil der Lagerung kann eventuell im Gewölbe bleiben. Das muss ein Statiker entscheiden.«

»Und woher willst du das Geld nehmen?«

»Dr. Schröder wird mir einen Kredit bewilligen.«

»Dr. Schröder?« Die Miene ihrer Mutter entspannte sich augenblicklich. »Mit ihm hast du schon Kontakt aufgenommen? Das sind ja wirklich feine Leute! Du weißt, dass sie früher öfter bei uns zu Gast waren.«

Katharina verdrehte die Augen. »Ja, Mutter, das weiß ich. Und er wusste es auch noch.«

Martha seufzte tief. »Nun gut, mach, was du meinst. Du lässt dir ja doch nichts sagen. Ich brauche jetzt erst mal Schlaf.« Als sie an Katharina vorbeiging, legte sie ihr kurz die Hand auf den Arm. »Ich hoffe nur, dass das kein Fehler ist.«

Als Katharina ein paar Minuten später in ihrem Wohnzimmer saß und in den Nachthimmel schaute, fragte sie sich, wo Luciano jetzt sein mochte. Unter den gleichen Sternen, die ihr Licht auf Rebenach warfen, fuhr er gerade auf der Autobahn in Richtung Süden. Vielleicht saß er auch in einer Raststätte und trank Kaffee, um wach zu bleiben. Hoffentlich passierte ihm nichts bei der langen Fahrt.

In Gedanken ging sie noch einmal das Abschiedsgespräch durch. Er hatte zwar gesagt, dass er sie heiraten wollte – wenn er in Lohn und Brot stand –, aber vielleicht hatte er das auch nur unter dem noch frischen Eindruck der vergangenen Tage gesagt. Vielleicht würde er in einem Jahr eine Italienerin heiraten, die mehr seinem Frauenbild entsprach als sie.

Schluss jetzt, befahl sie sich und trank das Glas in einem Zug aus. Sie brauchte Schlaf. Davon hatte sie in den vergangenen Nächten viel zu wenig bekommen. Morgen fing ihr normales Leben wieder an. Und da gab es so viel zu tun.

TEIL 2

Luciano

Schon nach wenigen Kilometern verspürte Luciano Sehnsucht. Die Tage mit Katharina waren für ihn wie sechs Tage im Paradies gewesen. Jetzt wusste er, warum er sich in den vergangenen Jahren nie richtig auf eine Frau eingelassen hatte: Katharina war die Frau, mit der er sein Leben verbringen wollte. Sie hatte seine Seele berührt – was vorher noch keiner gelungen war. Sie war klug, stark und schön, sie war weich, mitfühlend, hingebungsvoll. Doch bevor er sie an sich binden konnte, musste er eine sichere Existenz haben. Von seinem Lohn in der kleinen Werkstatt in Cefalù hatte er zwar etwas gespart, aber das reichte längst nicht aus, um seinen Traum von einer eigenen Autowerkstatt zu verwirklichen und eine Familie zu gründen. Das zu tun, geboten ihm nicht nur sein Stolz und seine Ehre, das hatte eine Frau wie Katharina auch verdient. Dann würde er sie in seine Heimat mitnehmen und ihr ein Haus bauen – ein großes, komfortables Haus mit Blick aufs Meer und das Madoniegebirge. Sie sollte die Herrin des prächtigsten Hauses in der ganzen Gegend sein.

All diese Gedanken und Träume ließen Luciano die Rückreise kurzweilig erscheinen. Es war ein warmer und trockener Sonntag, sodass ihn das Fahren nicht anstrengte. Zudem kam er gut voran. Nachdem er den Passo del Brennero überfahren hatte, gönnte er sich in Brenner, dem ersten Dorf hinter dem Pass auf italienischer Seite, ein Abendessen im *Gasthof zum Wolf*. Die Wirtin erlaubte ihm gegen kleines Geld, ein paar

Stunden im Hinterzimmer auf einer der Bänke zu schlafen. Um drei Uhr morgens fuhr er erfrischt weiter. Während er, begleitet von den Strahlen der aufgehenden Sonne, in Richtung Süden fuhr, freute er sich plötzlich auf zu Hause – auf sein Haus am Fuße des Madoniegebirges, auf die Kochkünste seiner Mutter, auf seine Verwandten, seine Freunde, den Strand in Finale, die heimatlichen Düfte, die Sonne, die Wärme. Und er wünschte sich nichts mehr, als Katharina das alles bald zeigen zu können.

Erst am Spätnachmittag, kurz vor Cefalù, gestand sich Luciano seine körperliche Erschöpfung ein. Jetzt hatte er es nicht mehr weit. Von der Uferstraße bog er links in einen Schotterweg ein, der in engen Serpentinen den Hügel hinauf nach Il Nido führte. Dorniges Gestrüpp säumte den steinigen Weg, und sein Motorrad zog eine lange Staubwolke hinter sich her. Auf der Hälfte des Berges zweigte rechts die schmale Auffahrt zum Pasinihof ab. Luciano bremste an der Kreuzung und hielt inne. So lange war er noch nie von zu Hause fortgewesen. Zum ersten Mal betrachtete er sein Elternhaus mit den Augen eines Fremden. Idyllisch war es, auf eine raue, ursprüngliche Art.

Das Gebäude in U-Form bestand aus Feldsteinen und Ziegeln. Die Fenster waren klein, mit Läden aus dunklem Holz. Niedrige Bruchsteinmauern unterteilten das Grundstück in Terrassen, auf denen Weinreben, Zitronen- und Pfirsichbäume standen. Oberhalb zog sich der Olivenhain den Hang hinauf. Mit einem versonnenen Lächeln sah Luciano hoch zum Himmel und schlug schnell ein Kreuz – aus Dankbarkeit dafür, dass er wohlbehalten zu Hause angekommen war. Dann fuhr er weiter.

Er stellte seine Maschine vor der Scheune ab, stieg vom

Sattel und streckte sich ein paarmal. Der Hof machte einen verlassenen Eindruck. Um diese Uhrzeit war seine Familie noch bei der Arbeit. Er betrat den Innenhof, eine sonnendurchflutete kleine Oase, in der es nach Minze, Thymian und Rosmarin duftete. Hier wuchs die *Apotheke Gottes* – wie seine Mutter den Kräutergarten nannte. Ein paar Sekunden lang stand er einfach da und genoss es, seine Heimkehr mit allen Sinnen wahrzunehmen: die weiche Luft, die intensiven Gerüche des Südens, die Vogelstimmen und das helle Bimmeln der Glöckchen der Schafe. Hier schien die Sonne anders als in Deutschland, und auch der Himmel hatte eine andere Farbe.

»Luciano!« Der freudige Aufschrei seiner Mamma ließ ihn zusammenzucken.

Violetta Pasini kam aus dem Haus gestürzt, mit nassen Händen und dem rot-weiß karierten Küchenhandtuch über der Schulter. Ihre schwarze Kleidung und ihre Schürze rochen nach Basilikum und Knoblauch. Wie immer trug sie ihr schneeweißes Haar zu einem üppigen Nackenknoten gebunden. »Luciano! Figlio mio! So früh habe ich dich nicht erwartet.«

Luciano nahm sie in die Arme. Er wusste, wie sehr sie ihn während der vier Wochen vermisst hatte.

Nachdem er sie losgelassen hatte, berührte sie sein Gesicht, sein Haar, strich über seine Oberarme, als wollte sie sich vergewissern, dass er auch leibhaftig vor ihr stand. Dabei strömten ihr die Wiedersehenstränen über die Wangen. Schließlich zog sie ihn unter die Pergola und dirigierte ihn auf einen der Stühle an dem langen Holztisch zu. »Setz dich. Du musst müde sein nach der langen Fahrt. Ich bringe dir etwas zu essen und zu trinken.«

»Nein, Mamma …« Luciano hielt sie fest. »Ich freue mich schon darauf, wenn wir heute Abend alle zusammen essen.

Jetzt möchte ich nur einen Espresso.« Er stand auf. »Lass uns in die Küche gehen.«

Sie umarmte ihn nochmals, wollte ihn gar nicht mehr loslassen.

Doch dann kam Luciano nicht mehr dazu, Espresso zu trinken. Silvio und Maria mussten die Begeisterungsrufe der Mutter gehört haben und eilten aus dem Olivenhain herbei. Wenige Minuten später kamen Gabriele und Matteo, ihre Söhne, mit dem Motorroller angefahren. Und dann ratterte auch schon der Lieferwagen von Lucianos Schwager Alessandro aus Cefalù auf den Hof, mit Ehefrau Carlotta, den drei Kindern – und Sophia. Dass sie Alessandros Nichte mitbrachten, gab Lucianos Wiedersehensfreude einen harten Dämpfer. An Sophia hatte er während der Zeit in Deutschland überhaupt nicht mehr gedacht. Er konnte nur hoffen, dass sie anlässlich der Wiedersehensfeier als Familienmitglied hier war, und nicht, um sich wieder an ihn heranzumachen.

»Ich habe alle eingeladen«, sagte seine Mutter in schmeichelndem Ton und tätschelte ihm die Wange. Sie musste in seiner Miene gelesen haben, wie sehr ihm Sophias Anwesenheit missfiel. »Deine Heimkehr muss doch gebührend gefeiert werden.«

Es gab eine stürmische Begrüßung. Man küsste sich, umarmte sich, und alle redeten durcheinander. Nur Sophia hielt sich zurück. Sie stand so abseits, dass sie Luciano schon fast leidtat.

»Nun lasst Luciano doch erst einmal ankommen!«, rief Violetta schließlich streng. »Silvio – hol den Wein und schenk ein!«

Schon bald fühlte sich Luciano wieder ganz zu Hause – laute Stimmen, die durcheinanderredeten, zankten und lachten, aus dem Radio klangen italienische Lieder, und der Rotwein floss in Strömen. Die Frauen eilten zwischen Küche und der Pergola hin und her und stellten Brotkörbe, Wasserkrüge, Platten und Schüsseln mit allen Köstlichkeiten Siziliens auf den Tisch. Pasta mit Steinpilzen, Hühnchen, Lammkoteletts mit Rosmarin, gebackene Paprika, Auberginen, Zucchini. Carlottas Kinder, die zwischen sechs und zwölf Jahre alt waren, wie auch Gabriele und Matteo, tobten auf dem Hof herum und kamen zwischendurch nur immer wieder mal an den Tisch, um sich schnell etwas in den Mund zu stecken.

»Cesare wird kommendes Jahr einen zweiten Eissalon in Bad Neuenahr aufmachen«, erzählte Luciano seiner Familie. »Den wird dann Antonio übernehmen.« Er nickte anerkennend. »Onkel Cesare ist ein vermögender Mann – an unseren Verhältnissen hier gemessen.«

»Cesare!«, schnaubte seine Mutter, bevor sie die Hühnerbrust auf ihrem Teller mit einem einzigen Schnitt in zwei Hälften teilte. Dabei warf sie einen feurigen Blick in die Runde. »Ich will nichts mehr über Cesare hören. Adesso basta!«

»Wie ist denn die Arbeitssituation in Deutschland?«, wechselte ihr Schwiegersohn schnell das Thema.

Luciano trank einen Schluck Wein, bevor er erzählte: »Den Deutschen geht es sehr gut. Die meisten sind in Lohn und Brot. Es wird viel gebaut, viel produziert, und die Nachfrage ist weiterhin steigend. In allen Wirtschaftszweigen werden Leute gebraucht. Im Süden Deutschlands Landarbeiter, in der Mitte Bergarbeiter, auch in der Metall- und Autoindustrie sowie auf dem Bau werden Leute gebraucht. Es sind viel zu viele Männer im Krieg geblieben, und die geplante Wehrpflicht wird den Mangel an Arbeitskräften bald noch weiter erhöhen.«

»Vielleicht solltest du als Gastarbeiter nach Deutschland gehen«, schlug seine Schwägerin ihm vor, »so gut, wie du

Deutsch kannst. In die Autoindustrie – wie Terzo. Er war einer der Ersten, die sich im Januar haben anwerben lassen«, fügte sie stolz hinzu. »Und jetzt bekommt er bei BMW viel mehr Geld, als er hier auf der Insel jemals verdienen könnte.«

Kaum hatte sie zu Ende gesprochen, ließ ihre Schwiegermutter das Besteck klirrend auf den Teller fallen. »Wie kannst du nur so etwas vorschlagen, Maria! Das werde ich deinem Bruder niemals verzeihen. Terzo war für mich wie ein Sohn. Erinnerst du dich nicht mehr?« Ihre schwarzen Augen sahen ihre Schwiegertochter glühend an. »Nach dem frühen Tod eurer Eltern – du warst damals erst sechzehn – habe ich euch aufgenommen, ich war Terzo wie eine Nonna – und jetzt, da ich alt bin, lässt er mich allein.«

»Er schreibt dir jede Woche eine Karte und ruft an«, versuchte Maria, ihren sehr viel jüngeren Bruder in Schutz zu nehmen, doch Violetta schimpfte weiter.

»Habt ihr denn alle vergessen, was die Deutschen uns angetan haben? Sie haben unsere Dörfer ausgelöscht, haben Massenerschießungen angeordnet, wenn sie einen Partisanen irgendwo vermuteten. Und denen wollt ihr beim Aufbau ihres Landes helfen?« Drohend hob sie den Zeigefinger. »Keines der Kinder, die ich in die Welt gesetzt habe, darf für die Tedeschi arbeiten.« Und an Luciano gewandt, fügte sie hinzu: »Ich habe schon drei meiner Kinder verloren. Ich will nicht auch dich noch verlieren – und schon mal gar nicht an die Deutschen.«

Nun redeten alle durcheinander – Violetta, Carlotta, Alessandro, Maria, Silvio. Sophia hatte sich bisher überhaupt nicht an der Unterhaltung beteiligt, sondern warf Luciano immer wieder glühende Blicke zu. Inzwischen waren es jedoch weniger ihre Blicke, die Luciano Unbehagen bereiteten, sondern vielmehr das Thema am Tisch. Er liebte eine Deutsche und wollte mit ihr sein Leben verbringen. Je mehr seine Mutter auf die Deutschen wetterte, desto bewusster wurde ihm, dass sie diese Liebe niemals akzeptieren würde.

»Luciano findet bestimmt auch hier in Palermo oder Catania Arbeit«, meinte Silvio schließlich in seiner ruhigen, versöhnlichen Art.

»Das bezweifle ich«, widersprach ihm Alessandro. »Ich habe in der Zeitung gelesen, dass sich zurzeit pro Tag ungefähr einhundertfünfzig Männer aus dem Süden Italiens bei der Deutschen Anwerbekommission in Verona melden. Täglich!«, wiederholte er mit erhobener Stimme. »Warum tun sie das wohl? Weil sie hier keine Arbeit finden. Warum sollte Luciano mehr Glück haben?«

»Ich finde, du solltest es wie Terzo machen«, sagte da Sophia plötzlich. Alle sahen sie überrascht an.

»Du hältst dich da raus«, wies Violetta sie umgehend zurecht. »Du bist noch viel zu jung, um das beurteilen zu können.«

Sophia senkte den Kopf und schwieg.

»Terzo kommt ja bald«, wandte sich Maria wieder an Luciano. »Er hat eine Woche Urlaub. Dann kannst du ja mal mit ihm über seine Arbeit bei BMW reden.«

»Mamma sagte, dass er erst vor drei Wochen übers Wochenende hier gewesen ist«, wandte Luciano erstaunt ein.

»Terzo liebt seine Heimat«, erwiderte seine Mutter spitz. »Wenigstens das.«

»Terzo kann die schönen Mädchen hier doch nicht so lange allein lassen«, fügte Gabriele, der gerade an den Tisch gekommen war, mit Blick auf Sophia feixend hinzu.

Luciano hob sein Glas. »Dann trinken wir auf Terzo«, rief er in die Runde.

Ihm war plötzlich alles zu viel. Die vielen Stimmen, die

vielen Meinungen, der Druck, den seine Mutter auf ihn ausübte. Er würde seine Entscheidungen selbst treffen. Basta.

»Auf Terzo«, riefen alle durcheinander. »Und auf dich, Bruder«, fügte Silvio hinzu. »Darauf, dass dich der Herrgott gesund zu uns zurückgebracht hat.«

Violetta nickte und bekreuzigte sich. Ihre Tochter, die Schwiegertochter und Sophia taten es ihr nach. Die Männer schwiegen und tranken.

Als sich die Dunkelheit über Il Nido legte, verabschiedete sich Luciano als Erster. Während er den schmalen Pfad zu seinem Rustico hinaufging, fühlte er sich wie erschlagen. Jetzt machten sich die Strapazen der langen Fahrt bemerkbar. Er sehnte sich nach Schlaf. Die Nacht war sternenklar und warm. In dem Olivenhain oberhalb des Steinhauses schrie ein Nachtvogel. Fledermäuse huschten lautlos wie graue Schemen um das Rustico. Er lächelte vor sich hin – er war wieder zu Hause. Nachdem er sich in seinem vertrauten Bett ausgestreckt hatte, fiel alle Schwere von ihm ab. Durch das weit geöffnete Fenster wehte die milde Nachtluft den Duft seiner Heimat und die fröhlichen Stimmen seiner Familie ins Zimmer. Mit einem tiefen Seufzer schloss er die Augen – und sah Katharina vor sich. Ihre grün schillernden Augen, ihre hohen Wangenknochen. Sie wirkte frisch und klar – so wie auch ihr Wesen war. Es war wie ein Wunder. Sie hatten nur sieben Tage zusammen verlebt, und obwohl es ihrer Beziehung völlig an alltäglichen Gemeinsamkeiten gemangelt hatte, kam es ihm im Nachhinein so vor, als ob sie in jeder Hinsicht miteinander harmonierten. Er spürte diese Übereinstimmung mit jeder Faser seines Wesens. Mit einem tiefen, wohligen Seufzer deckte er sich zu. Bevor er sich jedoch in Katharinas Arme träumen konnte, hörte er plötzlich Schritte auf der Außentreppe, die zu seinem Schlafzimmer hinaufführte. Nur wenige Atemzüge, dann sah er vor dem Fenster die Umrisse einer Gestalt. Er erkannte sie auf den ersten Blick. Mit einem Mal war er wieder hellwach und sprang aus dem Bett. Er öffnete die Holztür.

»Was willst du, Sophia?«, fragte er genervt.

»Mit dir reden«, antwortete sie ganz selbstverständlich, als wären sie zu dieser späten Stunde hier oben verabredet. Dabei schenkte sie ihm ihr schüchternes Lächeln, das, wie er wusste, nicht echt war.

»Wir haben kurz vor Mitternacht«, sagte er abweisend.

Wie immer erschien sie ihm auch jetzt wieder wie die personifizierte Versuchung. Mit ihrem Madonnengesicht, den taillenlangen dunkelbraunen Locken und der weiblichen Figur war sie tatsächlich das schönste Mädchen in Il Nido. Sie wirkte sanftmütig, trat leise auf und fasste die Dinge behutsam an. Doch wer sie besser kannte, wusste, dass unter ihrer Sanftheit ein Vulkan brodelte.

»Ich hatte Sehnsucht nach dir«, sagte sie mit ihrer weichen Stimme. Sie machte einen Schritt auf ihn zu. Dabei blitzten ihre goldenen Kreolen im Mondlicht auf. Bevor sie die Arme um seinen Nacken legen konnte, trat er schnell einen Schritt ins Zimmer zurück. »Sophia«, begann er in so ruhigem Ton, als würde er mit einem uneinsichtigen Kind reden, »ich bin müde und möchte schlafen.«

Lächelnd legte sie ihre Hände auf seine nackte Brust. »Wir können doch zusammen schlafen gehen – wie vor deiner Reise nach Deutschland. Erinnerst du dich nicht mehr?«

»Nein, das können wir nicht«, widersprach er ihr energisch. Im milchigen Licht des Mondes sah er, wie sich ihre großen samtbraunen Augen mit Tränen füllten. »Ich habe jetzt andere Probleme«, fügte er etwas sanfter hinzu.

Plötzlich leuchteten ihre Augen auf. »Du meinst deine Arbeitslosigkeit? Geh als Gastarbeiter nach Deutschland. Dort kannst du viel Geld verdienen.« Sie trat so nah an ihn heran, dass ihre Brüste, die sich unter ihrer dünnen roten Bluse abzeichneten, seine Haut berührten. »Und ich gehe mit dir«, fuhr sie in zärtlichem Ton fort, während sie ihr Gesicht an seine Brust schmiegte. Als sie schnurrend ihre Hand etwas tiefer gleiten ließ, hielt er sie fest und stieß Sophia von sich.

»Ich habe dir gesagt, dass ich keine Liebesbeziehung mit dir will. Ich hatte zu viel getrunken und mich von dir verführen lassen. Nicht dass es mir leidtäte, aber ein drittes Mal wird es nicht geben.«

»Aber ich liebe dich doch«, erwiderte sie mit zittriger Stimme, während ihre Augen in Tränen schwammen. »Lass mich diese Nacht bei dir bleiben.«

Er stöhnte auf, strich sich mit beiden Händen das Haar aus der Stirn. »Sophia – jetzt reicht's. Bevor ich nach Deutschland gefahren bin, hat man dich mit anderen Männern zusammen gesehen. Unter anderem auch mit Terzo – zu dem du übrigens viel besser passen würdest als zu mir. Du kannst doch nicht ernsthaft behaupten, mich zu lieben.«

»Ich bin mit anderen ausgegangen, weil du mich ja nicht wolltest«, fiel sie ihm schluchzend ins Wort.

Wäre sie aggressiv geworden, hätte sie ihm Vorwürfe gemacht, wäre er sich jetzt nicht so schlecht vorgekommen, aber sie war die Sanftheit und Unterwürfigkeit in Person. Sollte er ihr wirklich so wehtun und ihr sagen, dass er eine andere Frau liebte? Er atmete tief durch. »Sophia, ein für alle Mal: Such dir einen jungen Mann in deinem Alter. Terzo zum Beispiel. Ihr habt euch immer gut verstanden. Und war da nicht auch mal zwischen euch was?«, fügte er mit einem bemühten Zwinkern hinzu, das ihn die letzte Kraft kostete.

Sie winkte ab. »Das ist schon lange her. Da waren wir noch jung.«

»Noch jung?« Wider Willen musste er lachen. »Du bist gerade einundzwanzig geworden, und Terzo ist zwei Jahre älter als du.«

»Terzo ist noch ein Kind. Und ein Casanova dazu. Er will keine Familie gründen. Ich aber möchte heiraten und Kinder haben.«

»Dafür bin ich ganz bestimmt der Falsche«, entgegnete er.

Sie trat auf ihn zu, was ihn instinktiv zurückweichen ließ. Er wollte schon den Mund öffnen, um eine schärfere Tonart anzuschlagen, als Alessandro vom Hof heraufrief: »Sophia, wir fahren!«

»Sie kommt sofort!«, rief Luciano zurück, fasste sie beherzt am Arm und führte sie die Treppe hinunter.

Am nächsten Vormittag besuchte Luciano seinen Professore in Il Nido. Er liebte dieses kleine Dorf, das über dem Madoniegebirge thronte. Über den engen Gassen und Treppen hingen Wäschestücke. Die sandsteinfarbenen, mehrstöckigen Häuser mit ihren schmiedeeisernen Balkongeländern schmiegten sich auf der Felsspitze zum Schutz vor der brütenden Sommerhitze und dem Winterwind eng aneinander.

Luciano ging über die Kopfsteinstraße, überquerte die kleine Piazza, an deren Rand Oleander, Palmen und Azaleen wuchsen, und tauchte dann ein in das Gewirr der schmalen Gassen. Er unterhielt sich mit ein paar alten Männern, die vor ihren Haustüren Karten spielten, und winkte deren Frauen zu, die von Balkon zu Balkon miteinander plauderten. Hier kannte jeder jeden.

Eduardo Visconti wohnte im dritten Stock eines der Häuser, die dicht an der Felsenkante standen und einen unverstellten

Blick über das sich bis zum Meer abfallende Land boten. Das Wohnzimmer war zugestellt mit Regalen, die vollgestopft waren mit Büchern, Zeitschriften und Zeitungen. Schwere dunkle Holzmöbel dominierten den Raum, und es gab zwei zerschlissene Gobelinsessel, die vor der offen stehenden Balkontür einen niedrigen Schachtisch flankierten.

Nachdem der Professore ihn aus seiner Umarmung wieder freigelassen hatte, klopfte er ihm auf die Schulter und sagte: »Ich habe unser Schachspiel vermisst.«

»Und ich habe Sie und unsere Gespräche vermisst«, antwortete Luciano.

»Wein oder Zitronenwasser?«

»Ein Glas Wein bitte.«

Eduardo schenkte ein, hob sein Glas und zitierte: »Jetzt vertreibt mit Wein die Sorgen.«

»Eine Weisheit des römischen Dichters Horaz.« Luciano verzog das Gesicht zu einem schiefen Lächeln und dachte an seine Sorgen – Arbeitslosigkeit, seine Liebe zu einer Deutschen, seine Mutter, Sophia …

»Erzähl mir, wie es in Deutschland war«, forderte sein ehemaliger Lehrer ihn auf.

Luciano berichtete ihm von seiner Arbeit bei seinem Onkel, schilderte ihm die wirtschaftliche und politische Situation in Deutschland, und schließlich brach es aus ihm heraus: »Professore – ich habe mich in eine Deutsche verliebt.«

Die grauen Brauen Eduardo Viscontis schnellten hoch. Nach kurzem Zögern meinte der Sechzigjährige lächelnd: »Also eine Amore grande zwischen Deutschland und Italien …«

»Un amore molto grande«, fügte Luciano mit versonnenem Lächeln hinzu.

»Ist sie schön?«

»Wunderschön.« Er trank von dem Grillo. »Ihr Haar hat die

Farbe des Honigs aus unseren Wäldern«, begann er zu schwärmen, »ihre Augen sind so türkis wie das Wasser in der Bucht von Finale ...« Dann hielt er abrupt inne und schüttelte den Kopf. »Scusi, das klingt nach der Schwärmerei eines Schuljungen. Aber sie ist nicht nur schön. Sie ist ganz anders als die Frauen, die ich kenne. Sie fährt Auto, sie ist gebildet, sie ist eine Geschäftsfrau. Sie besitzt ein Weingut. Ich kann mich mit ihr unterhalten wie mit Ihnen. Ich liebe ihren Verstand, ihr Herz und ihre Seele. Und natürlich auch ihre Schönheit.« Atemlos hielt er inne. Die Sätze waren völlig ungeordnet und unüberlegt aus ihm herausgeströmt – was eigentlich gar nicht seine Art war.

Der Professore hatte ihm mit verständnisvollem Lächeln zugehört. Dann sagte er in warmherzigem Ton: »Das freut mich für dich, mein Junge. Das freut mich sehr. Darauf lass uns trinken.«

Sie prosteten sich zu und sahen ein paar Augenblicke hinaus in die Ferne, wo der Horizont mit dem Meer zu einer blauen Linie verschmolz.

Dann fragte Eduardo Visconti mit ernstem Blick: »Und wie stellst du dir jetzt deine Zukunft vor?«

»Ich werde mir Arbeit suchen, Geld ansparen, Katharina heiraten und in meine Heimat holen«, teilte er ihm seinen Plan mit.

Eduardo lehnte sich zurück und erwiderte nachdenklich: »Eine Frau aus dem Wirtschaftswunderland Deutschland und ein Italiener aus der ärmsten Region Italiens ...«

»Ich weiß, wir kommen aus unterschiedlichen Welten. Aber wir lieben uns. Und die Liebe ist doch das Wichtigste im Leben. Oder?«

Ein paar Augenblicke lag der Blick des alten Lehrers mit nachdenklichem Ausdruck auf ihm. Dann räusperte er sich, beugte sich vor und sah Luciano bedeutungsvoll an. »Ein großer Vorteil ist, dass ihr euch verständigen könnt – trotz aller sozialen, finanziellen und kulturellen Unterschiede«, begann er sachlich. »Wenn es Probleme gibt, könnt ihr miteinander reden. Eine solche Beziehung kann für beide Partner bereichernd sein. Beide können sich durch die Andersartigkeit des anderen weiterentwickeln. Sie kann aber auch an den Gegensätzen zerbrechen.«

Luciano hatte mit zunehmender Verwirrung zugehört. Der Professore hatte gerade die Liebe zwischen ihm und Katharina an Begriffen festgemacht, die sie entzauberten: soziale, finanzielle und kulturelle Unterschiede, Andersartigkeit. Ja, Katharina war vermögend und er arm. Sie war nicht so religiös wie er. Sie würde sich bestimmt nicht mit der Rolle als Mutter und Hausfrau zufriedengeben. Vermutlich würde sie auch die Hierarchie in einer italienischen Familie, an deren Spitze die Mutter stand, nicht akzeptieren …

Diese Gedanken durchzuckten ihn wie grelle Blitze. Hastig trank er zwei Schlucke Wein. Dann sah er wieder durch die Balkontür hinaus in die Weite des Himmels. Wie blauäugig war er gewesen! Würde Katharina ihm überhaupt in seine Heimat, in den ärmsten Teil Italiens, folgen wollen – so wie es traditionsgemäß die Aufgabe der Frau war, ihrem Ehemann zu folgen?

Während er versuchte, dem Chaos in seinem Kopf Herr zu werden und die vielfältigen Gefühle, die ihn gerade übermannten, zu bändigen, spürte er die Hand des Professors auf seiner liegen.

»Junge, es gibt ein schönes Zitat von Dante: L'amor che muove il sole e l'altre stelle. Die Liebe bewegt die Sonne und die anderen Sterne. Darin steckt viel Wahrheit.« Der Professore drückte Lucianos Hand. Mit einem aufmunternden Blick fuhr er fort: »Lass uns darüber sprechen, wie du die Sonne und die anderen Sterne bewegen kannst.«

Lucianos Hals zog sich zusammen. Er liebte diesen weisen Mann wie einen Vater – obwohl er ihn immer noch respektvoll siezte. Solche Gespräche wie mit ihm hatte es in seiner Familie nie gegeben. Die Männer schimpften meistens über die Politik oder zu niedrige Milchpreise, die Frauen tratschten am liebsten darüber, wer mit wem, wann und wo. Wie oft schon hatte Eduardo Visconti ihm eine völlig neue Sichtweise auf das Leben vermittelt, hatte sein traditionsgebundenes Denken, in dem er erzogen worden war, infrage gestellt, ihn an die Hand genommen und mit ihm neue Wege beschritten, die er selbst niemals gefunden hätte. Alles, was er heute war, verdankte er diesem Mann.

»Ja, lassen Sie uns darüber sprechen«, sagte er mit belegter Stimme.

Der Professore trank einen Schluck Wein und faltete dann seine Hände im Schoß. »Du brauchst Arbeit, Junge«, begann er mit intensivem Blick. »Und zwar als Kfz-Mechaniker. Diesen Beruf hast du gelernt, und darin bist du einer der Besten. Eine solche Arbeit wirst du hier auf der Insel nicht finden. Selbst nicht in Norditalien. Dort blüht zwar so was wie ein Wirtschaftswunder auf, aber selbst in Städten wie Turin und Mailand stehen inzwischen die Arbeitslosen Schlange. In dir, mein Junge, steckt so viel Potenzial, das du in einem Land wie Deutschland, welches gerade einen unvergleichlichen wirtschaftlichen Aufschwung erfährt und so viele Möglichkeiten bietet, viel besser entfalten kannst. Dort kannst du etwas werden. Wahrscheinlich wird es in absehbarer Zeit keine solche Chance für Männer wie dich mehr geben. Und da du zudem deine große Liebe in diesem Land gefunden hast, liegt es doch nahe, als Gastarbeiter dorthin zu gehen – und zu bleiben. Du hast bei mir Deutsch gelernt. Das verschafft dir einen großen Vorteil gegenüber deinen Konkurrenten. Du bist ehrgeizig und klug. So, wie ich dich kenne, wird es dir gelingen, dir dort eine gute Existenz aufzubauen. Dort gehörst du hin. Hier auf der Insel kannst du nichts werden. Außerdem bezweifle ich, dass diese deutsche Frau zu dir ziehen würde – sie hat einen Betrieb zu führen. Sollen eure Kinder auch arbeitslos werden? Unsere Regierung wird auch in den kommenden Jahren hier nichts zum Positiven bewirken können – und wollen.«

Luciano fühlte sich, als würde eine eiserne Faust sein Herz zusammenpressen. Sein Land verlassen? Für immer? Seine Familie, seine Mutter?

»Mutter würde es mir niemals verzeihen, wenn ich nach Deutschland gehen würde. Sie ist alt. Wer weiß, wie lange sie noch leben wird. Ich kann sie doch nicht so verletzen.«

»Du wirst sie allein schon dadurch verletzen, dass du eine Deutsche liebst. Und sie würde eine deutsche Frau an deiner Seite niemals akzeptieren. Sie würde deiner Katharina hier die Hölle auf Erden bereiten.«

Luciano wusste nur zu gut, wie recht sein Professore hatte.

»Deine Mutter ist keine dumme Frau«, fuhr Eduardo Visconti fort. »Sie weiß auch, dass du hier keine Arbeit finden wirst, die deinem Können gerecht wird. Sie ist nur egoistisch. Ich denke, dass sie bei deinem Bruder und dessen Familie gut aufgehoben ist. Außerdem kannst du sie besuchen.«

Luciano seufzte und sehnte sich nach den Stunden zurück, die er mit Katharina in ihrem Paradies in der Eifel verbracht hatte. Da hatte es nur Wald, Sonne, ihre Liebe und seinen Plan gegeben, Katharina zu heiraten und mit ihr in seiner Heimat eine Familie zu gründen. All die Hindernisse und Schwierigkeiten hatte er da noch nicht gesehen.

»Du musst die Frau heiraten, die du liebst«, sagte der alte

Lehrer in seine Gedanken hinein. »Ganz gleich, welcher Nationalität sie ist. Dies ist dein Leben, mein Junge.«

Sie schwiegen eine Weile, in der sich Luciano wie erschlagen fühlte. So viele Gedanken waren auf ihn eingestürzt, die er erst einmal ordnen musste. Das Zukunftsbild von sich und Katharina, das er auf der langen Reise von der Jagdhütte auf der Lichtung bis Il Nido in Gedanken in den schönsten Farben des Südens gemalt hatte, hatte Risse bekommen. Er brauchte jetzt Zeit, um ein neues Bild zu entwerfen. Er liebte Katharina. Er wusste, dass er in all den Jahren nur auf sie gewartet hatte. Und wie lautete das Zitat? Die Liebe bewegt die Sonne und die anderen Sterne.

An diesem Nachmittag verlor Luciano beim Schachspielen. Er konnte sich nicht konzentrieren. Seine Gedanken kreisten darum, dass sein ehemals so ruhiges Leben in völligem Umbruch begriffen war. Und eine innere Stimme sagte ihm wieder und wieder, dass es noch ein weiter und beschwerlicher Weg sein würde, bis er sich mit Katharina ein gemeinsames Leben aufgebaut hatte.

Nach dem Besuch bei seinem alten Lehrer ging er in die Bar auf der kleinen Piazza in Il Nido und rief Katharina an.

Katharina

Am Montagmorgen hatte Katharina die schriftliche Kreditzusage von Dr. Schröder mit der Post erhalten, woraufhin sie umgehend nach Bad Neuenahr gefahren war, um den Vertrag zu unterschreiben. Danach hatte sie in Bonn in einer Fahnenfabrik die Anfertigung einer Plane mit der Aufschrift »Lieferdienst Hammes – Frische Lebensmittel aus der Eifel« in Auftrag gegeben, die Hermann an dem Lieferwagen befestigen sollte. Am Nachmittag hatte sie eine Baufirma mit dem Umbau der Scheune beauftragt, die am Dienstagmorgen bereits zur Besichtigung gekommen war. Auch Dienstag hatte sie alle Hände voll zu tun. Bei alledem waren ihre Gedanken jedoch immer wieder bei Luciano gewesen. Wann mochte er in Il Nido ankommen sein, und wann würde sie von ihm hören?

Als sie Dienstagnachmittag im Kontor saß, klingelte das Telefon. Sie dachte schon, der Chef der Baufirma wolle ihr den Termin für den Baubeginn mitteilen, doch als sie das Rauschen in der Leitung vernahm, ahnte sie, dass dies ein Ferngespräch war.

»Luciano?«, fragte sie voller Erwartung in die Geräusche hinein.

»Katharina?«

Als sie Lucianos raue Stimme hörte – und wie er ihren Namen aussprach –, weitete sich ihr Herz.

»Luciano! Ich freue mich so«, stammelte sie mit belegter Stimme. Freudentränen ließen ihren Hals eng werden. »Wo bist du?«

»Zu Hause«, antwortete er. »Aber die Verbindung ist schlecht. Ich verstehe dich kaum.«

»Ja, da sind Geräusche in der Leitung.«

»Ich wollte mein Versprechen halten. Ich bin gut angekommen.«

»Das ist schön. Wie geht es dir?«

»Gut. Und dir?«

»Auch gut.«

»Was macht die Kelterei?«

Sie stutzte. Er unterhielt sich mit ihr, als würde er mit einem flüchtigen Bekannten reden. Sie wollte hören, dass er sie liebte, dass er sie vermisste, dass sie sich bald wiedersehen würden.

Sie räusperte sich, bevor sie ihrer Stimme einen festen Klang geben konnte. »Ich habe eine Baufirma beauftragt.«

»Dann geht es ja voran.«

»Ja.«

Luciano schwieg am anderen Ende, während sie dem Knacken und Surren in der Leitung lauschte, in der Hoffnung darauf, dass er mit ein paar liebevollen Worten über die mehr als zweitausend Kilometer Entfernung hinweg ein bisschen Nähe zu ihr aufbauen würde.

»Cara, du musst wissen, dass ich dich liebe«, sagte er dann endlich – jedoch nicht zärtlich, sondern völlig sachlich. »Ich werde mich morgen nach Arbeit umsehen. Ich werde dir dann schreiben. Das Telefonieren ist zu teuer. Die Post dauert wahrscheinlich drei oder vier Tage. Nächste Woche wirst du einen Brief …« Luciano hielt inne. Katharina hörte aufgeregte Stimmen im Hintergrund. Luciano antwortete auf Italienisch. Dann sagte er in den Hörer: »Katharina, ich muss auflegen. Jemand muss einen Krankenwagen rufen. Scusa. Ich werde dir schreiben. Promesso.«

Sie hörte ein Klicken, und dann war die Leitung tot. Kein Knacken, kein Surren – nur noch Totenstille. Unfähig, sich zu bewegen, blieb sie mit dem Hörer in der Hand am Schreibtisch sitzen. Bittere Enttäuschung breitete sich in ihr aus. Immer wieder ging sie in Erinnerung das kurze Gespräch durch – ohne darin etwas von der Nähe, der Innigkeit und Zärtlichkeit wiederzufinden, die sie sechs Tage lang mit Luciano verbunden hatte. Sollte das ein Jahr lang so weitergehen? Aber was hatte sie erwartet? Liebesgeflüster? Er hatte aus einer Bar angerufen, war nicht allein dort gewesen. Vielleicht gehörte er zu den Menschen, die nur ungern telefonierten oder ungeübt darin waren. Auf dem Hof seiner Familie schien es kein Telefon zu geben. Sie blickte durchs Kontorfenster hinaus auf die Weinhänge. Mit Frank hatte sie jeden Tag telefoniert, wenn sie sich nicht hatten sehen können. Jeden Abend hatte er ihr eine gute Nacht gewünscht. Aber Frank stammte ja auch aus einer anderen Welt – aus ihrer Welt.

An diesem Abend verzichtete Katharina auf das gemeinsame Essen mit ihrer Mutter. Mit der Ausrede, sie hätte Kopfschmerzen, zog sie sich zurück in ihre beiden Zimmer im ersten Stock, um mit sich und den Gedanken an Luciano allein zu sein. Hatte Lucianos kurzer und emotionsloser Anruf das Ende ihrer Liebe bereits vorweggenommen? Cara, du musst wissen, dass ich dich liebe, hatte er in sachlichem Ton gesagt – so, als ob er bereits ahnte, dass dieser Liebe kein glückliches Ende beschert sein würde. Würde sie überhaupt noch einen Brief von ihm erhalten? Die Italiener poussieren gerne … Hatte Ursel nicht so etwas gesagt?

Mit der Dämmerung wurden die Geräusche des Tages leiser und hinterließen eine leise Wehmut, die Katharina bedrückte. Wie sehr sehnte sie sich nach Lucianos Berührungen, seinen Zärtlichkeiten, nach seinen rau geflüsterten Worten im Rausch der Leidenschaft! Würde es diese Nächte je wieder für sie geben?

In den folgenden Tagen stürzte sich Katharina in die Arbeit. Dennoch gelang es ihr nicht, die dunkle Wolke über ihrer Seele zu vertreiben. Ihre Mutter schien ihre Stimmung zu bemerken, doch sie hielt sich mit Fragen nach dem Grund zurück. Wahrscheinlich ging sie davon aus, dass ihrer Tochter die Zukunft des Weinguts so große Sorgen bereitete.

Eine Woche nach Lucianos Anruf brachte der Postbote dann den ersehnten Brief.

Sie konnte ihn gar nicht oft genug lesen. Es war ein Liebesbrief – so, wie er sein sollte. Luciano schrieb von seiner Sehnsucht, seiner Liebe, davon, dass er sich ein Leben mit ihr wünschte, und davon, dass sich die Arbeitssuche in Palermo und Catania schwierig gestalten würde. Seine Schrift entsprach seinem Naturell: klar, deutlich, maskulin und stark. Während des Lesens fühlte Katharina wieder seine Hände, seine Lippen auf ihrer Haut, spürte seinen sehnigen Körper an ihrem und roch seinen ihr so vertrauten Duft von Sandelholz und Zitrone. An diesem Dienstagnachmittag arbeitete sie nicht im Wingert. In den letzten Junitagen hatte die Rebenblüte begonnen. Die Stöcke mussten jetzt erst einmal ihre Ruhe haben. Da das Wetter eine Woche lang ziemlich feucht gewesen war, kontrollierte Hermann derweil täglich mit ein paar Männern die Hänge auf Pilzbefall. In einigen Reihen hatte er bereits Rebschutzspritzungen vornehmen müssen.

Nachdem Katharina mit ihrer Schreibtischarbeit fertig war, fuhr sie am Spätnachmittag nach Adenau. Sie hatte sich mit Ursel verabredet. Sie wollten Himbeeren sammeln, aus denen Hedwig Marmelade kochen wollte.

Ursel war noch im Laden, als Katharina eintraf. Dort herrschte großer Andrang. Die Adenauer Frauen kauften hier nicht nur ein, sondern tauschten auch Neuigkeiten aus.

»Entschuldige«, raunte Ursel ihr zu. »Gib mir noch eine Viertelstunde, dann gehen wir.«

Katharina setzte sich nach hinten, um Zeitung zu lesen. Da die Tür zum Verkaufsraum offen stand, bekam sie das Treiben draußen mit. Ein Gespräch zwischen zwei jungen Frauen ließ sie aufhorchen und durch den Türspalt lugen.

»Na ja, hier bei uns gibt es ja noch nicht so viele«, sagte die Brünette zu ihrer Bekannten, »aber mein Bruder in Dortmund sagt, dass es täglich mehr werden. Die arbeiten alle im Bergbau und wohnen in Baracken. Die kommen in München an und werden von dort aus in der ganzen Republik verteilt.«

Katharina ließ die Zeitung sinken. Kein Zweifel, die beiden unterhielten sich über italienische Gastarbeiter.

»Die kommen alle aus den ärmsten Gegenden Süditaliens«, wusste die Wasserstoffblondierte, deren kleine Tochter vor Langeweile gerade eines der Konservenregale ausräumte. »Die sind nur hier wegen des Geldes, sparen es und gehen nach ein oder zwei Jahren zurück in ihre Heimat. Die Arbeitsverträge sollen auch nur auf ein oder zwei Jahre befristet sein, habe ich gehört.«

»Was ja auch Sinn macht. Was sollen wir denn mit denen? Solange wir Arbeitskräfte brauchen, sind die für unsere Wirtschaft gut. Aber danach? In normalen Zeiten nehmen die unseren Männern doch nur die Arbeit weg. Und außerdem die kulturellen Unterschiede … Die passen doch gar nicht in unser Land.«

»Obwohl …«, die Mutter des Kleinkindes lachte gurrend und fuhr mit gesenkter Stimme fort: »Da sind ja schon hübsche Kerle drunter, wie meine Schwester sagte. Das sind zwar alles Casanovas, die jeder Frau hinterherlaufen. Aber sie sollen sehr gute Liebhaber sein.« Sie seufzte tief und winkte ab. »Die haben alle eine Ehefrau in Italien. Also, für mich wäre das nichts. Noch nicht einmal für ein Fisternölschen.«

»Fisternölschen! Du hast doch einen Mann«, erinnerte die andere sie.

»Ach, der ...« Dann drehte sich das Gespräch der beiden um die Probleme, die sie mit ihren Ehemännern hatten.

Katharina wandte sich ab und wünschte sich, diese Unterhaltung gar nicht mitbekommen zu haben. Sie schlug ihr auf die gute Stimmung, mit der sie nach Adenau gefahren war. Sie holte tief Luft, um sich von dem Druck, der plötzlich auf ihrer Brust lag, zu befreien – was ihr jedoch nicht gelang. Alles nur Gerede, alles nur Vorurteile! Obwohl – steckte in jedem Vorurteil nicht auch ein winziges Körnchen Wahrheit? Luciano zum Beispiel wusste besonders gut, wie man eine Frau im Bett glücklich machte. Das war kein Vorurteil. Lief er etwa jeder blonden Frau hinterher? In Erinnerung sah sie ihn plötzlich wieder in dem Eiswagen stehen, wie er sein Lächeln an seine weibliche Kundschaft verschenkte. Unsinn, sagte sie sich energisch. Sie hatte sich noch nie von der Meinung anderer beeinflussen lassen. Sie kannte Luciano, die anderen nicht.

Katharina nahm sich vor, die Unterhaltung zwischen den beiden Kundinnen Ursel gegenüber gar nicht zu erwähnen. Und auch Lucianos Brief nicht. Seit ihre Cousine wusste, dass sie sich in Luciano ernsthaft verliebt hatte, stand Ursel dieser Liebesbeziehung ja auch eher skeptisch gegenüber. All diese Zweifel wollte sie nicht an sich herankommen lassen. Lucianos Brief hatte sie wieder sicher gemacht, dass sie seiner Liebe vertrauen konnte. Nur das zählte.

Luciano

Seit eineinhalb Wochen war Luciano wieder in seiner Heimat – und hatte inzwischen die Hoffnung aufgegeben, Arbeit als Kfz-Mechaniker zu finden. An diesem frühen Samstagabend saß er in der Küche und sah seiner Mutter beim Kochen zu. Sie sprachen kaum miteinander. Seine Mutter sang leise vor sich hin, und er hing seinen Gedanken nach. Während er an seinem Wein nippte, genoss er das Gefühl der Geborgenheit, das er hier in der Küche von Kindheit an immer schon besonders stark gehabt hatte. Über dem Holzherd hingen die alten, auf Hochglanz polierten Kupfertöpfe, in denen schon seine Nonna gekocht hatte. In den Regalen standen bunt bemalte Töpferwaren, in einem alten Keramikkrug steckten diverse Olivenholzlöffel. Seit Generationen hatte sich hier nichts verändert. Und wie jeden Tag strömte aus dem großen Kochtopf unter dem gemauerten Abzug der Duft von Knoblauch und Kräutern. Während sein Blick zu dem handgeschnitzten Weinregal in der Ecke glitt, wurde ihm das Herz schwer. Selbst auf dem Festland – in Reggio di Calabria – hatte er keine Arbeit gefunden. Von den großen Autoherstellern im Norden Italiens, denen er eine Bewerbung geschickt hatte, war noch keine Antwort gekommen. Inzwischen glaubte er auch nicht mehr daran, dass er eine bekommen würde. Seit dem Gespräch mit seinem Professore hatte der Gedanke, als Gastarbeiter nach Deutschland zu gehen, in seinem Kopf immer mehr Gestalt angenommen. Mit seinen Bemühungen, hier auf der Insel eine Stelle zu finden, hatte er letztendlich nur sein Gewissen seiner Mutter gegenüber beruhigen wollen. Inzwischen stand für ihn fest, zu Beginn der neuen Woche nach Verona zu fahren, um sich dort bei der Deutschen Anwerbekommission zu melden.

Während ihm all diese Gedanken durch den Kopf gingen, summte seine Mutter ahnungslos weiter. Das Wissen darüber, ihr bald wehzutun, tat ihm selbst im Herzen weh.

Vor ein paar Tagen hatte ihm der Postbote Katharinas Antwort auf seinen Brief gebracht. Aus ihren Zeilen sprach ihre bedingungslose Liebe zu ihm, und inzwischen war er sicher, dass er ihren Gefühlen vertrauen konnte, dass es richtig war, sein Leben hier für sie und eine gemeinsame Zukunft aufzugeben. Nach ein oder zwei Jahren, wenn er in Deutschland genug verdient hatte, würde er mit ihr zusammen dann vielleicht doch noch in seine Heimat zurückkehren. Vielleicht ...

Luciano hatte gar nicht bemerkt, dass seine Mutter derweil nach draußen gegangen war. Jetzt kam sie mit einem Armvoll süßherb duftender Kräuter wieder in die Küche.

Er schaute ihr dabei zu, wie sie die Kräuter auf der Arbeitsplatte sortierte, ein paar Basilikumblätter zwischen den Fingern zerrieb, daran schnupperte, kleine Blättchen von den langen Oregano-Stängeln abzwickte, die grobe Petersilie hackte. Trotz des arbeitsreichen Lebens besaß sie immer noch die glatten Hände einer jungen Frau – große Hände mit langen, schlanken Fingern, die sie jeden Abend mit Olivenöl einrieb. Diese Hände verrieten ihre Stärke, aber auch ihre Sanftheit, die sie an Kinder, Kranke und Tiere verschenkte. Mit einem Mal fiel ihm auf, dass Katharina genauso schöne Hände hatte.

Da hörte seine Mutter auf zu summen und sah von ihrer Arbeit hoch. Auch er hatte das Geräusch vernommen. Das tiefe, volltönende Brummen des Motors verriet, dass es nicht von Silvios klapprigem Ape kam. Es musste ein großes Auto sein, das gerade vor dem Gehöft vorgefahren war.

»Das ist Terzo!«, rief seine Mutter strahlend aus. »Da ist er. Er hat am Telefon gesagt, er will Samstag am frühen Abend da sein.«

Ein paar Sekunden später betrat Terzo auch schon die Küche. Obwohl er fast drei Köpfe kleiner war als Luciano, verfügte er über Präsenz. Sobald er einen Raum betrat, drehte sich alles um ihn. Er war schlank, bildhübsch und sehr selbstbewusst. Mit seinen großen schwarzen Augen, dem Lockenkopf und mit seiner eloquenten Art hatte er bei den Frauen aller Altersgruppen Erfolg.

Mit einem Mal herrschte ein großes Durcheinander auf dem Hof. Maria, Terzos ältere Schwester, kam aus dem Hühnerstall angelaufen, Silvio aus der Scheune, Terzos Neffen unterbrachen ihr Fußballspiel auf dem kleinen Platz neben den Pfirsichbäumen. Es gab Umarmungen und knallende Küsse. In diesem Durcheinander fiel Luciano die Gestalt in der Küchentür erst später auf. Terzo hatte Sophia aus Il Nido mitgebracht – was Lucianos Laune jäh auf den Nullpunkt fallen ließ. Seit er zurück war, kam sie jeden dritten Tag unter irgendeinem Vorwand vorbei. Sie gab nicht auf. Ob sie vielleicht tatsächlich in ihn verliebt war?

Inzwischen waren die anderen längst draußen, um Terzos Auto zu bewundern.

»Ein Opel Olympia 1,5 Liter, Baujahr 1947«, referierte Terzo mit den Händen in den Hosentaschen und weidete sich an der Bewunderung, die ihm von allen zuteilwurde. »Habe ich billig erstanden. Ein Unfallauto, das ich selbst repariert habe.«

»Wie schnell fährt es?«, fragten Gabriele und Matteo wie aus einem Mund.

»Höchstgeschwindigkeit 112 km/h«, antwortete Terzo voller Stolz. »Tankinhalt 28 Liter, Kraftstoff-Normverbrauch 8,2 Liter auf hundert Kilometer, Doppelquerlenker-Radaufhängung, hydraulische Bremsen, Superballonreifen«, gab er lässig weitere Daten preis.

Während sich nun auch Luciano über die geöffnete Motorhaube beugte, streichelten die Frauen ehrfurchtsvoll über die glänzende weinrote Lackierung.

»Warum hast du überhaupt einen Opel und keinen BMW?«, fragte Sophia in einem herausfordernden Ton.

Terzo sah sie erstaunt an. »Weil ein BMW zu teuer ist.« Dann machte er einen Schritt auf sie zu, legte den Arm um sie und sagte schmeichelnd: »Wir beide machen morgen eine Spritztour. Schön ins Gebirge. Danach wird dir auch der Opel gefallen.«

Sophia schüttelte seinen Arm ab. »Ich mache mit dir keine Spritztour«, fauchte sie. »Nirgendwohin. Nur damit du es weißt.« Dann drehte sie sich auf dem Absatz um und lief in die Küche.

Luciano sah ihr nach. Ob die beiden sich auf dem Hinweg zum Hof gestritten hatten? Vielleicht war Sophia ja in Terzo verliebt und wollte den Casanova durch ein Verhältnis mit ihm eifersüchtig machen. Italienische Frauen! Sie waren schwer zu durchschauen. Katharina dagegen war für ihn wie offenes Buch.

»Jetzt trinken wir zuerst einmal auf Terzos Heimkehr«, hörte er da seine Mutter in die Runde rufen. »Essen gibt's in einer Stunde.«

Luciano half Silvio, eine Amphore Wein aus dem Schuppen zu holen, Maria und Sophia brachten Gläser und Oliven, und Terzo wurde nicht müde, den beiden Jungs sein Auto zu zeigen.

»Jetzt erzähl mal, wie ist die Arbeit bei BMW?«, forderte Luciano ihn auf, als er dann endlich an dem langen Tisch saß.

Dieser Aufforderung leistete Terzo nur allzu gerne Folge. Er zündete sich eine Zigarette an und schlug lässig die Beine übereinander. »Besser könnte es nicht sein«, begann er. »Ich bin im Werk Milbertshofen bei München. Da sind die Entwicklung und Produktion untergebracht. Zurzeit arbeiten die an dem BMW-Sportwagen 507, der gegen Ende des Jahres oder Anfang des neuen Jahres die Werkshalle verlassen wird. Da bin ich natürlich nicht. Das sind nur Maschinenbauer und Konstrukteure.« Mit bedauernder Miene zog er an seiner Zigarette und fuhr dann fort: »Der 507 hat einen 150 PS starken Motor und …« Ungebremst in seiner Begeisterung verlor Terzo sich in Details, für die sich nur Luciano interessierte, der wusste, was sie zu bedeuten hatten. Und er konnte nicht umhin, Terzo insgeheim zu beneiden.

»Das wäre auch etwas für dich«, sagte da Maria in seine Gedanken hinein.

»Sophia hat mir erzählt, dass du arbeitslos bist«, wandte sich Terzo an ihn. Er hob lässig die rechte Schulter und sagte mit großspuriger Miene: »Vielleicht kann ich dir behilflich sein. Vorausgesetzt, du denkst daran, als Gastarbeiter nach Deutschland zu gehen. Ich habe ein ganz gutes Verhältnis zu unserem Vorarbeiter, und der wiederum zum Chef der Abteilung. Wie gesagt, das ist nicht die Abteilung für den 507, aber wenn du möchtest, kann ich ein Wort für dich einlegen. Dann könntest du die ganze Sache mit der Anwerbung über Verona umgehen.«

Luciano sah ihn zweifelnd an. Er wusste, dass Terzo gerne prahlte.

»Das geht klar, du wirst schon sehen«, versicherte Terzo ihm. »Am ersten Arbeitstag nach meinem Urlaub werde ich mich darum kümmern. Ich werde für dich bürgen. Wir sind doch eine Familie.«

»Wann fährst du denn zurück?«, fragte Luciano.

»Kommenden Freitagabend. Montag, am 23. Juli, muss ich wieder am Fließband stehen, und in der Mittagspause werde ich mich um deine Angelegenheit kümmern.«

»Um welche Angelegenheit?«, fragte da Violetta, die gerade unter die Pergola trat.

Terzo senkte schnell den Kopf und zündete sich eine neue Zigarette an. An seiner Stelle beantwortete Silvio die Frage seiner Mutter.

»Was?« Violetta stellte die Schüssel mit dem noch warmen Brot knallend auf den Tisch. »Du willst meinen jüngsten Sohn nach Deutschland locken?«, fuhr sie Terzo an, der sich unter ihrer schneidenden Stimme duckte. »Reicht es dir nicht, dass du mich, deine Nonna, die alles für dich getan hat, im hohen Alter allein gelassen hast? Niente! Luciano wird sich hier Arbeit suchen.«

Während Maria und Sophia unter dem Vorwand, Olivenöl zu holen, in die Küche flohen, sprach Silvio beschwichtigend auf seine Mutter ein.

»Luciano findet hier keine Arbeit, Mamma, das muss dir doch auch klar sein. Wenn er bei BMW arbeiten könnte, würde er viel Geld verdienen, sich in seinem Beruf weiterentwickeln, und nach ein paar Jahren kommt er zurück.«

»Dann wirst du auch bald einen Wagen haben«, sagte Terzo zu Luciano, bevor er sich ein Stück Focaccia in den Mund schob. »Vielleicht sogar irgendein älteres Modell von BMW, das nicht so teuer ist und das wir zusammen wieder fit machen.« Dann wandte er sich in schmeichelndem Ton an seine Nonna: »Wenn Luciano auch in München wäre, könnten wir beide viel öfter kommen. Zu zweit ist die Fahrt nur halb so lang.«

Luciano musste lachen. »Willst du mir deshalb die Stelle besorgen?«, fragte er Terzo zwinkernd. Er wusste, dass Terzo bei allem, was er tat, auf seinen eigenen Vorteil bedacht war.

Terzo machte große Augen und legte die Hand auf sein Herz. »Niemals. Das musst du mir glauben.«

Derweil war Violetta in Tränen ausgebrochen. Zusammengesunken saß sie am Kopfende des langen Tisches und schluchzte in ihre schwarze Schürze.

»Wäre es nicht schön, wenn Luciano wieder in Lohn und Brot stehen würde?«, redete ihre Schwiegertochter sanft auf sie ein.

»Dann könnte er vielleicht bald das Rustico ausbauen«, sagte Silvio aufmunternd. »Und in einem oder in zwei Jahren kommt er zurück, heiratet Sophia und gründet eine Familie. Dann sind wir alle wieder hier vereint.«

Luciano, der gerade einen Schluck Grillo trank, hätte sich fast verschluckt. Er warf seinem Bruder einen zornigen Blick zu.

»Warum können Luciano und ich denn nicht jetzt schon heiraten?«, fragte da Sophia in das Schweigen am Tisch hinein.

»Wie bitte?« Terzo sah sie ungläubig an.

»An mir soll es nicht scheitern«, fügte Sophia erhobenen Hauptes und mit herausforderndem Blick auf Terzo hinzu. »Ich würde sofort mit Luciano nach München gehen.«

»Damit wäre ich aber nicht einverstanden«, erwiderte Terzo mit dem gleichen Blick. »Ich möchte mit Luciano zusammenwohnen und meine Freizeit mit ihm verbringen. Dann würde ich mich nicht mehr so allein fühlen in der Fremde. Wir Gastarbeiter sind nämlich nicht überall gerne gesehen.«

Während dieses Geplänkels fühlte Luciano, wie sich eine unheimliche Ruhe über sein Inneres legte – wie immer, bevor er eine wichtige Entscheidung traf. Dann stand er auf, griff nach Sophias Handgelenk und zog sie hoch.

»Wir müssen reden«, sagte er tonlos. »Unter vier Augen.«

»Warum denn das?« Seine Mutter saß plötzlich kerzengerade auf dem Stuhl. »Wir sind eine Familie. Was gibt es denn, das wir nicht hören dürfen?«

Als Sophia sich nicht rührte, sagte Luciano schneidend: »Sophia!«

Da folgte sie ihm in den Innenhof, während unter der Pergola Totenstille herrschte.

Luciano ging mit Sophia an der Hand den schmalen Pfad hinter dem Hühnerstall hinauf zu seinem Rustico. Oben angekommen setzte er sich auf die niedrige Steinmauer.

»Sophia, jetzt reicht es mir«, begann er ruhig, wobei seine Stimme vor Wut zitterte. »Gib endlich auf. Ich werde dich nicht heiraten. Es gibt bereits eine Frau in meinem Leben, die ich heiraten werde. Basta.«

Die dunklen Madonnenaugen weiteten sich und füllten sich mit Tränen.

»Warum hast du dann mit mir geschlafen?«, fragte sie kaum hörbar.

Er stöhnte leise auf, während er sich die Haare aus der Stirn strich. »Da kannte ich sie noch nicht. Außerdem wolltest du es doch auch. Ich hatte getrunken, und du hast mich verführt. Welcher Mann, der ungebunden ist, würde da nicht schwach werden.«

Sie biss sich auf die volle Unterlippe. »Vor sechs Wochen warst du noch ungebunden?« Sie sah ihn an. Er las in ihrem Blick, dass sie nachdachte. »Du hast dich in eine Deutsche verliebt. Stimmt's?«, fragte sie tonlos.

»Ja.«

»Du willst eine Deutsche heiraten?« Fassungslos starrte sie ihn an.

»Ja.« Er nickte entschlossen. »In einem Jahr.«

Obwohl ihr noch die Tränen über die gebräunten, vollen Wangen rollten, schaute sie ihn jetzt völlig ernüchtert an. In diesen Augenblicken wirkte sie nicht mehr wie das junge Mädchen, sondern wie eine erwachsene Frau, die genau wusste, was sie tat. »Das solltest du aber nicht deiner Mutter sagen«, sagte sie mit belegter Stimme.

»Ich bin sicher, das wirst du für mich erledigen«, erwiderte er trocken.

Da griff sie nach seinen Händen und hielt sie fest. »Werde ich nicht«, versprach sie ihm eindringlich. »Ich liebe dich doch. Und ich glaube immer noch daran, dass du mich letztendlich heiraten wirst. Auch wenn du es jetzt noch nicht weißt.«

Luciano stand so schwerfällig auf wie ein alter Mann. Was sollte er dazu noch sagen? Alle Kraft war aus ihm herausgeflossen. Er sah Sophia an. »Soll ich dich nach Hause fahren, oder fährst du mit Terzo zurück?«

Sie erhob sich. »Mit Terzo. Ciao.«

Er sah ihr nach, wie sie mit gesenktem Kopf den Pfad hinunterging, und fühlte sich erleichtert. Er wusste, dass sie an der Wahrheit nicht zerbrechen würde. Und seinetwegen sollte sie jetzt ruhig in der Familie herumerzählen, dass er eine Deutsche liebte. Er stand zu dieser Liebe.

In der Woche, die Terzo auf Urlaub war, machte sich Luciano weiterhin auf dem Hof nützlich. Er kalkte den Hühnerstall, reparierte den Schweinestall sowie den hölzernen Unterstand für die Schafe und half seiner Schwägerin beim Abfüllen des Honigs und dem Beschriften der Gläser. Spätnachmittags besuchte er den Professore zum Schachspielen. An einem dieser Nachmittage erzählte er seinem ehemaligen Lehrer von Terzos Vorschlag.

»Ich weiß nicht, ob Terzo Wort halten wird«, sagte er. »Eigentlich glaube ich nicht daran, aber auf die paar Tage kommt es jetzt auch nicht an. Falls Terzo den Mund zu voll genommen hat oder ich Anfang nächster Woche von BMW einen negativen Bescheid bekommen sollte, werde ich mich umgehend in Verona bewerben. Laut Terzo soll das dort sehr schnell gehen. Wer die medizinische Untersuchung besteht, bekommt einen Arbeitsvertrag ausgehändigt und fährt mit einem der Sonderzüge nach Deutschland.« Er presste die Lippen aufeinander und seufzte. »Terzo hat wirklich Glück gehabt. Er ist seiner Ausbildung und seinem Wunsch gemäß bei BMW untergekommen. Und er hat sogar ein billiges Zimmer gefunden. Aber das ist typisch für Terzo. Er hat immer Glück.«

»Vielleicht klappt es bei dir ja auch mit BMW«, meinte Eduardo Visconti zuversichtlich. »Man soll immer positiv denken.« Er hob die Brauen. »Und was ist mit Sophia?«

Luciano erzählte ihm von seinem Gespräch mit ihr. »Sie ist jetzt viel mit Terzo zusammen. Gestern habe ich sie in Cefalù auf der Piazza gesehen. Es sah so aus, als hätten sie Streit gehabt.«

»Sophia wird bestimmt deiner Familie erzählen, dass du eine Deutsche heiraten willst.«

Luciano hob die Schultern. »Soll sie. Bis jetzt hat sie es noch nicht getan. Sonst hätte mich meine Mutter längst darauf angesprochen.«

Am Donnerstagabend wurde Terzo auf dem Pasinihof mit einem großen Essen verabschiedet. Dieses Mal hatte er Sophia nicht mitgebracht. »Sie fühlt sich nicht wohl«, sagte er.

Bei der Verabschiedung nahm Terzo Luciano in die Arme und versprach ihm: »Ich werde dir Arbeit besorgen. Ehrenwort. Montag oder Dienstag melde ich mich.«

Luciano nickte, unsicher, ob er Terzo glauben sollte.

Umso überraschter war er, als Dienstagmittag der Sohn des Barbesitzers aus Il Nido mit seinem knatternden Motorroller im Olivenhain auftauchte.

»Du sollst heute Abend um sieben Terzo anrufen«, sagte der Siebzehnjährige. »Hier ist die Telefonnummer der Hausmeisterin.«

Luciano konnte den Abend kaum erwarten.

»Es hat geklappt. Du kannst bei BMW anfangen«, erzählte Terzo ihm ein paar Stunden später am Telefon. »Ich habe alles geregelt. Du wirst in der gleichen Abteilung arbeiten wie ich.«

Luciano schluckte aufgeregt. »Wirklich?«

»Wirklich. Mach dich auf die Socken. Freitag sollst du den Vertrag unterschreiben. Kommenden Montag geht's los.«

Nachdem Luciano das Gespräch beendet hatte, war sein erster Gedanke, Katharina anzurufen. Er wusste, wie glücklich es sie machen würde, wenn er in Deutschland arbeiten würde. Dann zögerte er. Konnte er sich auf Terzos Worte wirklich verlassen? Er beschloss, Katharina erst davon zu erzählen, wenn er am Freitag den Arbeitsvertrag in den Händen hielt.

Von der Bar aus ging Luciano auf direktem Weg zu seinem Professore. Er sollte als Erster von der Neuigkeit erfahren.

»Ich gratuliere dir, mein Junge«, beglückwünschte Eduardo Visconti ihn und schloss ihn fest in die Arme. »Sieh diese Stelle als Sprungbrett an. Du kannst die Sprache. Du bist gut in deinem Beruf. Du wirst die Deutschen beeindrucken.«

Luciano sah ihn dankbar an. »Ich habe Ihnen so viel zu verdanken. Dass Sie mir die Studienbücher Ihres Vaters gegeben haben, damit ich mich weiterbilden konnte, ist nur ein Teil davon, allerdings einer, der mir jetzt zugutekommen wird.«

Eduardo lachte. »Da deine Mutter dich nicht studieren ließ, fühlte ich mich verpflichtet, dir zu helfen, aus deinem Talent etwas zu machen. Für mich bist du heute ein Maschinenbauingenieur – wie mein Vater es gewesen ist. Auch ohne Studium. Und das werden die Leute bei BMW schnell erkennen.«

Luciano seufzte. »Ich bin sehr traurig, dass ich Sie jetzt erst einmal nicht mehr sehen kann«, gestand er.

»Ich muss dir auch eine Neuigkeit erzählen«, sagte da sein ehemaliger Lehrer sanft. »Ich werde für ein halbes Jahr nach Innsbruck gehen. In die Heimat meiner Mutter. Seit dem Tod meiner geliebten Josepha vor zwei Jahren habe ich Briefkontakt zu meiner Schwägerin in Innsbruck. Sicher kannst du dich daran erinnern, dass mein Bruder zwei Monate nach meiner Frau gestorben ist.«

Luciano nickte. »Und im April waren Sie zwei Wochen lang in Innsbruck.«

Sein Professore begann zu lächeln. »Richtig. In diesen zwei Wochen sind Amalie und ich uns nähergekommen. Nun haben wir gestern Abend am Telefon beschlossen, dass ich erst einmal für ein halbes Jahr zu ihr ziehe. Meine Wohnung hier werde ich behalten. Und dann …« Er hob die Schultern. »Dann wird man sehen. Vielleicht werden wir pendeln. Ein halbes Jahr in Österreich und ein halbes Jahr auf Sizilien. Das Leben wird es uns zeigen.«

»Innsbruck und München – das ist doch gar nicht so weit voneinander entfernt!«, rief Luciano begeistert aus. »Dann können wir uns gegenseitig besuchen.«

»Ja, mein Junge. Das fügt sich gut. Du siehst, nicht nur bei dir steht eine Veränderung an. Wir wissen zwar beide noch nicht, wohin sie uns führen wird, aber zu leben bedeutet nun einmal, sich zu verändern. Wir sind Teil eines großen Ganzen, das ständig im Umbruch ist.«

Als Luciano nach Hause kam, stand seine Mutter am Herd. Ohne vom Kochtopf, aus dem es herrlich nach würzigem Fleisch und frischen Tomaten duftete, aufzublicken, fragte sie spitz: »Warst du wieder bei deinem Professore?«

Luciano atmete tief durch. »Ich muss dir etwas sagen, Mamma«, begann er mit fester Stimme. Er rechnete mit allem – mit einem Zusammenbruch, mit weinerlichen Vorwürfen, mit einem Wutausbruch.

Seine Mutter drehte sich zu ihm um und sah ihn forschend an.

»Ich habe gerade mit Terzo telefoniert. Morgen fahre ich nach München. Ich habe eine Stelle bei BMW bekommen. Montag kann ich anfangen.«

Violetta hielt seinem Blick stand. In ihren schwarzen Augen flackerte ein Feuer. Dennoch fragte sie ruhig: »Du willst also deine Familie verraten?«

Luciano schüttelte den Kopf. »Wieso verraten? Ich brauche Arbeit. Und eine Stelle bei BMW in Deutschland kann ich nicht ausschlagen.«

»Nun gut.« Sie lächelte kalt. Dann riss sie sich das rot-weiß karierte Küchentuch von der Schulter, schleuderte es auf den Steinboden und ging auf die Tür zu. Um Türrahmen drehte sie sich noch einmal um und sagte mit steinerner Miene: »Ich wünsche dir eine gute Reise, Luciano.«

Luciano starrte auf die dunkle Holztür, die mit einem lauten Knall ins Schloss gefallen war. Er war unfähig, sich zu bewegen. Sollte so der Abschied von seiner geliebten Mutter aussehen? Ließ sie ihn morgen ohne ein versöhnliches Wort gehen? Er kannte sie. Wenn man ihre Erwartungen nicht erfüllte, konnte sie einen tagelang mit Missachtung strafen – um irgendwann später einzulenken und so zu tun, als wäre alles in bester Ordnung. Doch so viel Zeit hatte er dieses Mal nicht. Dass er am nächsten Tag in Zwietracht mit ihr seine Heimat verlassen würde, tat ihm jetzt schon weh. Wie würde sie erst reagieren, wenn sie erfuhr, dass er Katharina liebte und inzwischen mit dem Gedanken spielte, für immer in Deutschland zu bleiben?

Violetta ließ sich an diesem Abend nicht mehr sehen. Maria kümmerte sich weiter ums Kochen, aber Luciano hatte keinen Hunger mehr. Er ging hinauf in sein Rustico und packte seine Sachen.

Als sich die Dämmerung über das Land legte, kam Silvio mit einer Karaffe Nero d'Avola zu ihm herauf.

»Mamma hat es uns erzählt«, sagte er nur. »Wollen wir zum Abschied ein Glas zusammen trinken?«

»Sehr gerne«, antwortete Luciano dankbar.

Wie immer schwieg Silvio eine Weile, als müsse er sich erst für das Gespräch wappnen. Sie saßen auf der Steinbank, die noch die Wärme des Tages abstrahlte. Die Luft war schwer vom Duft der Zypressen und reifen Trauben. In dem Bewusstsein, dass er bald schon seiner Heimat den Rücken kehren würde, nahm Luciano seine Umgebung noch einmal mit allen Sinnen wahr.

»Du fährst also morgen nach Deutschland«, sagte Silvio schließlich mit einem tiefen Seufzer.

»Terzo hat Wort gehalten. Er hat heute angerufen. Ich kann Montag bei BMW anfangen – zumindest hat er es so gesagt.«

»Ich gratuliere dir.« Sein Bruder legte den Arm um seine Schultern und drückte ihn an sich. »Ich freue mich für dich. So musst du wenigstens nicht diese entwürdigende Musterung in Verona über dich ergehen lassen. Nicht mal eine Erkältung darf man haben. Die Deutschen wollen nur gesunde Arbeiter.«

Luciano sah ihn eindringlich an. »Wirst du auf Mutter achtgeben?«

Silvio lachte. »Natürlich! Du kennst sie doch. Nimm es dir nicht zu Herzen. In ein paar Tagen hat sie sich an die neue Situation gewöhnt. Außerdem …« Silvio zwinkerte ihm aufmunternd zu. »Du wirst ja sicher bald mit Terzo auf Besuch kommen – oder? So war doch euer Plan, falls es mit der Stelle klappen sollte.«

»Ganz bestimmt«, versicherte Luciano ihm.

»Bis dahin hat sich Mamma beruhigt und wird vor Wiedersehensfreude weinen.« Silvio trank einen Schluck und nickte dann bedächtig. »Das ist eine gute Entscheidung, Bruder. Unser Hof ist zu klein, um alle zu ernähren. Wir haben ja schon öfter darüber gesprochen«, fügte er mit entschuldigendem Lächeln hinzu.

»Das weiß ich doch«, entgegnete Luciano. »Außerdem wollte ich nie Bauer sein. Das weißt du.« Er warf einen Blick hoch zum Himmel, an dem der erste Stern zu sehen war. »Ich träume von einer eigenen Autowerkstatt, in der ich Sportwagen repariere. Aber bis dahin ist es noch ein weiter Weg.«

»Du wirst es schaffen. Du bist anders als ich und die anderen.« Sein Bruder hob das Glas. »Salute. Auf deine Zukunft in Deutschland.«

»Salute.«

Nachdem sie getrunken hatten, umarmten sie sich.

»Trinken wir noch ein Glas?«, fragte Silvio. »Der Abend ist so schön. Und wann werden wir beide wieder einmal hier so sitzen – zu zweit, ohne die Familie?«

Luciano lächelte ihn an. »Du hast recht. Das sollten wir auskosten.« Er nahm die Karaffe, die neben der Bank auf dem Steinboden stand, und schenkte ein.

Die Nacht war warm. Am schwarzblauen Himmel erschien

jetzt ein Stern nach dem anderen, und der Mond warf sein gleißendes Licht auf das Rustico. Luciano empfand die Nacht wie einen schützenden Mantel, der ihn und seinen Bruder umhüllte. Noch nie hatte er sich Silvio innerlich so nah gefühlt.

»Ich möchte dir etwas anvertrauen«, sagte er mit leiser Stimme in das Schweigen zwischen ihnen.

»Du kannst mir alles anvertrauen«, erwiderte Silvio. »Du weißt, ich schweige wie ein Grab.«

Da erzählte Luciano ihm von seiner Liebe zu Katharina. Als er geendet hatte, schwieg Silvio eine lange Zeit. Schließlich wandte er ihm das Gesicht zu. Der Vollmond beleuchtete sein besorgt wirkendes Gesicht. »Verliere nicht den Kopf, Bruder«, begann er. »Das kann nicht gut gehen. Bleib lieber bei Sophia oder suche dir, wenn du nach ein oder zwei Jahren zurück bist, hier auf der Insel eine Frau. Eine Sizilianerin – wie es normal ist. Das sind gute Mütter und gute Frauen. Mamma hat recht. Denk daran, was die Deutschen hier und auf der ganzen Welt angerichtet haben.«

Luciano fühlte sich, als hätte er gerade einen Kinnhaken bekommen. Er erwiderte nichts darauf. Hätte er nur seiner Stimmung nicht nachgegeben und seinem Bruder, der sehr konservativ dachte, nichts von seiner Liebe zu Katharina erzählt.

Luciano brach am Mittwochmorgen auf, als sich die ersten Sonnenstrahlen wie glühende Lava über die Höhen des Madoniegebirges ergossen. Der Himmel war klar und rein, als gäbe es nichts Unbestimmtes, nichts Zweifelhaftes. Auf dem Pasinihof schliefen alle noch. Selbst der Hahn hatte noch nicht gekräht.

Luciano stieg auf sein Motorrad. Den Beiwagen hatte er

schon am Abend gepackt. Silvio hatte ihm Olivenöl, getrocknete Tomaten, Oliven, Kapern, Schafskäse und Wein mitgegeben. »Für deine Katharina. Damit sie unser Land kennenlernt«, hatte er gesagt – was Luciano ihm hoch angerechnet hatte.

Er atmete einmal tief durch und startete seine Maschine. Langsam ließ er sie den Weg hinunterrollen bis auf die Straße, die von Il Nido am Hof vorbei ins Tal führte. An der Kreuzung hielt er an. Wie sehr hatte er sich einen liebevollen Abschied von seiner Mutter gewünscht! Das Wissen darum, dass sie ihm ihren Segen verwehrt hatte, presste ihm den Brustkorb zusammen.

Im Schritttempo fuhr er an der Zufahrt zum Hof vorbei, in der Hoffnung, seine Mutter würde ihm doch noch nachwinken. Das steinerne Gebäude lag jedoch wie ausgestorben inmitten der Obstplantage. Langsam ließ er das Motorrad bergab rollen. Kurz vor der ersten Serpentine blickte er noch einmal in den Rückspiegel. Da entdeckte er sie. Eingehüllt in ihren zerschlissenen Morgenmantel, stand sie am Torbogen zum Hof und sah in seine Richtung. Ihr langes weißes Haar wehte im Morgenwind. Sie hatte die Arme fest vor der Brust verschränkt.

Luciano trat auf die Bremse. Sein Herz weitete sich. Sie war doch noch zu seinem Abschied gekommen! Gerade wollte er umdrehen und sie in die Arme nehmen – da wandte sie sich ab und ging hocherhobenen Hauptes zum Hof zurück. Ein paar pochende Herzschläge lang blieb er auf der staubigen Straße stehen. Dann schluckte er die Tränen herunter. Dies war sein Leben. Und aus dem musste er etwas machen – was ihm in seiner Heimat nicht gelingen würde. Das musste seine Mutter verstehen und akzeptieren, wenn sie ihn liebte.

Luciano fuhr die serpentinenreiche Straße hinunter, die ihn

zur Küste führte. In der frischen Morgenluft wehte ihm bereits der Geruch des Meeres entgegen. Links von der Küstenstraße lag Finale, wo er immer geschwommen war. Er drosselte seine Geschwindigkeit und hielt schließlich an. Mit schwerem Herzen ging er zwischen den Klippen hindurch zum Strand hinunter, der zu dieser frühen Stunde noch menschenleer war. Nur einmal noch den Duft seiner Heimat einatmen, das weite azurblaue Meer betrachten, wie es sich in der Ferne mit dem Himmel zu einem lichtblauen Streifen verband. Die Luft roch hier nicht nach Erde und Kräutern, sondern nach Fisch und Tang. Statt der Zikaden hörte er die Schreie der Möwen und das Schlagen der Wellen gegen die Felsen. Während er der heranrollenden Brandung zusah, wie sie schließlich im Sand als Schaum zerrann, wurde ihm endgültig bewusst, dass er sich auf der Reise in sein neues Leben in der Fremde befand. Nur seine Sehnsucht nach Katharina und ihrer Liebe gaben ihm den Mut und die Kraft dazu, diesen Schritt zu tun.

Nachdem sich Luciano in Messina mit der Fähre aufs Festland nach Reggio di Calabria hatte übersetzen lassen, ging die Fahrt durch den Stiefel Italiens nur noch geradeaus in Richtung Norden. Cosenza, Napoli, Roma. Es war ein heißer Tag. Doch durch den Fahrtwind merkte er die Hitze kaum. Etwa alle hundert Kilometer machte er eine kurze Rast, vertrat sich die Beine, trank oder aß etwas. Nach neun Stunden kam er in Firenze an, wo er sich ein billiges Zimmer für die Nacht suchte. Am nächsten Morgen ging es weiter. An diesem Donnerstag lagen erneut neunhundert Kilometer vor ihm. Hinter dem Brenner änderte sich das Wetter. Starker Regen machte ihm die Fahrt noch beschwerlicher. Völlig erschöpft und durchnässt erreichte er schließlich am frühen Abend das verregnete

München. Das Bewusstsein, Katharina hier sehr viel näher zu sein als auf Sizilien – und die Hoffnung, sie vielleicht sogar schon am Wochenende wiedersehen zu können –, hatte ihn in den letzten Stunden aufrechtgehalten. Dank seines guten Deutschs fragte er sich zu Terzos Adresse durch und stand schließlich vor einem grauen, schmucklosen Mietshaus in der Landsberger Straße, ganz in der Nähe des Bahnhofs.

Terzo hatte schon auf ihn gewartet und war vor Freude ganz außer sich. Das Zimmer im ersten Stock war schäbig, düster und für zwei Leute eigentlich viel zu klein. Es besaß kein Fenster, dafür aber eine Tür aus blindem Glas, die auf einen schmalen, von Ruß geschwärzten Balkon führte, von dem man auf ein Gewirr von Bahngleisen sah. Das Klo war auf halber Treppe.

»Wir sind ja sowieso die meiste Zeit unterwegs«, entschuldigte Terzo die Behausung. »Entweder auf Arbeit oder in Bars, um Frauen kennenzulernen. Die tragen hier so tief ausgeschnittene Kleider, die man Dirndls nennt. Madonna! Das wird dir gefallen. Und die Hausmeisterin ist auch in Ordnung. Ich habe sie schon um den Finger gewickelt. Sie backt mir zum Wochenende Kuchen und wird darüber hinwegsehen, dass wir erst mal zu zweit hier wohnen. Das kostet uns dann beide jeweils fünfzehn Mark im Monat. Bei der kannst du auch in dringenden Fällen telefonieren. Aber jetzt trinken wir erst mal auf deine Ankunft. Dann fahren wir mit meinem Auto irgendwohin zum Essen. Du hast doch bestimmt Hunger.«

»Können wir hier essen?«, fragte Luciano. »Ich bin wahnsinnig müde. Außerdem habe ich Sachen von zu Hause mitgebracht.«

»Klar. Ich helfe dir beim Auspacken.«

Nachdem Luciano sich trockene Sachen angezogen hatte,

saßen die beiden an dem kleinen viereckigen Tisch, der dem Doppelbett gegenüberstand. In dem winzigen Raum roch es jetzt nach feuchter Kleidung und italienischen Kräutern. Der Geruch stimmte Luciano wehmütig. Terzo dagegen war bester Laune.

»Salute! Auf deine Ankunft. Morgen geht es los. Um neun Uhr musst du in der Personalabteilung deinen Arbeitsvertrag unterschreiben. Und am Samstagabend werden wir dann richtig ausgehen.« Wieder schwärmte er von den blonden Frauen in den Dirndlkleidern. »Wir werden uns zwei hübsche aussuchen und dann machen wir Chi-chi.«

Luciano schwieg dazu. Morgen würde er Terzo sagen, dass er nicht wegen der Dirndl, sondern wegen Katharina hier war, aber jetzt hatte er keine Kraft mehr für die Diskussion, die sich bestimmt an diesem Thema entzünden würde.

»Ich bin todmüde. Lass uns morgen weiterreden«, bat er.

»Nur noch eines.« Terzo beugte sich vor. »Wirst du Sophia nachholen?«

Luciano zuckte zurück. »Warum sollte ich?«

»Weil ihr was miteinander gehabt habt und weil sie dich liebt. Das hat sie mir gesagt. Und sie will doch unbedingt nach Deutschland.«

»Ich habe ihr nie Versprechungen gemacht. Hol du sie doch hierher.«

Terzo lehnte sich zurück und sah ihn unschuldig an. »Warum ich?«

»Weil du auch was mit ihr gehabt hast und ihr beide viel besser zusammenpasst.«

»No, no, per niente! Sophia will heiraten und Kinder haben. Sie will nicht länger zu Hause wohnen, weil sie sich mit ihrem Vater nicht versteht. Ich will frei sein, mein Leben genießen. Sicher heirate ich in ein paar Jahren, aber doch nicht jetzt schon.« Terzo räusperte sich und fügte mit treuherzigem Blick hinzu: »Außerdem ist es schon eine Weile her, dass Sophia und ich Chi-chi gemacht haben.«

»Du musst dich nicht verteidigen. Das ist mir völlig egal.« Luciano zögerte, dann fasste er sich ein Herz. »Da wir gerade beim Thema sind. Du musst wissen, dass ich nicht gekommen bin, um blonde Frauen kennenzulernen. Ich habe eine deutsche Freundin. Und ihretwegen bin ich hier.«

Terzo prallte förmlich zurück. »Du hast eine Deutsche zur Freundin?«

»Wusstest du das nicht?«

»Von wem?«

»Ich habe es Sophia erzählt.«

Terzo griff sich an die Stirn. »Sie hat mir nichts davon gesagt«, murmelte er.

»Sie heißt Katharina, und wir lieben uns.«

»Aber …« Es kam selten vor, dass Terzo ins Stammeln kam, aber jetzt war es so weit, fast musste Luciano lächeln. »Wo wohnt sie denn?«

»Südlich von Bonn. Ich habe sie kennengelernt, als ich bei Onkel Cesare war.«

Terzo schwieg ein paar Sekunden. »Dann willst du also in Deutschland bleiben und eine Deutsche heiraten?«

»Wahrscheinlich ja – falls Katharina nicht mit mir zurück in die Heimat gehen wird.«

»Das ist ja eine Neuigkeit!« Mit fahrigen Fingern zündete sich Terzo eine Zigarette an und blies den Rauch scharf aus. Er schien sehr betroffen zu sein. Warum nur?, fragte sich Luciano verwundert. Terzo brauchte keine Verstärkung, um hübsche Frauen aufzutun.

»Weiß Nonna es schon?«

Luciano hob die Schultern. »Bis zu meiner Abfahrt wusste

sie es noch nicht. Sonst hätte sie bestimmt was gesagt. Aber vielleicht erzählt Sophia ihr es bald.«

Terzo rückte auf seinem Stuhl nach vorn. »Und wie hat Sophia reagiert, als du ihr das gesagt hast?«

Luciano stieß die Luft scharf aus. »Sie meinte, ich würde sie trotzdem heiraten.«

Terzo senkte den Kopf und murmelte wie zu sich selbst: »Sie muss verrückt sein.«

Katharina

Als Katharina am Freitagmittag nach Hause kam, saß ihre Mutter unter der Linde und nähte Knöpfe an eine Bluse.

»Du siehst ja schick aus!«, rief sie aus, nachdem ihre Tochter aus dem Wagen gestiegen war. »Wo warst du?«

»Im Kurhotel in Bad Neuenahr.«

Martha legte die Arbeit in den Schoß. »Was hast du denn da gemacht?«

»Auch wenn wir in vierzehn Tagen mit unserem Lieferdienst starten, muss ich mich doch weiterhin um den Weinverkauf kümmern.« Katharina setzte sich an den langen Holztisch und schlug die Beine übereinander. »Ich habe vor ein paar Tagen den Direktor des Kurhotels angerufen. Er ist übrigens mit Dr. Schröder befreundet, der sich bei ihm für unser Weingut eingesetzt hat. Dr. Thelen hat heute bei uns für sein Hotel den neuen Jahrgang 1956 geordert. Und das nicht zu knapp«, fügte sie mit stolzem Lächeln hinzu.

»Mein Gott!« Ihre Mutter bekreuzigte sich. »Das ist ja wunderbar. Dass Dr. Schröder dir da geholfen hat, finde ich sehr anständig von ihm.«

Katharina verdrehte die Augen. »Mutter, er hat das nicht ganz selbstlos getan. Er will unser Weingut natürlich auch am Laufen halten, damit ich den Kredit monatlich bedienen kann.«

»Wie dem auch sei.« Martha wedelte den Einwand mit der manikürten Hand weg. »Ich bin jedenfalls stolz auf dich. Du bist ja eine richtige Geschäftsfrau geworden. Und wie hübsch du in dem hellgrauen Kostüm aussiehst!« Ihr Blick verfing sich in dem grünen Blätterwerk der Linde. »Weißt du noch? Das habe ich dir für deine Verlobung mit Frank genäht.«

»Ja, Mutter, das weiß ich noch«, wiegelte Katharina rasch ab und stand auf.

»Du solltest öfter Pumps tragen. Das bringt deine hübschen Beine sehr gut zur Geltung.«

Katharina musste lächeln. »Das geht im Wingert schlecht. Und im Lieferwagen wird es sich auch nicht gut machen.«

»Ich meine ja nur. Vielleicht sollten wir demnächst im Kurhotel essen gehen. Es wäre ja nicht verkehrt, sich dort mal sehen zu lassen. Mit deinem Vater war ich früher öfter dort – damals, als wir das Hotel noch regelmäßig belieferten.«

»Das machen wir. Versprochen. Aber erst, wenn die Einnahmen kommen. Übrigens – zwei der zwanzig Kunden, die ich nochmals angeschrieben habe, haben auch wieder bestellt. Das ist schon mal ein schwaches Licht am Horizont.«

»Dann lohnt es sich auf Dauer wahrscheinlich doch, die Kelterei neu aufzubauen – wobei der Baulärm …« Martha griff sich an die Stirn. »Das ist schon sehr laut.«

»Wo gehobelt wird, da fallen Späne. Der Bau dauert ja nicht so lange.« Katharina nickte ihr aufmunternd zu. »So, jetzt ziehe ich mich um, und dann gehe ich noch für zwei Stunden in den Wingert.«

»Wirklich?«

Katharina lachte. »Wirklich. Die frische Luft macht den Kopf frei. Außerdem müssen die Triebspitzen entfernt werden, damit die Kraft der Reben sich nun auf die Haupttriebe und Trauben konzentriert.«

»Ach, Liebes, übernimmst du dich nicht?«

»Ganz bestimmt nicht, Mutter«, versicherte Katharina.

Im nächsten Moment klingelte das Telefon, das im Eingangsbereich auf einem niedrigen Tisch stand.

Martha stand auf. »Zieh dich um, ich gehe schon.«

Doch Katharina war schneller. Immer wenn das Telefon schellte, war ihr erster Gedanke, Luciano könnte sie anrufen. Zu Wochenbeginn hatte sie von ihm einen Brief bekommen, einen langen Liebesbrief, der mit den Worten geendet hatte: »Cara – ti amo. Für immer.« Voller Freude hatte sie ihm noch am gleichen Tag zurückgeschrieben. Vielleicht wollte er ihr jetzt erzählen, dass er eine Arbeitsstelle gefunden hatte.

»Katharina!« Lucianos raue Stimme klang voller Sehnsucht. »Wie geht es dir?«

»Gut.« Katharina schluckte aufgeregt. Wie weich er ihren Namen aussprach, wie er jeden Buchstaben beim Sprechen zu liebkosen schien! »Und wie geht es dir?«

»Sehr gut. Rate, wo ich bin!«

»Das ist nicht schwer. In der Bar in deinem Dorf.«

Luciano ließ sich zwei, drei Atemzüge Zeit, dann sagte er: »Falsch. Ich bin in München.«

Im ersten Moment dachte sie, sich verhört zu haben. Sie warf einen Blick in den Innenhof, wo ihre Mutter jetzt zusammen mit Hermann saß und gerade Wein ausschenkte. Sie schien sich für das Telefonat nicht zu interessieren.

»Was machst du denn in München?«, fragte sie irritiert.

»Ab morgen arbeite ich bei BMW. Terzo hat mir die Stelle besorgt. Heute Vormittag habe ich den Arbeitsvertrag unterschrieben. Er läuft zunächst über ein Jahr. Weißt du, was das für uns bedeutet, Cara?«

Katharina griff sich an die Stirn. Die Diele drehte sich plötzlich um sie. »Ach, Luciano, sag es mir.«

»Das bedeutet, dass wir uns jetzt öfter sehen. Von München

bis zu dir fahre ich vielleicht sechs Stunden statt vierundzwanzig wie von Sizilien aus.«

Katharinas Herz schlug vor Freude und Aufregung so laut, dass sie das Pochen hören konnte. Das Blut rauschte ihr durch die Adern. Ihr war, als hätte sie zu viel getrunken.

»Cara, ich werde dir alles schreiben. Die Hausmeisterin steht hinter mir und wacht darüber, dass ich nicht zu lange telefoniere. Vielleicht werde ich dich schon übernächstes Wochenende besuchen. Dieses Wochenende muss ich für einen kranken Kollegen einspringen.«

»Wo wohnst du denn überhaupt?«, fragte sie hastig.

»Bei Terzo – fürs Erste. Ich melde mich. Ti amo, cara.«

Nach dem Gespräch ließ sie sich in einen der kleinen Clubsessel fallen, die neben dem Telefontisch standen. Sie brauchte ein paar Sekunden, um diese Neuigkeit mit all ihren Konsequenzen zu verinnerlichen. Luciano war jetzt auch ein italienischer Gastarbeiter. Jetzt wurde es Zeit, ihrer Mutter reinen Wein einzuschenken.

Als Katharina ein paar Minuten später leichtfüßig in den Wingert hinaufstieg, glaubte sie, ihr wären Flügel gewachsen. Vor lauter Freude fühlte sie sich wie berauscht. Ihr privates Glück war über tausend Kilometer näher gerückt; die Zukunft des Weinguts sah rosiger aus als noch vor ein paar Wochen, und dem Nebenerwerb schien auch nichts mehr im Wege zu stehen. Sie wartete nur noch auf die Ausstellung des Gewerbescheins. Einen Augenblick blieb sie stehen und schaute hoch in den Himmel, an dem sich plötzlich dicke dunkle Wolken zusammenballten. Doch die konnten ihrer Hochstimmung nichts anhaben. Ach, Papa, sagte sie stumm, falls du etwas mit dieser guten Entwicklung zu tun haben solltest, danke ich dir von Herzen. Das war aber auch wirklich höchste Zeit.

Als es nach zwei Stunden zu regnen begann und der Boden zwischen den Rebenreihen aufweichte, ging Katharina ins Kontor zurück und sortierte die Unterlagen, die sie monatlich dem Steuerberater einreichte. Sie freute sich schon auf den Abend. Alle vierzehn Tage traf sie sich nach dem Abendessen mit ehemaligen Klassenkameradinnen in einer Straußenwirtschaft in Dernau zum Romméspielen. Sie war gerade dabei, Ordnung auf dem Schreibtisch zu schaffen, als sie Schritte auf dem Gang hörte. Dann wurde die Kontortür aufgestoßen, und ihre Mutter stand im Rahmen.

»Kommst du bitte mal in die Küche?« Das war keine Frage, schon gar keine Bitte. Das klang wie früher, wenn sie als Kind Unfug gemacht hatte und zur Rechenschaft gezogen werden sollte.

Katharina sah ihre Mutter erstaunt an. Mit einem Grummeln im Bauch folgte sie ihr. Was hatte sie sich zuschulden kommen lassen, das ihre Mutter so wütend machte?

Martha blieb am Küchentisch stehen und zündete sich eine Zigarette an. Mit dramatischer Miene stieß sie den Rauch aus. »Über dich wird geredet«, sagte sie mit Grabesstimme. »Ich habe es eben erfahren. Man hat dich in Bad Neuenahr mit einem Mann gesehen, der wie ein Italiener aussah. Stimmt das?«

Katharina straffte sich und überragte ihre Mutter dadurch um mehr als einen Kopf. »Ja«, antwortete sie ganz ruhig.

»Etwa einer dieser italienischen Gastarbeiter?« Martha spuckte dieses eine Wort geradezu aus.

»Luciano ist Sizilianer«, verbesserte Katharina sie freundlich.

Ihre Mutter schnappte nach Luft. »Mir ist völlig egal, woher er kommt. Wie kannst du nur? Weißt du, was das bedeutet? Bald wird es das ganze Dorf wissen – meine Tochter ein

Italienerliebchen! Wie kannst du mir und unserem Ruf so etwas antun?«

»Ich habe mich in ihn verliebt«, erwiderte Katharina kurz und bündig.

»Wo hast du den denn überhaupt kennengelernt?«

»In unserem Weinberg.«

»Was?«

»Er war vier Wochen lang bei seinem Onkel in Bonn. Die Familie hat dort eine Eisdiele. Und als Luciano einen Ausflug hier in die Gegend gemacht hat, haben wir uns eben kennengelernt.«

Martha sah sie irritiert an. »Er arbeitet in der Eisdiele seiner Familie? Also doch kein Gastarbeiter?«

»Das war nur für vier Wochen. Jetzt ist Luciano bei BMW in München. Mit dem Status eines Gastarbeiters«, fügte Katharina mit fester Stimme hinzu.

»So weit weg?«

»Sei doch froh. Dann können wir uns nicht so häufig sehen.«

»Aber der geht doch nach einem Jahr, wenn sein Vertrag endet, wieder zurück und lässt dich sitzen. Womöglich noch mit einem unehelichen Kind.«

»Das will ich doch nicht hoffen.«

Ihre Mutter drückte die Zigarette im Aschenbecher aus und stemmte die Hände in die Hüften. Ihr Gesicht war puterrot. »Du gibst dich dafür her, dass so einer hier in Deutschland ein kurzes Vergnügen hat?«, stieß sie mit schmalen Augen hervor. »Hast du denn gar keinen Stolz? Kein Ehrgefühl? Wenn das dein Vater erlebt hätte. Der hätte dich aus dem Haus geworfen. Seine Tochter – ein Italienerliebchen. Weißt du, was die Leute sagen werden? Die findet keinen anständigen deutschen Mann, werden sie sagen. An der muss was falsch sein.

Und wenn sich das erst einmal im Ahrtal herumgesprochen hat, dann wird dich kein Mann hier aus der Gegend mehr wollen.«

Jedes der so wütend ausgestoßenen Worte verletzte Katharina tief. So wollte sie ihre Liebe zu Luciano – und seine Liebe zu ihr – nicht niedermachen lassen. Sie reckte das Kinn vor und sah ihrer Mutter fest in die Augen. »Ich werde mich nicht weiter von dir beleidigen lassen. Luciano ist ein anständiger Mann. Er spricht fließend Deutsch, stammt aus einer bodenständigen Familie auf Sizilien, und sein Vater hat im Krieg im Widerstand gekämpft, statt wie die meisten Deutschen gemeinsame Sache mit Hitler zu machen. Sein bester Freund ist ein Professore. Luciano hat Manieren. Er achtet und liebt mich. Und alles, was ich tue, tue ich, weil ich es will. Ich bin fast dreißig. Ich lasse mir nicht vorschreiben, wie ich zu leben habe, nicht von den Leuten im Dorf und auch nicht von dir, Mutter.«

Martha sank auf den Küchenstuhl. Plötzlich machte sie einen gebrochenen Eindruck. Tränen standen ihr in den Augen. Und prompt beschlich Katharina ein schlechtes Gewissen. So hatte sie noch nie mit ihrer Mutter gesprochen.

In der Küche, in der der Duft von Kartoffelsalat und geräucherter Ahrforelle hing, hatte das bedrückende Schweigen inzwischen jede Ecke des Raumes erreicht und nahm Katharina die Luft zum Atmen. Sie überlegte gerade, ob sie hinausgehen sollte, als sie ihre Mutter leise und hilflos mit gesenktem Kopf fragen hörte: »Wirst du dann mit ihm nach Sizilien gehen?«

Die Frage klang derart unsinnig in ihren Ohren, dass sie lachen musste – was den Bann zwischen ihnen brach.

»Natürlich nicht. Ich bleibe hier. Hier bei dir, wenn du das unter den gegebenen Umständen überhaupt willst. Das habe ich Vater versprochen. Ich lasse das Weingut doch nicht im Stich. Hier ist meine Heimat.«

Martha hob den Kopf. »Dann wird also dieser … dieser Mann … hierbleiben?«

Katharina nickte entschlossen – obwohl sie sich diesbezüglich noch gar nicht so sicher war. Luciano liebte seine Heimat genauso wie sie ihre.

Ihre Mutter schenkte sich ein Glas Wein ein und schwieg wieder, während sie Schluck für Schluck davon trank. Katharina setzte sich an den Tisch und machte es ihr nach. Sie konnte förmlich hören, wie es im Kopf ihrer Mutter arbeitete. Schließlich nahm Martha das Gespräch wieder auf.

»Ach, Katharina«, begann sie mit einem tiefen Seufzer. »Du warst mit einem Arzt verlobt. Lotte und ich stammen aus einem Lehrerhaushalt. Du bist die Erbin des größten selbstständigen Weingutes an der Ahr, und dann so einer …« Martha stand so abrupt auf, dass der Stuhl nach hinten umfiel. »Ich schäme mich für dich«, sagte sie tonlos und lief aus der Küche.

Ohne mit ihrer Mutter zu Abend zu essen, brach Katharina zwei Stunden später nach Dernau auf. Die Lust aufs Spielen war ihr zwar vergangen, aber sie hoffte, dass sie der Abend auf andere Gedanken bringen würde.

Wie immer ging es in der Frauenrunde lustig und ausgelassen zu. Außer Katharina waren alle verheiratet und hatten Kinder. An solchen Abenden lästerten ihre Freundinnen in den Spielpausen am liebsten über ihre Ehemänner und schwärmten von amerikanischen Filmstars wie Rock Hudson, Gregory Peck und Cary Grant.

»Die haben alle so was Italienisches«, meinte eine aus der Runde. »Obwohl sie Amerikaner sind.«

»Apropos Italienisch«, sagte eine andere. Sie senkte bedeutungsvoll die Stimme, bevor sie weitersprach: »Wisst ihr, wer ein Fisternölschen mit einem italienischen Gastarbeiter hat?«

Katharina hielt die Luft an. Das konnte doch jetzt nicht wahr sein!

»Die Lilli«, wusste die Tochter vom Metzger aus Dernau. »Aber das weiß doch inzwischen jeder.«

Katharina schluckte schwer. Ließ sie das Thema denn gar nicht mehr los? Überall schienen die Leute jetzt über Beziehungen deutscher Frauen zu italienischen Gastarbeitern zu reden. Oder war sie neuerdings nur so hellhörig für dieses Thema?

»Lilli hat durch eine Freundin einen Italiener kennengelernt, der arbeitet im Bergbau in Duisburg. Der hat sie schon zweimal am Wochenende besucht. Natürlich hat jemand die beiden gesehen und es prompt Lillis Mutter erzählt. Die hat vielleicht ein Theater gemacht! Und Lilli natürlich den Umgang verboten.«

»Das ist ja ein starkes Stück!«, empörte sich eine von Katharinas ehemaligen Klassenkameradinnen, die Grundschullehrerin auf einem Dorf zehn Kilometer entfernt von Dernau war. »Lilli ist doch genauso alt wie wir, also erwachsen. Die kann doch machen, was sie will.«

»Aber ihre Mutter meint, ein italienischer Gastarbeiter wäre der falsche Umgang für sie. Sie will einen deutschen Schwiegersohn, möglichst hier aus der Gegend, jemanden, den sie kennt.«

»Das kann ich sogar verstehen«, meldete sich da die Frau des neuen evangelischen Pfarrers zu Wort. »Wie kann man sich denn überhaupt verständigen, wenn man nicht die gleiche Sprache spricht?«

»Es gibt auch eine andere Sprache«, entgegnete da eine aus

der Runde mit vielsagendem Blick. Alle lachten – außer der Pfarrersfrau.

»Darauf kann aber eine christliche Ehe nicht beruhen«, beharrte sie stattdessen pikiert.

»Allein schon das andere Essen, der Knoblauch …«

»Davon mal ganz abgesehen. Es heißt doch, dass die Italiener nicht treu sind. Die bändeln doch mit jeder blonden Frau an.«

Dazu hatte die Kindergärtnerin etwas zu sagen. »Vor einigen Wochen war ich in Bad Neuenahr. Da war ein Eiswagen. Der Eisverkäufer …« Verzückt verdrehte sie die Augen. »Ich sage euch! Der sah aus wie Rock Hudson. Der hat auch jeder blonden Frau schöne Augen gemacht. Da habe ich zum ersten Mal bedauert, dass ich schwarzhaarig bin«, fügte sie kichernd hinzu.

»Stimmt! Pasini-Eis aus Bonn«, fiel einer anderen ein. »Den habe ich auch gesehen. Ja, der sah vielleicht gut aus!«

Katharina schluckte schwer. Sie wusste genau, über wen da gerade gesprochen wurde. Luciano. Ihr wurde plötzlich ganz anders zumute. Ob sie auch bald Stammtischthema in jeder Straußenwirtschaft im Ahrtal sein würde? Dass sich ihre Bekannten über sie die Mäuler zerreißen würden, war ihr noch egal, aber was wäre, wenn Luciano es nicht ernst mit ihr meinen und sie bald sitzenlassen würde?

Katharina verabschiedete sich früher als sonst und fuhr todunglücklich nach Hause. Während sie sich unruhig in ihrem Bett herumwälzte, fragte sie sich, ob sie und Luciano tatsächlich all diese Probleme in Zukunft bewältigen konnten. War ihre Liebe dafür groß genug? Sie zweifelte nicht an ihren Gefühlen. Aber konnte sie seinen wirklich vertrauen? Wie sie an diesem Abend gehört hatte, machte er auch anderen Frauen schöne Augen. Mit Lucianos kleinem goldenen Kreuz in der Hand schlief sie schließlich irgendwann ein.

Nach diesem Freitag gingen Katharina und ihre Mutter sich die ganze Woche lang aus dem Weg. Katharina sah sich durch das abweisende Verhalten ihrer Mutter nicht genötigt einzulenken. Jetzt, da sie Luciano öfter sehen würde, musste ihre Mutter begreifen, dass sie zu ihm stand, dass er an ihre Seite gehörte.

Eine Woche nach ihrem Streit saß Katharina im Kontor, als es an die Tür klopfte. Katharina dachte, Hermann wolle etwas mit ihr besprechen, und war umso überraschter, als ihre Mutter im Türrahmen stand.

»Ich würde gerne mit dir reden«, sagte Martha mit dem Versuch eines Lächelns.

Katharina stand auf. »Wollen wir in den Wintergarten gehen?«

Diesen Gedanken musste ihre Mutter auch gehabt haben, denn auf dem Korbtisch standen zwei Gläser und eine Flasche Riesling. Durch die geöffneten Glastüren strömte der Duft der Rosenbüsche in den Raum, in dem deckenhohe Palmen und Oleanderpflanzen eine mediterrane Atmosphäre verbreiteten.

Martha schenkte ein und hob zögernd ihr Glas – wobei sie ihre Tochter unsicher ansah. »Wollen wir anstoßen?«

»Auf was?«, fragte Katharina mit klopfendem Herzen.

»Auf unser doch eigentlich so gutes Verhältnis.« Nachdem sie miteinander angestoßen hatten, sagte Martha: »Ich habe mit Lotte gesprochen. Sie findet, dass ich das Ganze überbewerte und es sich wahrscheinlich aufgrund der Entfernung von selbst erledigt.«

Katharina lachte ungläubig auf. »So, meint Tante Lotte das? Dann irrt sie sich aber gewaltig.«

»Aber sie hat ja gar nicht so unrecht«, fuhr ihre Mutter unbeirrt fort. »Ihr kennt euch doch erst kurz. Und ich meine auch, dass eine solche Beziehung keine Zukunft haben kann.

Deshalb solltest du sie besser erst einmal unter Verschluss halten – wenn du nun schon mal unbedingt was mit diesem Italiener anfangen musstest.«

»Du meinst, ich soll Luciano verstecken?«

Ihre Mutter hob die Schultern. »Nun ja, du musst ja nicht gerade ständig mit ihm durch Bad Neuenahr flanieren.«

»Nein, ich werde Luciano ganz bestimmt nicht verstecken. Ich stehe zu ihm.«

»Zumindest erst einmal, bis ihr euch näher kennt.« Martha trank noch einen Schluck. »Deshalb ist die Lösung mit der Jagdhütte gar nicht schlecht – findet Lotte.«

Woher wussten ihre Mutter und ihre Tante von der Jagdhütte? Hatte Ursel etwa gepetzt?

»Sofern du nicht die Nächte dort verbringst«, fuhr ihre Mutter fort. »Das sagt auch Lotte.«

»Tatsächlich? Tante Lotte denkt doch sonst so fortschrittlich. Glaubt ihr etwa, was im Dunklen passiert, kann nicht auch bei Tag passieren?«

»Ich hoffe, dass du so viel Moral und Anstand hast, dich nicht zu verschenken.«

Katharina setzte sich in dem Korbsessel aufrecht hin. »Mutter, ich bin diejenige, die etwas geschenkt bekommt: Liebe und einen wunderbaren Mann.«

Peinlich berührt von ihrer Offenheit, sah ihre Mutter in den Garten hinaus. Schließlich sagte sie leise: »Ich weiß, dass ich dir nicht vorschreiben kann, wen du lieben darfst. Diese Zeiten sind vorbei. Das habe ich begriffen, aber dennoch kannst du jederzeit mit mir reden.«

»Lass mich mal machen, Mutter«, fiel Katharina ihr ins Wort.

Da hob ihre Mutter den Kopf und sah ihr in die Augen. »Willst du mir damit sagen, dass ich mich so verhalten soll, wie Konfuzius es einem seiner Schüler empfohlen hat?«

»Wer ist denn Konfuzius?«

»Ein chinesischer Philosoph, der vor Christi Geburt gelebt hat.«

»Und woher kennst du den?«

»In der Zeitung stand kürzlich über ihn etwas im Feuilleton, daraufhin habe ich mir einen kleinen Band mit seinen Lebensweisheiten gekauft.«

Katharina musste schmunzeln. »Was rät er uns denn für diese Situation?«

Martha hob den Kopf und zitierte mit erhobener Stimme: »Was nicht dem Gesetz der Schönheit entspricht, darauf schaue nicht; was nicht dem Gesetz der Schönheit entspricht, darauf höre nicht; was nicht dem Gesetz der Schönheit entspricht, davon rede nicht. Also kurz gesagt: nichts sehen, nichts hören, nichts sagen.«

»Gar nicht so unklug.«

Martha sah sie eindringlich an. »Er sagt aber auch: Was nicht dem Gesetz der Schönheit entspricht, das tue nicht.«

»Dieser Mann ist ja unschlagbar!« Katharina beugte sich vor. »Mutter, wirklich, ich bin alt genug. Ich will doch auch keinen Streit mit dir haben oder gar unser schönes Verhältnis belasten, aber ich liebe Luciano nun mal. Und ich möchte mit ihm zusammen sein.«

Da ergriff Martha ihre Hand: »Ich will doch auch, dass du glücklich bist. Ich habe doch nur noch dich. Ich glaube nur nicht daran, dass dieser Mann dich glücklich machen wird. Das Gerede ist mir dabei noch egal. Lotte sagt auch, es den Leuten rechtzumachen ist unmöglich. Es geht mir um dich.«

Katharina streichelte ihr die Hand. »Nun mach dir mal keine Gedanken. Übrigens …« Sie holte tief Luft. »Luciano kommt morgen übers Wochenende. Ich habe ihm angeboten, in der Jagdhütte zu übernachten.«

Martha war anzusehen, dass dies ein harter Brocken für sie war. Doch sie schluckte ihn herunter und meinte nur: »Aber denk bitte an Konfuzius! Was nicht dem Gesetz der Schönheit entspricht, das tue nicht.«

Katharina zwinkerte ihr zu. »Du aber bitte auch. Wie sagte er in diesem Zusammenhang? Nichts sehen, nichts hören, nichts sagen.«

Während der Woche hatte es viel Sonne und Wärme gegeben. Als Katharina am Samstagmorgen jedoch zur Jagdhütte aufbrach, regnete es in Strömen. In der Nacht waren die Temperaturen um zehn Grad gefallen. Ein Wetter, bei dem man am besten im Haus blieb, dachte sie mit versonnenem Lächeln.

Je näher sie der Lichtung kam, desto nervöser wurde sie. Ihre Hände fühlten sich klamm an. Sieben Wochen hatte sie Luciano nicht gesehen. Als sie dann ein paar Minuten später seine hochgewachsene Gestalt unter dem Hüttendach entdeckte, spürte sie wieder das unsichtbare Band, das sie zu ihm zog. Das Herz klopfte ihr im Hals, als er seine Hand ausstreckte und sie wortlos in die Arme nahm. Es lag etwas Selbstverständliches in dieser Geste, so als wären sie längst ein Paar. In seinen dunklen Augen lag ein fiebriger Glanz, der ihr verriet, dass er sich ebenso nach einem Wiedersehen gesehnt hatte wie sie.

»Katharina«, raunte er an ihrem Ohr. Noch während sie die Arme um seinen Nacken schlang, küsste er sie auch schon. Leidenschaft, Sehnsucht und Hunger lagen in diesem Kuss. Als er sie enger an sich zog, begann ihr Blut durch ihren Körper zu rauschen, ihrer beider Atem ging schneller, während ihre Lippen miteinander verschmolzen. Katharina konnte an nichts anderes mehr denken, als dass sie diesen Mann begehrte, dass sie ihm gehören wollte.

»Lass uns in die Hütte gehen«, flüsterte sie an seinen Lippen.

Mit fahrigen Fingern schloss sie auf, Luciano warf die Holztür hinter ihnen zu und zog sie wieder an sich. In dem Dämmerlicht fielen alle Sorgen und Ängste von ihr ab. Es gab nur noch sie beide. Luciano zog sich den Pullover über den Kopf und öffnete ihre Bluse, die sie unter der Strickjacke trug. Voller Zärtlichkeit streichelte er ihre Brüste, während sich in ihrem Schoß ein Feuer entfachte. Dann halfen sie sich gegenseitig aus den Kleidern, küssten und liebkosten einander. Luciano bettete sie auf das Fell vor dem Kamin, und sie spreizte die Schenkel, um ihn zu empfangen. Sie konnte es nicht erwarten, sich mit ihm zu vereinigen. Als er langsam und behutsam in sie eindrang, überfiel sie ein ungeahnter Lustrausch. Obwohl sie sich so lange nicht gesehen hatten, verspürte sie nichts mehr von ihrer anfänglichen Scheu und gab sich seinem Rhythmus hin. Dabei strichen ihre Hände über seinen Körper – seinen muskulösen Rücken, seine Schenkel, seine Brust –, und als sich ihr Orgasmus anbahnte, krallte sie die Finger in seine sonnengebräunte Haut, ein Schrei entrang sich ihrer Kehle. Und dann kamen sie gleichzeitig zum Höhepunkt.

Nachdem der Rausch vorüber war, legte Luciano sich neben sie und nahm sie in die Arme. Sie schwiegen, spürten ihren Gefühlen nach. Irgendwann lockerte er die Umarmung, hielt sie aber weiterhin umschlungen. So blieben sie liegen – ihr rechter Schenkel zwischen seinen beiden, ihre Lippen an seinem Hals. Sie hielt die Augen geschlossen. Als ihre Haut abkühlte, zog Luciano mit einer Hand die Wolldecke vom Sessel und breitete sie über ihnen aus.

»Wir sollten den Kamin anzünden«, murmelte sie träge.

Er nickte nur und küsste sie aufs Haar. Irgendwann begann sie trotz der Decke zu frieren. Luciano warf die Decke von sich und packte sie fest darin ein. Dann stand er auf. Sie blickte zu ihm hoch. Sie liebte seinen Körper, seine glatte Haut, seine schmalen Hüften, seine breiten Schultern – Schultern zum Anlehnen. Er schlüpfte in Hose und Pullover – und dann schenkte er ihr sein Lächeln, dieses besondere Lächeln, das nur er besaß.

»Lass uns etwas essen. Ich habe schöne Sachen aus meiner Heimat mitgebracht.«

»Ich habe auch etwas mitgebracht. Aus meiner Heimat«, erwiderte sie. »Es ist noch im Auto.«

Eine halbe Stunde später flackerte im Kamin ein Feuer. Katharina und Luciano saßen an dem Holztisch und aßen Hedwigs Spießbraten und Kartoffelsalat. Dazu tranken sie Eifler Bier aus Bitburg.

»Das schmeckt gut«, lobte Luciano das Essen. »Kannst du so etwas auch kochen?«

»Ich werde es lernen«, erwiderte sie lächelnd. »Promesso.«

Luciano erzählte von seiner ersten Arbeitswoche bei BMW. »Da ich ganz gut Deutsch spreche, musste ich schon öfter übersetzen. Dadurch lerne ich Leute kennen, die mehr zu sagen haben als unser Vorarbeiter. Ich glaube, die merken auch, dass ich was von Motoren verstehe, vielleicht mehr als andere Gastarbeiter.« Er sah sie bedeutungsvoll an. »Ich bin der Einzige in der Abteilung, der mit Deutschen zusammenarbeitet. Terzo und die anderen Landsleute sind dort eingesetzt, wo eher unqualifizierte Tätigkeiten ausgeführt werden. Ich glaube, ich habe bei dem Personalchef beim Einstellungsgespräch Eindruck gemacht.«

»Ich freue mich für dich«, sagte Katharina aus vollem Herzen. »Wie ist denn die Wohnung?«

Luciano lachte auf. »Wohnung? Das ist eher ein Mauseloch in einem Sechsfamilienhaus. Aber Terzo und ich haben es noch besser als viele unserer Landsleute. Einige Unternehmen haben für ihre Gastarbeiter Baracken gebaut, die völlig überfüllt sind.«

»Und was macht ihr abends so?«

»Terzo zieht durch die Lokale, obwohl wir Italiener nicht in allen Lokalen willkommen sind. Ich glaube, die deutschen Männer haben Sorge, dass die Gastarbeiter ihnen auf Dauer die Arbeit wegnehmen.« Er nahm eine Ernte 23 aus der Schachtel. Bevor er sie anzündete, fügte er hinzu: »Genau aus diesem Grund hat sich eure Regierung ja auch lange schwer damit getan, das Anwerbeabkommen zu unterschreiben. Unsere Regierung hatte bereits im Herbst 1953 den Vorstoß gemacht, italienische Arbeiter an Deutschland zu vermitteln.«

»Und die deutschen Frauen?«, erkundigte sie sich betont nebenbei.

Er lachte. »Ich glaube, die mögen uns schon etwas mehr. Obwohl Terzo bis jetzt noch keine näher kennengelernt hat.«

»Und du?«

Mit großen Augen sah er sie an. »Ich habe doch dich, Cara. Nur deinetwegen bin ich überhaupt in Deutschland. Ich will keine andere als dich.« Er trank einen Schluck. »So, jetzt erzähl du, wie es mit dem Weingut läuft.«

Sie lächelte ihn zärtlich an. Seine Worte hatten sie erleichtert. »Was soll ich dir erzählen? Die neu gepflanzten Trauben sind gut angegangen. Durch die Schüler der Weinbauschule spare ich ein bisschen Lohnkosten ein, und der Bau der Kelterei ist in vollem Gange.«

»Und was ist mit dem Lieferwagen?«

»Du meinst den Lieferdienst? In zwei Wochen legen wir los.« Versonnen sah sie ihn über den Tisch hinweg an. »Hätte ich dich nicht kennengelernt, wäre ich nie auf diese Idee gekommen.«

»Das hört sich gut an, Cara. Mein Professore sagte: Beide können sich durch die Andersartigkeit des jeweils anderen weiterentwickeln.«

»Du hast mit deinem Professore über uns gesprochen?«

»Natürlich. Ich rede mit ihm über alles. Er hat mir geraten, meiner Liebe zu folgen.«

Sie zwinkerte ihm zu. »Ein kluger Mann, dein Professore.«

Nachdem er sich die Zigarette angezündet hatte, erkundigte er sich: »In welchem Gebiet wirst du unterwegs sein? Hier in der Nähe?«

»Der Mann auf dem Gewerbeamt hat mir gesagt, dass es schon einen ähnlichen Dienst gibt. Der beliefert jedoch die nördliche Eifel bis zur belgischen Grenze. Ich werde in der Mitteleifel unterwegs sein. Ja, ungefähr hier in der Gegend. Die Strecke beträgt etwa achtzig Kilometer am Tag. Kommende Woche werde ich die Flugblätter in den Haushalten verteilen, damit die Leute wissen, dass wir sie ab 13. August beliefern.«

Es regnete den ganzen Samstag, aber Katharina war glücklich. Sie und Luciano hatten alle Zeit der Welt füreinander. Sie unterhielten sich, erzählten einander aus ihrer Kindheit und ihrem bisherigen Leben, Luciano spielte auf seiner Mandoline, und sie schliefen nochmals miteinander. Wie schön musste es sein, mit ihm zu leben, dachte Katharina in diesen Momenten der Zusammengehörigkeit. Am Abend aßen sie die italienischen Spezialitäten, die Luciano aus seiner Heimat mitgebracht hatte, und tranken dazu Nero d'Avola.

Irgendwann hörte es auf zu regnen. Am Himmel zeigten sich die Sterne. Es war eine kühle Nacht, viel kühler als all die Nächte zuvor. In eine Decke gehüllt, saßen Katharina und Luciano unter dem Vordach der Jagdhütte und lauschten auf die

Geräusche um sie herum – auf das Knistern im Unterholz, den Brunftschrei eines Hirschs in der Ferne, den sehnsuchtsvollen Ruf eines Käuzchens in den Birken.

Trotz der Idylle fühlte Katharina seit einer halben Stunde eine Unruhe in sich. Sie musste nach Hause. Das erwartete ihre Mutter von ihr, und sie wollte keinen neuen Streit. Endlich rang sie sich dazu durch und stand auf.

Lucianos Hand griff nach ihrer. »Wohin?«

»Ich muss nach Hause.«

Er sah sie erstaunt an. »Wird deine Mutter sonst böse?«

»Sie denkt noch anders. Wie ist das denn bei dir zu Hause?«

»Genauso.« Er lächelte zu ihr hoch, jungenhaft und ein bisschen verwegen. »Nur, dass sich die Frauen, wenn ihre Eltern im Bett sind, wieder aus dem Haus schleichen.«

»Das würde meine Mutter merken. Außerdem …« Sie runzelte die Stirn. »Ich fände es auch unwürdig, mich hinauszuschleichen. Dann fahre ich lieber erst gar nicht nach Hause.«

Luciano stand ebenfalls auf. Er nahm ihr Gesicht in beide Hände und sagte: »Ich verstehe das. Ich werde in den nächsten Stunden an dich denken, und morgen früh …«

»Morgen früh werde ich ganz schnell wieder bei dir sein«, vervollständigte sie seinen Satz.

Als Katharina aus dem Birkenwald hinausfuhr, hatte sie bereits wieder Sehnsucht nach Luciano. Ihn allein zurückzulassen, tat ihr in der Seele weh. Er war die weite Strecke von München zu ihr an die Ahr gefahren, um mit ihr zusammen zu sein. Ein Wochenende war sowieso viel zu kurz, um ihre Sehnsucht zu stillen. Und von diesem Wochenende gingen ihnen nun auch noch Stunden verloren, weil sie nach Hause fuhr.

Sie trat auf die Bremse. Plötzlich bäumte sich alles in ihr auf. Obwohl sie seit mehr als einem Jahr das Weingut leitete und um dessen Zukunft kämpfte, sah sie sich immer noch in der Rolle der Tochter, die *die Füße unter den Tisch ihrer Eltern stellte* – was für ihren Vater stets mit der Erwartung verbunden gewesen war, dass sie selbstverständlich zu tun hatte, was er verlangte. Ihre Mutter sah das nicht viel anders. Aber sie hatte sich verändert. Der Kampf um die Existenz des Weinguts und Lucianos Liebe hatten sie zu einer erwachsenen und selbstbewussten Frau gemacht. Und diese Frau würde sich ab jetzt erlauben, das zu tun, was sie wollte – auch wenn sie immer noch in ihrem Elternhaus in ihrem Mädchenzimmer lebte. Kurz entschlossen wendete sie den Wagen und fuhr zur Jagdhütte zurück.

Luciano musste ihr Auto gehört haben. Als sie auf der Lichtung anhielt, kam er aus der Tür.

»Katharina.« Er blieb vor ihr stehen, ohne sie zu berühren.

»Da bin ich wieder«, sagte sie lächelnd, legte ihre Arme um seinen Hals und küsste ihn.

Sanft zog er sie an sich. Ihre Körper drängten sich aneinander. Er hob sie hoch und trug sie zum Bett. Atemlos vor Glück überließ sie sich wieder seinen zärtlichen Händen. Das Ende dieser Nacht gehörte ihnen und ihrer Lust, bis sie trunken vor Glück eng umschlungen einschliefen.

Am Sonntagmorgen wurden sie von den Sonnenstrahlen, die durchs Fenster fielen, geweckt. Eingehüllt in ihre Wärme und das funkelnde Licht, liebten sie sich noch einmal. Danach lagen sie eng umschlungen nebeneinander und genossen noch die letzten Minuten ihres Zusammenseins. Irgendwann ließ Luciano sie los und stützte sich auf den Ellbogen. Katharina öffnete die Augen. Er sah sie lange an, so als wollte er sich ihr Gesicht für immer einprägen.

»Was ist?«, fragte sie leise.

»Würdest du, nachdem mein Arbeitsvertrag bei BMW abgelaufen ist, mit mir zusammen in meine Heimat zurückgehen?«

Katharina war zumute, als hätte er gerade einen Eimer Eiswasser über ihr ausgeschüttet. Langsam richtete sie sich auf.

Diese Frage hatte sie sich bis jetzt nicht gestellt – vielmehr war sie davon ausgegangen, dass es für Luciano selbstverständlich sein würde, mit ihr in Deutschland zu leben. Er wusste doch, was sie ihrem Vater auf dem Sterbebett versprochen hatte. Die plötzlich aufsteigende Panik schnürte ihr den Hals zu. Gehörte er auch zu den Gastarbeitern, die in Deutschland Geld verdienen wollten, um danach zurück in ihre Heimat zu gehen?

Sie musste sich räuspern, um ihrer Stimme einen festen Klang zu geben. Dann sagte sie: »Das kann ich nicht. Ich habe meinem Vater ein Versprechen gegeben. Außerdem kann ich meine Mutter nicht allein lassen. Sie hat nur noch mich. Und dann …« Sie straffte sich. »Dann gibt es noch einen Grund: Ich möchte meine oder unsere Kinder in einem Land aufwachsen lassen, in dem sie eine gute Zukunft haben.« Nachdem sie zu Ende gesprochen hatte, hielt sie den Atem an. Wie würde er reagieren? Würde das jetzt das Ende ihrer Beziehung sein?

Luciano schwieg lange und blickte gedankenverloren aus dem Fenster.

Als ihr das Schweigen unerträglich wurde, hob sie die Hand und legte sie an seine raue Wange. »Luciano. Schau mich an. Sag etwas.«

Da endlich wandte er sich ihr wieder zu. Ein schmerzliches Lächeln legte sich auf seine Lippen, bevor er sagte: »Du hast ja recht. Ich will ja auch, dass unsere Kinder eine bessere Zukunft haben, als es mir und meinen Geschwistern vergönnt war. Obwohl …« Er räusperte sich mehrmals, und sie ahnte, dass ihm die Tränen den Hals verengten. »Obwohl ich an meiner

Heimat sehr hänge«, fügte er dann leise mit gesenktem Blick hinzu.

Es tat ihr körperlich weh, ihn so traurig zu sehen. »Luciano«, sprach sie hastig auf ihn ein, »so viele deiner Landsleute kommen jetzt nach Deutschland, weil sie sich hier eine bessere Existenz aufbauen können, als es in Italien möglich ist. Du hast doch hier viel größere Chancen, dir deinen Traum von einer eigenen Werkstatt zu erfüllen. Vielleicht sogar am Nürburgring. Dort, wo du Rennautos und Sportwagen reparieren kannst. Du musst doch verstehen, dass ich hier nicht alles aufgeben kann. Wenn du mich wirklich liebst und mit mir dein Leben verbringen willst, ist es wirklich nur hier in Deutschland möglich.« Erschöpft hielt sie inne. Sie fror, zitterte jetzt am ganzen Körper, bangte, hoffte, dass dies nicht schon das Ende wäre.

Sein Blick umfasste sie zärtlich, und auf seinen Lippen erschien wieder sein Lächeln, wenn auch nicht ganz so strahlend wie sonst. »Ich verstehe dich«, sagte er weich. »Und ich liebe dich. Deshalb werde ich in Deutschland bleiben. Bei dir. Ich habe auch schon an eine Werkstatt am Nürburgring gedacht. Aber dafür brauche ich Geld und wahrscheinlich auch Beziehungen. Besonders als Fremder in diesem Land.«

Katharina spürte, wie sich die eiserne Klammer um ihre Brust langsam lockerte. Sie schmiegte sich an ihn. »Ich liebe dich. Ich verspreche dir, dass ich alles dafür tun werde, dich glücklich zu machen.«

An diesem Morgen empfand Katharina ihren Abschied nicht so schmerzhaft wie beim ersten Mal. Luciano hatte ihr versichert, ihr zu schreiben und sie übernächstes Wochenende wieder zu besuchen. Erst als sich die Staubwolke hinter seinem Motorrad aufgelöst hatte, fiel ihr ein, dass Luciano ihr gar nicht seine Adresse in München gegeben hatte.

TEIL 3

Luciano

Auf der Rückfahrt eilten Lucianos Gedanken der Gegenwart weit voraus. Er war so in seine Zukunftsträume von einem gemeinsamen Leben mit Katharina vertieft, dass er den Regen, der ihn von Würzburg an begleitete und ihm zeitweise die Sicht erschwerte, gar nicht wahrnahm. Es war wenig Verkehr auf der Autobahn, nur ein paar Motorräder, und hin und wieder überholte ihn ein Pkw, sodass er sich seinen Gedanken hingeben konnte. Nach diesem Wochenende konnte er sich sogar vorstellen, in die Eifel zu ziehen. Die Gegend gefiel ihm. Und Katharina würde ihm all die Liebe und Geborgenheit geben, die er sich in einer Ehe wünschte. Sie hatten auch über Kinder gesprochen. Katharina liebte Kinder. Warum sollte sie nicht als Mutter von zwei oder drei Kindern das Weingut weiterführen können? Warum sollte eine Frau nur für Haus, Kinder und Mann da sein? Der Krieg hatte das Leben und die Menschen verändert. Da durfte man nicht auf althergebrachten Traditionen beharren. Und was seine Arbeit bei BMW betraf, hatte er ein gutes Gefühl. Dass er der deutschen Sprache mächtig war, verschaffte ihm Vorteile gegenüber seinen italienischen Kollegen. Außerdem hatte er schon in der kurzen Zeit festgestellt, dass er mehr konnte als die anderen Gastarbeiter. Vielleicht würde er ja in zwei, drei Jahren tatsächlich eine Werkstatt in der Nähe des Nürburgrings eröffnen. Dann wäre er jemand, würde mit Rennfahrern verkehren, vielleicht mit den ganz Großen der Szene. Er würde Katharina ein Haus bauen, zwischen Nürburgring und Ahr. Und seine Verwandten – Onkel Cesare und Antonio, mit dem er sich immer gut verstanden hatte – lebten ja auch ganz in der Nähe.

Mit all diesen Träumen im Kopf wurde Luciano die Rückfahrt kurzweilig. Er merkte seine Erschöpfung erst, als er klitschnass das Mietshaus in der Landsberger Straße betrat. Terzo lungerte schlecht gelaunt auf dem Bett herum. Die rauchgeschwängerte Luft in dem kleinen Zimmer war zum Schneiden. Im Radio wurde gerade ein Fußballspiel übertragen. Mit einem Mal fühlte sich Luciano, als wäre er aus dem Paradies gefallen.

»Ich habe heute Mittag mit Alessandro telefoniert«, sagte Terzo statt einer Begrüßung.

Luciano schälte sich aus seinen nassen Sachen. »Wie geht es zu Hause?«

»Nonna ist immer noch wütend auf dich.«

Er seufzte. »Sie braucht immer ein bisschen Zeit, bis sie sich beruhigt hat. Das wird schon wieder.«

Terzo zog mit zusammengekniffenen Augen an seiner Ernte 23. »Und? Hast du wieder Chi-chi gemacht?«, fragte er mit eindeutiger Geste und frivolem Lächeln.

Luciano mochte Terzos respektlose Art Frauen gegenüber nicht und ging gar nicht auf seine Frage ein. Er machte nicht »Chi-chi« mit Katharina. Das war Liebe. Er hatte den Schwur in der kleinen Kapelle ehrlichen Herzens und besten Gewissens geleistet. Nach ihr würde er keine Frau mehr lieben können. Aber ein »nach ihr« würde es ja auch gar nicht geben, sagte er sich, während er den grauen Sweater über den Kopf zog. Niemals würde er sie verlassen.

Und plötzlich wurde die Sehnsucht so übermächtig, dass er das Bedürfnis verspürte, ihr an diesem Abend noch zu schreiben. Er musste sie nochmals seiner tiefen Liebe versichern.

»Kannst du das Radio etwas leiser stellen?«, bat er Terzo, der wortlos seiner Bitte nachkam.

Luciano musste nicht lange nach Worten suchen. Sie flossen ihm nur so aus dem Federhalter. Zwei Seiten lang wurde sein Brief. So zärtlich, als würde er über Katharinas honigblonde Locken streicheln, strich er über den Briefumschlag, nachdem er ihn zugeklebt hatte. Dann wandte er sich an Terzo.

»Kannst du mir einen Gefallen tun?«

Terzo, der mit verschränkten Armen vor der Brust und mit geschlossenen Augen auf dem Bett dem Radiomoderator zuhörte, sah ihn an. »Klar.«

»Du hast doch ab morgen Spätschicht. Könntest du den Brief für mich morgen Vormittag zur Post bringen? Dann kommt er übermorgen an. Wenn ich morgen in aller Früh losfahre, hat die Post noch geschlossen.«

Terzo nickte. »Mach ich.« Er zwinkerte ihm zu. »Für die Tedesca?«

»Sie heißt Katharina.«

»Schöner Name. Ist sie blond und …« Er deutete mit beiden Händen weibliche Kurven an.

»Sie ist blond«, erwiderte Luciano ungehalten.

»Mon dio! Das muss Liebe sein, dass du ihr heute Abend noch schreibst.«

»Das ist es. Deshalb möchte ich Chi-chi im Zusammenhang mit ihr von dir nicht mehr hören.«

»Scusa.« Mit übertrieben unterwürfiger Geste fügte Terzo hinzu: »Non t'arrabiare!«

Als Luciano am Montagnachmittag nach Hause kam, lag ein Zettel auf dem klapprigen Tisch mit der Nachricht: »Habe den Brief mitgenommen. Sophia hat heute Morgen angerufen. Sie wird sich heute noch mal bei dir melden. Terzo.«

Luciano fühlte sich wie vom Blitz getroffen. Was hatte Sophia hier in seiner neuen Welt zu suchen? Was wollte sie wieder von ihm? Ein ungutes Gefühl, das er nicht näher benennen konnte, beschlich ihn. Am liebsten hätte er sofort erfahren, warum sie ihn hatte sprechen wollen. Wollte sie etwa wieder betteln, zu ihm nach Deutschland kommen zu dürfen? Wollte sie ihm wieder einmal sagen, wie sehr sie ihn liebte und vermisste? Er glaubte nicht an ihre Beteuerungen. Aber warum machte sie das? Nur um von zu Hause wegzukommen? Sie wusste doch, dass er eine andere Frau liebte. Verdammt! Er schlug mit der flachen Hand auf die Resopalplatte des Tisches. Das musste doch mal ein Ende haben.

Schon eine Viertelstunde später klopfte die Hausmeisterin an die Zimmertür. Mit langen Schritten ging er über den schmalen, fensterlosen Flur, an dessen Ende das Telefon an der Wand hing. Dabei schlug sein Herz in ungesundem Rhythmus.

»Si?«, sagte er ziemlich barsch in den Hörer hinein.

»Hier ist Sophia. Ich rufe aus der Bar in Il Nido an.«

»Was gibt es?« Er horchte in die Leitung, in der es knackte und knarzte. Warum antwortete Sophia nicht? »Sophia?«

»Ich bin schwanger.«

»Und warum rufst du da mich an?«, fragte er heiser, obwohl die Antwort auf diese Frage bereits tief in ihm lauerte.

»Weil du der Vater bist.«

»Das kann nicht sein«, erwiderte er energisch. Nein, das konnte wirklich nicht sein. Sie musste sich täuschen.

»Glaubst du etwa, ich würde zu einer Lüge greifen, nur um dich an mich zu binden?«, brauste Sophia am anderen Ende der Leitung auf. »Du wirst es ja in ein paar Monaten an meinem Bauch sehen können.«

Luciano schluckte. Sein Hals fühlte sich trocken an. »Das Kind kann nicht von mir sein. Ich habe aufgepasst.«

»Willst du dich jetzt etwa drücken?«

»Nein, aber …« Lucianos Herz hörte auf zu schlagen. Als sein Herzschlag wieder einsetzte, drang schließlich die Bedeutung von Sophias Worten für sein Leben, für seine Zukunft in vollem Ausmaß zu seinem Verstand vor. »Hast du es schon herumerzählt?«, fragte er. Dabei merkte er, wie alle Kraft aus ihm herausfloss.

»Ja«, antwortete sie trotzig. »Meinem Bruder Alessandro und deiner Schwester.«

Dann wusste es wahrscheinlich inzwischen seine gesamte Familie.

»Herr Pasini – Sie müssen jetzt Schluss machen«, hörte er da die Hausmeisterin in seinem Rücken sagen. »Es wollen auch noch andere telefonieren.«

Wie gerade aus einer Trance aufgewacht, griff Luciano sich an den Kopf. »Ich melde mich«, sagte er mit belegter Stimme zu Sophia und hängte den Hörer auf die Gabel.

»Was Schlimmes?«, erkundigte sich die ältere Frau mit besorgter Miene. »Sie sind ja ganz bleich.«

Er warf ihr ein fahriges Lächeln zu. »Ich weiß nicht«, antwortete er tonlos, bevor er sich umdrehte und zurück zum Zimmer ging. Dort angekommen ließ er sich aufs Bett fallen.

In den folgenden Stunden überschlugen sich seine Gedanken. Konnte das überhaupt wahr sein? Konnte er wirklich der Vater sein – vorausgesetzt, Sophia war tatsächlich schwanger. Er hatte doch aufgepasst. Oder vielleicht doch nicht? Immerhin hatte er die beiden Male Wein getrunken gehabt. Aber doch nicht so viel, dass er seinen Verstand verloren hätte.

Energisch schüttelte er den Kopf. Sophia hatte in der vergangenen Zeit auch mit anderen Männern Kontakt gehabt. Wie weit dieser Kontakt gegangen war, konnte er natürlich nicht sagen, aber Sophia war alles andere als prüde. Und was war mit Terzo? Mit ihm hatte sie mit ziemlicher Sicherheit etwas gehabt, das über eine platonische Freundschaft hinausgegangen war. Suchte sie etwa jetzt nur einen Vater für ihr Kind und wandte sich an ihn, weil sie wusste, dass er ein verantwortungsbewusster Mensch war? War dies der Grund dafür, dass sie sich nach seiner Rückkehr aus Deutschland wieder verstärkt um ihn bemühte? Wie hatte sie vor seiner Abreise nach München, als er ihr von Katharina erzählt hatte, gesagt? »Ich glaube immer noch daran, dass du mich letztendlich heiraten wirst. Auch wenn du es jetzt noch nicht weißt.« Hatte sie an diesem Abend bereits von ihrer Schwangerschaft gewusst? Sie hatte auf Katharina in keiner Weise eifersüchtig reagiert – was eigentlich jede Sizilianerin in einer solchen Situation getan hätte. Sophia schien sich vielmehr sicher gewesen zu sein, dass er auf Katharina verzichten würde, wenn sie von ihm ein Kind erwartete.

Bis tief in den späten Abend hinein überschlugen sich alle möglichen Gedanken und Spekulationen in seinem Kopf. Als Terzo kurz vor Mitternacht von der Spätschicht zurückkam, war Luciano immer noch wach – obwohl er um vier Uhr in der Früh aufstehen musste.

Terzo warf ihm einen prüfenden Blick zu. »Du siehst schlecht aus.«

Luciano war immer noch so aufgewühlt, dass er sich jemandem mitteilen musste – und sei es Terzo.

Der reagierte überraschend gelassen. »Sophia redet doch schon seit Langem davon, Kinder haben und heiraten zu wollen.« Er zog an seiner Zigarette und stieß den Rauch scharf aus. »Und jetzt?«

Luciano sah ihn durch die Rauchschwaden an. Typisch Terzo. Er war noch nie jemand gewesen, der am Schicksal anderer anteilnahm.

»Ich weiß es nicht«, sagte er matt, während er an Terzo vorbeiblickte. »Das muss ich erst mal verarbeiten.«

»Jetzt kannst du deine Katharina vergessen. Du musst zu deinem Kind stehen.«

Terzos fast schadenfrohe Miene ließ eine verzweifelte Wut in Luciano hochschäumen. »Und was ist mit dir?«, fuhr er Terzo an. »Du hast auch was mit Sophia gehabt. Selbst noch vor Kurzem, als du auf Urlaub warst, seid ihr zusammen gewesen.«

Terzos schwarze Brauen schnellten hoch. »Willst du jetzt etwa mir das Kind unterschieben? Ich habe Sophia seit Monaten nicht mehr angerührt. Ich wusste doch genau, dass sie es darauf anlegt.«

Luciano wandte sich ab. Ihm war elend zumute, er war müde, er hatte Hunger. Eigentlich hatte er an diesem Abend nur in der Erinnerung an das wunderschöne Wochenende mit Katharina in ihrem Paradies schwelgen wollen – und jetzt das.

Terzo zuckte mit den Schultern. »Vielleicht ist es ja ein anderer aus Il Nido. Sie flirtet ja mit vielen.« Er drückte seine halb gerauchte Zigarette aus – um sich gleich darauf die nächste anzustecken.

»Halt den Mund«, murmelte Luciano, während er sich das Hemd aufknöpfte. »Ich muss schlafen.«

Terzo sagte kein einziges Wort mehr.

In den nächsten drei Tagen stürzte sich Luciano in seine Arbeit und blendete alles andere aus. Erst nach Feierabend ließ er die Gedanken an eine mögliche Vaterschaft wieder zu, die ihn mit jedem Tag verzweifelter werden ließen. Da Terzo Spätschicht hatte, war er abends allein im Zimmer. An jedem dieser drei Abende kam er in Versuchung, Katharina anzurufen und sich ihr anzuvertrauen. Doch sein Verstand verbot es ihm letztendlich immer wieder. Er hatte ihr gegenüber Sophia bisher mit noch keinem Wort erwähnt. Warum auch? Zweimal war er schwach geworden. Na und? Er war bis dahin ein ungebundener Mann gewesen, von dem man nicht erwarten konnte, wie ein Mönch zu leben. Wie würde Katharina reagieren, wenn sie erfuhr, dass eine andere Frau von ihm ein Kind erwartete? Wahrscheinlich würde sie sofort mit ihm Schluss machen.

Bei dieser Vorstellung stöhnte er laut auf. Gerade hatte er die Zweifel an der Unvereinbarkeit ihrer beider Leben überwunden – und jetzt sollte ihre Liebe daran scheitern? Er musste dieses Problem lösen. Vielleicht log Sophia ja. Vielleicht war sie von einem anderen schwanger, der sie nicht heiraten wollte. Vielleicht doch von Terzo? Wie konnte er die Wahrheit herausfinden? Sollte das Kind tatsächlich sein eigen Fleisch und Blut sein, war er selbstverständlich dafür verantwortlich. Er würde für es sorgen, er würde es lieben, aber niemals würde er Sophia heiraten. Doch wie würde das alles vereinbar sein mit einer gemeinsamen Zukunft mit Katharina hier in Deutschland?

Donnerstagabend rief Sophia erneut an. »Wann wirst du kommen? Du kannst mich doch jetzt nicht hier sitzen lassen. Die Leute werden über mich reden, wenn ich ein uneheliches Kind habe. Mein Vater wird mich rauswerfen, und deiner Mamma wird es bestimmt nicht gefallen, wenn sich ihr Lieblingssohn seiner Pflicht und Verantwortung entzieht.«

Luciano hielt den Hörer ein Stück vom Ohr weg. Er konnte ihre anklagende, schrille Stimme kaum ertragen. So hatte sie noch nie gesprochen. »Sophia, ich werde mich melden. Bald. Promesso.«

Sophia begann zu schluchzen. »Terzo kommt am Wochenende. Kannst du mit ihm kommen?«

»Was?« Davon wusste er nichts, aber er sah Terzo wegen ihrer unterschiedlichen Arbeitszeiten in dieser Woche ja auch kaum.

»Wenn ihr zu zweit fahrt, dann ist es doch für jeden weniger anstrengend.«

Terzo war doch erst vor drei Wochen zu Hause gewesen, ging Luciano durch den Kopf.

»Mal sehen«, erwiderte er. »Ich denke darüber nach.«

Seine Familie würde ihn bestimmt überreden wollen, Sophia umgehend zu heiraten. Bat sie ihn deshalb zu kommen?

Die Situation nahm Luciano jede Kraft. Auch nach diesem Telefonat konnte er nichts anderes tun, als auf dem Bett zu liegen und an die Decke zu starren, deren einzige Abwechslung die unterschiedlich großen Wasserflecken waren. Immer wieder überlegte er, ob er Katharina anrufen sollte. Sie hatte seinen Brief, den Terzo am Dienstagmorgen zur Post gebracht hatte, bestimmt inzwischen erhalten. Dieser Brief erzählte aus einer anderen Zeit. Seine Situation hatte sich binnen weniger Tage völlig verändert. Vielleicht sollte er ihr nochmals schreiben. Aber was? Dass er wahrscheinlich Vater werden würde? So etwas konnte man der Frau, die man liebte, nicht in einem Brief mitteilen. Eigentlich konnte man ihr das überhaupt nicht mitteilen. Etwas anderes fiel ihm jedoch nicht ein. Er hätte es als Betrug ihr gegenüber empfunden, fröhlich von seiner Arbeit zu berichten oder sich irgendwelche Ausflüge nach Arbeitsschluss einfallen zu lassen. Er war weder fröhlich noch unternehmungslustig. Er fühlte sich wie gelähmt.

Am Freitagmorgen stand Terzo zur gleichen Zeit auf wie Luciano, obwohl er erst spätabends von seiner Schicht gekommen war.

»Ich habe getauscht. Ich habe heute Frühschicht«, erklärte er. »Ich fahre am späten Nachmittag nach Hause.«

»Ich weiß. Sophia hat es mir gestern erzählt«, sagte Luciano.

Terzo schien überrascht zu sein.

»Sie hat mich gestern noch einmal angerufen«, erklärte Luciano ihm.

Terzo wich seinem Blick aus. »Ja, ich mache mir Gedanken um sie«, erwiderte er ungewohnt ernst. »Willst du mitkommen?«

Luciano zog die Unterlippe zwischen die Zähne. Wenn Sophia die Wahrheit gesagt hatte, musste er so schnell wie möglich mit Katharina reden. Und wenn er Sophia Auge in Auge gegenüberstehen würde, konnte er vielleicht erkennen, ob sie ihn belog oder nicht. Er holte tief Luft. *Wer das Ziel kennt, kann entscheiden.* So lautete ein altes sizilianisches Sprichwort.

Er nickte entschlossen. »Ich fahre mit. Wann willst du los?«

»Sechzehn Uhr. Dann können wir morgen Nachmittag zu Hause sein.«

Katharina

Während der Woche hatte Katharina nur in Gedanken an das vergangene Wochenende mit Luciano gelebt – in Erinnerung an seine sinnliche Stimme, seine Hände, die ihren Körper gestreichelt und ihm höchste Lustgefühle entlockt hatten, an die Gespräche, die sie wieder einmal darin bestätigt hatten, dass Luciano ein tiefsinniger, verantwortungsbewusster Mensch war, dem sie vertrauen konnte und der ihre Liebe verdiente. Zwischen ihr und ihrer Mutter war Luciano dagegen kein Thema mehr gewesen. Ihre Mutter schwieg dazu – ganz gemäß der Lehren ihres neuen Meisters.

Ab Donnerstag war Katharina immer unruhiger geworden. Luciano hatte bis jetzt weder angerufen, noch hatte sie einen Brief von ihm erhalten. Natürlich hatte sie gehofft, er hätte sich vor dem bevorstehenden Wochenende, das sie getrennt verbringen mussten, gemeldet. Um sich von ihrer inneren Unruhe abzulenken, verabredete sie sich am Samstagmorgen mit Ursel zu einem Nachmittagsausflug nach Bonn.

Bei schönstem Sonnenschein fuhren die beiden am Rhein entlang. Katharina, die auf dem Beifahrersitz saß, betrachtete die Frachter und Ausflugsboote auf dem Wasser. Rechterhand ragte das Siebengebirge mit dem Drachenfels auf, linkerhand lagen herrschaftliche Villen an den Hängen.

»Weißt du, wer uns bald besuchen wird?«, fragte Ursel in ihr Schweigen hinein.

Katharina lächelte sie von der Seite an. »Du wirst es mir bestimmt jetzt sagen.«

»Heiner mit seiner Familie.«

»Das ist ja schön! Hat er wieder einmal Heimweh?«

»Ja. Ich glaube, er hängt immer noch an seiner Heimat. Aber dieses Mal fahren sie weiter in die Schweiz, wo sie Urlaub machen wollen.«

»Dann sehe ich ihn ja gar nicht«, bedauerte Katharina.

»Klar, auf dem Rückweg bleiben sie ein paar Tage bei uns. Dann machen wir einen richtig schönen Familientag.«

Nachdem sich Ursel ein paar Minuten schweigend auf die kurvige Rheinstrecke konzentriert hatte, nahm sie das Gespräch wieder auf.

»Übernächsten Montag geht es ja bei euch los. Bist du schon aufgeregt?«

Katharina hob die Schultern. »Na ja, ich bin mal gespannt, ob von den Leuten, an die ich in der kommenden Woche unser Flugblatt verteilen werde, am Ende auch tatsächlich jemand einkaufen kommt. Ich habe die Strecke zeitlich durchgeplant und angegeben, wo wir ungefähr wann sein werden. Die Frauen können ja nicht den ganzen Tag am Bürgersteig auf uns warten.«

»Das muss sich sowieso erst mal einspielen. Gib euch ein paar Wochen Anlaufzeit. Du wirst sehen, das wird ein Erfolg.«

»In der ersten Woche – also ab 13. August – fahren wir dreimal. Montag, Mittwoch und Freitag. Mal sehen, wie die Resonanz sein wird. Falls die Leute interessiert sind, können sie uns beim Einkauf auch fürs nächste Mal eine Liste mitgeben. Das hilft Mutter und mir, die Bestückung des Wagens zu planen.«

Wieder schwiegen sie eine Weile.

»Schau mal, dort oben links«, sagte Ursel. »Der Rolandsbogen.«

»Kennst du die Sage, die sich um den Rolandsbogen rankt?«, fragte Katharina.

»Klar. Die Sage von Hildegunde vom Drachenfels und Ritter Roland von Rolandseck, die sich liebten, aber nicht zusammenkommen konnten.« Ursel warf ihr einen Seitenblick zu. »Ich hoffe doch sehr, dass dir und deinem Ritter ein glücklicheres Ende beschert sein wird.«

Katharina lachte leise. »Das hoffe ich allerdings auch.«

»Der wird sich schon noch melden«, tröstete Ursel sie leichthin. »Vielleicht bekommst du am Montag schon einen Brief von ihm.«

Je näher die beiden der Bundeshauptstadt kamen, desto unwohler fühlte sich Katharina. Ursel hatte morgens am Telefon einen Besuch in der Eisdiele Pasini vorgeschlagen, und sie hatte zugesagt. Gleich würde sie also Lucianos Familie kennenlernen und einen Einblick in das Leben bekommen, wie es sich in seiner Heimat abspielte. Bisher hatte sie ihn nur in ihrer Welt erlebt. Plötzlich bekam sie Angst. Angst davor, etwas zu entdecken, das ihr die völlige Unvereinbarkeit ihrer beiden Welten vor Augen führen würde.

Von diesem bedrückenden Gefühl versuchte sie sich abzulenken, indem sie sich auf die Fahrt über die Adenauerallee konzentrierte: vorbei an weißen Villen, dem Palais Schaumburg – dem Bundeskanzleramt – sowie der Villa Hammerschmidt – dem Amts- und Wohnsitz des Bundespräsidenten.

»Stell dir vor, wir treffen gleich Adenauer und Heuss hier in der Stadt«, ulkte Ursel.

»Klar, und die laden uns dann auf ein Eis beim Italiener ein.«

»Immerhin hast du es Adenauer zu verdanken, dass du Luciano kennengelernt hast. Unser Bundeskanzler hat das Gastarbeiterabkommen mit Italien in die Wege geleitet.«

»Habe ich nicht«, stellte Katharina richtig. »Luciano ist das erste Mal nach Deutschland gekommen, um bei seinem Onkel auszuhelfen. Erst seit ein paar Wochen arbeitet er als Gastarbeiter hier.«

»Täglich sollen mehr Gastarbeiter aus dem Süden Italiens kommen«, plauderte Ursel weiter. Dann zögerte sie und fügte mit einem ernsten Seitenblick auf Katharina hinzu: »Da spricht sich schnell rum, wie die so sind.«

Katharina zog die Brauen zusammen und sah sie an. »Ja? Wie sind die denn so?«

»Na ja, es heißt, die wollen bei uns in kurzer Zeit viel Geld verdienen, um dann in ihre Heimat zurückzugehen.«

»Ja, ich weiß. Das tratschen eure Kundinnen in eurem Laden«, erwiderte Katharina angriffslustig. »Dass du dir tatsächlich diese Vorurteile zu eigen machst, hätte ich wirklich nicht gedacht.«

Ihre Cousine schluckte. »Bist du sicher, dass Luciano anders ist?«, fragte sie spitz.

Katharina reckte das Kinn vor. »Ja, ich bin mir sicher – auch wenn er sich nach unserem gemeinsamen Wochenende bis jetzt noch nicht bei mir gemeldet hat.«

Ursel seufzte und drückte ihre Hand. »Entschuldige bitte. Ich weiß auch nicht, warum ich das gerade gesagt habe. Aber ich merke doch, dass du schon seit Tagen unglücklich bist. Und das macht mich wütend auf Luciano.«

Während Ursel in einer Seitenstraße bei der Universität parkte, schwiegen beide – genauso wie auf dem Weg zur Eisdiele, die sich am Rande des großen Marktplatzes befand.

Ursel nahm als Erste die Unterhaltung wieder auf. »Dort hinten ist es!« Sie zeigte auf eines der mit Stuck verzierten Häuser, die sich um den Platz scharten. Das Eiscafé war das einzige Lokal, vor dem kleine runde Tische, Stühle und zwei

Palmen standen. Bei dem schönen Wetter war jeder Stuhl besetzt.

Katharina blieb ein paar Augenblicke vor dem Eingang stehen. *Gelateria Venezia – Fam. C. Pasini* – stand in bunten Leuchtbuchstaben über der offen stehenden Tür. Rechts neben dem Eingang war ein großes Fenster mit einer Theke, die dem Straßenverkauf diente. Ein junger mittelblonder Mann bediente die Leute, die ein Eis auf die Hand haben wollten. Ob das Antonio war, fragte sie sich.

»Komm, lass uns reingehen«, schlug Ursel ungeduldig vor. »Hier draußen finden wir keinen Platz. Du wirst sehen, drinnen fühlst du dich wie in Italien.«

Mit beklommenem Gefühl folgte Katharina ihrer Cousine. Tatsächlich hatte Ursel nicht zu viel versprochen. An den weiß getünchten Wänden hingen Bilder mit Gondeln, auf dem Boden lagen Terrakottafliesen. Die mit rotem Kunstleder bezogenen Stühle, die kleinen Stahlrohrtische, die Musikbox, aus der italienische Musik kam – all das schuf das Flair italienischer Bars, wie man sie aus Filmen kannte. In der warmen Luft lag der intensive Duft starken Kaffees. Zwei Kleinkinder mit schwarzen langen Locken liefen einer drallen Frau mit weißer Spitzenschürze hinterher, die gerade einen der Tische abräumte. Wahrscheinlich Lucianos Tante und ihre beiden Enkel – die Töchter Antonios –, dachte Katharina, während sie Ursel gegenüber Platz nahm. Während ihre Cousine schon die Eiskarte studierte, beobachtete Katharina den grau melierten, hochgewachsenen Mann hinter der Theke, der in Windeseile drei Glasbecher mit Eiskugeln befüllte und sie jeweils mit einer länglichen Waffel und einem farbenfrohen Sonnenschirmchen aus Papier dekorierte. Und das ist bestimmt Cesare Pasini, schlussfolgerte sie. Meine gesamte Familie lebt nur für die Arbeit, hatte Luciano ihr erzählt. Ja, davon konnte sie sich jetzt überzeugen.

»Ich nehme den Eisbecher Cortina«, sagte Ursel in ihre Gedanken hinein. »Den solltest du auch probieren. Der schmeckt köstlich.«

Nur einen Augenblick später erkundigte sich Lucianos Tante mit geschäftsmäßigem Lächeln nach ihren Wünschen und notierte zwei Cortina-Becher auf dem Bestellblock. Dabei fasste sie gleichzeitig drei junge Frauen ins Auge, die gerade die Eisdiele betraten, und wies ihnen einen Tisch im hinteren Teil des Raumes zu. Wahrscheinlich ist sie in all den Jahren, die sie hier lebt, noch nie im Kino gewesen oder hat sonntagnachmittags einen Ausflug ins Grüne gemacht, ging Katharina durch den Kopf. Ob Luciano auch so sein würde, wenn er hier in Deutschland eine Autowerkstatt betreiben würde? Ob sie dann vielleicht gar keine Zeit mehr für die Liebe haben würden? Wie hatte er zu ihr gesagt? Wir Sizilianer arbeiten, um zu leben. Wenn ich in Deutschland leben würde, würde ich mich jedoch an die deutschen Gepflogenheiten gewöhnen müssen.

»In Italien sollen die Kinder selbst beim Gottesdienst durch die Kirche toben dürfen«, sagte Ursel in Katharinas Gedanken hinein. »Schau nur mal! Die anderen Kinder bleiben brav bei ihren Eltern an den Tischen sitzen und essen ihr Eis.«

»Und woher weißt du das schon wieder?«, erkundigte sich Katharina gereizt. Die laute Musik, die Unruhe und Umtriebigkeit um sie herum, die vielen Menschen auf engstem Raum gaben ihr das Gefühl, keine Luft mehr zu bekommen.

»Von einer unserer Kundinnen«, antwortete ihre Cousine.

Von wem sonst?, dachte Katharina bitter. Sie bereute zutiefst, dass sie sich zum Eisessen hatte überreden lassen. Vielleicht hätte sie sich an einem der Tische vor dem Lokal, an der frischen Luft und mit weniger italienischem Flair, besser gefühlt. Mit Luciano hatte sie sich als Einheit empfunden.

Er sprach ihre Sprache, ihre Herzen hatten im gleichen Takt geschlagen. Jetzt, hier in dieser Eisdiele, im Kreis seiner Verwandten, die laut und schnell eine Sprache sprachen, die sie nicht verstand, empfand sie ihn plötzlich zum ersten Mal als einen Fremden, mit dem sie nichts gemeinsam hatte. Und plötzlich überfiel sie die Sehnsucht nach dem Luciano Pasini, den sie als ihren Seelenverwandten kennengelernt hatte. Sie sehnte sich nach der Nähe, die sich zwischen ihnen aufgebaut hatte, nach der Vertrautheit, nach ihrem eigenen kleinen Kosmos, wo es nur sie und ihn gegeben hatte, wo ihre Liebe alles Fremde zwischen ihnen wettgemacht hatte. Ursel schien ihre Stimmung zu spüren. Schweigend löffelte sie ihr Eis.

Schließlich sagte Katharina: »Bitte, lass uns gehen.« Abrupt stand sie auf. »Ich lade dich ein«, fügte sie hinzu, bevor sie zu der langen Theke ging, auf der in grünen, roten und weißen Buchstaben *Gelateria* stand.

»Schon zahlen?«, fragte die Frau, die sie für Lucianos Tante hielt, erstaunt.

Katharina lächelte stumm und legte den Betrag und ein Trinkgeld auf die Theke. Draußen auf dem Platz atmete sie tief durch. Dunkle Wolken zeigten sich am Himmel, die vorher noch nicht da gewesen waren. Der Wetterbericht hatte für den Spätnachmittag Regen angekündigt.

»Lass uns zurückfahren«, bat sie Ursel, die sie mit besorgter Miene beobachtete.

»Nicht mehr bummeln?«

»Urselchen, bitte …« Liebevoll strich sie ihrer Cousine über den Arm. »Eigentlich möchte ich jetzt nur nach Hause und allein sein.«

Ursel gab ihr einen Kuss auf die Wange. »Verstehe ich. Kein Problem.«

An diesem Abend verzichtete Katharina auf das Abendessen. Sie zog sich mit einem Glas Portugieser in ihre beiden Zimmer im Obergeschoss zurück. Dort kamen ihre Gedanken nicht zur Ruhe. Es war schließlich der Rotwein, der sie müde werden ließ, und irgendwann schlief sie mit dem festen Vorsatz ein, am Montag bei BMW in München anzurufen. Sie musste Lucianos Stimme hören, musste wissen, dass er sie noch liebte. Sie würde sich so lange durchfragen, bis sie ihn ans Telefon bekommen würde. Sie brauchte nicht nur seine Nähe, sie konnte auch die Angst, ihm könnte Sonntag auf der Rückfahrt nach München etwas zugestoßen sein, nicht länger unterdrücken. Vielleicht lag er ja im Krankenhaus. Vielleicht lebte er auch gar nicht mehr.

Luciano

Während es am Freitagnachmittag bei ihrer Abfahrt aus München noch geregnet hatte, wurden Luciano und Terzo hinter dem Brenner auf italienischer Seite von einem sternenklaren Himmel begrüßt. Alle vier Stunden wechselten sie sich mit dem Fahren ab. Sie sprachen nur das Nötigste miteinander – was Luciano verwunderte. Er kannte Terzo als jemanden, der ununterbrochen erzählte und dabei nicht selten von seinen Heldentaten prahlte. Vielleicht wird er langsam erwachsen, dachte er, während er den Blick auf die schnurgerade Autobahn gerichtet hielt, die sie in die Tiefebene von Mailand brachte.

Samstag gegen siebzehn Uhr kamen die beiden in Reggio di Calabria an. Die Fähre stand noch da, als hätte sie auf sie gewartet. Als sie schließlich auf der Insel waren, wurde Terzo wieder zu dem Alleinunterhalter, als den ihn Luciano kannte. Es war, als wären seine Lebensgeister plötzlich erwacht. Luciano wusste, wie sehr Terzo seine Heimat liebte und dass ihm die Wochen in München lang wurden. Terzo brauchte sein Publikum, das ihn von Kindheit an kannte und ihm manches verzieh. Und er brauchte die Mädchen, deren Bewunderung er sich in Il Nido und Umgebung sicher sein konnte. Die deutschen Frauen schienen ihm bisher nicht die Aufmerksamkeit entgegengebracht zu haben, die sein Ego brauchte.

Die Familie erwartete sie schon: Silvio und Maria, Alessandro und Carlotta, Sophia und Violetta, die sich mit gellendem

Freudenschrei auf ihren Sohn stürzte, so als hätte es zwischen ihnen gar keinen Streit gegeben. Dabei lachte und weinte sie und lobte den Herrn und die Heilige Jungfrau. Sophia begrüßte Luciano mit gesenktem Blick und förmlichem Handschlag. Von Terzo dagegen, der sie auf die Wangen küssen wollte, wandte sie sich ab.

Schließlich saßen sie alle unter der Pergola an dem langen Holztisch. Die Kinder spielten Ball, Silvios Söhne bastelten am Motorroller herum. Violetta lief zwischen Hof und Küche hin und her wie eine Glucke, die ihre Küken versorgte. Niemand schnitt das heikle Thema an, weswegen Luciano diese weite Fahrt auf sich genommen hatte. Man sprach über Alltägliches – bis Luciano diese vorgetäuschte Familienidylle nach der zweiten Vorspeise zu bunt wurde. Immerhin hatte er bis zur Rückfahrt am nächsten Morgen in aller Früh nur noch wenige Stunden zur Verfügung, sein Problem zu klären.

Entschlossen atmete er tief durch und klopfte mit dem Messer an sein Weinglas, um die Aufmerksamkeit aller auf sich zu ziehen. Seine Rede hatte er sich in den vielen Stunden auf der Reise in seine Heimat genau überlegt.

»Ich habe euch allen etwas zu sagen«, begann er. »Ich habe mich Terzo, der an diesem Wochenende nach Hause fahren wollte, angeschlossen, weil ich etwas zu klären habe. Da ihr bestimmt schon alle Bescheid wisst, spreche ich hier in dieser Runde – obwohl es meiner Meinung nach nur Sophia und mich etwas angeht.«

»Si, Luciano, wir sind deine Familie, und das geht uns alle etwas an«, sagte seine Mutter streng. »Hast du das in Deutschland schon verlernt?«

Luciano beschloss, auf diesen Einwand gar nicht einzugehen, und sprach weiter: »Wenn ich Sophia glauben darf, ist sie schwanger. Angeblich von mir. Obwohl ich mir das nicht vorstellen kann, würde ich natürlich, falls das Kind tatsächlich von mir sein sollte, für es sorgen. Dieser Verantwortung werde ich mich nicht entziehen. Allerdings werde ich Sophia nicht heiraten. Es gibt in meinem Leben eine Frau, die ich liebe und heiraten werde. Sie ist Deutsche und heißt Katharina. Ich werde mir in Deutschland eine Existenz aufbauen und mit ihr Kinder bekommen. Natürlich werde ich dein Kind – oder unser Kind, wenn es denn so sein sollte …«, er sah Sophia, die unter ihrer Bräune grau geworden war, bedeutungsvoll an, »… lieben, wie man sein eigen Fleisch und Blut liebt. Das verspreche ich dir. Aber ich muss es noch einmal sagen: Ich glaube dir nicht, dass ich der Vater sein soll. Und du tätest gut daran, mir die Wahrheit zu sagen.«

Nachdem er zu Ende gesprochen hatte, herrschte Stille unter der mit blauen Glyzinien bewachsenen Pergola. Keiner bewegte sich, niemand wagte, den anderen anzusehen. Es war so, als würde jeder am Tisch auf ein Zeichen von Violetta Pasini warten, die mit gesenktem Kopf auf ihre im Schoß gefalteten Hände blickte. Die Szene kam Luciano unwirklich vor – als hätte jemand einen Film angehalten. Dann hob Sophia langsam den Kopf. Mit loderndem Blick sah sie über den Tisch hinweg zu ihm herüber. Ihre schönen, sanften Züge verzerrten sich. Luciano dachte schon, sie werde zu schreien anfangen, aber dann senkte sie den Kopf und begann leise zu schluchzen. Nun kam wieder Bewegung in die Szene. Silvio schenkte sich so hastig Wein nach, dass er überschwappte, und trank sein Glas in einem Zug aus. Maria und Carlotta standen gleichzeitig auf und legten schützend die Arme um Sophias zuckende Schultern. Alessandro beugte sich zu Luciano vor und fragte mit bebender Stimme: »Wie kannst du es wagen, mit meiner Nichte so umzuspringen?«

Nun sprang Violetta auf und starrte ihren Lieblingssohn an.

Dabei ließ sie die Faust auf den Tisch knallen und schrie: »Wie kannst du nur so reden? Du bist mein Sohn! Mein Sohn liebt keine Tedesca. Mein Sohn hat Ehrgefühl und Moral! Ich lasse nicht zu, dass du eine Tedesca heiraten wirst. Niemals! Capisci?«

Nur Terzo sagte kein einziges Wort. Mit bebenden Händen zündete er sich eine neue Zigarette an.

Luciano erhob sich, ging um das Ende des Tisches herum auf Sophia zu. »Komm bitte mit«, bat er sie ruhig und griff nach ihrer Hand, die sie vor ihren Mund gepresst hielt. »Lass uns allein miteinander reden.« Zu seiner Verwunderung ließ sich Sophia von ihm vom Stuhl hochziehen, und er führte sie an der Hand den schmalen Weg hinauf zu seinem Rustico.

»Setz dich«, bat Luciano, als Sophia zitternd an der niedrigen Steinmauer stehen blieb. Als sie sich nicht bewegte, zog er sie zu sich auf die Bank herunter. Während Sophia neben ihm mit gesenktem Kopf schwieg, suchte er nach den richtigen Worten. Dabei glitt sein Blick über die Zypressen, die sich den Hang hinaufzogen bis zu den Felsen, auf deren Gipfeln Il Nido thronte. Merkwürdig, bei dem Anblick des idyllisch gelegenen Ortes vermisste er zum ersten Mal das Heimatgefühl, das er sonst stets verspürte. Nach einem tiefen Seufzer nahm er Sophias Hand in seine.

»Sophia, schau mich an.« Als sie den Blick aus verweinten Augen auf ihn richtete, sprach er weiter: »Ich muss die Wahrheit wissen: Ist das Kind von mir?«

Sie nickte entschlossen.

»Ich glaube dir nicht. Ich habe aufgepasst. Ich habe die beiden Nächte noch genau in Erinnerung. So betrunken war ich nicht.« Das war zwar ein bisschen geschummelt, aber er musste sie irgendwie herausfordern, die Wahrheit zu sagen.

Da legte sich ein trotziger Zug um ihre sinnlichen Lippen.

»Du bist der Vater«, beharrte sie, während sie seinem Blick standhielt. »Deine Verwandten können es dir bestätigen, wenn das Baby da ist. Es wird dir gleichen.«

Fast hätte er laut aufgelacht. Die Feststellung der Vaterschaft durch Verwandte, die das Neugeborene kritisch auf Ähnlichkeiten mit dem Vater hin betrachteten, hatte früher einmal in traditionellen Gesellschaften als Vaterschaftstest ausgereicht. Seine Verwandtschaft zum Beispiel würde bei dem Neugeborenen sofort Ähnlichkeiten mit ihm entdecken, weil alle wollten, dass er Sophia heiratete.

»Nein, Sophia«, widersprach er ihr entschlossen. »Ein solcher Vaterschaftstest reicht mir nicht. Die Wissenschaft ist heute weiter. Ich habe mich erkundigt. Seit 1930 gibt es einen Vaterschaftstest auf der Grundlage von Blutgruppen und der Bestimmung des Rhesusfaktors. Dieser Test ist eindeutig.«

Dass dieser Test nur eine Sicherheit von dreißig Prozent gewährte, erwähnte er nicht. Immerhin war er um vieles sicherer als jede Begutachtung durch seine Verwandtschaft.

Er sah, wie ein Zucken über Sophias Gesicht lief. Dann begann sie wieder zu weinen. »Warum glaubst du mir nicht? Warum sollte ich dir ein Kind unterschieben, das nicht deins ist?«, fragte sie leise mit bebender Stimme.

Er hob die Schultern. »Vielleicht, weil der wirkliche Vater sich nicht dazu bekennt? Weil du denkst, ich würde wegen eines Kindes auf die Frau, die ich liebe, verzichten und stattdessen dich heiraten? Weil du vielleicht selbst nicht genau weißt, wer es gezeugt hat? Aber du weißt genau, dass ich mich der Verantwortung nicht entziehen würde.« Er setzte sich aufrecht hin und hob ihr Kinn an, sodass sie ihn ansehen musste. »Glaube mir, ich werde einen gerichtlichen Nachweis fordern, sobald das Kind auf der Welt ist. Spätestens dann kommt die Wahrheit ans Licht. Und falls sich herausstellen sollte, dass das

Kind nicht von mir ist, wirst du dich in Il Nido und Umgebung nicht mehr sehen lassen können. Dann werden dich alle als Betrügerin bezeichnen. Und auch meine Familie wird sich von dir abwenden.«

Während er gesprochen hatte, hatte er ihrem Gesicht nichts entnehmen können, was ihn der Wahrheit nähergebracht hätte. Schließlich drückte sie den Rücken durch.

Mit ruhiger Stimme sagte sie: »Ich scheine nicht den besten Ruf hier zu haben, dass du mir zutraust, mit mehreren Männern gleichzeitig zu schlafen. Aber das ist nicht so. Ich flirte zwar gerne, mache die Männer eifersüchtig aufeinander, aber ich steige nicht zu allen ins Bett.«

»In Terzos Bett aber doch, oder?« Luciano spürte, dass er sie verunsichert hatte.

»Das ist vorbei.«

»In welchem Monat bist du denn überhaupt?«, erkundigte er sich und wunderte sich, dass er nicht früher auf diese Frage gekommen war.

»Anfang des dritten.«

»Und wann warst du das letzte Mal mit Terzo zusammen?«

Da sprang sie auf. Ihr Gesicht rötete sich. »Madonna! Schon länger nicht mehr.« Sie hob die Hände zum Himmel. »Terzo kann nicht der Vater sein. Er ist überhaupt nicht dafür geeignet. Er ist noch viel zu unreif.«

Da lachte er hart auf. »Aber er ist anscheinend reif genug, um mit dir Chi-chi zu machen.«

Sophia schnappte nach Luft. »Hat er das gesagt?«

»Er hat gesagt, dass ihr was miteinander hattet.«

Bekamen ihre Augen jetzt einen lauernden Ausdruck oder bildete er sich das nur ein?

»Aber er hat doch nicht gesagt, dass er der Vater meines Kindes ist, oder?«

Luciano seufzte laut auf. »Nein, das hat er nicht. Dann wäre ja alles geklärt.«

Da machte sie einen Schritt auf ihn zu und setzte sich, ehe er es verhindern konnte, auf seine Knie. »Siehst du.« Zärtlich strich sie mit der Hand über seine raue Wange. »Bitte, Luciano, mach nicht alles noch schwerer. Unser Kind braucht seinen Vater. Vergiss diese Deutsche und heirate mich. Ich passe doch viel besser zu dir. Ich verspreche dir, dass ich dich glücklich machen werde. Ich bin Sizilianerin. Wir haben die gleichen Wurzeln. Deine Familie liebt mich, und deine Mutter wäre überglücklich, wenn du mich statt der Deutschen heiraten würdest. Sie ist doch schon alt. Willst du ihr solchen Kummer machen?«

Plötzlich war Luciano mit den Nerven am Ende. Er begriff, dass er so der Wahrheit keinen Millimeter näherkommen würde. Wenn überhaupt, musste er mit Terzo reden. Immerhin schien dieser sich ja um Sophia zu sorgen – wie er selbst gesagt hatte. Das Sicherste wäre ein amtlicher Vaterschaftstest, sagte er sich. Dieser jedoch konnte erst nach der Geburt gemacht werden. Bis dahin konnte er Katharina seine Situation nicht verschweigen. Und das bedeutete, dass er sie vielleicht in Kürze verlieren würde. Ein bitterer Geschmack machte sich auf seiner Zunge breit, Zorn stieg in ihm hoch.

»Vergiss diese Deutsche«, flüsterte Sophia, die immer noch auf seinen Knien saß, jetzt an seinem Ohr. »Die Liebe mit uns war doch schön.«

»Steh auf«, bat er sie heiser. Als sie aufgestanden war, erhob er sich ebenfalls und sah sie an.

»Morgen in der Früh müssen wir zurück. Bis dahin hast du Zeit, mir die Wahrheit zu sagen. Geh bitte davon aus, dass ich auf alle Fälle nach der Geburt einen Vaterschaftstest machen lassen werde. Und eine Heirat musst du dir sowieso aus dem Kopf schlagen. Ich liebe Katharina und werde sie niemals aufgeben – auch falls ich tatsächlich der Vater sein sollte.«

Kaum hatte er zu Ende gesprochen, da spürte er Sophias Rechte auf der Wange. Sie hatte so schnell zugeschlagen, dass er ihre Hand nicht hatte kommen sehen. Mehr überrascht als wütend befühlte er seine Wange, auf der ihr Schlag eine brennende Stelle hinterlassen hatte.

»Was bist du nur für ein Mann!«, schrie Sophia ihn an. »Ohne Anstand, Ehrgefühl und Moral! Das hätte ich niemals von dir gedacht.« Mit diesen Worten drehte sie sich um und rannte mit wehenden Haaren den Pfad hinunter zum Hof.

Luciano atmete tief aus und sank auf die Mauer. Er legte den Kopf in den Nacken und blickte in den Abendhimmel, der wie ein lichtblaues Tuch über der Insel lag. Er fühlte sich zerschlagen und hilflos und sehnte sich nach Katharina – nach ihrer Klarheit, nach ihrer Stärke, ihrer Liebe.

Nach dieser Szene stand Luciano nicht mehr der Sinn danach, an diesem Abend noch einmal zu seiner Familie zurückzukehren. Stattdessen machte er sich auf den Weg nach Il Nido, um den Professore zu besuchen. Auf der steilen, staubigen Straße fühlte er sich, als trüge er eine Zentnerlast mit sich herum. Wie ein alter Mann setzte er einen Schritt vor den anderen. Dabei kam er sich zum ersten Mal vor wie jemand, der nicht mehr an diesen Ort gehörte. Was wussten all die, die nie aus diesem Dorf herausgekommen waren, zwischen Familienmitgliedern lebten, mit denen sie die gleichen, wenigen Erfahrungen teilten, schon davon, wie es war, einer Frau verfallen zu sein, die allein imstande war, dem eigenen Leben eine Bedeutung zu geben, die selbstständig war, eine gleichberechtigte

Partnerin, die einem Mann die Sinne schärfte? Ja, er hatte sich verändert, gestand er sich zum ersten Mal ganz bewusst ein. Seine Vorstellungen bezüglich Frauen und Partnerschaft hatten sich verändert.

»Du darfst die Schwangerschaft auf keinen Fall anerkennen«, sagte sein alter Lehrer Eduardo Visconti, als sie beieinandersaßen. »Du musst erst diesen Test machen lassen. Du kennst Sophias Ruf hier im Ort. Sie ist schön, jung und lebenshungrig – aber sie ist keinesfalls dumm. Ich glaube nicht, dass sie sich, ohne sich zu schützen, mit jedem Mann einlässt.« Er rieb sich die Stirn, bevor er hinzufügte: »Wenn du dich selbst als Vater ausschließen kannst, dann tippe ich auf Terzo. Jeder weiß, dass sie in ihn verliebt ist – oder verliebt war. Ich habe die beiden häufig zusammen gesehen, immer haben sie gestritten. Vermutlich hatten sie – oder haben immer noch – eine komplizierte Beziehung.«

»Das würde auch Terzos Betroffenheit erklären und warum er an diesem Wochenende unbedingt nach Hause wollte. Er erschien mir heute Abend sehr nervös.« Luciano drehte das Rotweinglas auf dem Handteller und blickte aus dem Fenster in die heraufziehende Dunkelheit.

»Rede mit ihm von Mann zu Mann. Vielleicht braucht er noch eine Weile, bis er sich dazu bekennen kann, Vater zu werden. Immerhin ist er noch sehr jung und genauso lebenshungrig wie Sophia.«

Als Luciano vor seinem Rustico ankam, brannten unterhalb des Steinhauses auf dem Hof noch Lichter. Der warme Wind trug leise Stimmen zu ihm herauf. Wahrscheinlich saß die Familie noch zusammen und debattierte. Sollten sie! Er würde sich in sein Leben nicht reinreden lassen.

»Wenn du die Deutsche heiratest, bist du der Nagel in meinem Sarg.« Mit diesen Worten hatte sich Violetta von ihrem Lieblingssohn am frühen Morgen verabschiedet – ohne eine Umarmung, ohne zärtliche Geste, dafür jedoch mit warnendem Blick.

Dieser Blick verfolgte Luciano noch, als sie längst den italienischen Stiefel gen Norden durchfahren hatten. Wie auf der Hinreise war Terzo auch jetzt wieder ziemlich wortkarg. Wenn Luciano fuhr, saß er zurückgelehnt mit geschlossenen Augen auf dem Beifahrersitz. Ob er schlief, konnte Luciano nicht sagen.

Als die Nacht zum Montag aufzog, wechselten sie wieder.

»Lass uns reden«, bat Luciano ihn nach ein paar Kilometern. »Ich muss wissen, ob du der Vater bist.«

Terzo reagierte nicht. Den Blick geradeaus auf die leere Autobahn gerichtet, schwieg er beharrlich.

»Terzo! Jetzt sprich mit mir!«, forderte Luciano ihn verzweifelt auf.

»Non«, herrschte ihn Terzo da von der Seite an.

»Was, nein?«

»Ich kann es nicht sein. Basta! Sophia wird schon wissen, wer der Vater ist. Eine Frau weiß das.«

Luciano glaubte ihm nicht, und er nahm sich vor, in den kommenden Tagen nicht lockerzulassen. Er wollte Terzo so lange immer wieder darauf ansprechen, bis dieser sagte, in welchem Verhältnis er zu Sophia stand und ob er der Vater war.

Katharina

Wie geplant rief Katharina nach einer schlaflosen Nacht am Montagmorgen bei BMW in München an. Während das Fräulein vom Amt die Verbindung herstellte, brach ihr vor Nervosität der Schweiß aus. Nach nur wenigen Sekunden, die ihr wie Stunden vorkamen, meldete sich eine tiefe Männerstimme in breitem Bayrisch:

»BMW – Werk Milbertshofen.«

Katharina nannte ihren Namen. »Entschuldigen Sie bitte, ich weiß, so etwas ist nicht üblich, aber ich muss dringend einen Ihrer Arbeiter sprechen. Sein Name ist Luciano Pasini.«

Ein paar Atemzüge lang herrschte Stille in der Leitung. Dann hörte sie den Mann sagen: »In welcher Abteilung arbeitet er denn?«

»Das weiß ich leider nicht, aber vielleicht haben Sie eine Liste, auf der alle Arbeiter verzeichnet sind?«

Ein dröhnendes Lachen klang an ihr Ohr. »Sie sind gut, Fräulein. Sie sind hier mit dem Pförtnerhaus verbunden. Ich muss Sie weiterstellen.«

»Dann verbinden Sie mich bitte mit der Personalabteilung.«

Katharina hörte ein Knacken in der Leitung und wenig später eine Frauenstimme. »Mayer. Guten Tag.«

Noch einmal brachte sie ihren Wunsch vor.

»Ach, einer unserer Gastarbeiter«, sagte die Frau ein wenig abfällig. »Seit wann arbeitet er denn bei uns?«

»Etwa seit vierzehn Tagen.«

Da lachte die Frau. »Dann habe ich den noch nicht auf der Übersichtsliste. Von denen kommen ja jeden Tag mehr. So schnell können wir gar nicht arbeiten.«

»Können Sie nicht in seinem Arbeitsvertrag nachschauen, in welcher Abteilung er eingesetzt ist?«

»Sie sind gut! Wissen Sie, wie viele Verträge wir hier haben? Rufen Sie nächste Woche noch mal an.«

Eine Woche zu warten, erschien Katharina schier unmöglich. Dienstag schrieb sie Luciano einen kurzen Brief. »Warum meldest du dich nicht? Ich habe Sehnsucht nach dir. Bitte ruf mich an. Ich habe deine Adresse in München nicht.« Sie adressierte den Umschlag an seine Heimatadresse – wohlwissend, dass es einige Tage dauern würde, bis seine Familie ihn über ihre Nachricht informieren konnte.

Nachdem sie den Brief in den Kasten geworfen hatte, fühlte sie sich ein klein wenig besser. Wenigstens hatte sie etwas getan und ließ nicht tatenlos die Tage vergehen, bis sie erneut in München anrufen konnte.

Jedoch schon zwei Tage später hielt es Katharina vor Unruhe nicht mehr aus. Luciano hatte sich immer noch nicht gemeldet. Donnerstagnachmittag rief sie noch einmal in München an. Dieses Mal hatte sie eine andere Personalbearbeiterin am Apparat, die ihr sagte: »Tut mir leid, aber einen Luciano Pasini habe ich nicht auf der Übersichtsliste. Melden Sie sich in ein paar Tagen noch einmal.«

Voller Verzweiflung legte Katharina auf. Ob Luciano etwa gar nicht bei BMW arbeitete, ging ihr plötzlich durch den Kopf. Nein, unmöglich, dass er sie belogen haben sollte.

»Stell dir vor, es gibt Neuigkeiten«, sagte ihre Mutter wenig später am Abendbrottisch. »Ab September bieten Hanna, Erna und ich einmal in der Woche nachmittags einen Nähkurs an.

Über die dunkle Jahreszeit hinweg bis Ende Februar. Wir wollen interessierten Frauen aus Rebenach und Umgebung Grundkenntnisse im Umgang mit der Nähmaschine, mit Schnittmustern, bei der Stoffauswahl und beim Zuschnitt vermitteln. Zuerst schneidern wir eine Schürze und einen Rock. Wer sich nicht gleich an ein Kleidungsstück wagen will, kann mit einer Einkaufstasche beginnen. Ernas Mann hat dafür gesorgt, dass wir nachmittags für drei Stunden den Gemeinderaum benutzen dürfen, und Hannas Mann ...« Martha redete wie ein Wasserfall, und Katharina hörte nur halb zu. Zu sehr war sie in ihren Gedanken verfangen, die sich nur um die Frage drehten, warum sich Luciano nicht mehr meldete.

»Beim Verkauf unserer Eifler Spezialitäten bin ich natürlich immer noch dabei«, sagte ihre Mutter rasch mit glühenden Wangen. »Ich habe mir überlegt, dass wir auch Hedwigs köstliches Apfelschmalz in unser Sortiment aufnehmen könnten. Wir könnten es in kleinen Marmeladengläsern mit hübscher grüner Schleife anbieten. Marmelade kochen die Frauen auf dem Land ja meistens selbst, aber Schmalz mit Äpfeln und Kräutern machen nicht alle.«

Jetzt horchte Katharina doch auf. »Das ist eine tolle Idee, Mutter! Schmalz ist auch lange haltbar.«

Martha trank einen Schluck Riesling. »Ich freue mich schon auf Montag und bin ganz gespannt, wie unser Geschäft anlaufen wird.«

»Am Sonntag fahre ich zu Tante Lotte und Ursel und hole die Kommissionsware.«

»Dann fahre ich mit«, bot sich ihre Mutter an. »Übrigens – meine Verkaufsuniform mache ich heute Abend fertig. Ich muss nur noch den Reißverschluss in den Rock nähen.«

Da musste Katharina trotz ihrer Verzweiflung lachen. »Ich wette, dass die unseren Umsatz ungeheuer ankurbeln wird.«

»Und was ziehst du an?«

»Ach, Mutter, darüber habe ich noch gar nicht nachgedacht.« Ich habe zurzeit andere Sorgen, hätte sie fast hinzugefügt, konnte sich jedoch gerade noch bremsen.

»Zieh doch Peters grüne Latzhose, eines seiner weißen Oberhemden und Gummistiefel an. Dann siehst du aus wie eine Landarbeiterin.«

»Wie bitte?« Katharina sah sie ungläubig an. »Und du trittst als Modepuppe auf?«

»Na sicher. Wir wollen doch alle Kundinnen ansprechen. Du die alten Bäuerinnen, die selbst in Gummistiefeln und Schürze herumlaufen; ich die Frauen, die sich ein bisschen für Mode interessieren. Meine grüne Kleidung ist da für die tiefe Eifel genau richtig. Sie signalisiert Nähe zur Natur und zur Jagd, ist aber auch nicht so stadtfein wie eines meiner schillernden Sommerkleider, die eher eine Hemmschwelle für die Frauen darstellen könnten.«

»Das ergibt Sinn«, sagte Katharina. Dann lachte sie. »So viel psychologisches Verkaufsgeschick hätte ich dir gar nicht zugetraut.« Sie legte den Kopf schief und zwinkerte ihre Mutter an. »Oder hast du das von Konfuzius?«

Da lachte auch Martha. »Nein, aber ein Mann war tatsächlich dabei im Spiel.«

»Und wer?«

»Hermann. Ich habe mit Hermann darüber gesprochen. Und wir waren da ganz einer Meinung.« Martha lächelte verschmitzt. »Er hat mir noch zu einem Hut geraten. Als ich ihm Vaters grünen Jägerhut mit dem Gamsbart zeigte, meinte er, der wäre das Tüpfelchen auf dem i.«

Am Freitagmorgen hielt es Katharina nicht länger aus. Wer wusste schon, wann ihr Brief in Italien ankommen würde –

und wann die Familie Luciano darüber informieren würde, dass sie ihm geschrieben hatte. Sie musste jetzt etwas tun. Vielleicht lebte Luciano ja gar nicht mehr. In der Nacht hatte sie geträumt, er wäre mit seinem Motorrad verunglückt. Schweißgebadet war sie aus diesem Albtraum aufgewacht und hatte danach nicht wieder einschlafen können. In den Stunden bis zum Morgen hatten sie wieder die Bilder vom Unfalltod ihres Vaters, Bruders und Verlobten gequält. Nachdem sie die Schatten der Nacht mit zwei Tassen starken Kaffees verjagt hatte, kam ihr die Idee, nach Bonn zur Eisdiele zu fahren. Lucianos Adresse in München hatte sie nicht. Sie wusste, dass Luciano, seit er in München arbeitete, häufig mit seinem Vetter Antonio telefonierte. Wenn Luciano in Not wäre oder … das mochte sie sich gar nicht ausmalen … nicht mehr lebte, wüsste Antonio das bestimmt.

Es war ein trüber Vormittag – warm und schwül. Die Sonne hatte es selbst um zwölf Uhr noch nicht geschafft, sich gegen die grauen Wolken, die über dem Rhein hingen, durchzusetzen. Nach dem Frühstück war Katharina nach Bad Neuenahr gefahren und hatte in der Telegrafenstraße nach dem Eiswagen der Pasinis Ausschau gehalten. Vergebens. An diesem Tag schien Antonio in der Kurstadt nicht unterwegs zu sein. Kurzerhand entschied sie, nach Bonn zu fahren. Sie parkte in der Nähe der Universität. Auf dem Marktplatz vor dem Bonner Rathaus mit seiner schmucken Rokokofassade herrschte reges Treiben. Katharina ging an den Marktständen entlang, die mit ihren überquellenden Obst-, Gemüse-, Käse-, Wurst- und Fleischauslagen vom Deutschen Wirtschaftswunder erzählten.

Schon von Weitem sah sie vor dem Außenverkauf der Eisdiele eine lange Schlange stehen. Trotz des Wetters waren die Tische draußen besetzt. Mit solchem Andrang hatte sie an einem

Werktag nicht gerechnet. Es waren ausschließlich Frauen, die sich nach dem Einkauf ein bisschen Dolce Vita gönnten.

Katharina blieb mit etwas Abstand von der Theke stehen und wartete auf einen Moment, in dem sie mit Cesare Pasini, der an diesem Tag persönlich hinter dem großen Fenster stand, ungestört reden konnte. Sie musste sich gedulden, doch dann ergab sich eine Gelegenheit. Cesare wollte sich gerade abwenden und in dem Eissalon verschwinden, als Katharina schnell an die Theke trat. »Herr Pasini?«, sprach sie ihn an.

Der ältere Mann drehte sich um. Seine Miene blieb ausdruckslos. Offensichtlich wusste er nicht, wer sie war.

»Ich heiße Katharina Hammes und bin mit Ihrem Neffen Luciano …« Sie hielt inne. Wie sollte sie Luciano bezeichnen? Als Freund, Liebhaber, zukünftigen Ehemann? Sie brachte ein unsicheres Lächeln zustande und fuhr dann in bestimmtem Ton fort: »Luciano und ich sind ein Paar. Ich weiß nicht, ob Sie das überhaupt wissen. Aber ich habe jetzt zwei Wochen lang nichts mehr von ihm gehört, und ich mache mir Sorgen. Ich dachte, dass Sie vielleicht …« Als sie das Zucken auf seinem Gesicht bemerkte, verstummte sie.

»Momento«, sagte Cesare mit verschlossener Miene, wandte sich um und rief über die Schulter: »Elvira!« Dann sah er sie wieder an und fügte in fehlerlosem Deutsch hinzu: »Sprechen Sie mit meiner Frau.«

Es dauerte nur drei Lidschläge lang, bis Lucianos Tante hinter ihrem Mann auftauchte. Cesare sagte etwas auf Italienisch zu ihr, woraufhin sie einen langen, prüfenden Blick auf Katharina warf. Dann nickte sie ihrem Mann zu, verschwand aus Katharinas Blickfeld, um ein paar Sekunden später im Eingang der Eisdiele zu erscheinen.

»Kommen Sie mit mir«, forderte sie Katharina auf – sachlich, ohne jedes Lächeln.

Während Katharina Lucianos Tante ans Ende des Eissalons folgte, versuchte sie, die eiskalte Hand zu ignorieren, die sich um ihr Herz legte. Elvira Pasini stieß eine Tür auf, die in ein fensterloses Kabuff führte. Sie bot ihr einen Platz an dem kleinen Tisch an, um den drei Stühle standen. Von der Decke hing eine Glühbirne, die den Raum in ein kaltes Licht tauchte. An den Wänden standen Regale, die mit Obstkonservendosen, Espressotüten und Stapeln von Bärenmarke-Dosenmilch bestückt waren.

»Setzen Sie sich«, sagte Lucianos Verwandte mit einladender Geste.

»Nein danke«, antwortete Katharina höflich lächelnd. »Ich komme wegen Luciano, Ihrem Neffen.« Sie hielt inne und erkundigte sich spontan aus einer inneren Eingebung heraus: »Sagen Sie, ist Ihr Sohn Antonio da?«

Viel lieber hätte sie mit Lucianos Vetter gesprochen. Elvira Pasini war ihr nicht besonders sympathisch. Außerdem wusste Antonio wahrscheinlich von ihr und Luciano.

Die schwarz nachgezogenen Brauen der älteren Frau schnellten hoch. »Antonio ist heute nicht im Geschäft«, antwortete sie knapp.

Katharina nickte und bemühte sich um ein gewinnendes Lächeln. »Ich möchte nur wissen, ob es Luciano gut geht. Wir sind seit einiger Zeit ein Paar. Und er hat sich seit vierzehn Tagen nicht mehr bei mir gemeldet.«

Plötzlich kam sie sich völlig fehl am Platz vor. Die Ablehnung – oder war es nur Misstrauen? – der Italienerin war deutlich spürbar. Und sie stand hier als Bittstellerin, lief dem Mann nach, der sie angeblich liebte. Hatte sie das nötig? Konnte es womöglich sein, dass Luciano inzwischen genug von ihr hatte oder in München eine andere Blondine kennengelernt hatte? Bei diesen Gedanken glaubte sie, in dem winzigen Raum keine

Luft mehr zu bekommen. Sie legte die Hand in den Ausschnitt ihres Hemdblusenkleides und merkte, wie klebrig sich ihre Haut anfühlte.

Elvira Pasini räusperte sich, während sie den Tisch fixierte. Sie schien nach den richtigen Worten zu suchen. Dann hob sie den Kopf. Ihre schwarzen Augen sahen Katharina bedeutungsvoll an. Und dann sagte sie schließlich sachlich: »Luciano wird in sechs Monaten Vater. Er wird in Kürze die Mutter seines Kindes heiraten und für immer in seine Heimat zurückkehren.«

Katharina begann zu blinzeln. »Luciano?«

Bei der großen Verwandtschaft musste der älteren Frau, die hier vor ihr stand, ein Fehler unterlaufen sein. Eine Namensverwechslung …

»Ja, Luciano Pasini. Mein angeheirateter Neffe, mit dem Sie kurz befreundet waren.«

Katharina hatte das Gefühl, als stünde sie neben sich. Sie musste gegen ein hysterisches Lachen ankämpfen. Das konnte nicht wahr sein.

»Hat er Ihnen das gesagt?« Ihre Stimme klang blechern.

»Seine Mutter, Violetta, hat mich angerufen und es mir erzählt.« Elvira hielt inne. Ihre Miene wurde weicher. »Wollen Sie sich nicht doch setzen? Sie sind ja ganz bleich.«

Tatsächlich hatte Katharina das Gefühl, der graue Linoleumboden würde gerade unter ihren Sandaletten schwanken. Das Blut summte in ihren Ohren. Ihr wurde übel. Willenlos ließ sie sich von der Italienerin behutsam auf den wackeligen Stahlrohrstuhl drücken.

»Vergessen Sie ihn«, sagte Elvira jetzt sanft, während sie ihr gegenüber Platz nahm. »Das passt nicht zwischen Ihnen beiden. Das sind zwei Welten. Außerdem haben wir italienischen Mütter große Macht über unsere Söhne. Und meine Schwägerin

Violetta besonders. Sie würde Ihnen das Leben zur Hölle machen.« Mit mütterlicher Geste streichelte sie über Katharinas Handrücken. »Sie tun sich nichts Gutes, wenn Sie Luciano nachlaufen. Glauben Sie mir. Er ist vergangenes Wochenende nach Sizilien gefahren, um alles für die Hochzeit in die Wege zu leiten.« Sie hielt einen Moment inne und fragte dann fürsorglich: »Soll ich Ihnen einen Espresso bringen?«

Katharina hätte im Nachhinein nicht mehr sagen können, wie sie von der Eisdiele über den Marktplatz hinweg zu ihrem Wagen gekommen war. Sie hatte keinen Espresso mehr getrunken. Sie hatte nur den einen Wunsch gehabt: so schnell wie möglich diesen Ort, der für sie zum Ort der Niederlage, der Schmach und Scham geworden war, zu verlassen. Auch daran, wie sie von Bonn zurück an die Ahr gekommen war, konnte sie sich später kaum mehr erinnern.

Sie fühlte sich erst ein wenig ruhiger, als sie durch den runden Torbogen fuhr, den ihr Familienwappen schmückte – eine kunstvoll geschmiedete Traube mit den Initialen *F.H.* Franz Hammes, der Begründer des Weinguts, war ihr Großvater gewesen. Als sie den Motor ausschaltete, entdeckte sie unter der ausladenden Krone der Linde zuerst ihre Mutter – in einem ihrer schillernden Nachmittagskleider. Im Schatten neben ihr saß Ursel. Beide sahen ihr entgegen. Ihre Mutter hatte gerade die Kaffeetasse an die Lippen führen wollen, setzte sie jedoch wieder ab. Katharina wusste nur zu gut, dass sie für ihre Mutter ein offenes Buch war. In diesem Moment war sie froh, dass Ursel überraschend da war – aus welchen Gründen auch immer.

»Ich leiste deiner Mutter ein bisschen Gesellschaft«, erklärte ihre Cousine ihr. »Meine Mutter hat geschäftlich in Bad Neuenahr zu tun und hat mich vorher hier abgeliefert. Ich dachte, dann könnten wir ein bisschen klönen, aber du warst ja nicht da.«

»Jetzt bin ich da«, erwiderte Katharina tonlos.

»Wo warst du denn, mein Schatz?«, erkundigte sich Martha mit prüfendem Blick.

»Ich hatte auch was in der Stadt zu erledigen«, entgegnete Katharina.

»Klappt alles mit Montag?« Ihre Mutter sah sie forschend an.

»Ja, wir können loslegen.«

Erleichtert griff Martha zur Tasse und nippte an ihrem Kaffee.

»Irgendwie macht mich der Baulärm hier im Hof nervös«, sagte da Ursel unvermittelt. »Wann ist die Scheune denn fertig?«

»Das wird noch ein paar Wochen dauern, aber auf alle Fälle bis zur Ernte«, erwiderte Katharinas Mutter.

»Können wir nicht hochgehen auf deine Etage?«, wandte sich Ursel an Katharina. Dabei legte sie ihre Hand auf den Arm ihrer Tante und meinte treuherzig: »Das ist doch bestimmt in Ordnung für dich, oder?«

Martha lachte unbeschwert auf. »Sicher. Ich weiß doch noch aus meiner eigenen Jugend, dass sich junge Frauen immer viel zu erzählen haben.«

Doch so unbeschwert wie Martha Hammes gelacht hatte, schien sie sich nicht zu fühlen. Katharina spürte noch ihren Blick im Rücken, als sie mit Ursel den Hausflur betrat.

»Ich kann es einfach nicht begreifen«, stieß Katharina mit zittriger Stimme hervor, nachdem sie Ursel von dem Gespräch mit Elvira Pasini erzählt hatte. »Ich schäme mich in Grund und Boden, dass ich wie ein Dummchen dort aufgetaucht bin und mich nach Luciano erkundigt habe. Wie stehe ich denn jetzt da? Vor diesen Leuten, vor Luciano, aber vor allem vor mir selbst? Habe ich es nötig, einem italienischen Gastarbeiter nachzulaufen, der mich schmählich hintergangen hat? Und das bestimmt nicht erst seit den vierzehn Tagen, in denen er sich nicht gemeldet hat. Diese Frau kennt er doch schon viel länger, wenn sie von ihm schwanger ist. Er hat sie mir einfach verschwiegen, als ich ihn mal nach seinen früheren Beziehungen gefragt habe. Wahrscheinlich ist er mit ihr verlobt. Ich fasse es nicht ...« Katharina schlug die Hände vors Gesicht und begann bitterlich zu weinen.

»So ein Mistkerl!«, presste Ursel, die neben Katharina auf dem Sofa saß, hervor. »Glaub mir, Vorurteile kommen nicht von ungefähr. Luciano ist genauso wie all die anderen, die den blonden Frauen in Köln, Dortmund oder München auf der Straße nachpfeifen. Unsere Kundinnen, die Verwandte oder Freundinnen in den Großstädten haben, erzählen das immer.«

Ruckartig hob Katharina den Kopf. »Hör doch mal endlich auf mit euren Kundinnen«, stieß sie zornig hervor. »Die plappern doch nur nach, was sie hören. Eines weiß ich ganz bestimmt: Luciano ist anders als seine Kollegen. Er ist gebildet, ihm geht es nicht nur ums Geldverdienen. Eigentlich ist er auch kein Lügner, und wir hatten so viele Gemeinsamkeiten ...« Ihre Stimme ging in ein leises Wimmern über.

Da spürte sie Ursels Arm um ihre Schultern. »Das mag ja alles sein«, sagte ihre Cousine leise, »aber vergiss nicht, er wird Vater und heiratet bald. Du musst dich der Wahrheit stellen und über ihn hinwegkommen.«

Mit einer ruckartigen Bewegung machte sich Katharina aus der Umarmung frei. »Nein! Das muss ein Missverständnis sein.«

Befremdet rückte Ursel ein Stück von ihr ab. »Und warum hat er sich dann zwei Wochen nicht mehr bei dir gemeldet?«, fragte sie betont ruhig. »Er wollte dir schreiben. Außerdem leben wir in einer Zeit, in der es Telefone gibt. Noch nicht in jedem Haushalt, aber ihr habt zum Beispiel eines, und in München in der Hauptpost oder in Gastwirtschaften gibt es bestimmt auch welche. Außerdem gibt es heute in jeder Stadt Telefonzellen.«

Katharina wusste genau, wie recht ihre Cousine hatte. Sie musste endlich begreifen: Luciano hatte sie fallen lassen. Ihre zitternde Hand griff an ihren Hals und berührte die goldene Kette mit dem Kreuz, das vertraut und warm zwischen ihren Brüsten lag. Aber warum nur hatte er ihr dann dieses wertvolle Geschenk gemacht?

»Ich glaube, Italiener lieben die Frauen«, fuhr Ursel in nachdenklichem Ton fort. »Sie verwöhnen sie, machen ihnen Komplimente, und wenn ihnen niemand auf die Schliche kommt, können sie wahrscheinlich über längere Zeit auch mehrere Beziehungen führen – weil sie eben *alle Frauen* lieben.«

Da sprang Katharina auf. »Sei mir nicht böse, Ursel, aber du redest so einen Quatsch daher! Schluss jetzt mit diesen Vermutungen, diesen verdammten Vorurteilen. Eines weiß ich immer noch ganz genau: Luciano passt nicht in dieses Schema. Aber genauso weiß ich jetzt auch, dass er mir künftig gestohlen bleiben kann. Ich lasse mich nicht derart hinters Licht führen. Mit diesem Menschen will ich nie wieder etwas zu tun haben. Der könnte sich gar keine Erklärung oder Entschuldigung einfallen lassen, die ich noch glauben würde. Ab heute ist er für mich gestorben. Ihn hat es in meinem Leben nicht gegeben. Basta!«

Luciano

Unruhig wie ein Tiger im Käfig lief Luciano durch das kleine Zimmer in der Landsberger Straße in München. Es regnete in Strömen und war viel zu kühl für Mitte August. In dem kleinen Zimmer waren Kleidung und Bettwäsche klamm. Er steckte sich eine neue Zigarette an und zog den Rauch tief ein. Ungeduldig wartete er auf Terzo.

Seit sie Sonntagnacht in München angekommen waren, hatten sie kaum miteinander gesprochen. Terzo war ihm aus dem Weg gegangen. Dabei hatte ihm geholfen, dass sie zu unterschiedlichen Zeiten Schicht hatten. Und wenn sie zwischen Tür und Angel gerade mal ein paar Worte miteinander gewechselt hatten, war es darum gegangen, wer in der neuen Woche Zahnpasta, Wein oder Zigaretten kaufen sollte. Und dabei hatte Terzo es stets vermieden, ihm in die Augen zu blicken. Nur allzu deutlich hatte Luciano gespürt, dass Terzo ein schlechtes Gewissen hatte. Inzwischen – nachdem er tagelang Terzos und Sophias Verhalten immer wieder hinterfragt hatte – war er sich absolut sicher, dass Sophias Kind nur von Terzo sein konnte.

Luciano blieb vor dem Tisch stehen, trank einen Schluck Wein und seufzte. Seit Tagen schon schlief er kaum noch. Auf der Arbeit kostete ihn die nötige Konzentration unglaubliche Kraft. Aber nicht nur die ungeklärte Vaterschaft trieb ihn um. Voller Sehnsucht und Unruhe wartete er auf Post von Katharina. Bis heute hatte sie auf seinen letzten Brief nicht geantwortet. Seit Sophias Anruf in der vergangenen Woche hatte er sich zwar auch nicht wieder bei ihr gemeldet, aber was hätte er ihr in seiner jetzigen Situation auch schreiben oder am Telefon sagen sollen? Er konnte sich vor ihr nicht verstellen und wollte ihr keinen Kummer machen.

Er sog die feuchte, abgestandene Luft im Zimmer scharf ein und straffte sich. Basta. Das musste ein Ende haben. Er musste wieder Katharinas weiche Stimme hören, musste mit ihr reden, ihr sagen, wie sehr er sie liebte und vermisste. Vielleicht machte sie sich ja Gedanken oder gar Sorgen, wenn er sich so lange nicht meldete. An diesem Freitagabend noch würde er Terzo zur Rede stellen. Terzo hatte jetzt lange genug Zeit gehabt, sich an den Gedanken zu gewöhnen, dass er Vater wurde.

Ein paar Minuten später, in denen er durch die Balkontür auf das Gewirr der nassen Bahnschienen gestarrt hatte, wurden energische Schritte auf dem Flur laut. Dann ging die Zimmertür auf. Terzo stand vor ihm – breitbeinig, mit entschlossener Miene. Er wirkte plötzlich reifer und älter.

»Wir müssen reden«, sagte er ohne ein Wort der Begrüßung.

Luciano sah ihn verblüfft an. »Willst du nicht erst mal die Tür hinter dir schließen?«

Terzo warf die Tür ins Schloss und ließ sich auf die Bettkante fallen. Luciano sah ihm an, dass es ihm schlecht ging. Er griff nach zwei Gläsern und der Flasche Grappa, die sie am vergangenen Wochenende von zu Hause mitgebracht hatten, und schenkte ein. »Hier!«

Terzo kippte den Grappa in einem Zug hinunter. Danach hob er den Kopf und sah Luciano an.

»Das Baby ist von mir«, begann er mit belegter Stimme. »Ich wollte es nur nicht wahrhaben, obwohl ich es doch genau wusste. Sophia hat zwar auch mit dir Chi-chi gemacht, aber niemals mit anderen Männern. So ist sie nicht. Sie hat gesagt, dass sie ihre fruchtbaren Tage hat, doch ich hab sie gedrängt, konnte mich mal wieder nicht beherrschen. Und sie hat es schließlich genauso gewollt«, verteidigte er sich, obwohl Luciano gar nichts gesagt hatte. »Als sie mir sagte, dass wir ein Kind gezeugt haben, bekam ich Panik. Ich fühlte mich viel zu jung, um solch eine Verantwortung zu übernehmen. Ich wollte noch keine Familie, und das habe ich ihr auch gesagt. Sie war furchtbar enttäuscht und auch wütend, hat mir gedroht, dann eben dich zu heiraten. Zuerst war es mir egal, und ich dachte, sie will mich nur erpressen. Nachdem wir beide vergangenes Wochenende unten waren und ich das Theater erlebt habe, fühlte ich mich mit jedem Tag schlechter.« Terzo hatte zum Ende hin immer schneller gesprochen. Jetzt hielt er atemlos inne.

Luciano schenkte Terzo noch einen Grappa ein, den er auch sofort wieder auf einen Zug austrank.

Danach sagte er etwas ruhiger: »So geht es nicht weiter. Für niemanden von uns. Ich werde mich offiziell zu dem Kind bekennen und Sophia heiraten. Ich weiß zwar nicht, ob diese Ehe gut gehen wird, aber das bin ich Sophia schuldig. Und unserem Kind.«

Luciano, der mit zunehmender Fassungslosigkeit vor Terzo gestanden und ihm zugehört hatte, ließ sich jetzt auf einen der beiden Stühle sinken. Einerseits fiel ihm eine Zentnerlast von den Schultern, andererseits spürte er, wie sich eine unbändige Wut in ihm breitmachte. Fast vierzehn Tage lang hatten Terzo und Sophia ihm das Leben schwer gemacht – ohne jedes Ehrgefühl. Wie konnte man nur derart mit den Gefühlen anderer Menschen spielen! Besonders Sophia, die ihm wochenlang Liebe vorgegaukelt hatte, nur um ihn in die Falle zu locken. Unglaublich! Das war unverzeihlich!

»Ich habe heute mit Sophia telefoniert«, sagte Terzo in sein Gefühlschaos hinein. »Sie ist natürlich überglücklich, und es tut ihr sehr leid, dass sie dich da mit reingezogen hat.«

Luciano lachte hart auf. »Tatsächlich? Es tut ihr sehr leid? Das ist unverzeihlich. Auch von dir, Terzo. Seid ihr beide denn tatsächlich solche Kindsköpfe, die sich über die Folgen ihres Verhaltens anderen gegenüber keinerlei Gedanken machen? Immerhin ist Sophia einundzwanzig, und du bist dreiundzwanzig. In deinem Alter hatte mein Vater bereits eine Familie mit zwei Kindern, für die er sorgen musste. Wenn das Mamma erfährt, werdet ihr euch eine Weile nicht bei ihr sehen lassen können.«

Da blickte Terzo, der während dieser Moralpredigt den Kopf gesenkt gehalten hatte, zu ihm auf. Ein flüchtiges Lächeln huschte über sein blasses, hübsches Gesicht. »Du dich aber auch nicht, wenn du diese Deutsche heiratest.«

Terzos Bemerkung verschlug Luciano erneut die Sprache. Dieser kleine Halunke! »Das lass mal mein Problem sein«, gab er barsch zurück. Dann sah er Terzo an und fragte herausfordernd: »Sag mal, hat es dich wirklich nicht gestört, dass ich auch mit Sophia Chi-chi gemacht habe?«

Terzo zuckte bloß mit den Schultern. »Ich hatte ja auch was mit anderen Frauen.«

»Dann passt ihr ja hervorragend zusammen«, erwiderte Luciano voller Sarkasmus. »Das arme Kind.«

Terzo sprang auf. »So was will ich nicht mehr hören«, fuhr er ihn mit wildem Blick an. »Ich habe mich entschieden. Ich werde mein Kind lieben. Du wirst schon sehen. Und ich werde Sophia nach Deutschland holen. Schon in Kürze. Ich werde eine größere Wohnung anmieten, und du kannst hier wohnen bleiben. Wenn ich verheiratet bin und ein Kind habe, verdiene ich auch mehr. Außerdem kann ich was dazuverdienen. Hier in Deutschland gibt es genug Arbeit.«

Luciano sah ihn lange an. »Ein guter Vorsatz«, sagte er dann betont gelassen. »Ich bin gespannt, ob du ihn auch umsetzen wirst.«

Mit diesen Worten schlüpfte er in seine Regenjacke und verließ das Zimmer.

Mit hämmerndem Herzen lief Luciano unter dem Regen hinweg bis zur ersten Telefonzelle. Es war halb neun, aber bereits so dunkel, als wäre es elf Uhr abends. Ob er Katharina um diese Uhrzeit noch anrufen konnte? Vielleicht war sie schon auf ihrem Zimmer, und ihre Mutter würde ans Telefon gehen. Sie hatten zwar noch nie über das Thema gesprochen, aber er war sich ziemlich sicher, dass Frau Hammes noch nichts von ihrer Liebe wusste. Wahrscheinlich würde es Katharinas Mutter nicht gutheißen, dass ihre Tochter einen Gastarbeiter aus dem ärmsten Teil Italiens liebte, der in der gesellschaftlichen Hierarchie weit unter ihr stand. Ein zärtliches Lächeln trat auf seine Lippen, als er die Tür der Telefonzelle aufstieß. Und auch dafür liebte er Katharina: Sie war frei von solchen Vorurteilen, wie sie ihm innerhalb der eigenen Familie und auch hier in Deutschland begegneten. Katharinas Liebe zu ihm war tief und rein.

Mit diesem Lächeln horchte er auf das Freizeichen in der Leitung. Falls sich Martha Hammes meldete, würde er auflegen. Er wollte Katharina keine Probleme bereiten. Sie musste den Zeitpunkt, an dem sie ihre Liebe zu ihm öffentlich machte, selbst bestimmen. Dann werde ich morgen während des Tages anrufen, sagte er sich.

»Hammes.«

»Katharina!« Luciano rief den Namen laut in die Sprechmuschel, als hätte er die geliebte Frau nach langer Zeit plötzlich am Ende einer langen Straße entdeckt. »Katharina …«, wiederholte er dann etwas weniger aufgeregt. »Ich bin es – Luciano. Cara, wie geht es dir?« In diese Frage legte er sein ganzes Herz und all seine Sehnsucht nach ihr.

Katharina

Nachdem Ursel und ihre Tante gefahren waren, zog sich Katharina – begleitet von dem besorgten Blick ihrer Mutter – auf ihre Zimmer zurück. Wieder mit Tränen in den Augen öffnete sie die beiden großen Fenster in ihrem Wohnzimmer, durch die man auf die Weinhänge und die dahinter liegenden Eifelberge sah. Ein paar Augenblicke lang atmete sie die warme Luft tief ein, die den Duft der Rosen aus dem Garten ins Zimmer trug, der wie eine süße Verheißung über allem schwebte. Es war der Duft eines warmen Sommerabends, der geradezu zur Liebe einlud, Katharina aber ihre Verlassenheit schmerzvoll vor Augen führte. Ja, für Luciano war sie nur ein Zeitvertreib gewesen. Ein Notstopfen – bis er zurück in seine Heimat gehen wollte. Spätestens nach seiner Rückkehr in sein Heimatland in ein, zwei Jahren hätte er sich nicht mehr gemeldet. Warum es schon jetzt passiert war – sie wusste es nicht. Sie hörte schon ihre Rommé-Freundinnen hinter vorgehaltener Hand tuscheln: »Katharina ist von einem dieser italienischen Gastarbeiter sitzen gelassen worden.«

Während sie in dieses stumme Selbstgespräch vertieft auf ihrem Sofa saß und in den Holundersträuchern unterhalb des Fensters die Vögel ihr Abendlied sangen, wurden auf der Treppe eilige Schritte laut. Dann folgte ein zaghaftes Klopfen an der Tür.

»Ich gehe ein bisschen spazieren«, teilte ihre Mutter ihr mit. Das schillernde Nachmittagskleid und die Pumps hatte sie gegen eine beigefarbene Bundfaltenhose, eine weiße Bluse und flache braune Schnürschuhe getauscht. In solch praktischer Kleidung hatte Katharina sie noch nie gesehen.

»Neu?«, fragte sie erstaunt.

Martha Hammes nickte. »Man muss ja auch was zum Anziehen haben, das für einen Spaziergang tauglich ist.«

Katharina blinzelte sie verwundert an. Ihre Mutter ging nie spazieren. »Wo willst du denn hin?«, erkundigte sie sich.

»Durch unsere Weinberge. Hermann will mir zeigen, wie weit die Trauben sind.«

Katharina nickte und brachte ein lahmes Lächeln zustande. »Dann viel Spaß.«

Sie war ihrer Mutter dankbar, dass sie sich zurzeit noch an die Regeln ihres Meisters hielt: nichts sehen, nichts hören – und vor allen Dingen – nichts sagen. Noch vor einigen Monaten hätte sie unbedingt erfahren wollen, warum ihre Tochter so deprimiert war. Und sie hätte mit dem Spürsinn einer Mutter erkannt, dass der Grund dafür nur der italienische Gastarbeiter sein konnte.

»Ich bin vielleicht zwei Stunden weg«, informierte Martha sie. »Sollte in dieser Zeit das Telefon klingeln, nimm bitte ab. Lotte will sich noch mal melden, um uns zu sagen, wann wir am Sonntag die Kommissionsware abholen können. Sie hatte eben ihre Termine nicht im Kopf.«

»Lass meine Tür ruhig offen, damit ich das Klingeln höre«, erwiderte Katharina – und war froh, als sie wieder allein mit ihren Gedanken und ihrem Schmerz war.

Kurze Zeit später klingelte tatsächlich das Telefon. Als sie den Hörer abnahm, durchzuckten Lucianos Stimme und seine Worte sie wie ein elektrischer Schlag. Noch in den vergangenen Stunden hatte sie sich strikt geweigert zu glauben, dass Luciano den Vorurteilen, die um die neuen Gastarbeiter kursierten, entsprach. Als sie jetzt jedoch die vorgetäuschte Liebe und die Sehnsucht in seiner Stimme vernahm, war ihr zumute, als würde die rosarote Brille, durch die sie ihren Geliebten bisher gesehen hatte, in tausend Splitter zerspringen. Wie konnte Luciano nur so zärtlich zu ihr sprechen, obwohl er in wenigen Wochen schon eine andere Frau heiraten würde, mit der er ein Kind gezeugt hatte! Bei diesem Gedanken brachen in Katharina alle Dämme der Vernunft. Eine unbändige Wut schoss in ihr hoch. Wegen dieses Mannes, der nur mit ihr gespielt hatte und ihr jetzt wieder seine Liebe vorgaukelte, hatte sie sich zur Närrin gemacht.

»Katharina? Bist du noch dran?«, hörte sie Luciano besorgt fragen.

Endlich fühlte sie sich in der Lage zu reagieren. Sie reagierte nicht aus ihrem Verstand heraus, sondern nur aus ihrem verletzten Herzen, als sie beinahe beschwingt antwortete:

»Ja, ich bin noch dran. Mir geht es gut.«

»Katharina. Amore mio. Ich bin so glücklich, dich zu hören«, fuhr Luciano mit seiner erotischen Stimme fort, die sie noch gestern hätte dahinschmelzen lassen. Doch seit heute Vormittag war alles anders. Nur einen Augenblick lang überlegte sie, ihn auf sein Kind, das bald geboren wurde, und dessen Mutter anzusprechen, dann entschied sie sich dagegen. Der Wunsch nach Rache für das, was er ihr angetan hatte, durchfuhr sie wie ein Blitz, bekam ein Eigenleben.

»Luciano, ich muss mit dir reden«, hörte sie sich sagen. »Ich habe dir etwas vorgemacht. Es gibt einen Mann in meinem Leben, den ich bald heiraten werde. Du warst für mich nur ein Zeitvertreib, während er für einige Monate in Kalifornien war, wo er sich über die neuesten Rebsorten und Weinanbautechniken informiert hat. Jetzt ist er zurück.«

Mit angehaltenem Atem horchte sie in den Hörer. War

Luciano überhaupt noch in der Leitung? Hatte er sich ihre Lüge bis zum Ende angehört? Sie schluckte. Ihr Herz schlug ihr im Hals, und die Ader an ihrer rechten Schläfe pochte.

»Luciano?«, fragte sie leise.

Es dauerte eine gefühlte Ewigkeit, bis er tonlos antwortete: »In Ordnung, Katharina. Ich habe verstanden. Ich wünsche dir alles Gute. Ciao.« Dann klickte es, und die Leitung war unterbrochen.

Mit dem Hörer in der Hand blieb sie in der Diele stehen.

Was hatte sie getan? Dass sie zu einer solchen Lüge überhaupt fähig war, erschreckte sie zutiefst. Er hat es verdient, sagte da eine innere Stimme zu ihr. Du hast es ihm nur mit gleicher Münze zurückgezahlt – und ihn durch die Lüge noch nicht einmal so sehr verletzt wie er dich durch die Wahrheit.

Ihre Hand zitterte, als sie den Hörer auf die Gabel des Wandtelefons legte. Und als sie die Treppe in die erste Etage hinaufstieg, war ihr zumute, als trüge sie einen Sack voller Blei auf dem Rücken. Sie ging ins Schlafzimmer und legte sich angezogen, wie sie war, aufs Bett.

Ja, sie hatte einen klaren Schlussstrich gezogen. Sie hatte das Blatt gewendet und ihrer Eitelkeit Genüge getan: Sie hatte ihrem italienischen Gastarbeiter den Laufpass gegeben.

In den folgenden Tagen regnete es ohne Unterlass. Rinnsale vereinigten sich zu reißenden Strömen und unterspülten die Weinberge, sodass es zu kleinen Erdrutschen kam und die Bauarbeiten an der neuen Kelterei sich verzögerten. Dafür lief das Geschäft mit dem Lieferdienst unerwartet gut an. Schon am ersten Tag kamen Katharina und ihre Mutter mit fast leeren Regalen zurück. Und so ging es weiter. Martha Hammes ließ keine Fahrt über die Eifeldörfer aus. Ihre gewinnende Art kam gut bei den Kundinnen an, die sich nur allzu gerne bei ihrem Einkauf auf ein Schwätzchen einließen. Martha lieferte nicht nur Wurst und Käse in die tiefste Eifel, sondern auch die neuesten Nachrichten aus der Bäderstadt, auf die die Frauen auf dem Land neugierig waren. Katharina war ihrer Mutter dankbar dafür, dass diese die Kommunikation mit den Kundinnen übernahm. Seit sie mit Luciano Schluss gemacht hatte, war ihr nicht nach fröhlichem Geplauder zumute. Natürlich musste ihrer Mutter die Veränderung auffallen, doch wie bisher hielt sie sich mit Fragen oder Kommentaren zurück.

An den Wochentagen, an denen sie nicht mit dem Lieferwagen unterwegs waren, half Katharina Hermann und den anderen Männern im Weinberg. Mitte bis Ende August begann die Reifephase der Trauben. Von nun an beeinflusste die Witterung in verstärktem Maße Qualität und Mostgewicht. Zu dieser Zeit standen das Entfernen zu später Triebe sowie weiterhin das Sprühen von Pflanzenschutzmittel an. Wenn Katharina aus dem Wingert zurück war, arbeitete sie meistens noch im Kontor, um sich durch die Arbeit von ihrem Schmerz abzulenken.

So auch an diesem Samstagnachmittag. Sie hatte Rechnungen an zwei Hotels am Niederrhein geschrieben, die zu Zeiten ihres Vaters gute Kunden gewesen waren. Die Bestellungen der beiden Hoteliers waren zwar im Vergleich zu früher mager gewesen, aber Kleinvieh machte schließlich auch Mist, und sie war um jede Weinorder dankbar, auch wenn die Kosten des Weinguts damit längst nicht gedeckt waren.

Katharina lehnte sich zurück. Sie war müde. Und mit der Müdigkeit kamen auch die Gedanken wieder, die ihr nicht guttaten. Die maßlose Enttäuschung und eine lodernde Wut auf sich selbst, sich überhaupt auf Luciano eingelassen zu haben, hatten ihr bis vor ein paar Tagen noch die Kraft gegeben, ihren

Alltag zu meistern. Seit Kurzem jedoch spürte sie, wie ihre Wut verrauchte und immer mehr einer schmerzhaften Sehnsucht nach Luciano Platz machte. Diese Sehnsucht begleitete sie immer häufiger durch den Tag und lastete so schwer auf ihr, dass sie manchmal keine Luft mehr bekam.

Abrupt stand sie auf, legte sich die Strickjacke über die Schultern und verließ das Haus. Sie ging an der Scheune entlang, wo gerade das Dach gezimmert wurde, und kam auf den Weg, der sich durch den Weinberg schlängelte.

Während sie den Hang hinaufstieg, empfand sie die Sonne dieses Augusttages als angenehm auf ihrem Gesicht. Doch bis in ihr Herz drang die Wärme nicht vor. Während sie einen Schritt vor den anderen setzte, betrachtete sie die Landschaft um sich herum. Zur Rechten wie zur Linken standen die Rebstöcke in Reih und Glied. In ihnen saßen Meisen und Rotkehlchen und zwitscherten so munter, als würden sie sich über die Frau, die da gerade an ihnen vorbeiging, lustig machen. Ein milder Wind ließ die Blätter rascheln. Abgesehen von diesen Geräuschen strahlte der Wingert eine majestätische Ruhe aus.

Katharina blieb stehen und kontrollierte den Beerenstand. Blätter und Trauben hatten eine satte Farbe angenommen. Die Dolden hingen dick und schwer an den Rebstöcken. Ehrfürchtig strich sie mit den Fingerspitzen über die fein strukturierten Blätter und die festen, dicht aneinandersitzenden Beeren. Sie zupfte eine aus den lilaroten Dolden und probierte sie. Leider schmeckte sie nicht so süß, wie Katharina gehofft hatte. Von Hermann wusste sie, dass das feuchte und meistens kühle Wetter der vergangenen Wochen verhindert hatte, dass sich in dieser letzten Reifephase Zucker und Aromastoffe hatten einlagern können. Hermann prognostizierte einen schlechten Jahrgang, falls die Tage bis zur Lese nicht bedeutend wärmer werden sollten.

Mit einem tiefen Seufzer stieg Katharina weiter bergauf. Nach der nächsten Kehre kam sie an das kleine Gerätehaus, wo sie vor Monaten, in einem anderen Leben, mit Luciano gesessen hatte, während Blitz und Donner um sie herum getobt hatten. Damals hatte sie sich in Luciano verliebt. Es war Liebe auf den ersten Blick gewesen. Und wieder überfiel sie die Erinnerung an die Stunden, die sie nach dieser ersten Begegnung mit ihm verbracht hatte. Ihr Verstand befahl ihr zwar auch jetzt, Luciano zu vergessen, doch ihr Herz sagte ihr etwas anderes. Es wollte einfach immer noch nicht glauben, dass er ihr etwas vorgespielt hatte, dass sie nur eine oberflächliche Affäre für ihn gewesen war. Sollte sie sich wirklich so sehr in ihm getäuscht haben?, fragte sie sich auch jetzt wieder, als sie auf der kleinen Bank vor dem Geräteschuppen saß. Luciano hatte ihr in der Fatimakapelle ewige Liebe geschworen – im Angesicht der Muttergottes. Sie hatte ihn als gläubigen Menschen kennengelernt. Würde ein gläubiger Katholik einen solchen Meineid leisten? Hatte sie sich die Stunden völliger Harmonie und inniger Liebe nur eingebildet? Hatte sie sich selbst etwas vorgemacht, weil sie sich so sehr nach der Liebe gesehnt hatte? Würde Luciano diese Frau in seiner Heimat nicht heiraten, wenn sie eingewilligt hätte, mit ihm dorthin zu ziehen?

Mit all diesen Gedanken und unbeantworteten Fragen im Kopf ging sie schließlich zum Weingut zurück.

Luciano

Seit dem Freitagabend, an dem Terzo ihm gestanden hatte, der Vater von Sophias Kind zu sein, waren zwei Wochen vergangen. Immer noch wohnte er mit Terzo zusammen in dem kleinen Zimmer in der Landsberger Straße über den Bahngleisen. Er hatte in die Werksbaracke von BMW ziehen wollen, doch dort war noch kein Platz frei geworden. Bisher waren sie sich aus dem Weg gegangen. An diesem Abend jedoch aßen sie zum ersten Mal wieder gemeinsam.

»In zwei Wochen fahre ich übers Wochenende nach Sizilien«, durchbrach Terzo das Schweigen am Tisch. »Es gibt einiges zu regeln.«

Luciano blickte von den Tomaten mit Mozzarella auf. »Die Hochzeit?«

Terzo nickte und schob sich eine Olive in den Mund.

Forschend sah Luciano ihn an. »Freust du dich denn jetzt auf dein Kind?«

Auf Terzos Gesicht zeigte sich ein verlegenes Lächeln. »Ja, ein bisschen. Jeden Tag ein bisschen mehr. Das Leben wird sich natürlich sehr verändern.«

»Und wie geht es Sophia?« Inzwischen war sein Zorn auf sie verraucht. Dennoch würde es ihm schwerfallen, zu ihr freundlich zu sein, wenn sie sich das erste Mal wieder gegenüberstehen würden. Und das war in Zukunft nicht auszuschließen. Immerhin würde sie bald offiziell zur Familie gehören.

»Sie spricht nicht mehr über dich«, erwiderte Terzo. Er verzog das Gesicht. »Ich glaube, sie schämt sich.«

»Sie hätte sich zumindest mal bei mir entschuldigen können.«

Terzo hob die Schultern und fuhr fort: »Wir telefonieren jetzt zweimal in der Woche miteinander. Gesundheitlich geht es ihr gut, und sie freut sich auf die Hochzeit.«

»Und wie stehst du jetzt zu ihr? Heiratest du sie nur wegen des Kindes?«

Zum ersten Mal seit langer Zeit lächelte Terzo wieder sein draufgängerisches Lächeln. »Sie ist immer noch wunderschön, und das Chi-chi mit ihr ist magnifico. Ich bin wirklich in sie verliebt. Außerdem ist es besser, eine Sizilianerin zur Frau zu haben als eine Deutsche. Ich habe hier ja einige Frauen kennengelernt. Mit denen komme ich irgendwie nicht klar. Von daher ist es vielleicht gut so, wie es jetzt ist.« Während er ein Stück von der Mailänder Salami abschnitt, meinte er in lässigem Ton: »Übrigens: Nonna ist immer noch böse auf dich. Sie will mit dir nichts zu tun haben, solange du die Deutsche hast.«

Das wusste Luciano. Er hatte seiner Mutter zweimal geschrieben und keine Antwort erhalten.

»Hast du die überhaupt noch?« Terzo sah ihn mit schmalen Augen an. »Ich habe den Eindruck, dass du schon länger nicht mehr an der Ahr warst.«

Luciano zuckte mit den Schultern. »Ging ja nicht. Ich muss doch jedes Wochenende arbeiten. Im August ist Werksferienzeit, und die Deutschen haben Vorrang. Das weißt du doch.« Seit fünf Tagen arbeitete er in einer anderen Abteilung, hatte eine verantwortungsvollere Position inne. Aber darüber wollte er mit Terzo gar nicht ausführlicher reden, wollte keinen Neid erzeugen.

»Tja, dann …« Terzo stand auf. »Den Teller und mein Besteck spüle ich, wenn ich zurück bin. Ich bin mit einem Landsmann auf ein Glas Wein verabredet. Der ist gerade Vater geworden. Seine Frau und sein Kind kommen in einem Monat nach Deutschland. Also – ciao.«

Nachdem Terzo gegangen war, blieb Luciano noch eine Weile am Tisch sitzen, auf dem die Reste des Abendbrots und eine Rotweinflasche standen. Er schenkte sich noch einmal ein. Dass Terzo ihn daran erinnert hatte, dass er nicht mehr mit Katharina zusammen war, schürte jäh wieder die Sehnsucht nach ihr. Und wieder sah er sie in Gedanken vor sich. Ihre grünlich schillernden Augen, die honigfarbenen langen Locken, ihr Körper, sportlich und weiblich zugleich. Er sah, wie sie sich bewegte – geschmeidig, kraftvoll, entschlossen; hörte, wie sie sprach – ruhig, mit angenehm dunkler Stimme. Sie strahlte eine sinnliche Weiblichkeit aus, Würde und Intelligenz. Seine Anima gemella. Ein einziger Blick hatte damals im Weinberg kurz vor dem Gewitter genügt – und sie hatten sich gegenseitig erkannt. Bevor er ihr begegnet war, hatte er sich nicht vorstellen können, dass ein Mensch ihn hätte so erfüllen können, dass die eigenen Gedanken und Träume, die eigenen Interessen und Wünsche nur von diesem einen Menschen abhängig sein könnten. Und diese Frau hatte ihm vor vierzehn Tagen gesagt, dass sie ihn nie geliebt hätte und einen anderen Mann heiraten würde. Bis heute konnte er das nicht richtig glauben. Hatte sie ihm die Gefühle nur vorgespielt? Unmöglich! Und vorausgesetzt, diesen Mann gab es tatsächlich – warum hatte sie ihn ihm vorgezogen? Weil er – Luciano – ein Gastarbeiter war? Einer, der in Deutschland von den meisten nicht gerne gesehen wurde, wie er inzwischen bemerkt hatte? War er der Principessa nicht gut genug gewesen? Auch daran wollte und konnte er nicht glauben. Welch eine Ironie des Schicksals sollte das sein? In der Situation, in der sich das Problem namens Sophia gerade in Luft aufgelöst hatte, hatte Katharina ihn verlassen.

Er trank einen Schluck und ließ den Rotwein über die Zunge rollen. War das Leben nicht zu kostbar, um dem Zufall die Zügel zu überlassen?, fragte er sich dabei. Mit Nachdruck stellte er das Glas auf den Tisch. Er musste noch einmal mit Katharina reden. Er musste ihr noch einmal von Angesicht zu Angesicht gegenüberstehen und aus ihrem Mund klar und deutlich hören, dass sie ihn nie geliebt hatte.

Dieser Gedanke ließ ihn, während er den Tisch abräumte und das Geschirr in dem kleinen Becken abspülte, nicht mehr los. Er bohrte sich tiefer und tiefer in sein Bewusstsein. Nur – wie sollte er das bewerkstelligen? In der neuen Abteilung wurde der Rennwagen der Serie 507 gefertigt. Er war jetzt genau dort, wo er sich sehnlichst hingewünscht hatte. Diese verantwortungsvollere Position hatte er weniger der Tatsache zu verdanken, dass er so gut Deutsch sprach, sondern eher der, dass er sich mithilfe der Fachbücher des Vaters seines Professore stets fortgebildet hatte. Wenn er seinen Chef jetzt um ein freies Wochenende bitten würde, käme das bestimmt schlecht an. Fleiß, Strebsamkeit und Verlässlichkeit wurden in Deutschland großgeschrieben.

Während er sich die Hände abtrocknete, kam ihm eine Idee. Antonio! Obwohl er es gewohnt war, seine Angelegenheiten selbst zu regeln, würde er seinen Vetter bitten, nach Rebenach zu fahren. In so einem kleinen Dorf würde sich die baldige Hochzeit der Weingutsbesitzerin bestimmt inzwischen herumgesprochen haben. Das war in der Eifel sicherlich nicht anders als auf Sizilien. Vielleicht konnte Antonio für ihn herausfinden, ob es diesen Mann, für den Katharina ihn verlassen hatte, überhaupt gab – obwohl ihm wiederum auch kein Grund einfiel, warum Katharina ihn erfunden haben sollte. Dennoch.

Er schlüpfte in seine Jacke und eilte zur Telefonzelle.

Antonio lebte mit seiner Familie in dem Haus seiner Eltern, in dem unten die Eisdiele war. Das Telefon hing im Treppenhaus. Luciano war erleichtert, als Antonio abnahm und er nicht erst ein paar Worte mit seiner Tante oder seinem Onkel wechseln musste. Er konnte es kaum erwarten, Antonio sein Anliegen mitzuteilen.

»Ciao, Cugino. Du hast dich aber lange nicht gemeldet«, begrüßte ihn Antonio erfreut.

»Hatte viel zu tun«, erwiderte Luciano kurz. »Aber du hättest ja auch mal anrufen können. Du hast doch die Nummer von dem Haus hier.«

»Stimmt. Hätte ich auch in den nächsten Tagen getan. Ich habe nämlich gehört, dass du Sophia heiraten wirst und Vater wirst.«

Luciano stutzte. »Wie bitte? Wer hat dir das denn erzählt?«

»Das hat sich in der Familie herumgesprochen. Meine Mutter hat es mir gesagt. Und sie hat es von deiner Mutter.«

»So eine Cazzata! Blödsinn ist das. Terzo wird in Kürze Sophia heiraten, weil er nämlich der Vater ist.«

»Sieh an – Terzo!« Sein Vetter lachte. »Diese Neuigkeit über dich kam mir sowieso schon merkwürdig vor. Du hattest mir doch erzählt, dass du in die Frau von der Ahr verliebt und wegen ihr sogar nach München gegangen bist.«

»Ich bin nicht nur verliebt in sie – ich liebe sie«, stellte Luciano mit fester Stimme richtig. »Und das ist auch der Grund, warum ich anrufe. Ich habe ein Problem.«

In wenigen Sätzen schilderte er die Situation zwischen ihm und Katharina.

»Klar mache ich das für dich. Du bist mein Cugino. Wir sind eine Familie.«

»Antonio – bleibt das unter uns?«, drängte Luciano.

»Assolutamente«, erwiderte sein Vetter. »Sind wir Freunde, oder nicht?«

Luciano musste lächeln. Auf Antonio war Verlass.

»Allerdings kann ich dir nicht versprechen, dass ich etwas herausfinden werde. Aber ich werde nach Rebenach fahren und mich umhören. Promesso.«

Nachdem Luciano wieder auf seinem Zimmer angekommen war, legte er sich sofort ins Bett. Mit einem Mal war ihm leichter ums Herz. Durch die Balkontür sah er die ersten Sterne am Himmel. Und ihm war, als würden sie ihm aufmunternd zublinken. Vielleicht würde es für ihn und Katharina ja doch noch eine gemeinsame Zukunft geben. Sobald er Antonios Rückmeldung hatte, dass in Rebenach niemand etwas von einer Hochzeit der Weingutbesitzerin Katharina Hammes wusste, würde er sofort selbst nach Rebenach fahren und noch einmal mit ihr reden – selbst auf die Gefahr hin, bei seinem Chef einen schlechten Eindruck zu machen.

Bevor der Schlaf ihn schließlich übermannte, sah er die kleine Hütte wieder vor sich – ihr Paradies auf der Lichtung in dem Birkenwald –, die sattgrünen Wiesen mit ihren bunten Sommerblumen, die Reben, die sich im Streifenmuster hinunter zu dem wild-romantischen Ahrtal zogen. Und schließlich träumte er sich in die Arme der Frau, die er so sehr liebte.

Katharina

Als Katharina und ihre Mutter an diesem Montagnachmittag von ihrer Verkaufstour zurückkamen, saß Hedwig bleich und zitternd auf dem Küchenstuhl.

»Um Himmels willen, Hedwig!«, rief Martha Hammes erschrocken. »Was ist denn los?«

»Mein Kreislauf – glaube ich«, antwortete die altgediente Haushälterin kurzatmig.

»Hast du deine Tabletten genommen?«

»Die sind mir ausgegangen.«

»Ich fahre schnell nach Dernau und hole neue«, sagte Katharina besorgt.

Hedwig sah sie hilflos an. »Ich habe aber kein Rezept.«

»Gut, dann fahre ich erst bei deiner Ärztin vorbei und danach in die Apotheke«, entschied Katharina.

Mit schlechtem Gewissen setzte sich Katharina hinters Steuer ihres VW-Käfer und fuhr los. Hedwig hatte wieder einmal am Wochenende gearbeitet, was, seit sie den Lieferdienst hatten, öfter vorkam. Zwei Tage lang hatte sie in der alten, großen Wirtschaftsküche im Keller des Hauses, die Hermann ein bisschen wohnlicher gestaltet hatte, Apfelschmalz und – als neues Produkt – Wildschweinpastete mit Preiselbeeren hergestellt. Das müssen wir in Zukunft anders regeln, dachte Katharina. Obwohl Hedwig ihre Arbeit gerne tat und sie und ihr Mann das zusätzliche Einkommen gebrauchen konnten, war sie schließlich mit siebzig Jahren nicht mehr die Jüngste.

Auf der Fahrt durch die idyllischen kleinen Orte an der Ahr entspannte sich Katharina ein bisschen. Und wieder musste sie an Luciano denken, mit dem sie auch einmal hier entlanggefahren war – damals auf seinem Motorrad auf ihrem Ausflug zum Nürburgring. Auch heute war es warm und sonnig – was den Trauben guttat, die in den kommenden vier Wochen bis zur Lese Ende September dringend noch Zucker und Aromastoffe in sich lagern mussten.

Als Katharina eine halbe Stunde später mit Hedwigs Tabletten auf dem Rückweg war, wurde sie nach einer der vielen Kurven mit rasanter Geschwindigkeit von einem knallroten Sportwagen überholt. Das Dröhnen des Motors hallte an den Felswänden wider. Idiot, schimpfte sie dem Wagen hinterher. Wie konnte man nur so unverantwortlich fahren! Sie konnte gerade noch das Fiat-Emblem auf dem Kofferraum des kleinen Flitzers erkennen – weiße Großbuchstaben auf weinrotem Grund. Dann war der Fahrer auch schon hinter der nächsten Kurve verschwunden. Italienische Automarken sah man jetzt häufig auf deutschen Straßen.

Als sie durch Rebenach kam, parkte genau dieses Auto vor dem Tante-Emma-Laden – jedoch ohne den Rennfahrer. Der musste im Laden sein. Da ihr in diesem Moment auf der schmalen Dorfstraße ein Trecker entgegenkam, hielt sie hinter dem Fiat an, um den Fendt durchzulassen. Während sie wartete, fiel ihr auf, dass der rote Flitzer ein Bonner Kennzeichen hatte. Die italienische Automarke, das Kennzeichen … Wieder musste sie an Luciano denken, und das Herz wurde ihr schwer.

Die tiefe Traurigkeit, die sie stets überfiel, wenn sie in Gedanken bei Luciano war, verflog dieses Mal jedoch schnell wieder, als sie durch den Torbogen des Weinguts fuhr. Auf dem Hof stand der Lieferwagen ihrer Tante. Dieser Anblick allein jedoch war es nicht, sondern der des Mannes, der gerade eine Kiste aus dem Laderaum hob. Er war niemand anderes als Heiner, Ursels Stiefbruder aus Detroit.

Katharina stieß die Fahrertür auf und lief auf Heiner zu. Der hatte sich inzwischen umgedreht und empfing sie mit ausgebreiteten Armen. Sie umarmten sich, hielten einander fest.

»Was machst du denn hier?«, fragte Katharina begeistert.

»Überraschung!« Heiner, der zehn Jahre älter war als sie, lachte sie an. »Wir sind vor ein paar Stunden in Frankfurt gelandet und haben uns einen Leihwagen gemietet. Lotte und Ursel sind aus allen Wolken gefallen, als wir vor ihrem Laden standen.«

»Wo sind deine Frau und die Jungs?«

»Sie sind in Adenau geblieben. Nach dem langen Flug waren sie müde. Wir fahren morgen weiter in die Schweiz. Drei Wochen Urlaub!«

»Aber ihr kommt doch auf dem Rückweg noch mal bei uns in der Eifel vorbei, oder?«

»Klar. Wir werden ein paar Tage bleiben. Evelyn und die Jungs möchten mal bei einer Weinlese helfen.«

»Das könnte zeitlich sogar klappen. Wir werden wahrscheinlich am letzten Septemberwochenende lesen«, erwiderte Katharina erfreut und umarmte Heiner aufs Neue. »Wir können jeden Helfer gebrauchen.«

»Ich wollte euch jetzt auch nur mal kurz *Guten Tag* sagen und habe euch von Lotte eine Kiste mit Waschpulver und Putzmittel mitgebracht. Sie sagte, ihr hättet für Mittwoch für den Lieferdienst keines mehr.«

»Das ist lieb.« Katharina hakte sich bei ihm ein. »Komm, lass uns reingehen. Hast du Mutter schon begrüßt?«

Heiner drückte sie an sich und ging mit ihr auf die Haustür zu. »Na klar. Sie setzt gerade Kaffee auf.«

Luciano

»Cugino, es tut mir leid für dich, aber es ist tatsächlich so, dass sie einen anderen hat«, hörte Luciano seinen Vetter durch die Leitung sagen.

Er stand vor dem Wandtelefon in dem langen dunklen Hausflur des Hauses in der Landsberger Straße. Hinter ihm warteten zwei weitere Bewohner darauf, telefonieren zu können.

»Bist du sicher?«, fragte Luciano mit unterdrückter Stimme.

»Ganz sicher. Ich habe die beiden im Innenhof des Weinguts gesehen. In inniger Umarmung. Er ist groß, blond und etwa zehn Jahre älter als sie.«

»Hast du tatsächlich Katharina gesehen?«, erkundigte sich Luciano im Ton tiefster Verzweiflung.

»Ganz sicher. Du hast sie mir doch beschrieben. Oder hat sie eine Zwillingsschwester?«

»Nein.«

»Ich war in dem kleinen Laden im Ort und habe die Besitzerin ganz unverfänglich in eine Unterhaltung verstrickt. Sie hat zwar nichts davon gewusst, dass Fräulein Hammes bald heiraten würde. Sie wusste nur, dass es das Gerücht gibt, sie sei mit einem italienischen Gastarbeiter zusammen. Und da dachte ich schon, ich könnte dir eine gute Nachricht überbringen. Dann jedoch bin ich mal aus Neugier zum Weingut gefahren. Und siehe da, ich hatte Glück. Oder Pech – wie man will«, fügte Antonio seufzend hinzu.

Luciano sah über die Schulter hinweg hinter sich – und

blickte in ungeduldige Mienen. »Danke, Antonio«, sagte er matt. »Du hast bei mir etwas gut. Ich muss jetzt Schluss machen.«

Mit gesenktem Kopf ging er an den anderen Hausbewohnern vorbei auf sein Zimmer. Dort ließ er sich auf die Bettkante fallen. Er fühlte sich ausgebrannt und leer, wie ausgehöhlt. Nur irgendwo in seinem Innern saß ein harter Knoten, der so wehtat, dass ihm das Atmen schwerfiel. Ihm war übel vor Schmerz, Zorn und Trauer. Und während ihm der endgültige Verlust der geliebten Frau immer bewusster wurde, sehnte er sich mehr denn je nach Katharina – nach ihrer straffen Haut unter seinen Händen, ihrem warmen Atem auf seiner Brust, ihrem Herzschlag an seinem. In ihrem Paradies in dem Birkenwald hatten ihnen die Erde und der Himmel gehört, der Tag und die Nacht – nur nicht die Zukunft. An diesem Abend, auf dem schäbigen Zimmer und mutterseelenallein, wusste er zum ersten Mal nicht, wie es in seinem Leben weitergehen sollte. Er hatte seine Anima gemella verloren.

Katharina

Die folgenden Tage wurden für Katharina zur Achterbahn der Gefühle. Es gab Momente, in denen war sie stark und sicher – das war immer dann, wenn die Arbeit alle Gefühle überlagerte, die immer noch dicht unter ihrer Haut lagen. Dann jedoch gab es immer wieder Phasen, vor allem abends, in denen sie am liebsten eingeschlafen und nie wieder aufgewacht wäre. Die Erinnerung an die schönen Stunden mit Luciano zerriss ihr das Herz. Nach alldem, was sie schon erlebt hatte, hatte sie gedacht, sie wüsste, wie sich Schmerz anfühlte. Doch diesen kannte sie noch nicht. Er hatte sich tief in sie eingegraben und erschöpfte sie so sehr, dass sie nicht einmal mehr weinen konnte. Manchmal kam es ihr so vor, als wäre Luciano ihr ganz nah, als seien seine Gedanken bei ihr. Dann fühlte sie wieder seine sinnlichen Lippen auf ihren, spürte seine Hände, hörte seine im Rausch der Leidenschaft rau gestammelten Worte. Und dann gab es wieder Augenblicke, in denen sie sich schämte, so leichtgläubig gewesen zu sein, und die Wut auf ihn kehrte zurück.

Mitte September, an einem Freitagabend, saß Katharina mit ihrer Mutter nach dem Abendessen im Wintergarten, der mit seinen Palmen, Gummibäumen und Korbsesseln das Flair des bereits zu Ende gehenden Sommers zurück ins Haus holte. Die beiden hatten über die bevorstehende Lese gesprochen.

»Wir sollten vielleicht auch noch über etwas anderes reden«, sagte Martha, als Katharina schon schlafen gehen wollte.

Katharina zuckte zusammen. Sie wusste, was jetzt kam. Natürlich hatte ihre Mutter das Recht, sie auf Luciano anzusprechen.

Ergeben sank sie in den Korbsessel zurück.

»Noch ein Schlückchen?« Martha schenkte Riesling nach, ohne Katharinas Antwort abzuwarten.

»Ich weiß nicht, ob du es dir denken kannst«, begann sie mit einem leisen Lächeln. »Wahrscheinlich hast du in deiner gegenwärtigen Situation keine Augen für so etwas.«

Katharina sah sie überrascht an. »Was meinst du?«

»Nun ja ...« Ihre Mutter trank einen Schluck und wirkte etwas verschämt, als sie weitersprach: »Hermann und ich ... Wir sind uns nähergekommen in den vergangenen Wochen. Ich meine, wir sind noch kein richtiges Paar, aber vielleicht werden wir bald eins.«

Natürlich hatte Katharina bemerkt, dass die beiden öfter abends zusammen im Innenhof saßen. An schönen Abenden hatte sie ihre leisen Stimmen und das fröhliche Lachen ihrer Mutter bis spät in die Nacht gehört. Aber sie hatte sich keine Gedanken darüber gemacht. Tatsächlich war sie viel zu sehr mit ihrem Schmerz beschäftigt gewesen.

Sie lächelte ihre Mutter herzlich an. »Was soll ich dazu sagen? Ich freue mich für dich.« Sie streckte die Hand aus und legte sie auf die ihrer Mutter. »Ja, wirklich, ich freue mich sehr. Das könnte passen. Ihr seid etwa gleich alt, habt beide große Verluste erlitten, und wenn ihr euch versteht ...«

Marthas Augen begannen zu leuchten. »Meinst du wirklich?«

»Ja, das meine ich wirklich.« Katharina nickte energisch. »Hermann ist mir als Stiefvater sehr willkommen.«

»So weit sind wir ja noch nicht«, wehrte ihre Mutter verlegen ab. »Aber es ist ein schönes Gefühl, nicht mehr allein zu sein.«

Katharina schluckte schwer. »Das glaube ich«, sagte sie leise und senkte den Kopf.

Sie spürte, wie ihr Hals eng wurde. Es war schon länger her, dass sie das letzte Mal geweint hatte. Aber jetzt kamen ihr die Tränen.

»Und was ist mit dir und … Luciano?«

Marthas fast schüchtern ausgesprochene Frage ließ sie den Kopf wieder heben. Sie sah ihrer Mutter in die Augen. »Es ist vorbei.«

»Liebst du ihn noch?«

»Ja, obwohl er mir sehr wehgetan hat.«

»Möchtest du mit mir darüber sprechen?«

Katharina seufzte. »Lieber nicht. Dann kommt wahrscheinlich alles wieder in mir hoch.«

»Du bemühst dich tapfer, mein Kind.« Martha sah sie zärtlich an. »Glaubst du, dass es endgültig ist?«

Katharina lachte hart auf. »Glauben kann ich es immer noch nicht, aber mein Verstand sagt es mir.«

»Es gibt eine Lebensweisheit, die lautet: Was du liebst, lass frei. Kommt es zurück, gehört es dir – für immer.«

Katharina lächelte mit feuchten Augen. »Konfuzius?«

»Ja«, erwiderte ihre Mutter ernst. »Er war ein weiser Mann.«

»Keine Sorge. Du hast Glück, Mutter. Luciano wird nicht zurückkommen, und ich muss ihn loslassen. Diesbezüglich hat Konfuzius tatsächlich recht.«

Einen Tag nach dieser Unterhaltung, am Samstagnachmittag, kam Ursel mit dem DKW-Kastenwagen auf den Hof gebraust. In dem bunten Tellerrock, den weißen Pumps und dem knappen gelben Pulli sah sie aus wie der personifizierte Spätsommertag. Ihre Augen leuchteten mit der Sonne um die Wette.

»Willst du mich etwa zu einem Stadtbummel überreden?«,

fragte Katharina, die gerade völlig erschöpft aus dem Wingert gekommen war. Seit sie Luciano verloren hatte, vermied sie es, am Wochenende nach Bad Neuenahr zu fahren – aus Angst davor, sie könnte dem Eiswagen Pasini begegnen und allein bei dessen Anblick aus der Ferne erneut in ein tiefes schwarzes Loch fallen.

»Irrtum, ich gehe allein bummeln«, erwiderte Ursel keck. »Das heißt, nicht ganz allein. Ich bin nämlich verabredet.«

»Mit einem Mann«, stellte Katharina trocken fest.

»Richtig. Mit einem Mann!«

»Erzähl mir mehr«, forderte Katharina ihre Cousine auf und setzte sich an den langen Holztisch unter der Linde.

Nur allzu gerne kam Ursel dieser Aufforderung nach. »Also – er heißt Horst Runkel, stammt aus dem Westerwald und ist Fleisch- und Wurstvertreter. Er sieht gut aus, ist sieben Jahre älter als ich und war inzwischen schon dreimal bei uns im Laden, um Wurst zu verkaufen. Sein Vater hat ein Fleischverarbeitungsunternehmen in Altenkirchen. Gar nicht so weit weg von hier. Und Horst vermarktet die Produkte.« Atemlos hielt Ursel inne und sah Katharina erwartungsvoll an.

»Und du hast dich in ihn verliebt.«

Ursel verdrehte verzückt die Augen gen Himmel. »Ja, ich habe mich verliebt. Und ich glaube, er sich auch in mich. In einer Stunde treffen wir uns vor dem Kurparkeingang zum Spazierengehen, und danach will er mich zu Kaffee und Kuchen einladen.«

Katharina streichelte ihr über den Arm. »Ach, Urselchen, das ist schön. Ich freue mich für dich.«

Ursel umarmte sie stürmisch und setzte sich wieder hin. »Eigentlich wollte ich mich ja gar nicht verlieben. Ich habe ja bei dir gesehen, was daraus werden kann, aber es ist dann doch passiert.« Kaum hatte sie zu Ende gesprochen, da schlug sie entsetzt die Hand vor den Mund. »Entschuldige bitte, dass ich das jetzt gesagt habe.«

»Nicht schlimm. Du hast ja recht. Nicht jede Liebe ist für immer. Das sollte man sich vorher bewusst machen.«

»Das weiß ich ja bei Horst auch noch nicht«, räumte ihre Cousine ein. »Außerdem bin ich nicht nur hier, um dir das zu erzählen. Ich habe noch einen anderen Grund. Stell dir vor: Ich könnte dich über Horst ins Geschäft bringen. Mit eurem Wein.«

»Und wie?«

»Also …« Ursel schlug die nackten Beine übereinander. »Horst hat einen Bruder. Er ist fünfunddreißig. Und stell dir vor: Der hat so richtig Karriere gemacht. Der ist Marktleiter von zwei Kaisers-Kaffee-Geschäften im Westerwald und dort für alle Einkäufe zuständig. Horst meint, dass Wein von der Ahr im Westerwald gut ankommen könnte. Da dachte ich, vielleicht könntest du Horsts Bruder mal kennenlernen. Horst hält das für eine prima Idee. Johannes, so heißt er, ist auch ungebunden und kinderlos, und er sieht ebenfalls sehr gut aus. Horst hat mir schon ein Foto gezeigt …«

Daher wehte also der Wind! Katharina versteifte sich.

»Bitte, Ursel, das ist lieb von dir gemeint, aber zeitlich passt das gar nicht. Wir haben kaum noch Weine vom letzten Jahr. Du weißt, durch den Einsturz der Kelterei ist ja fast alles kaputtgegangen. Und der Wein aus diesem Jahr ist allerfrühestens im Dezember zu verkaufen. Und dann auch erst mal nur der Weißwein.« Als sie die enttäuschte Miene ihrer Cousine sah, wandte sie ein: »Natürlich können wir noch mal darüber sprechen, wenn es so weit ist. Die Idee ist ja wirklich nicht schlecht.«

Durch ihre Worte ermutigt, fuhr Ursel fort: »Aber wir könnten ja trotzdem mal zu viert was unternehmen. In Bad

Neuenahr zum Beispiel. Oder Adenau. Vielleicht tanzen gehen, oder ins Kasino. Da waren wir beide noch nicht. Horst und Johannes waren schon öfter dort.«

Katharina biss sich so fest auf die Lippe, dass es wehtat. Wie konnte sie der unternehmungslustigen und frisch verliebten Ursel verständlich machen, dass ihr nicht der Kopf danach stand, einen Mann kennenzulernen?

»Ich meine, das hat doch gar nichts zu bedeuten, mal zu viert auszugehen«, plapperte Ursel unbekümmert weiter. »Vielleicht gefällt Johannes dir ja auch gar nicht. Und ihr müsst euch ja auch nicht gleich verloben. Ich meine nur, dass du endlich mal wieder unter Leute musst. Du bist noch viel zu jung, um die nächsten Jahre hier zu versauern.«

Katharina schluckte schwer. Natürlich hatte Ursel recht. Und sie war ihr auch dankbar, dass sie sich so sehr für ihr Seelenheil einsetzte, aber darüber musste sie erst einmal nachdenken. Sie stand auf.

»Mal sehen«, sagte sie ausweichend, um Ursel nicht allzu harsch zurückzuweisen. »Gib mir noch ein bisschen Zeit.«

Zwei Wochen später, am letzten Septemberwochenende, fand die Weinlese statt. Dieses Wochenende sollte laut Wetterbericht das letzte schöne Herbstwochenende sein. Ab der ersten Oktoberwoche sollte es eine lange Regenperiode geben.

Ab Samstagmorgen um sieben Uhr in der Früh begann auf dem Weinberg das große Gewimmel. Alle halfen mit. Ursel, Lotte, Heiner mit seiner Familie und Helfer aus dem Ort. Katharina konnte sich nicht erinnern, wann ihre Mutter zum letzten Mal bei der Lese dabei gewesen war. An diesem Morgen fuhr sie – neben Hermann auf dem Trecker sitzend mit einem leuchtend roten Tuch in den Haaren, roten Lippen, mit einer grünen Latzhose und Gummistiefeln bekleidet – in den

Wingert. Wenn Katharina bisher nicht gewusst hätte, dass sich zwischen ihrer Mutter und dem Kellermeister ein zartes Band gesponnen hatte, hätte sie es spätestens an diesem Wochenende bemerkt. Die liebevollen Blicke, die sie sich zuwarfen, das fröhliche Lachen ihrer Mutter. Katharina freute sich für die beiden. Neben den zwei Treckern waren auch zwei Pferdefuhrwerke im Einsatz, die die Trauben hinunter zur neuen Kelterei ins Tal brachten. Als alle mittags vor dem Geräteschuppen auf Weinkisten saßen und sich an Hedwigs Kartoffelsalat, frischer Fleischwurst und Eifler Landbrot stärkten, dachte Katharina voller Wehmut, dass dieses Szenario bestimmt auch Luciano gefallen hätte.

Während wieder eine tiefe Traurigkeit von ihr Besitz nahm, blickte sie hinunter auf die schnurgeraden, exakt angeordneten Rebstöcke, die seit Jahrzehnten unverrückbar bis zu ihrem Elternhaus standen. Nach der Lese würden die Blätter braun werden, Hermann und seine Helfer würden die kahlen Zweige stutzen und das Schnittholz zwischen den Wegen verbrennen – und im nächsten Jahr würde alles wieder von vorn beginnen. Sie lächelte schwach. Ja, sosehr sie auch litt, aber diese Ordnung und das Wissen um den immerwährenden Kreislauf der Natur gaben ihr Sicherheit und Trost. Nach jedem langen Winter würde immer wieder neues Leben erwachen und nach jeder finsteren Nacht die Sonne wieder aufgehen. Und vielleicht würde es für sie auch noch einmal ein neues Glück geben – auch wenn sie jetzt daran noch nicht glauben mochte.

Nachdem Katharina am Montag von der Auslieferung zurück war, half sie Hermann und seinen Helfern in der Kelterei beim Entstängeln der Trauben. Faule oder unreife Trauben mussten dabei ausgelesen werden. Die neue Kelterei war groß und hell – ganz anders als das Kellergewölbe, in dessen vorderem

Teil laut eines Gutachtens die befüllten Weinfässer weiterhin gelagert werden konnten – was wegen der beständigen kühlen Temperatur dort von großem Vorteil war. Katharina hatte großzügig investiert – eine größere Presse, ein größeres Fermentierungsbecken für Rotweine, ein größerer Tisch für die Entstängelung. Die neuen gebrannten Eichenfässer, die eine Böttcherei in Meckenheim für sie hergestellt hatte, gaben das Aroma von Vanille, Nelken und anderen Gewürzen ab, die dem Jahrgang 1956 eine eigene Note geben sollten.

»Wie war heute der Verkauf?«, erkundigte sich Hermann, während sie nebeneinander an dem langen Tisch arbeiteten.

Katharina lachte. »Ich kann manchmal gar nicht so richtig glauben, wie gut das Geschäft läuft. Hedwigs Wildpastete und ihr Thymian-Zwiebel-Apfelschmalz werden uns förmlich aus den Händen gerissen. Hat Mutter dir erzählt, dass sie bald Brot backen will, um es auch noch ins Angebot aufzunehmen?«

Hermann nickte mit verschmitztem Lächeln. »Sie hat mich schon dazu verdonnert, draußen auf dem Hof einen Steinofen zu bauen, weil sie meint, Brot aus dem Steinofen schmeckt besser.«

»Stimmt. Wir wollen jedoch nur eine Sorte und höchstens zwanzig Brote pro Auslieferung an Bord nehmen«, erzählte Katharina. »Mangel schafft Bedarf, sagt Mutter.«

»Da hat sie recht. Sie ist eine kluge Frau.«

»Sie hat ja auch einen klugen Meister.«

»Und eine ebenso kluge Tochter«, sagte Hermann. »Du kannst stolz auf dich sein, dass dir die Umsetzung der Idee mit dem Lieferdienst so gut gelungen ist. Das hatte ich anfangs nicht gedacht.«

Katharina verzog das Gesicht. »Als Verkäuferin werde ich bei den Hausfrauen problemlos akzeptiert; als Weingutsbesitzerin in einer Männerwelt nicht.«

»Stell dein Licht nicht unter den Scheffel. Immerhin ist es dir inzwischen gelungen, ein paar ehemalige Kunden zurückzugewinnen.« Hermann sah sie bedeutungsvoll an. »Ich spreche von Kunden und nicht von Kundinnen.« Dann wurde er ernst, ja sogar etwas verlegen, wie Katharina schien. »Da ist noch etwas«, fuhr er mit unterdrückter Stimme fort, damit die anderen nicht zuhörten. »Du weißt ja inzwischen von deiner Mutter und mir. Ich möchte das zwischen uns nicht unerwähnt lassen. Und du sollst wissen, dass ich es ernst mit Martha meine.«

Seine Worte berührten Katharina. Da konnte sie nicht anders und umarmte ihn. »Das weiß ich, und ich freue mich für euch beide.«

Hermann sah sie lange an, bevor er mit weicher Stimme hinzufügte: »Es tut mir sehr leid für dich – die Sache mit Luciano. Da gibt es auch keinen Trost – nur das Wissen darum, dass es ohne Tiefen auch keine Höhen im Leben gäbe. Durch die Trauer weiß man das Glück besser zu schätzen.«

Katharina wusste, dass Hermann aus Erfahrung sprach. Dennoch – ein wirklicher Trost waren seine Worte nicht.

Mitte Oktober wurden die Tage deutlich kürzer. Das Licht und die Wärme des Sommers, den Katharina für kurze Zeit mit Luciano zusammen genossen hatte, waren inzwischen fast vergessen. In diesen Tagen, als sie wieder einmal vom Schreibtisch aus in den Regen sah und Lucianos Kette durch die Finger gleiten ließ, fiel ihr ein Gedicht von Rainer Maria Rilke ein. *Herr, es ist Zeit. Der Sommer war sehr groß. Wer jetzt allein ist, wird es lange bleiben, wird wachen, lesen, lange Briefe schreiben.* Müde lächelte sie vor sich hin. An wen sollte sie diese Briefe schreiben? Luciano war nicht mehr da.

Um sich von ihrer Traurigkeit abzulenken, wandte sie sich

wieder den Lieferaufträgen ihrer Eifler Kundinnen für den nächsten Tag zu. Wenige Minuten später vernahm sie Schritte auf dem Flur.

»Wir haben Besuch, mein Schatz«, teilte ihre Mutter ihr mit.

»Wer?«

»Ursel mit ihrem Freund. Sie will ihn uns vorstellen. Kommst du auch? Wir sitzen im Wintergarten.«

Obwohl Katharina aus Ursels Erzählungen Horst Runkel längst zu kennen glaubte, regte sich nun doch die Neugier in ihr.

Als Katharina kurze Zeit später den Wintergarten betrat, sah sie, dass Ursel nicht nur ihren Freund mitgebracht hatte. In einem der Korbstühle saß ein weiterer Mann – ein äußerst attraktiver sogar, wie sie sich eingestehen musste. Blondes Haar, markantes Gesicht, warme braune Augen, die hinter der Hornbrille intelligent in die Welt blickten. Man sah ihm an, dass er Wert auf sein Äußeres legte. Katharina ahnte auf Anhieb, wer er war.

Die beiden jungen Männer standen auf. Ursel stellte sie strahlend vor: »Meine Cousine und beste Freundin Katharina.« Sie bedachte Katharina mit einem fröhlichen Zwinkern und fuhr mit ausladender Geste fort: »Horst Runkel, mein Freund, von dem ich dir schon so viel erzählt habe, und sein Bruder Johannes. Stell dir vor, Horst und Johannes haben mich zum Essen an die Ahr eingeladen. Da dachte ich, wir holen dich ganz spontan ab. Vielleicht hast du ja Lust mitzugehen.«

Natürlich durchschaute Katharina das Spiel, das ihre Cousine hier gerade spielte. Ursel startete einen neuen Versuch, sie mit Johannes Runkel zu verkuppeln. Obwohl ihr Johannes' offenes, sympathisches Lächeln gefiel und er ihr auf den ersten Blick angenehm war, ärgerte sie sich über die vor Freude schier leuchtende Ursel. Sie wollte zurzeit keinen neuen Mann in ihrem Leben. Basta. Luciano saß ihr immer noch wie ein Stachel im Fleisch. Warum akzeptierte Ursel das nicht?

Natürlich ließ sich Katharina ihre Stimmung nicht anmerken, sondern sagte höflich ab und betrieb dann freundlich und unverbindlich Konversation. Johannes war derjenige, der von den drei Gästen das feinste Gespür für Zwischenmenschliches zu haben schien. Nach einer Viertelstunde erhob er sich und mahnte zum Aufbruch. Niemand widersprach – selbst Ursel nicht, die während der Unterhaltung in Anbetracht der Zurückhaltung ihrer Cousine immer stiller geworden war. Martha Hammes bot sich an, die drei hinauszubegleiten. Katharina verabschiedete sich im Wintergarten. Als sie Johannes die Hand reichte, lächelte sie ihn an. »Ich freue mich, Sie kennengelernt zu haben«, sagte sie höflich. »Ich wünsche Ihnen einen schönen Abend.«

»Ganz meinerseits«, erwiderte er ebenso freundlich und zurückhaltend und verbeugte sich. »Darf ich Sie oder Ursel gegen Ende des Jahres eventuell auf Ihren Wein ansprechen?«

»Ja, rufen Sie mich gern an – wegen der Weinlieferungen«, fügte sie hinzu – obwohl sie die letzten Worte gleich darauf am liebsten zurückgenommen hätte. Johannes war bestimmt kein dummer Mann. Er schien genau gespürt zu haben, dass sie nur an einer Geschäftsbeziehung interessiert war.

»Selbstverständlich«, erwiderte er da auch schon lächelnd, setzte den Hut auf und folgte den anderen.

Katharina atmete tief durch. War sie vielleicht zu kühl gewesen? Natürlich würde es für das Weingut von großem Vorteil sein, zwei Kaisers-Kaffee-Filialen als Kunden zu haben.

Nachdenklich blickte sie hinaus auf die Rosenbüsche, an

deren kahlen Ästen noch ein paar braune Blüten hingen. Merkwürdig, dachte sie. Dass ein so maskuliner Typ wie Johannes Runkel einen so weichen Händedruck hatte. Lucianos Handschlag war fest gewesen. Er hatte Sicherheit und Verlässlichkeit versprochen. Unwillkürlich musste sie auflachen. Verlässlichkeit. So konnte man sich täuschen.

»Isst du heute mit mir zu Abend?«, unterbrach ihre Mutter da ihr stummes Selbstgespräch.

»Isst du nicht bei Hermann?«, fragte sie.

Es kam inzwischen immer häufiger vor, dass Martha die Abende bei Hermann in dessen kleinem Häuschen verbrachte.

»Hermann hat heute seinen Kellermeisterabend.«

Katharina lachte. »In Ordnung. Ich komme in einer Stunde. Was gibt es denn?«

»Panhas mit Bratkartoffeln und grünem Salat.«

»Da bin ich bei.«

Katharina wollte in ihr Kontor gehen, doch ihre Mutter hielt sie am Arm fest und sagte: »Sei Ursel nicht böse. Sie meint es nur gut.«

Katharina seufzte. »Ich weiß, aber was glaubt ihr eigentlich? Dass ich Luciano schlagartig vergessen hätte? Noch jeden Tag tut es weh. Und ja, ich sehne mich immer noch nach ihm. Diese Sehnsucht überlagert all meine anderen Empfindungen.«

Da nahm ihre Mutter sie in die Arme. »Glaub mir, ich kann dich verstehen. Ich kann mir gar nicht ausmalen, wie ich weiterleben sollte, wenn ich Hermann verlöre.« Aber dann lächelte Martha wieder. »Aber das Problem mit frisch verliebten Menschen ist nun mal, dass sie am liebsten die ganze Welt verkuppeln möchten.«

»Konfuzius?«

Ihre Mutter lachte herzhaft auf. »Nein, Martha Hammes.«

»Dann kann ich nur hoffen, dass du nicht auch noch damit anfängst«, scherzte Katharina halbherzig.

In der nächsten Zeit war Katharinas Leben vom Alltag geprägt. Die Auslieferung der Eifler Spezialitäten, Schreibtischarbeit und was in der Kelterei anstand – das ständige Herunterdrücken der immer wieder aufschwimmenden Maische in dem riesigen Holzbottich, in dem die Rotweingärung erfolgte –, bestimmten ihren Tagesablauf. Die Wochen glitten vorüber, gleichförmig wie die Glieder einer Kette. Die Wiesen zeigten inzwischen das müde Gelbgrün, das den Winter ankündigte. Aus dem Ahrtal stieg jeden Tag ein unfreundlicher grauer Novembernebel, der die Eifelberge am Horizont verhüllte.

Am ersten Samstag im Dezember gab Ursel nachträglich zu ihrem dreiundzwanzigsten Geburtstag eine große Party. Dafür hatte sie die gesamte erste Etage des Basaltsteinhauses, in dem sich im Parterre der Lebensmittelladen befand, umgeräumt und mit Krepppapiergirlanden geschmückt. Im Wohnzimmer gab es eine Tanzfläche, auf dem langen Flur standen Schalensessel und Küchenstühle zum Ausruhen und Plaudern. Zwei Tütenlampen verströmten schummriges Licht für die späteren Stunden.

Katharina machte sich am Samstagabend mit gemischten Gefühlen auf den Weg nach Adenau. Einerseits freute sie sich darauf, alte Bekannte wiederzusehen; andererseits war ihr einfach immer noch nicht nach Feiern zumute. Sie ging davon aus, dass sie auf dieser Party auch Johannes Runkel wiedersehen würde. Hoffentlich würde er die gleiche Zurückhaltung zeigen wie bei seinem Besuch Mitte Oktober in Rebenach, nach dem sie nichts mehr von ihm gehört hatte. Nur ungern wollte sie ihn abblitzen lassen müssen. Dafür war er ihr eigentlich zu sympathisch gewesen. Außerdem stand da ja immer noch eine mögliche Geschäftsbeziehung in Aussicht.

»Du siehst toll aus.« Ursels große himmelblaue Augen glitten an Katharinas figurbetontem dunkelgrünem Kleid herunter, zu dem sie hohe Pumps trug. »Diese Farbe steht dir hervorragend. Ist das neu?«

Katharina verzog verlegen das Gesicht. »Mutter hat es genäht. Sie meinte, ich sollte mich für diesen Anlass mal schick machen – obwohl ich mich eigentlich gar nicht so aufdonnern wollte.«

Ihre Cousine lachte. »Womit sie recht hatte. Du bist die Schönste von allen heute Abend.«

Sie betraten das Wohnzimmer, wo die Party schon in vollem Gange war. Natürlich kannte Katharina die meisten Gäste. Die jungen Leute standen in kleinen Gruppen beisammen, saßen auf den beiden Sofas bei der Tanzfläche oder im Flur. In allen Räumen wurde geredet, gelacht, geraucht, getrunken und gegessen. Einige tanzten ausgelassen zu Peter Alexanders *Rocky Tocky Baby*.

Eine ehemalige Klassenkameradin Ursels, die bereits ein bisschen beschwipst war, drückte Katharina ein Glas Sekt in die Hand, mit dem Katharina von Grüppchen zu Grüppchen ging. Obwohl sie an diesem Abend die einzige Frau ohne Partner war, fühlte sie sich nicht unwohl. Dafür waren mehrere Junggesellen auf der Party, Ursels Jugendfreunde. Wie es aussah, war Johannes nicht da, was sie verwunderte. Sie wollte Ursel jedoch nicht nach ihm fragen, um kein falsches Interesse an deren zukünftigem Schwager zu signalisieren.

Wie auf jedem Fest drängten sich in der großen Wohnküche die Leute um das Büfett, das keine Wünsche offenließ. Kartoffel- und Nudelsalat, Hackbällchen, gefüllte Eier,

Käseigel, Schnittchen mit Eifler Spezialitäten und Westerwälder Wurst sowie mit Sardinen, Sardellen, Thunfisch belegt; Cocktailwürstchen, Gewürzgurken, Silberzwiebeln, Radieschen. Eine gut sortierte Bar mit Eierlikör, Eckes Edelkirsch, Kullerpfirsich, Sekt, Bier und den jungen Weinen des Weinguts Hammes war in einer Ecke der Küche aufgebaut. Dort konnte sich jeder selbst bedienen.

Während Katharina sich mit einem Paar, das in Kürze das erste Kind erwartete, unterhielt, betrat ein anderes Paar die Küche – Johannes Runkel in Begleitung einer sehr hübschen Frau, die jedoch ein paar Jahre älter als ihr Begleiter zu sein schien.

Überrascht blickte Katharina den beiden entgegen. Ursel hatte bisher mit keinem Wort erwähnt, dass ihr zukünftiger Schwager neuerdings in festen Händen war.

Für den Bruchteil einer Sekunde spürte Katharina ein leichtes Bedauern beim Anblick der beiden neuen Gäste. Vielleicht wäre es doch nett gewesen, Johannes an diesem Abend als interessanten Gesprächspartner an der Seite gehabt zu haben. Nun gut, besser so, als wenn sie ihn hätte abblitzen lassen müssen.

Mit seinem offenen Lächeln kam Johannes geradewegs auf sie zu. Die Frau, die sich bei ihm eingehakt hatte, lächelte ebenfalls warmherzig. Ein schönes Paar, ging es Katharina durch den Kopf. Eigentlich sprach es für Johannes, dass er eine reifere Partnerin bevorzugte und keine sehr viel jüngere – wie viele Männer in seinem Alter.

»Guten Abend, Fräulein Hammes«, begrüßte er sie. »Ich freue mich, Sie wiederzusehen. Ursel war sich gar nicht sicher, ob Sie kommen.«

»Guten Abend«, entgegnete Katharina und lächelte die beiden an. »Wie Sie sehen, hat es doch geklappt.«

Hoffentlich hat Ursel nicht zu viel über meinen Seelenzustand ausgeplaudert, dachte sie besorgt.

»Darf ich vorstellen?« Johannes sah zwischen ihr und der hübschen Frau an seiner Seite hin und her. »Fräulein Hammes vom Weingut Hammes an der Ahr, Ursels Cousine – unsere Schwester Hannelore.«

Katharina blinzelte ihn verblüfft an. »Schwester?«, kam es ihr vorschnell über die Lippen. »Ursel hat mir …«

Johannes lachte. »Ich weiß. Wahrscheinlich hat Horst Ihrer Cousine bis jetzt auch kaum etwas über Hannelore erzählt. Unsere Schwester ist übrigens erst vor vier Stunden in Altenkirchen angekommen.«

»Ich lebe schon seit Jahren mit meiner Familie in England«, ergriff jetzt Hannelore das Wort. »Durch die Entfernung haben wir natürlich nicht so viel Kontakt miteinander. Deshalb bin ich wahrscheinlich nicht ständig Gesprächsthema bei meinen Brüdern. Das heißt aber nicht …«, sie versetzte Johannes einen liebevollen Knuff in die Seite, »… dass wir uns nicht verstehen.«

»Hannelore ist mit ihrer Familie für ein paar Tage auf Heimaturlaub. Ihr Mann John und die Kinder sind im Westerwald bei unseren Eltern geblieben. Aber meine neugierige Schwester wollte unbedingt ihre zukünftige Schwägerin kennenlernen.«

»Ursel hat sich bestimmt gefreut«, sagte Katharina.

Hannelore lachte. »Den Eindruck hatte ich auch gerade an der Tür. Ursel ist mir geradezu um den Hals gefallen.«

»Das glaube ich gern. Sie ist herrlich spontan.«

»Ich werde mich mal zu ihr gesellen«, fuhr Johannes' Schwester fort. »So schnell werde ich bestimmt keine Gelegenheit mehr haben, sie näher kennenzulernen.« Mit diesen Worten verließ sie die Küche.

Johannes lächelte Katharina an, und sein Blick ruhte vielleicht zwei Lidschläge zu lang auf ihrem Gesicht. Dann trat er an das Büfett heran. »Das sieht ja alles fantastisch aus«, schwärmte er. »Da läuft einem das Wasser im Mund zusammen. Wer hat sich denn die viele Arbeit gemacht?«

»Wir alle zusammen«, erwiderte Katharina. »Ursel und ihre Mutter, meine Mutter, Hedwig, unsere Haushälterin, und, na ja, ich habe auch ein bisschen mitgeholfen.« Tatsächlich hatte sie den geringsten Anteil an der Arbeit gehabt.

»Ich finde es schön, wenn die Familie zusammenhält.«

Überrascht sah sie Johannes an. Dabei musste sie den Kopf leicht heben. Er war größer als sie, mindestens eins neunzig. Sogar ein paar Zentimeter größer als Luciano. Zwei, drei Sekunden lang kreuzten sich ihre Blicke. Dann senkte Katharina schnell den Kopf. Das hätte auch Luciano sagen können, schoss ihr dabei durch den Sinn.

Hör endlich auf, schalt sie sich. Lass zumindest an diesem Abend Luciano draußen vor der Tür. Sie räusperte sich energisch und sah Johannes wieder an. Dabei zwang sie sich zu einem lockeren Lächeln.

»Ich warte noch ein bisschen mit dem Essen«, sagte Johannes. »Mir ist erst einmal nach einem Glas Sekt zumute.« Er zeigte auf ihr Glas. »Darf ich Ihnen auch noch eines bringen?«

»Gerne.«

»Aber nicht weglaufen«, scherzte er mit erhobenem Zeigefinger, während er ihr das Glas aus der Hand nahm. »Ich möchte mich noch ein bisschen mit Ihnen über Ihren Wein unterhalten – da Sie gerade hier sind.«

Katharina musste lachen. »Keine Sorge. Ich setze mich nur dort im Flur in einen der Sessel. Oder ist das schon zu weit weg?«, fragte sie zwinkernd.

»Das schaffe ich gerade noch von hier aus«, konterte er ebenfalls zwinkernd.

Aus dem Sessel heraus konnte sie Johannes beobachten, wie er mit ruhiger Hand Sekt in beide Gläser füllte. Und wieder fiel ihr auf, dass er sehr viel attraktiver war als sein Bruder. Eigentlich war er für einen Mann viel zu schön – ohne jedoch unmännlich zu wirken. Auf dem Weg zu ihr wechselte er ein paar Worte mit Ursels Freundinnen, die mit schier überquellenden Tellern am Büfett standen und es sich schmecken ließen. Beide Frauen waren verheiratet – und beide flirteten ganz offensichtlich mit dem Westerwälder.

Kein Wunder, dachte Katharina amüsiert. Von ihren Rommé-Freundinnen wusste sie nur zu gut, dass nach ein paar Jahren Ehe, Haushaltspflichten und Kindererziehung viele Frauen gerne hin und wieder testen wollten, ob sie auch noch bei anderen Männern als nur ihren eigenen begehrt waren.

Ob mir das mit Luciano auch passiert wäre?, fragte sie sich unwillkürlich. Nein. Niemals. Dafür war ihre Beziehung viel zu leidenschaftlich, Luciano ein viel zu guter Liebhaber und ein viel zu interessanter Mensch gewesen, als dass es ihr jemals hätte langweilig mit ihm werden können.

»So in Gedanken versunken?«, fragte Johannes, der plötzlich vor ihr stand. »Darf ich mich trotzdem setzen?«

»Natürlich«, erwiderte Katharina hastig und lächelte zu ihm hoch. »Ich habe den Sessel doch die ganze Zeit für Sie bis aufs Blut verteidigt.«

Johannes lachte. Es klang dunkel und voll. »Das wundert mich nicht. Eine schöne Frau bleibt nicht lange allein – zumal sich hier einige Eifler Junggesellen tummeln sollen, wie Ursel mir erzählte.«

»Und ein Westerwälder, wenn ich das richtig verstanden habe«, kam es Katharina viel zu schnell über die Lippen.

Flirtete sie jetzt etwa auch?, fragte sie sich erschrocken.

Johannes setzte sich. »Keine Sorge. Der wird Sie nicht belästigen. Der weiß nämlich, was sich gehört«, fügte er mit jungenhaftem Lächeln hinzu.

»Wenn das vielleicht auch einige Frauen an diesem Abend hier bedauern werden – ich meinerseits schätze ein gutes Benehmen sehr«, erwiderte sie betont huldvoll.

Die Unterhaltung mit ihm machte ihr Spaß. Johannes war schlagfertig und hatte Humor. Inzwischen war sie sich sicher: Er wusste von Ursel, dass sie zurzeit nicht auf der Suche war. Und wieder befürchtete sie, dass ihre Cousine zu viel ausgeplaudert haben könnte. Nur ungern wollte sie vor Johannes als gebrochene Seele dastehen; als eine Frau, die belogen und betrogen und sitzen gelassen worden war.

»Hört mal alle her!«, rief da jemand. »Wir vom Kirchenchor Adenau wollen unserer Ursel ein Ständchen bringen. Gibt es vielleicht jemanden, der uns an diesem Klavier dort hinten begleiten kann?«

»Mein zukünftiger Schwager kann Klavier spielen!« Das war Ursels Stimme.

Johannes zog den Kopf ein. »Bitte nicht! Ich stehe nicht gern im Mittelpunkt.«

Katharina lachte leise. »Das kann ich gut verstehen.«

Da kam auch schon Ursel auf sie zu, zog Johannes aus dem Sessel und schob ihn ins Wohnzimmer zum Klavier. Katharina sah, wie sich acht Frauen um ihn scharten und auf ihn einredeten. Sie blieb in ihrem Sessel im Flur sitzen, obwohl ihr einige der Gäste, die im Türrahmen standen, nun den Blick auf den Pianisten verwehrten. Dann ging es los: Die Frauen vom Kirchenchor stimmten den bekannten Kanon *Froh zu sein bedarf es wenig* an, der oft an Geburtstagen gesungen wurde – auch wenn das Wort Geburtstag gar nicht im Text auftauchte.

Johannes griff in die Tasten. Pro Takt wechselten sich der C-Dur-Akkord als Dominante und der F-Dur-Akkord als Tonika regelmäßig ab, sodass dieser Kanon vierstimmig gesungen wurde. Immer mehr der Anwesenden fielen ein – und irgendwann hob Ursel beide Arme. »Genug jetzt!«, rief sie in die Runde. »Ich glaube, nach den vielen Strophen sind wir alle Könige.« Sie trat auf Johannes zu. »Vielleicht kannst du noch was anderes für uns spielen. Was meint ihr?«, fragte sie in die große Runde hinein, die sich auf der Tanzfläche versammelt hatte.

Da sagte keiner Nein.

»Was wollt ihr denn hören?«, erkundigte sich Johannes.

Aus dem Publikum schallten ihm viele Wünsche entgegen. Er sah Ursel an. »Und was möchtest du hören?«

»*Die Caprifischer*«, wünschte sich Ursel in sehnsuchtsvollem Ton. »Kannst du das?«

»Sehen wir mal«, meinte Johannes gelassen und schlug die ersten Töne an.

Sie schnitten Katharina ins Herz, erinnerten sie daran, wie sie mit Luciano zusammen dieses Lied vor der Jagdhütte gesungen hatte – bevor sie sich zum ersten Mal geliebt hatten.

Johannes spielte den Schlager sehr gefühlvoll, und fast alle der Gäste sangen schließlich den Refrain mit *Bella, bella, bella Marie, bleib mir treu, ich komm zurück morgen früh* …

Katharina senkte den Kopf. Sie merkte, wie ihr die Tränen in die Augen traten. Auch das noch … Automatisch griff ihre Rechte zu der goldenen Kette, die warm und vertraut um ihren Hals lag. Manches Mal schon hatte sie sie in Situationen wie dieser sich vom Hals reißen wollen. Doch dieses Geschenk war das einzige Gegenständliche von ihm, das sie berühren konnte und das bewies, dass es ihn jemals in ihrem Leben gegeben hatte. Die Kette verband sie mit ihm. Und dieses Band wollte sie nicht zerreißen.

Irgendwann verstummten der Gesang und die Klaviermusik. Irgendjemand legte wieder eine Platte auf, und Lonny Keller erklang aus dem Lautsprecher: »So ein Tag, so wunderschön wie heute …«

Katharina ging in die Küche zur Bar und schenkte sich ein Glas Riesling ein, während die Gäste die Tanzfläche stürmten.

»Ist der aus diesem Jahr?«, hörte sie da Johannes' Stimme hinter sich fragen.

Sie drehte sich zu ihm um und brachte ein Lächeln zustande. »Ja, gerade erst abgefüllt worden.«

»Darf ich kosten?« Johannes sah sie eindringlich an.

»Klar, dafür ist er ja da.« Sie schenkte ihm ein.

Er trank, ließ den Wein über die Zunge rollen, schluckte und meinte dann: »Frisch und sauber.«

»Sie können auch die anderen probieren.«

»Das würde ich gerne. Vielleicht können wir ins Geschäft kommen. Das wäre nicht zu Ihrem Nachteil.«

»Das stimmt«, gab sie zu und musste unwillkürlich seufzen. »Mit dem Weinabsatz habe ich so meine Schwierigkeiten«, gestand sie ihm.

»Ursel hat es erzählt.«

Sie zog die Stirn in Falten. »Was hat meine Cousine denn noch alles über mich erzählt?«

Johannes hob beide Hände. »Keine Sorge. Nichts, was ich nicht aus meinem eigenen Leben kennen würde.«

»Und das wäre?«

»Dass die Liebe einem nicht immer wohlgesinnt ist.«

Katharina lachte freudlos auf. »Sind Sie auch von einem italienischen Gastarbeiter verlassen worden?«, fragte sie bitter, und das auch nur, weil sie bereits die Wirkung der beiden Gläser Sekt spürte. Kaum hatte sie diese Frage ausgesprochen, bemerkte sie, wie ein Schatten über Johannes' attraktive Züge glitt. Ihr Witz schien bei ihm nicht so gut angekommen zu sein.

Doch schnell fing er sich wieder und antwortete: »Nein, aber von einer deutschen Verkäuferin.«

Katharina seufzte. »Dann sitzen wir ja sozusagen im selben Boot.«

Im nächsten Moment begann Caterina Valente aus dem Lautsprecher im Wohnzimmer zu singen: »Steig ein in das Traumboot der Liebe …«

Sie sahen sich an und fingen gleichzeitig an zu lachen. »Wollen wir tanzen?«, fragte Johannes und deutete eine Verbeugung an.

»Warum nicht?«, antwortete Katharina. »Nachdem wir bereits beide mit diesem Boot gekentert sind, wissen wir ja, wie man sich rettet.«

»Oder gar nicht erst einsteigt«, konterte Johannes, ergriff ihre Hand und zog sie auf die Tanzfläche.

Johannes führte sie sicher und tanzte sehr gut. Wie es sich gehörte, hielt er etwas Abstand. Dennoch konnte sie sein Aftershave riechen – Tabak Original, nichts Besonderes. Unwillkürlich musste sie an den Duft von Sandelholz und Zitrone denken. Und nicht nur daran. Johannes' Duft, sein Körper, seine Art, sich zu bewegen, waren ihr fremd. Wie sehr sehnte sie sich zu diesen sentimentalen Tönen nach dem Mann, der ihr so vertraut gewesen war!

Sie tanzten noch öfter an diesem Abend zusammen. Zwischendurch probierten sie die neuen Weißweine des Weinguts, die trotz des schlechten Wetters überraschend kräftig und charaktervoll geworden waren, und besprachen in der hintersten Ecke des Flurs die Konditionen einer geschäftlichen Zusammenarbeit.

»Ich werde mit meinem Chef Rücksprache nehmen und

mich bald bei dir melden«, sagte Johannes abschließend. Im Laufe des Abends waren sie zum Du übergegangen. »Vielleicht kann ich den Einkaufspreis auch noch ein wenig anheben«, fügte er mit einem verschmitzten Lächeln hinzu. »Deine Preise scheinen mir doch sehr niedrig zu sein für solch gute Weine.«

»Diesbezüglich hast du freie Hand«, erwiderte Katharina fröhlich lachend. »Da bin ich ganz anpassungsfähig.«

Als Katharina weit nach Mitternacht durch die dunkle Nacht nach Rebenach zurückfuhr, musste sie sich eingestehen, dass dies ein schöner Abend gewesen war, den sie sehr genossen hatte. Ein trauriges Lächeln spielte um ihre Lippen, als sie dachte: Was wäre, wenn ich Johannes vor Luciano begegnet wäre? Vielleicht hätte das zwischen ihm und mir sogar etwas werden können.

Luciano

Mitte September, vierzehn Tage, nachdem sein Vetter Katharina mit dem blonden Mann in inniger Umarmung gesehen hatte, war Luciano aus dem dunklen kleinen Zimmer in der Landsberger Straße ausgezogen. Er hatte kurzfristig einen Platz in einer der beiden Werksbaracken von BMW bekommen. Doch schon nach ein paar Tagen hielt er es dort kaum mehr aus. Fünfzig seiner Landsleute lebten hier dicht zusammen. Es gab nur zwei Duschen im Freien und keinerlei Privatsphäre. Ein paar Tage nach seinem Einzug dort sprach ihn sein Chef an.

»Ich habe eben zufällig in der Kantine erfahren, dass Sie in die Werksbaracke gezogen sind. Davon halte ich gar nichts. Sie arbeiten hier an dem besten Rennwagen, den es je gegeben hat, und hausen in solchen Verhältnissen.«

Einen Tag später bezog Luciano zur Untermiete ein Zimmer im Haus der Schwägerin seines Chefs. Die Kriegswitwe betrieb ein kleines Hotel in Schwabing. Das Zimmer hatte sogar eine eigene Dusche und eine Toilette. Da er in der neuen Abteilung gut verdiente, konnte er sich die Miete problemlos leisten.

In der ersten Oktoberwoche verkaufte er sein Motorrad an einen Kollegen und erstand mit dem Erlös, zu dem er noch ein bisschen von seinem Gesparten legte, sein erstes Auto – den gebrauchten DKW seiner Vermieterin, die sich einen Fiat 600 gekauft hatte. Luciano hatte das Gefühl, dass es aufwärts mit ihm ging. Ihm war nur allzu bewusst, dass er diese Karriere seinem Professore zu verdanken hatte. Inzwischen hatten sie wieder einen engeren Kontakt. Seit Mitte September nämlich lebte der Professore in Innsbruck bei seiner Schwägerin. Einmal in der Woche telefonierten sie miteinander.

Auch mit Terzo hatte Luciano noch Kontakt. Trotz aller Probleme zwischen ihnen tauchte Terzo immer wieder abends bei ihm auf, um ein Glas Wein mit ihm zu trinken. »Come stai?«, fragte er stets strahlend, wenn er überraschend in der Tür stand und ihn umarmte. Dann erzählte er ihm die Neuigkeiten aus ihrer Heimat.

»Nonna hat dir immer noch nicht verziehen«, teilte Terzo ihm eines Abends mit. »Sie spricht mit keinem Wort von dir. Und das wird sich wahrscheinlich auch nicht ändern, solange du mit der Tedesca zusammen bist.« Mit bedrückter Miene hob Terzo die Schultern. »Scusa, amico.«

Seine Familie ging offensichtlich davon aus, dass er immer noch mit Katharina zusammen war – was er auch nicht dementieren wollte, glaubte er doch tief im Innern immer noch nicht daran, dass Katharina einen anderen Mann liebte. Manchmal schimpfte er sich deswegen selbst als verrückt. Aber da war einfach das Gefühl in ihm, mit ihr eng verbunden zu sein. Manchmal glaubte er sogar zu spüren, dass ihre Gedanken ganz nah bei ihm waren. Und ganz gewiss wollte er seiner Familie den Triumph nicht gönnen, dass die Tedesca ihn verlassen hatte. Ihren Vorurteilen gegenüber den Deutschen wollte er nicht auch noch Vorschub leisten.

Da Luciano trotz seiner Arbeit und seines Erfolgs Katharina nicht vergessen konnte, hatte er Ende Oktober bei seinem Chef angefragt, ob er an einem der nächsten Wochenenden freihaben könnte. Er musste einfach noch einmal nach Rebenach fahren und Katharina in die Augen sehen.

»Buab, du weißt doch, der 507 soll im Januar rausgehauen werden«, hatte der ältere, vierschrötige Mann, dem er inzwischen fast freundschaftlich verbunden war, im breitesten Bayerisch geantwortet. »Da zählt jede Stunde. Und du bist nun mal einer, der hier an vorderster Front gebraucht wird. Verspiel dös ned.«

Mitte November stand Terzo wieder einmal abends vor Lucianos Tür.

»Du siehst gut aus«, sagte er. Er zeigte auf den cremeweißen Sweater, den Luciano sich ein paar Tage vorher in einem Herrenbekleidungsgeschäft auf der Maximilianstraße geleistet hatte. »Neu?«

»Si.«

»Hätte ich nie gedacht, dass du es so weit bringen würdest – und das in so kurzer Zeit«, meinte Terzo mit anerkennender Miene. »Immerhin bist du erst seit Mitte Juli hier.«

Luciano musste lachen. »Ich hatte Glück.«

»Nicht nur. Du kannst was.« Terzo seufzte. »Ich werde bei BMW kündigen und auf den Bau gehen. Da kann ich mehr verdienen. Muss schließlich bald für drei Geld nach Hause bringen.«

»Wann wird denn die Hochzeit sein?«

»Vor Weihnachten. Am 22. Dezember heiraten wir in Il Nido. Nach den Feiertagen kommt Sophia mit mir nach Deutschland. Ich habe eine Zweizimmerwohnung in Aussicht.« Terzo sah ihn bedeutungsvoll an. »Du bist natürlich herzlich zur Hochzeit eingeladen.«

»Danke, aber ich werde an Weihnachten nicht nach Hause fahren. Ich bekomme nicht frei.«

»Wie bitte?« Terzo riss die Augen auf. »Auch am ersten Weihnachtstag nicht?«

»Doch, am ersten Weihnachtstag arbeitet bei uns in der Abteilung niemand. Aber am zweiten Weihnachtstag geht es schon weiter.«

»Fährst du dann zu deiner Freundin?«

Luciano biss sich auf die Lippe. »Das lohnt sich nicht.« Er schüttelte den Kopf. »Ich besuche den Professore. Von München bis Innsbruck brauche ich nur drei Stunden.«

»Nonna wird traurig sein, wenn du nicht kommst – auch wenn sie das niemals zugeben würde. Und das wird ihren Hass auf deine Freundin noch mehr schüren.«

»Geht das überhaupt noch?«, fragte Luciano bitter. »Meine Mutter hat bisher jeden Versöhnungsversuch meinerseits abgelehnt. Meine Briefe und Postkarten hat sie in all den Monaten nicht beantwortet. Und auf meine Anrufe in der Bar hin hat sie sich auch nicht gemeldet.«

Terzo steckte sich eine Zigarette an und blies den Rauch mit nachdenklicher Miene aus. »Du musst sie verstehen. Sie hat die Deutschen erlebt, wie sie uns überfallen und unschuldige Menschen getötet haben. Sie war dabei, hat Freunde verloren. Sie hasst die Deutschen.«

»Aber mich hat sie doch immer geliebt!«, rief Luciano empört aus. »Mir zuliebe müsste sie doch die Frau, die ich liebe, als Schwiegertochter willkommen heißen. Und das wiederum kann ich ihr nicht verzeihen.«

Nachdem Terzo gegangen war, saß Luciano noch lange in dem Sessel vor dem Fenster, aus dem er auf die gegenüberliegende Häuserzeile blicken konnte. Es gefiel ihm in Schwabing, dessen niedrige beschauliche Häuserreihen dem Viertel einen dörflichen Charakter verliehen. Künstler und Studenten brachten Farbe und Lebendigkeit hinein.

Während er einen Schluck Rotwein trank, ging er in Gedanken

noch einmal die Unterhaltung mit Terzo durch. Mir zuliebe müsste sie doch die Frau, die ich liebe, als Schwiegertochter willkommen heißen, hatte er zu Terzo gesagt – ganz so, als würde Katharina immer noch zu seinem Leben gehören. So war es auch. Immer noch hatte er das Gefühl, mit ihr verbunden zu sein. Der Schmerz war zwar mittlerweile nicht mehr so stechend, und inzwischen war er auch ein paarmal abends in Schwabing mit einem deutschen Kollegen unterwegs gewesen. Natürlich hatten sie Frauen kennengelernt. Einmal war er erst in den frühen Morgenstunden von einer nach Hause gekommen – ernüchtert und verzweifelt. Hatte er früher kein Liebesabenteuer ausgelassen, so war er inzwischen enthaltsam, lebte wie ein Mönch – was er sich nie hätte vorstellen können. Er hatte einfach kein Interesse an anderen Frauen. Irgendwie war es sogar so, dass er sich ihr verpflichtet fühlte. In der Fatimakapelle hatte er ihr Treue geschworen. Und die würde er ihr halten, solange er einen winzigen Funken Hoffnung verspürte. Sobald es seine berufliche Situation zuließ, würde er zu ihr fahren.

An Heiligabend vormittags hörte Luciano, der gerade unter der Montagebühne lag, die Stimme seines Chefs rufen: »Luciano, komm mal raus!«

Luciano rollte unter der Werksbühne hervor. »Chef, ich habe die undichte Stelle endlich gefunden. Es handelt sich …« Er sprang auf die Füße und sah den älteren Mann strahlend an. »Es handelt sich um einen Haarriss. Ich bin mit der Lupe drangegangen, weil ich es mir nicht erklären konnte. Entweder liegt es an einem Produktionsfehler des Zulieferteils – dann wäre das schlecht und würde Zeitaufschub für die Fertigstellung bedeuten, oder es betrifft tatsächlich nur diese eine Leitung hier.«

Sein Chef hatte ihm mit großen Augen zugehört und nickte zufrieden. »Gut gemacht, Buab. Ich verstehe nicht, dass das niemand anderem hier aufgefallen ist. Da müssen wir jetzt schaun …« Sie besprachen sich kurz, was als Nächstes zu tun sei. »Aber deswegen bin ich gar nicht gekommen«, fügte sein Meister schließlich hinzu. »Ich wollte dir ein Weihnachtsgeschenk bringen.«

Luciano sah ihn erstaunt an.

»Ich habe für dich organisiert, dass du über Silvester vier Tage freihast. Vom neunundzwanzigsten Dezember bis einschließlich ersten Jänner. Du hast jetzt wochenlang durchgearbeitet. Und das besser als alle anderen. Wie ich gerade gesehen habe, hast du dir diesen Bonus mehr als verdient.«

Zum ersten Mal in seinem Leben verlebte Luciano das Weihnachtsfest in der Fremde. Eine Woche vor Weihnachten war er mit einem vollen Kofferraum zur Post gefahren. Für jeden aus seiner Familie hatte er ein Geschenk gekauft. Für die Mädchen Puppen, für seine Neffen neues Werkzeug, für seine Schwester Carlotta und seine Schwägerin Maria seidene Tücher und für seine Mutter ein großes blaues Wolltuch für kühle Abende unter der Pergola. Sein Bruder und Schwager sollten jeweils einen modernen Rasierapparat bekommen, wie sie jetzt in Deutschland immer mehr in Mode kamen. Für Terzo und Sophia hatte er bereits vorher zur Hochzeit ein Geldgeschenk auf den Weg gebracht. Es hatte ihm Freude gemacht, alle zu beschenken – zumal er es sich jetzt finanziell erlauben konnte.

Am ersten Weihnachtstag brach er um sieben Uhr in Richtung Innsbruck auf. Er kannte die Strecke von seinen Fahrten in die Heimat. Innsbruck selbst kannte er noch nicht und freute sich darauf.

Der Professore und seine Liebste bereiteten ihm einen herzlichen Empfang. Auf Anhieb fühlte Luciano sich wohl in dem kleinen Haus im Alpenstil, das vor den Toren Innsbrucks in den Wiesen stand. Schon bald merkte er, dass die beiden glücklich miteinander waren. Die Übereinstimmung, die zwischen Eduardo und Amalie bestand, erinnerte ihn schmerzhaft an die, die er zwischen sich und Katharina erlebt hatte. Sie verständigten sich durch Blicke und liebevolle Gesten, lachten viel miteinander.

Nach dem Mittagessen – es gab Flädlesuppe, Tafelspitz mit Kren und Bayerische Creme – schlug Amalie vor, dass der Professore seinem jungen Freund doch die Stadt zeigen solle. Nur zu gern nahmen die beiden Männer das Angebot an, eine Zeit lang unter sich sein zu können.

So schlenderten Luciano und Eduardo Visconti eine halbe Stunde später bei kaltem, sonnigem Wetter durch Innsbrucks Altstadt – vorbei an dem berühmten Goldenen Dachl, dem Prunkkerker, der hoch oben zwischen mittelalterlichen Häusern und zu dieser Jahreszeit kahlen Laubengängen thronte.

»Von dort oben hat einst Kaiser Maximilian den Ausblick auf das bunte Treiben in seiner Stadt im Auge behalten«, erzählte Eduardo, und Luciano fühlte sich an frühere Zeiten erinnert, als er noch bei seinem väterlichen Freund in der Klasse gesessen hatte.

Die pittoresken Häuserzeilen in den engen Gassen, die Parks und der imposante Blick auf das verschneite Karwendelgebirge am Ende der Maria-Theresien-Straße machten den Spaziergang für Luciano zu einem Erlebnis. Nach ihrem Rundgang aßen sie im *Café Sacher* in der Hofburg ein Stück der berühmten Schokoladentorte.

»Darf ich fragen, wie es Ihnen hier in Innsbruck gefällt?«, sagte Luciano, als sie sich an dem kleinen Kaffeehaustisch gegenübersaßen.

Eduardo lachte. »Ich hätte nicht gedacht, dass es mir so gut gefallen würde. Besonders das Leben mit Amalie. Wir harmonieren miteinander, da braucht es nicht viele Worte.«

»Das habe ich bemerkt«, erwiderte Luciano lächelnd.

»Es ist schön, nicht mehr allein zu sein«, fuhr sein väterlicher Freund fort. »Dabei lassen wir uns gegenseitig Luft. Immerhin haben wir ja beide sehr lange allein gelebt. Und sind nicht mehr die Jüngsten«, fügte er zwinkernd hinzu. »Da hat jeder seine Eigenarten.«

»Wann wollen Sie zurück nach Sizilien?«

»Im März. Mal sehen, wie es uns dort ergeht. Amalie hat das schöne, große Haus, ich ja nur die Wohnung. Hoffentlich wird sich Amalie bei mir genauso wohlfühlen wie ich mich bei ihr.«

»Dafür werden Sie viel mehr Sonne und Wärme haben, dazu die Düfte des Südens und das Meer«, zählte Luciano all das auf, was er in Deutschland manchmal vermisste.

»Wir werden sehen.« Der Professore nickte mit zuversichtlicher Miene. »Falls Amalie nicht zurechtkommt, kommen wir einfach zurück. Ich fühle mich hier in der Heimat meiner Mutter ja auch sehr wohl.« Dann sah er seinen Ziehsohn forschend an. »Und wie geht es dir, mein Junge?«

Luciano atmete tief durch. Bei jedem Telefongespräch hatte er Eduardo von seiner Sehnsucht nach Katharina erzählt – wie auch von der derzeitigen beruflich bedingten Unmöglichkeit, die für ihn so belastende Situation zu klären. Jetzt endlich konnte er ihm einmal etwas Positives berichten.

»Stellen Sie sich vor: Schon in vier Tagen werde ich endlich nach Rebenach fahren, um mit Katharina noch einmal zu reden. Selbst auf die Gefahr hin, dass sie oder ihre Mutter oder vielleicht sogar ihr Ehemann, falls sie schon geheiratet hat, mir die Tür vor der Nase zuschlagen, will ich ihr noch einmal von Angesicht zu Angesicht gegenüberstehen und aus ihrem Mund hören, dass sie mich nicht geliebt hat.« Er seufzte tief, bevor er leiser hinzufügte: »Denn das kann ich bis heute nicht glauben. Und bevor ich diesbezüglich keine Klarheit habe, kann ich mich keiner anderen Frau zuwenden.«

»Willst du nicht vorher deinen Besuch telefonisch ankündigen?«, fragte Eduardo mit zweifelnder Miene.

»Nein.« Energisch schüttelte Luciano den Kopf. »Ich will sehen, wie sie auf unser Wiedersehen reagiert, ohne dass sie vorher ihren Verstand einschalten kann.« Er hob die Schultern. »Was habe ich zu verlieren? Eigentlich habe ich sie ja längst verloren.« Hastig trank er von seinem Kaffee, bevor er fortfuhr: »Wissen Sie, inzwischen habe ich mehr Selbstwertgefühl. Als ich Katharina kennenlernte, war ich arbeitslos. Inzwischen arbeite ich auf Augenhöhe mit deutschen Kfz-Mechanikern, und mein Chef hält viel von mir. Ich bin gereift in diesen wenigen Monaten. Und das Beste ist …«, er sah seinen väterlichen Freund strahlend an, »ich habe eine neue berufliche Perspektive, kann mir vielleicht meinen Lebenstraum erfüllen.«

Der Professore rückte auf die Stuhlkante vor. »Erzähl!«

Luciano drückte seine Zigarette aus. Ein paar Sekunden lang ließ er den Aschenbecher auf der Tischplatte kreisen. Er überlegte, ob er vielleicht zu voreilig war, wenn er seinem Ziehvater von dem erzählen würde, was ihn seit einer Woche umtrieb. Inzwischen wusste er, dass das Leben sich von einer Sekunde auf die andere ändern konnte. Die Neuigkeit, die er ihm heute verraten würde, konnte sich schon morgen längst erledigt haben.

»Nun sag schon, Junge«, drängte Eduardo ihn da.

»Nun gut.« Luciano hob den Kopf und sah ihn an. »Vor einer Woche hat mich einer der Ingenieure von uns angesprochen, ob ich Interesse hätte, für ihn zu arbeiten. Er will sich am Nürburgring mit einer Werkstatt selbstständig machen und dort eigene Autos bauen und ...«

»Nürburgring?«, unterbrach sein Professore ihn erstaunt. »Ist das nicht in der Eifel?«

»Ja, genau dort.« Luciano spürte wieder etwas von der Aufregung, die ihn befallen hatte, als Franz Silberstein ihn in der Werkshalle aufgesucht hatte. »Die Werkstatträume liegen genau hinter der Tribüne des Rings. Herr Silberstein hat dort schon einmal kurz nach dem Krieg für einen Autobauer gearbeitet, der Rennwagen hergestellt hat. Diese konnten sich jedoch auf dem Markt nicht durchsetzen. Die Zeit war anscheinend noch nicht reif dafür gewesen, und die Firma wurde 1953 liquidiert. BMW übernahm die Reste dieser Firma und einige der Beschäftigten. Zu denen gehörte auch Franz Silberstein. Nach 1953 wurden dann die Werkstatträume für die Versuchsabteilung von BMW zum Stützpunkt Nürburgring. Dieser Ingenieur will nun in diesen Räumen eine eigene Werkstatt einrichten und Autos bauen. Sportwagen für die Straße und auch Rennwagen, die mich ja am meisten interessieren. Er sucht nun Leute bei BMW, die mit ihm dorthin gehen. Auf mich ist er gekommen, weil mein Meister mich ihm empfohlen hat. Mit von der Partie werden noch ein Konstrukteur, ein ehemaliger Grand-Prix-Sieger, zwei Kfz-Meister und drei weitere Kfz-Mechaniker sein.« Luciano spürte, wie seine Wangen brannten. Mit beiden Händen strich er sich das Haar aus der Stirn und fuhr aufgeregt fort: »Sollte das Projekt tatsächlich auf den Weg kommen, wäre das für mich eine ungeheure Chance. Nach ein paar Jahren könnte ich mich vielleicht sogar am Ring oder in der nahen Umgebung selbstständig machen. Nicht, um Autos zu bauen, sondern um sie zu reparieren.«

Eduardo hatte ihm aufmerksam zugehört. Nun nickte er bedächtig. »Das klingt alles sehr interessant. Aber würdest du auch noch dorthin gehen wollen, wenn die Begegnung mit Katharina in vier Tagen für dich eine Enttäuschung werden sollte?«

Da musste Luciano nicht lange überlegen. »Ja. Es war immer mein Traum, irgendwann einmal eine eigene Werkstatt für Renn- und Sportwagen zu haben. Und wo könnte ich diese Werkstatt besser eröffnen als in der Nähe des Nürburgrings?«

Der Professore griff über den Tisch und legte seine Hand auf Lucianos. »Ich bin stolz auf dich, mein Junge. Und die Sache mit Katharina … Tu etwas! Es wird Zeit. Amare e non essere amati è tempo perso.«

Luciano lächelte ihn voller Dankbarkeit an. »Ja, ich weiß. Lieben und nicht wiedergeliebt zu werden ist verlorene Zeit.«

Katharina

Wie an jedem Weihnachtsfest seit dem Krieg, in dem Ursels Vater sein Leben verloren hatte, verbrachten Ursel und ihre Mutter Heiligabend in Rebenach auf dem Weingut. In diesem Jahr war auch Hermann dabei. Hedwig hatte eingekauft und einige Vorbereitungen fürs Weihnachtsessen getroffen. An diesen Festtagen jedoch stand Martha zum ersten Mal seit langer Zeit in weißer Rüschenschürze und mit leuchtend roten Wangen und Lippen selbst in der großen Küche – an ihrer Seite Hermann, der sich als hervorragender Koch erwies. Katharina, die in der Eingangshalle den Weihnachtsbaum schmückte, hörte die beiden immer wieder miteinander scherzen und lachen. Ihre Mutter und der Kellermeister waren inzwischen ein Paar. Sie freute sich darüber – wenn auch mit einem wehen Herzen. An diesem Vormittag fragte sie sich wieder einmal, warum nicht auch ihr ein solches Glück vergönnt war.

Am Nachmittag begleitete Katharina ihre Mutter und Hermann in die Kirche. Hier zeigte Martha, die am Arm von Hermann wie eine Königin die Kirche betrat, zum ersten Mal den Rebenachern, dass sie wieder einen Mann hatte. Am Abend ließen sich alle die knusprige Gans schmecken, für die Martha viel Lob erntete.

»Die ist nicht mein Verdienst«, winkte sie lachend ab. »Hedwig hat alles vorbereitet, und Hermann war der Küchenchef.« Dabei warf sie ihm einen zärtlichen Blick zu.

Es folgten noch ein paar Neckereien, und dann sagte Ursel mit glänzenden Augen in die Runde: »Ich habe eine Überraschung.« Dabei sah sie ihre Cousine an. »Horst hat mich heute Morgen angerufen. Er konnte mit seiner Neuigkeit nicht bis zu seinem Besuch bei uns morgen warten.«

»Erzähl!«, forderte Martha sie auf.

Ursel warf Katharina einen verschwörerischen Blick zu. »Stell dir vor, Horst und Johannes machen vom neunundzwanzigsten Dezember bis zum ersten Januar hier in Bad Neuenahr Urlaub. Horst hat heute das Zimmer gebucht. Ist das nicht toll? Dann können wir zusammen Silvester feiern.«

Katharina wusste nicht, ob sie das toll finden sollte. Sie fühlte sich überfahren. Bisher hatte sie mit keinem Wort verlauten lassen, dass sie mit den dreien Silvester feiern wollte.

»Ich finde das wunderbar!«, rief da für sie ihre Mutter begeistert aus.

Katharina wusste nur zu gut, dass ihre Mutter die Idee nicht ganz uneigennützig so wunderbar fand. Ihr war schon länger klar, dass ihre Mutter Silvester am liebsten mit Hermann verbringen wollte – was sie auch verstand. Wäre sie noch mit Luciano zusammen, ginge es ihr nicht anders. Sie wusste jedoch auch, dass ihre Mutter ein schlechtes Gewissen haben würde, wenn sie ihre Tochter an diesem Abend allein ließe.

»Was sagst du dazu?«, fragte Ursel erwartungsvoll in Katharinas Gedanken hinein.

»Was soll ich dazu sagen? Ich weiß nicht so richtig …«

»Horst hat vorgeschlagen, wir sollten im Kasino feiern. Dort können wir auch tanzen.« Verzückt verdrehte sie die Augen. »Das ist doch mal etwas ganz Besonderes. Dort waren wir noch nie.«

Katharina hatte genau wie ihre Cousine auch immer schon

einmal ins Kasino gehen wollen – dorthin, wo das Flair der großen, weiten Welt herrschte, wo die Damen Schmuck und Abendkleider trugen und die Männer Fräcke. Besser, als allein hier zu sitzen, war es allemal. Und Johannes war ja im Grunde ein sehr angenehmer Begleiter.

»Meinetwegen«, sagte sie schließlich. »Vielleicht wird das ja ganz nett.«

»Ganz nett?«, wiederholte Ursel empört. »Das wird eine unvergessliche Nacht werden. Genau der richtige Beginn für das Jahr 1957, in dem es weiterhin aufwärtsgehen wird. Für alle. Und auch mit eurem Wein, eurem Lieferdienst – und mit der Liebe.« Kaum waren diese Worte über ihre Lippen gesprudelt, schlug sie sich die Hand vor den Mund. »Entschuldige bitte«, murmelte sie, während sie Katharina schuldbewusst ansah.

»Ja, im nächsten Jahr wird es weiter aufwärtsgehen«, erwiderte Katharina tapfer und lächelte in die Runde. »Wahrscheinlich werden wir 1957 noch an weitere Kaisers-Kaffee-Geschäfte liefern können. Johannes hat so etwas beim letzten Mal angedeutet. Das entscheidet sich im Januar. Ich bin gespannt.«

»Dann hat der junge Mann umso mehr verdient, dass du Silvester mit ihm feierst«, sagte ihre Mutter fröhlich und wechselte zu einem anderen Thema.

Am ersten Weihnachtstag fuhren Martha und Katharina traditionsgemäß zum Kaffeetrinken zu Lotte und Ursel nach Adenau. Auch Hermann und Horst waren eingeladen. Es wurde ein schöner Nachmittag, an dem sich der sonst eher wortkarge Hermann als lustiger Unterhalter erwies. Martha himmelte ihn geradezu an.

Kurz nachdem sie zu Hause angekommen waren, klingelte

das Telefon. Obwohl Katharinas Herzschlag schon längst nicht mehr bei jedem Telefonläuten aus dem Takt geriet, war immer noch ihr erster Gedanke, dass Luciano vielleicht der Anrufer sein könnte. Inzwischen jedoch beeilte sie sich nicht mehr, vor ihrer Mutter den Hörer abzuheben. So blieb sie auch dieses Mal im Wohnzimmer bei Hermann sitzen.

»Katharina!«, hörte sie da ihre Mutter rufen. »Jemand will dich sprechen!«

Als Martha ihr den Hörer überreichte, flüsterte sie ihr verschwörerisch »Johannes« zu und eilte zurück zu Hermann.

Nachdem Katharina und Johannes gegenseitig Weihnachtsgrüße ausgetauscht hatten, fragte Johannes: »Weißt du es schon?«

»Du meinst Silvester?«

»Ja. Ist dir das recht? Ich meine, hast du Lust dazu?«

In diesem Moment brachte Katharina es nicht übers Herz, ihren zwiespältigen Gefühlen Ausdruck zu verleihen. »Das ist eine nette Idee«, erwiderte sie.

»Ich gebe zu, dass Horst mich erst überreden musste«, sagte Johannes mit seiner angenehm warmen, ruhigen Stimme. »Weil ich dir auch nicht vorgreifen wollte. Aber Ursel hat mir versichert, dass du gern mitfährst.«

Katharina musste lachen. »Ja, ja, meine Cousine wusste immer schon, was für mich gut ist. Aber ich freue mich. Wirklich«, fügte sie ernst hinzu.

»Ich habe mir Folgendes überlegt«, fuhr Johannes fort. »Wir reisen ja am Samstagvormittag an. Horst hat im *Hotel Anker* ein Zimmer für uns reserviert. Wir könnten uns zum Mittagessen im Restaurant des Ankers treffen. Danach fahren wir ein Stück an der Ahr entlang, gehen spazieren und trinken irgendwo ein Gläschen Wein. Ursels Mutter hat uns zum Abendessen eingeladen.«

»Tatsächlich? Dann weißt du ja schon mehr als ich.«

»Und Sonntag – das war meine Idee – könnten wir vielleicht zur *Hohen Acht* fahren und nehmen zwei Schlitten mit. Oder hast du Skier?«

»Leider nein«, sagte Katharina.

»Das macht nichts. Schlittenfahren ist doch auch lustig.«

»Das ist eine gute Idee«, stimmte sie ihm freudig zu.

Als sie nach dem Gespräch allein in ihrem Wohnzimmer saß, dachte sie an Luciano. Wo mochte er den letzten Tag des Jahres verleben, in dem sie sich kennengelernt und wieder verloren hatten? Bestimmt würde er mit seiner Frau im Kreis der Familie in seiner Heimat sein. Ob er noch an sie dachte?

Die Zeit heilt alle Wunden – ein Satz von Voltaire, und auch dieser hatte einen wahren Kern. Sosehr der Tod ihres Vaters und der Tod Franks ihr auch wehgetan hatten und sooft sie auch noch an ihren einstigen Verlobten dachte, aber die Wunden waren tatsächlich verheilt – was daran liegen mochte, dass die Erinnerungen an ihn und ihre gemeinsame Zeit kein Gift in ihrem Herzen hinterlassen hatten. Frank war aus ihrem Leben gegangen, ohne sie zu verletzen. Das war bei Luciano anders.

An diesem Abend nahm sich Katharina fest vor, gegen dieses Gift anzukämpfen. Sie konnte die Verletzungen nicht ungeschehen machen, aber sie konnte an sich arbeiten. Bis hierhin war sie durch ein tiefes, finsteres Tal gegangen. Das sollte nun ein Ende haben. Mit Beginn des neuen Jahres wollte sie wieder die Sonne sehen. Wie hatte Goethe gesagt? *Das Leben ist zu kurz, um schlechten Wein zu trinken.* Diese Weisheit hatte sie auf die Weinliste für das Jahr 1957 gesetzt, die sie Anfang Dezember an ihre Kunden geschickt hatte. Genauso war das Leben zu kurz, um ständig unter Liebeskummer zu leiden.

Entschlossen stand sie auf, ging zum Plattenspieler und legte eine Platte von Zarah Leander auf. Als die ersten Töne erklangen, sang sie mit: »Nur nicht aus Liebe weinen, es gibt auf Erden nicht nur den einen. Es gibt so viele auf dieser Welt, ich liebe jeden, der mir gefällt ...« Vielleicht sollte sie sich diese Zeilen ab Neujahr zum Motto machen.

Am zweiten Weihnachtsnachmittag kam Lotte allein zu Besuch nach Rebenach. Ursel war zum ersten Mal bei Horsts Eltern im Westerwald eingeladen. Da Hermann am Vormittag zu einer langen Wanderung aufgebrochen war, saßen Katharina, ihre Mutter und ihre Tante zu dritt im Wintergarten. Martha hatte gerade ausführlich und begeistert über den Schneiderkurs gesprochen.

Nachdem sich die drei mit ihren Sektgläsern zugeprostet hatten, fragte Martha ihre Schwester: »Was machst du denn überhaupt an Silvester?«

Bisher hatten Lotte, Ursel, Katharina und Martha immer zusammen gefeiert.

Lotte trank einen Schluck und sagte dann betont gelassen: »Ich bekomme Besuch.«

»Wen denn?« Martha sah sie mit großen Augen an. Sie kannte ihre jüngere Schwester nur als eine, die nach dem Tod ihres Mannes ausschließlich für ihr Geschäft und ihre Tochter gelebt hatte.

»Ludwig«, lautete Lottes Antwort, nachdem sie sich betont langsam eine neue Zigarette angezündet hatte.

»Ludwig? Wer ist denn das?«, fragte Martha.

Lotte blies den Rauch aus. »Du kennst ihn. Schon vergessen?«

»Etwa der aus Bad Gastein?«, fragte Martha verblüfft. »Der Geschiedene?«

»Ludwig kommt aus Würzburg«, stellte ihre Schwester richtig. »Und ja, er ist geschieden.«

Katharina lächelte ihre Tante an. »Ihr habt immer noch Kontakt? Wie schön.«

»Warum weiß ich denn davon nichts?«, wandte sich ihre Mutter empört an Lotte, bevor diese antworten konnte.

»Weil du dich in den vergangenen Monaten mehr für deine Liebesangelegenheiten interessiert hast als für meine.«

Da lachte Martha. »Das ist wohl wahr. Und der kommt jetzt über Silvester zu dir?«

»Ja. Er übernachtet in einer Pension in Adenau.«

»Alles andere wäre auch unsittlich«, konterte Martha mit gespieltem Ernst.

Die drei Frauen lachten. Dann wandte sich Lotte an ihre Nichte. »Darf ich mal fragen, was mit Johannes ist?«

»Wir sind befreundet«, antwortete Katharina.

»Nur befreundet?«, wunderte sich ihre Tante. »Ihr seid so ein schönes Paar.«

»Und Johannes ist eine sehr gute Partie«, warf Martha ein, bevor sie sich eine Zigarette anzündete.

»Na ja, das heißt ja nicht, dass daraus nicht noch was werden kann«, sagte Lotte. »Ursel erzählte mir, dass er viele Freundinnen gehabt hat. Jedoch immer nur kurz.«

»Dann ist er vielleicht nicht bindungsfähig«, mutmaßte Martha und sah ihre Tochter besorgt an.

»Er soll sehr an seiner Mutter hängen«, wusste Lotte zu berichten. »Das hat Horst mir erzählt. Womöglich steht seine Mutter ihm bei den Frauen im Wege, weil sie so eifersüchtig ist.«

»Das glaube ich nicht.« Martha schüttelte energisch den Kopf. »Johannes Runkel ist doch ein ganzer Mann. Der steht im Leben, weiß sich zu behaupten. So einer ist kein Muttersöhnchen. Nein, nein, ich glaube eher, dass er es mit Katharina zum ersten Mal ernst meint und es langsam angehen lassen will – gerade, weil er bisher nur so kurze Techtelmechtel hatte. Seien wir doch mal ehrlich: Alle Beziehungen, die so schnell geschlossen werden, gehen auch schnell wieder kaputt.«

Lotte warf ihr einen bedeutungsvollen Blick zu, und Katharina schwieg.

Vielleicht hat Mutter gar nicht so unrecht, ging ihr durch den Kopf. Hätte ich mir mit Luciano mehr Zeit gelassen, hätte ich vielleicht seinen wahren Charakter erkannt und mich gar nicht erst auf ihn eingelassen.

»Nun gut, wir werden sehen«, fuhr Lotte fort. »Meine Ursel und Katharina sind Frauen, die im Notfall auch ohne Mann durchs Leben gehen können. Sie gehören einer neuen Zeit an.« Sie nickte bekräftigend, bevor sie einen Schluck Sekt trank. Dann wechselte sie das Thema. »Was ist jetzt eigentlich mit der Jagdhütte?«

»Ja, stimmt«, fiel Martha ein. Sie sah ihre Tochter an. »Die hast du doch zum Ende des Jahres gekündigt, oder?«

Katharina hielt ihrem Blick stand. »Nein, Mutter, habe ich nicht.«

Martha rutschte auf die Sesselkante. »Aber …« Sprachlos sah sie Katharina an. »Was wollen wir mit der Jagd? Weder du noch ich besitzen einen Jagdschein. Und Hermann ist auch kein Jäger.«

»Die Jagd als solches mit ihrem Wildbestand ist ab 1. Januar 1957 neu verpachtet. An einen Bauern aus Adenau. Der will aber die Hütte nicht nutzen und entsprechend auch keine Pacht dafür zahlen.« Katharina biss sich auf die Lippe. Es fiel ihr nicht leicht fortzufahren: »Da habe ich mich entschieden, die Hütte zu einem kleinen Preis weiterhin zu pachten. Zuerst einmal nur für ein halbes Jahr. Da sie genau auf der Grenze des Jagdgebietes liegt, lässt sich das gut machen, ohne dass wir mit dem Jagdpächter in Konflikt geraten.«

»Aber das sind doch Kosten«, wandte Martha mit verständnisloser Miene ein.

»Die können wir uns erlauben«, erwiderte Katharina entschlossen. »Das sind nur die Pachtkosten für das kleine Stück Land, auf dem die Hütte steht. Außerdem wird es 1957 weiter bergauf gehen.« Sie sah ihre Mutter eindringlich an, während sie weitersprach: »Erinnere dich! Vater und Peter haben diese Hütte selbst erbaut. Wir beide haben sie vor fünfzehn Jahren eingerichtet. Es ist unsere Hütte. Sollen wir sie so einfach an jemanden verschenken?«

Da sah ihre Mutter sie lange an und sagte dann leise: »Du möchtest die Hütte behalten, weil sie dich an den Sommer erinnert, nicht wahr?«

»Martha, jeder hat seine eigene Art, mit dem Schmerz, den andere einem zufügen – sei es gewollt oder ungewollt –, fertigzuwerden«, sagte Lotte da energisch zu ihrer Schwester. »Wenn Katharina diese Hütte noch einige Monate behalten möchte, ist das völlig in Ordnung. Sie wird schon wissen, warum.«

Katharina sah ihre Tante dankbar an. Ja, sie wusste, warum. Nur das hätte sie niemandem anvertrauen können. Selbst ihrer Tante nicht. In dem Gespräch mit der Oberen Jagdbehörde Anfang Dezember hatte der Vorsitzende sie vor die kurzfristige Entscheidung gestellt: Entweder sie würde die Hütte weiter pachten oder die Behörde würde sie öffentlich zur neuen Verpachtung ausschreiben. Dann würde sie sich darum kümmern müssen, die Materialkosten von dem neuen Pächter erstattet zu bekommen. Da war ihr in dem engen stickigen Büro die Gefahr, ihr Paradies endgültig zu verlieren, jäh vor Augen getreten, und sie hatte den neuen Vertrag umgehend unterschrieben. Bis jetzt hatte sie diese Entscheidung nicht bereut. Denn immer noch war da tief in ihr die Hoffnung, dass Luciano irgendwann einmal vor ihrer Tür stehen würde, und sie würden zusammen Hand in Hand zurück zu ihrem Paradies gehen. Nicht der Luciano, der sie hintergangen und betrogen hatte. Nein, der Luciano, der sie geliebt hatte. Nur diesen einen Luciano würde es im kommenden Jahr in ihrer Erinnerung noch geben. Den anderen würde sie aus ihrem Gedächtnis streichen. Denn sie wollte einfach nicht glauben, dass es ihn gegeben hatte.

Luciano

Als Luciano am neunundzwanzigsten Dezember aus München losfuhr, war es noch dunkel. Vor Aufregung hatte er in der Nacht kaum geschlafen. Er konnte es kaum erwarten, Katharina nach fünf Monaten endlich gegenüberzustehen. Trotz der frühen Stunde herrschte bereits Verkehr auf der Autobahn in Richtung Norden. Kein Wunder vor den Festtagen, an denen sich die Menschen gegenseitig besuchten.

Während er der Morgendämmerung entgegenfuhr, erinnerte er sich daran, wie er vor gar nicht allzu langer Zeit mit seinem Motorrad im strömenden Regen diese Strecke zum letzten Mal gefahren war – nur in umgekehrter Richtung. Wie komfortabel er es dagegen jetzt hatte. In dem DKW war es trocken und warm. Und er kam viel schneller voran. Hin und wieder warf er einen Blick in den Rückspiegel. Ob er Katharina immer noch gefallen würde? Er war sehniger, fast mager, seine Haut war heller geworden, und er hatte tiefe Augenringe. Dennoch war er mit seinem Aussehen zufrieden. Gestern war er noch schnell beim Friseur gewesen. Der cremeweiße Sweater stand ihm, dazu trug er eine anthrazitfarbene Hose und schwarze Schuhe, die man Budapester nannte. Hose und Schuhe hatte er sich von seinem Weihnachtsgeld zu Weihnachten geschenkt. Lange hatte er überlegt, ob er Katharina auch ein Geschenk mitbringen sollte, hatte sich jedoch dagegen entschieden. Nein, er suchte sie auf, um mit ihr zu reden. Sollte sich alles zwischen ihnen als Missverständnis auflösen und sie ihn immer noch genauso lieben wie er sie, konnte er sie noch ein Leben lang mit Geschenken überhäufen.

Am Samstagmittag traf Luciano in Bad Neuenahr ein. Hier machte er erst einmal halt. Er wollte nicht gerade zur Essenszeit in Rebenach vorfahren. Da er das Kurbad an der Ahr kannte, parkte er seinen DKW bei den Kurthermen und schlenderte durch die ihm vertrauten Straßen. Während auf seiner Fahrt durch die Höhenlagen der Eifel der Schnee die Landschaft in einen weißen Mantel gehüllt hatte, lag hier unten im Ahrtal nicht eine Flocke. Über dem Städtchen spannte sich ein kristallblauer Himmel, und es war eiskalt. Nach ein paar Minuten bereute er, sich statt Hose und Schuhe nicht Wintermantel und Stiefel geschenkt zu haben. Er lachte in sich hinein. Obwohl er schon acht Monate in Deutschland lebte, war er immer noch nicht auf das Wetter hier eingestellt – was unter anderem auch daran lag, dass er sich kaum außerhalb des BMW-Werks und seiner Wohnung aufhielt.

Frierend zog er die Schultern unter seiner Motorradjacke zusammen. Jetzt war ein warmes Kaffeehaus oder Lokal angesagt. Luciano zögerte nicht lange und steuerte das Hotelrestaurant an, das wenige Meter vor ihm auf der rechten Straßenseite lag. Er blickte durch eines der großen Fenster. Das Lokal sah gemütlich aus, aber fast alle Tische waren besetzt. Nun gut, vielleicht würde er doch noch einen Platz finden, dachte er entschlossen. Er wollte sich schon abwenden und auf den Eingang zugehen, als er Katharina entdeckte. Bei ihrem Anblick zuckte er zusammen.

Katharina saß in einem grauen Kostüm, mit offenem Haar neben Ursel an einem Tisch. Die beiden Frauen waren in Begleitung zweier Männer – ein braunhaariger, eher unscheinbarer, und ein blonder, sehr gut aussehender, der selbst in einer

Menschenmenge aufgefallen wäre. Er saß neben Katharina. In diesem Moment musste er an Antonios Worte denken: blond, groß, gut aussehend – und er wusste, wer dieser Mann war: Katharinas zukünftiger Ehemann.

Während er wie hypnotisiert von diesem Bild durch die Scheibe sah, erzählte Katharina gerade etwas. Die drei hörten ihr sichtlich gespannt zu, alle mit erwartungsvollem Lächeln. Dann lachten sie, und der Mann neben ihr legte den Arm um ihre Schultern und drückte sie an sich. Das war eindeutig. Der Blonde gehörte zu ihr, war mit ihr vertraut. Vielleicht waren die beiden ja bereits verheiratet.

Luciano drehte sich um und lief zu seinem Auto zurück. Er brauchte drei Zigaretten, bis sein Puls wieder zum normalen Rhythmus gefunden hatte. Dann verließ er auf dem schnellsten Weg die Stadt – mit dem festen Vorsatz, nie wieder hierhin zurückzukehren.

Auf den fünfhundertfünfzig Kilometern in Richtung Süddeutschland versuchte Luciano, seine Gedanken zu sortieren. Letztendlich gestand er sich ein, dass diese lange Reise dennoch nicht umsonst gewesen war. Er hatte Gewissheit bekommen. Auch ohne mit Katharina reden zu müssen. Katharina konnte ihn nicht geliebt haben. Er musste für sie tatsächlich nur ein Abenteuer gewesen sein, sonst hätte sie sich nicht so schnell einem anderen Mann zuwenden können – auch wenn sie ihn angeblich schon vor ihm gekannt hatte.

Als er am späten Abend allein in seiner kleinen Wohnung saß, schwor er sich, Katharina endgültig zu vergessen. Vielleicht sollte ich auch im neuen Jahr eine Beziehung eingehen, überlegte er mit einem tiefen Seufzer. Vielleicht würde ihm eine andere Frau helfen können, über diese Liebe hinwegzukommen. Anno nuovo, vita nuova – neues Jahr – neues Leben, so lautete ein italienisches Sprichwort.

Katharina

Wider Erwarten wurden die drei Tage mit Johannes, Horst und Ursel schöner, als Katharina anfangs gedacht hatte. Sie unternahmen viel, hatten Spaß miteinander, und auch die Sonne war mit von der Partie. Nichts trübte die gemeinsamen Stunden. Johannes verhielt sich vorbildlich ihr gegenüber – ohne es jedoch an liebevollen Gesten fehlen zu lassen. Er mochte sie, dessen war sie sich mittlerweile sicher. Und sie mochte ihn. Mit jedem Tag ein bisschen mehr. Dieses Gefühl war jedoch weit von jedem prickelnden Verliebtsein entfernt. Obwohl Johannes so gut aussah, fand sie ihn nicht erotisch – so wie sie Luciano vom ersten Augenblick an erotisch gefunden hatte. Das konnte sie sich selbst nicht erklären. Denn an diesem Silvesterabend war Johannes in seinem schwarzen Smoking im Kasino der attraktivste Mann. Das schienen nicht nur die Frauen zu finden, die heimlich nach ihm schielten, als sie an seinem Arm an den Roulette- und Baccaratischen vorbeischlenderte. Sogar einige Männer sahen ihm bewundernd nach.

Johannes, der bereits mehrmals mit seinem Bruder hier zu Gast gewesen war, fügte sich in die vornehme Umgebung ganz selbstverständlich ein. Katharina dagegen war fasziniert von den mächtigen blinkenden Kristalllüstern, den Spiegelwänden und den hohen, mit Stuck verzierten Räumen, durch die das Flair der großen, weiten Welt wehte. Kellner im Frack lasen den elegant gekleideten Gästen die Wünsche von den Augen ab.

»Möchtest du auch spielen?«, fragte Johannes, als sie an einem der Roulettetische standen und aus zweiter Reihe zusahen, wie die kleine Kugel entgegen der Drehrichtung des Kessels kreiste.

»Nein«, erwiderte sie. »Das überlasse ich lieber Ursel.«

Ihre Cousine saß mit glühenden Wangen neben Horst an dem Spieltisch und verfolgte mit angespannter Miene den Lauf der Kugel. Als diese dann auf die schwarze Sieben fiel, zog sie eine enttäuschte Miene – wie die meisten Leute am Tisch. Katharina bemerkte aus dem Augenwinkel, wie ein älterer Mann mit voluminösem Wohlstandsbauch, vor dem ein riesiger Haufen bunter Jetons lag, sie schon eine Zeit lang ziemlich anzüglich anstarrte. Dabei paffte er genüsslich an einer dicken Zigarre. Sie wusste, dass sie in dem langen silberfarbenen Kleid, das ihre Figur modellierte, und mit den langen blonden Locken unter den weiblichen Gästen auffiel, aber solche Blicke wollte sie nicht auf sich spüren.

»Können wir weitergehen?«, bat sie Johannes leise.

»Lass uns tanzen«, schlug er vor.

Sie gingen eine Etage nach unten. Und selbst beim Tanzen, wo sie mit Johannes auf Tuchfühlung kam, verspürte sie keinerlei Prickeln – nur ein Wohlgefühl. Hatte Luciano all ihre weiblichen Instinkte, ihr Begehren nach einem Mann, abgetötet? Würde sie nie mehr für einen anderen Mann als ihn offen sein?

Johannes schien auf sie genauso wenig körperlich zu reagieren. Das spürte sie ganz deutlich – und sie war dankbar dafür. Wahrscheinlich hatte er genug Erfahrungen gesammelt, um genau erkennen zu können, ob eine Frau ihn als Mann begehrte oder ihn nur zum Freund haben wollte. So wie sie. Ein paar Sekunden lang tat es ihr leid, dass sie ihn zwang, sich so zurückzuhalten, aber dann sagte sie sich, dass alle Frauen hier im Saal ihn anhimmelten. Dass er bei ihr keinen Erfolg hatte, würde sein Ego mit Sicherheit verkraften.

Die Stunden an diesem letzten Abend des Jahres verflogen schnell. Irgendwann tauchten auch Ursel und Horst auf der Tanzfläche auf – und dann ging es auch schon auf Mitternacht zu. Eine nervöse Unruhe machte sich unter den Gästen breit. Kellner eilten hin und her mit Tabletts voller Sektgläser. Die Leute versammelten sich in den Räumen zu Grüppchen, Musik aus Lautsprechern machte dem spannungsvollen Schweigen, das bis dahin in den Spielsälen geherrscht hatte, ein Ende. Ein Moderator sagte ein paar Worte und zählte dann laut die letzten Sekunden des Jahres 1956 herunter. Einige Gäste fielen mit ein, und bald wurden es immer mehr. Katharinas Kehle wurde eng. Wie sehr hatte sie sich gewünscht, dieses Jahr in Lucianos Armen in ihrem Paradies beenden und 1957 beginnen zu können! Und jetzt stand sie hier inmitten der vielen fremden Menschen und fühlte sich mutterseelenallein. Ohne es verhindern zu können, stahl sich eine Träne aus ihrem Augenwinkel. Und bevor die nächste folgen konnte, sagte sie rasch zu Johannes: »Verzeih mir, aber ich muss …« Sie brachte den Satz nicht mehr zu Ende.

Mit dem Sektglas in der Hand bahnte sie sich den Weg durch die weihnachtlich geschmückte Eingangshalle nach draußen. Ein paar Schritte neben der Kasinotür blieb sie unter einem der kahlen Kastanienbäume stehen. Über der Kurstadt spannte sich ein samtschwarzer Himmel, an dem unzählige Sterne wie Diamanten zu ihr herunterfunkelten. Die Ahr gurgelte leise in ihrem Bett, und wie aus weiter Ferne hörte sie die Stimmen im Kasino zählen: »Zehn, neun, acht …«

Katharina schluckte und wischte sich mit dem Handrücken die Tränen von den Wangen. Dann brach in dem Jugendstilgebäude hinter ihr Jubel aus, und die Glocken der Kirchen in der Kurstadt begannen zu läuten. Sie blickte hoch zum Himmel. »Ein gutes neues Jahr, Luciano«, flüsterte sie mit enger

Kehle, während sie ihr Glas hob. »Wo immer du jetzt auch bist. Zumindest wird es unter dem gleichen Himmel sein.« Dann leerte sie das Glas auf einen Zug, als könnte sie so ihren ganzen Schmerz hinunterspülen.

Sie blieb noch eine Weile so stehen, ohne in dem dünnen Kleid die Kälte der Nacht zu spüren, und sah dem Feuerwerk zu, das von überall in den schillerndsten Farben in den Himmel sprühte. Der kleine Vorplatz des Kasinos bevölkerte sich mit Gästen, die, in Pelzmäntel gehüllt, diesem Schauspiel zuschauten.

»Hier!«, hörte sie da Johannes hinter sich sagen, während er ihr ihren Lodenmantel über die Schultern legte. Dann trat er vor sie und reichte ihr ein gefülltes Sektglas und nahm ihr das leere ab. »Ich wünsche dir für das neue Jahr, dass all das, was du dir wünschst, in Erfüllung geht.«

Sie sah ihn an, und ihr wurde warm ums Herz. Er war so feinfühlig gewesen, sie zum Jahresübergang mit ihren Gedanken und Gefühlen ein paar Minuten allein zu lassen, und war nicht die Spur beleidigt. Da konnte sie nicht anders. Sie trat an ihn heran und küsste ihn sanft auf die Lippen. Bevor er diesen zarten Kuss hätte intensivieren können, löste sie sich rasch von ihm und stieß mit ihm an. »Danke, Johannes. Das wünsche ich dir auch von ganzem Herzen.« Dann lächelte sie ihn an und fügte hinzu: »Ich bin froh, dass ich dich kennengelernt habe.«

»Das bin ich auch«, erwiderte er ernst, hob sein Glas und trank es aus.

Vielleicht kann ich mich doch irgendwann in ihn verlieben, dachte sie, während sie beide – wie auch die anderen Paare – dicht nebeneinanderstanden. Vielleicht, wenn der Frühling kam. Wenn die Natur wieder zum Leben erwachte, würden vielleicht auch wieder Gefühle in ihr erwachen. In diesem Augenblick wünschte sie sich das von ganzem Herzen.

TEIL 4

Luciano

Ende der ersten Januarwoche standen Terzo und Sophia vor Lucianos Wohnungstür. Terzo hielt eine Flasche Sekt hoch. »Ein gutes neues Jahr!«

Luciano bat die beiden herein. Sophia war hochschwanger. Sie hatte insgesamt zugenommen, was ihr gut zu Gesicht stand, und wirkte reifer. Auch Terzo wirkte kräftiger und erwachsener.

Luciano merkte Sophia an, wie verlegen sie war. Sie vermied den direkten Blickkontakt mit ihm und saß schweigend neben Terzo auf dem Sofa, der jetzt wie ein Wasserfall zu reden begann. Währenddessen öffnete Luciano die Sektflasche. Dann nahm er drei Gläser aus dem Regal und fragte sich, was die beiden bei ihm wollten. Er war nicht gewillt, Sophia, die er seit Monaten nicht gesehen hatte, eine Brücke zu bauen.

Als er die gefüllten Gläser verteilte und Terzo schon zu einem Trinkspruch anheben wollte, setzte Sophia sich aufrecht hin und sagte energisch: »Terzo, lass mich bitte zuerst.« Dann sah sie Luciano mit ihren großen schwarzen Augen an. »Luciano, ich habe unrecht getan. Im Nachhinein kann ich gar nicht glauben, wie schlimm ich mich verhalten habe. Aus Angst davor, als alleinerziehende Mutter dazustehen, muss ich verrückt geworden sein. Glaube mir, ich schäme mich heute unendlich dafür. Kannst du mir verzeihen?«

Bevor er etwas sagen konnte, kam Terzo ihm zuvor. »Daran trage ich genauso Schuld, Luciano.« Als wolle er seine Frau beschützen, legte er seinen Arm um ihre Schultern und fuhr fort:

»Sophia hätte so etwas niemals getan, wenn ich mich nicht wie ein bandito verhalten hätte. Ich dachte, noch nicht reif genug für die Rolle des Familienvaters zu sein. Und für die Ehe. Da erschien mir der Gedanke, dass du dem Kind ein guter Vater sein würdest, gar nicht so unangenehm. Schließlich wäre es ja in der Familie geblieben. Jetzt bin ich dir dankbar, dass du mir klargemacht hast, wie mies das gewesen ist. Wir hätten ja auch unserem Kind schreckliches Unrecht angetan.« Schuldbewusst sah er Luciano an und wartete auf dessen Reaktion.

Luciano wusste nicht, ob er Terzo glauben konnte. Sophia schien ihrem Ehemann zu glauben. Sie hatte während seines Plädoyers an seinen Lippen gehangen. Aber er kannte Terzo gut genug, um zu wissen, dass er den Menschen gerne sagte, was sie hören wollten, um daraus wiederum Vorteile für sich zu ziehen. Aber vielleicht hat er sich ja tatsächlich verändert.

Luciano räusperte sich und sah Sophia an. »Ich verzeihe dir«, sagte er und hob sein Glas. »Auf euch und euer Kind.«

»Wann ist es denn so weit?«, erkundigte er sich, nachdem sie einen Schluck genommen hatten.

»In ein paar Tagen – wenn alles gut geht«, antwortete Sophia und streichelte liebevoll ihren Bauch.

»Wir freuen uns«, fügte Terzo mit fester Stimme hinzu.

»Jetzt erzählt mal. Was gibt es Neues?«, fragte Luciano.

»Mitte Februar ziehen wir um«, legte da Terzo auch schon los. »Das Zimmer in der Landsberger Straße geht auf Dauer nicht. Du kennst es ja. So etwas will ich meiner Frau nicht zumuten.«

Sophia sah ihn zärtlich von der Seite an und fügte hinzu: »Terzo hat eine Zweizimmerwohnung mit Badezimmer und kleiner Küche in einem ganz neuen Haus angemietet. Es liegt in der Nähe des Flughafens. Dort wird zurzeit viel gebaut.«

»Ab dem ersten März arbeite ich dort für eine große Hoch- und Tiefbaufirma«, fügte Terzo hinzu.

Luciano sah ihn zweifelnd an. »Bist du sicher, dass es gut war, bei BMW zu kündigen?«

Terzo nickte. »Ich bin in diesem Beruf nicht so gut wie du. Und auf dem Bau kann man vieles machen. Mauern, Verputzen oder so was …«

Luciano seufzte. Terzo war immer noch der Bruder Leichtfuß, der sich wenig Gedanken um seine Zukunft machte. Wenn das mal gut ging … Er trank einen Schluck. »Wie war es denn zu Hause?«

»Die Hochzeit war wunderschön«, begann Sophia mit feuchten Augen zu schwärmen. »Alle waren da, und wir haben getanzt bis in den frühen Morgen. Sogar einen Fotografen aus Palermo hatten wir.«

Terzo warf sich in die Brust. »Das habe ich mir was kosten lassen. Aber was tut ein Mann nicht alles für die Liebe …« Er küsste Sophia auf den Mund.

»Und für unsere Kinder«, warf sie mit erhobenem Zeigefinger ein. »Unsere Kinder sollen doch später einmal sehen, wie ihre Eltern geheiratet haben.« Sie wechselte einen bedeutungsvollen Blick mit ihrem Mann und sah dann Luciano an. »Wir wollen dich etwas fragen.«

»Schießt los!«

»Wir dachten …«, Terzo stockte, was selten vorkam, »also wir dachten, oder wir würden uns sehr freuen, wenn du für unser Kind Pate sein würdest«, kam es ihm dann schnell über die Lippen.

Luciano schwieg eine Weile, obwohl er eigentlich gar nicht überlegen musste. Schließlich sagte er: »Ich weiß nicht, ob das gut wäre. Das ist eine ernste Sache. Als Pate sollte man an der Entwicklung seines Patenkindes Anteil haben. Das wäre mir nicht möglich. Ich gehe nämlich bald aus München weg …«

Er erzählte den beiden von seinen beruflichen Plänen.

Nachdem er zu Ende gesprochen hatte, stand Sophia die Enttäuschung ins Gesicht geschrieben.

Terzo dagegen rief begeistert aus: »Du hast es geschafft. Dios mio! Das hätte ich nicht gedacht. Und so schnell.« Dann verstummte er abrupt und kniff die Augen zusammen, als würde ihm gerade eine Idee kommen. »Sag mal, wenn du in dieser Werkstatt am Nürburgring bist, dann kannst du vielleicht auch mich dort unterbringen. Ich meine, das wäre doch nicht schlecht. Dann würden wir beide wieder zusammenarbeiten. Und die bezahlen bestimmt besser als BMW.«

»Ich werde sehen, was ich tun kann. Erst einmal muss ich selbst dort Fuß gefasst haben. Und außerdem … Du hast doch eben noch gemeint, dass du kein guter Kfz-Mechaniker bist.«

»Das kann sich ändern«, sagte Terzo mit jungenhaftem Grinsen. »Aber stimmt schon. Erst mal will ich auf den Bau und Kohle scheffeln. Sag mal, wenn du in Kürze in der Eifel lebst, wirst du bestimmt auch bald heiraten«, mutmaßte er mit seltsam forschendem Blick. »Deine Freundin wohnt doch in der Nähe des Nürburgrings, hast du mir mal erzählt.«

Luciano atmete tief durch. Dann antwortete er mit fester Stimme: »Wir sind nicht mehr zusammen.«

»Es ist Schluss? Ich hatte den Eindruck, dass …« Terzo verstummte. In seinem Blick lag ein lauernder Ausdruck. Oder bildete Luciano sich den nur ein?

Er schluckte. »Katharina hat einen anderen.«

»Liebst du sie noch?« Das war Sophias weiche Stimme, in der er ehrliches Mitleid mitschwingen hörte.

Er lächelte schief. »Ich versuche gerade, sie zu vergessen.«

»Seit wann denn?«, erkundigte sich Terzo – wieder mit diesem Blick, den er als lauernd empfand.

»Seit dem Spätsommer.«

Terzo senkte den Kopf und schwieg. Eine spannungsgeladene Stimmung machte sich breit, und Luciano bereute, so offen gewesen zu sein. Schon morgen würde wahrscheinlich seine Familie von Terzo erfahren, dass er die Tedesca nicht mehr hatte. Und alle würden frohlocken. Besonders seine Mutter.

Da hob Terzo auch schon den Kopf und sagte: »Das wird Nonna freuen.«

Luciano musste sich beherrschen, um darauf keine schneidende Antwort zu geben. Stattdessen erwiderte er mit feinem Lächeln: »Ja – wenn du es ihr erzählst …«

Terzo winkte ab. »Weißt du was? Such dir eine neue. Eine im Dirndl.« Er begleitete seinen Vorschlag durch eine Geste, die den Dirndlausschnitt nachzeichnete.

Da blitzten Sophias Augen auf. »Die Zeiten sind vorbei, mein Lieber«, fuhr sie ihn an. »Glaub ja nicht, dass ich so etwas dulde.«

Da zog Terzo den Kopf ein und verlegte sich auf seinen Charme. »Bella mia, keine Frau hat ein schöneres Dekolleté als du.« Er rückte näher an seine Frau heran und umarmte sie stürmisch.

Luciano sah, wie Sophia ihm über Terzos Schulter verschwörerisch zublinzelte. Sie schien sicher zu sein, ihren Ehemann unter dem Pantoffel zu haben. Hoffentlich täuschte sie sich da nicht.

Nachdem Terzo Sophia wieder losgelassen hatte, sagte Luciano zu ihm: »Mag sein, dass sich Mamma darüber freut. Vielleicht auch alle anderen. Dennoch werde ich nicht nach Italien zurückgehen. Ich werde hier in Deutschland bleiben. Für immer.«

»Aber doch wenigstens mal zu Besuch?«, fragte Sophia erschrocken.

»Nonna geht es nicht gut.« Terzo sah ihn ernst an.

Sophia griff nach seiner Hand und fügte hinzu: »Das stimmt. Ihr geht es schlecht. Ihr Herz.«

Luciano spürte, wie sich eine Klammer um seine Brust legte. »Ich werde ihr schreiben«, erwiderte er mit belegter Stimme.

»Sie hat Weihnachten viel geweint, weil du zum ersten Mal nicht da warst. Sie liebt dich. Mehr als ihre anderen Kinder.« Terzo rückte auf die Sofakante und sah ihn eindringlich an. »Jetzt, da du die deutsche Freundin nicht mehr hast, wird sie bestimmt über ihren Schatten springen und dich mit offenen Armen empfangen. Fahr doch mal nach Hause und sprich dich mit ihr aus.«

Luciano biss sich auf die Lippe. »Das geht momentan nicht«, murmelte er mit gesenktem Kopf. »Ich komme hier nicht weg.«

Tief im Innern wusste er, dass er immer noch verletzt war. War er für seine Mutter nur liebenswert, wenn er nach ihren Spielregeln handelte? Er liebte sie von ganzem Herzen und würde ihr den Respekt niemals verwehren, aber er brauchte noch Zeit.

Nach diesem Besuch eilten Luciano die nächsten Tage und Wochen davon. Mit Schneematsch und Föhnwind jagten sie einander durch den Februar, und Luciano bemerkte es gar nicht, als Mitte März der Frühling ins oberbayerische Land einzog. Die Weidenbüsche zeigten ihre silbernen Kätzchen, und hinter den Gartenzäunen erblühten die ersten Veilchen. Neben seiner Arbeit bei BMW traf er sich in seiner Freizeit mit Ingenieur Franz Silberstein und seinen zukünftigen Kollegen, um das Projekt am Nürburgring zu besprechen. Es gab viel vorzubereiten, und alle nahmen begeistert daran teil.

Am letzten Samstag im März war es dann so weit. Frühmorgens fuhr Luciano mit seinem DKW einer neuen Zukunft entgegen. Die wenigen Sachen, die ihm wertvoll waren – Bücher, Mandoline, ein paar Kleidungsstücke –, füllten den Kofferraum nicht aus, sodass er noch von den beiden Kollegen, die mit dem Motorrad fuhren, Gepäck mitnehmen konnte. Er freute sich auf seine neue Tätigkeit und war voller Tatendrang.

Als er gegen Nachmittag in dem kleinen Ort Nürburg ankam, war er der Erste der Mannschaft, die hier etwas ganz Besonderes aufbauen wollte. Franz Silberstein, der die Gegend aus seiner ehemaligen Tätigkeit am Ring kannte, hatte für sich und seine Leute für die erste Zeit Zimmer in einer idyllisch gelegenen Pension unweit des Rings angemietet. Luciano war mehr als zufrieden mit der Unterkunft. Die Wirtin, eine mütterlich wirkende Bäuerin, war ihm auf den ersten Blick sympathisch – und er ihr. Besser konnte es nicht sein. Nach und nach trafen an diesem Samstag auch die anderen ein. Nachdem sie mit einem Eifler, hausgemachtem Schnaps, den »Mutter Anna« spendierte, auf das neue Projekt angestoßen hatten, machten sie sich auf den Weg zu den Werkstatträumen, die hinter den Tribünen des Rings lagen. Alle waren begeistert und konnten kaum erwarten, dass es am Montag losgehen würde. Sie waren insgesamt sieben Männer. Drei Kfz-Mechaniker, zwei Kfz-Meister, ein Konstrukteur und Franz Silbereisen – Männer unterschiedlichen Alters, die ein gemeinsamer Traum verband: hier am Nürburgring Renn- und Sportwagen zu bauen, die auch für normale Leute erschwinglich waren.

Als Luciano am Sonntag einen Spaziergang machte, spürte er zum ersten Mal das Frühlingserwachen um sich herum. Die Sonne schien, ein warmer Südwind ließ die Weidenkätzchen aufspringen, und im Wald roch es nach feuchter, fruchtbarer Erde. Während er am Booser Doppelmaar entlangwanderte, gingen seine Gedanken zurück in das vergangene Jahr. Seit

Langem einmal wieder tauchte er in diese kurze Zeit vollkommenen Glücks ein, das er unweit von hier mit Katharina erlebt hatte. Während er forsch voranschritt, glaubte er wieder ihren zarten Duft zu riechen und ihre melodische Stimme zu hören. Unwillig schüttelte er den Kopf. Er hatte nicht erwartet, dass die Erinnerung ihm Katharina nach der langen Zeit wieder so nahebringen könnte. Ende Februar hatte er in München eine junge Frau kennengelernt, eine Lehrerin. Vor seiner Abreise hatten sie verabredet, den Kontakt aufrechtzuerhalten. Sie sollte ihn in der Eifel besuchen, und er wollte einmal im Monat nach München fahren. Christiane war hübsch, klug und herzlich. Nach dem zweiten Treffen jedoch hatte er bereits gemerkt, dass sie niemals seine Anima gemella würde werden können. Aber vielleicht irgendwann seine Ehefrau, die Mutter seiner Kinder … Das Wissen darum, dass er Christiane niemals auf diese intensive Weise wie Katharina würde lieben können, tat ihm körperlich weh. Dennoch. Er hatte sich fest vorgenommen, Christiane nicht zu enttäuschen.

Vier Wochen später, als der Mai ins Land zog, hatte sich Luciano in Nürburg eingelebt. Er bereute es nicht, von BMW weggegangen zu sein. In den Telefonaten mit seinem Professore wurde er nicht müde zu erzählen, wie sehr ihn seine neue Arbeit begeisterte.

»Wir sind ein Team«, schwärmte er. »Wir feuern uns gegenseitig an und lernen voneinander. Franz Silberstein hat von früher noch Kontakte zur Presse, die jetzt schon über unser Projekt berichtet. Sogar Anfragen von Interessenten gibt es schon. Ich bin sicher, dass sich der Wagen gut verkaufen lässt. Vielleicht werden wir gegen Ende des Jahres bereits in Serie gehen können. Im Spätherbst wollen wir das Modell auf einem Schönheitswettbewerb in Bad Neuenahr zum ersten Mal ausstellen.«

Eduardo Visconti, der immer noch mit Amalie in Innsbruck weilte, weil beide den Frühling in den Tiroler Alpen erleben wollten, konnte nicht genug von der neuen Tätigkeit seines Ziehsohnes erfahren, und Luciano freute sich über jede seiner Fragen.

»Wann sehen wir uns noch einmal?«, fragte der Professore am Ende des Gesprächs.

Da erzählte Luciano ihm, dass er am ersten Maiwochenende Christiane in München besuchen wollte.

»Dürfen wir sie kennenlernen?«

Luciano zögerte kurz. Schließlich sagte er: »Natürlich.«

Als Luciano am Freitag vor dem ersten Maiwochenende in die Pension kam, um sich frisch zu machen und die Kleidung zu wechseln, traf er auf Mutter Anna, die auf ihn gewartet hatte.

»Jemand hat für Sie angerufen«, teilte sie ihm in ihrem singenden Eifler Tonfall mit. »Ein Mann namens Terzo. Sie sollen die Nummer hier zurückrufen.« Mit diesen Worten reichte sie ihm einen Zettel.

Luciano sah sie verwirrt an. Ob dem Kind der beiden etwas passiert war?, fragte er sich zutiefst erschrocken. Eigentlich war er mit Terzo und Sophia für dieses Wochenende in München verabredet. Er hatte das Baby noch nicht gesehen und wollte ihnen auch Christiane vorstellen.

»Sie können von meinem Telefon anrufen«, bot seine Vermieterin ihm an.

Kaum hatte er Terzos Nummer gewählt, wurde am anderen Ende der Leitung auch schon abgehoben – als hätte Terzo neben dem Telefon gesessen.

»Endlich!«, rief Sophia aus. »Terzo wollte schon alleine losfahren.«

»Wohin?«, fragte Luciano verblüfft.

Da hörte er Sophia aufschluchzen. »Nach Sizilien. Nonna liegt im Krankenhaus. Es sieht sehr schlecht aus. Wahrscheinlich wird sie das Wochenende nicht überleben.«

Luciano hätte im Nachhinein nicht sagen können, wie er zurück zu seinem Zimmer gekommen war, wo er sich in den Sessel fallen ließ. Er fühlte sich wie erschlagen. Seine geliebte Mutter lag im Sterben? Nachdem er das volle Ausmaß dieser Nachricht begriffen hatte, gab es für ihn kein Halten mehr. Ein paar Minuten später rief er Terzo noch einmal an, der dieses Mal selbst am Telefon war.

»Ich fahre gleich los«, teilte er ihm mit.

»Sollen wir warten, bis du in München bist?«

Luciano zögerte. »Nein«, sagte er entschlossen. »Ich brauche wenigstens fünf Stunden bis zu euch. Und dann der Stadtverkehr. Fahrt voraus. Wir sehen uns dann im Krankenhaus.«

»Wir warten«, entschied Terzo. »Dann fahren wir zusammen weiter und können uns abwechseln. Dadurch sparen wir die Zeit wieder ein.«

Auf der Fahrt in Richtung Süden wurde Luciano angetrieben von der Angst, seine Mutter nicht mehr lebend wiederzusehen. Er hatte sich mit Terzo und Sophia auf der Raststätte Irschenberg hinter München verabredet, wo er seinen Wagen stehen lassen wollte. Bevor er in Terzos Opel umstieg, rief er aus der Telefonzelle sowohl bei seinem Professore als auch bei Christiane an, um ihnen abzusagen. Von der Raststätte aus fuhr erst einmal Terzo weiter. Sophia saß mit dem kleinen Angelo, der jetzt ein Vierteljahr alt war, auf dem Rücksitz. Er schlief selig in ihren Armen und wusste noch nichts davon, dass zum Leben auch der Tod gehörte.

»Silvio hat sehr besorgt geklungen«, erzählte Terzo mit belegter Stimme.

Da legte sich auch schon von hinten Sophias Hand tröstend auf seine Schulter. Daraufhin räusperte er sich betont männlich und fuhr fort: »Nonna hat heute Morgen die letzte Ölung bekommen.«

»Was nicht unbedingt bedeuten muss, dass man nicht doch noch weiterleben kann«, wandte Sophia mit fester Stimme ein. »Das war bei meiner Großmutter genauso. Sie hat danach noch eineinhalb Jahre gelebt. Allerdings ist sie nie mehr richtig gesund geworden.«

»Das Herz macht bei Nonna nicht mehr mit«, sprach Terzo an Luciano gewandt weiter. »Sie hat nur noch vierzig Prozent Herztätigkeit.«

Luciano schluckte. Hatte er seiner Mutter etwa das Herz gebrochen?

»Mach es dir nicht so schwer«, sagte Sophia zu ihm, als hätte sie seine Gedanken erraten. »Sie hat seit Jahren ein schwaches Herz.«

Schweigend fuhren sie in die Nacht hinein. Am Samstagmorgen gegen sechs Uhr machten sie die erste längere Pause. Danach übernahm Luciano das Steuer. Am Samstagabend gegen zehn Uhr kamen sie schließlich mit der letzten Fähre auf Sizilien an. Die Angst, Violetta nicht mehr lebend anzutreffen, und der Wettlauf mit der Zeit hatten das Adrenalin in ihren Adern zum Kreisen gebracht. Von Reggio di Calabria aus riefen sie im Krankenhaus in Cefalù an.

»Wenn Sie Ihre Mutter noch lebend sehen wollen, müssen Sie sich beeilen«, hatte der behandelnde Arzt unverblümt zu Luciano gesagt. »Sie hat schon mehrmals nach Ihnen gefragt. Sie scheint Ihnen noch etwas sagen zu wollen.«

Als Luciano auf dem Parkplatz des Krankenhauses in Cefalù aus dem Opel stieg, wehte ihm der Wind den Geruch des Meeres in die Nase – den von Salz, Tang und Fisch. Manches Mal schon hatte er ihn in Deutschland vermisst. Besonders seit er Katharina nicht mehr hatte.

Es war ein schöner Abend – sternenklar und sehr mild, wie die Abende im Mai auf Sizilien eben waren. Hier in Cefalù saßen die Menschen noch zu dieser späten Stunde in Straßenlokalen und gingen am Strand spazieren. Ganz anders als in der Eifel, wo alle daheim in der Stube hockten, dachte Luciano, bevor sie zum Eingang des Hospitals eilten.

»Da hinten stehen Alessandros Lieferwagen und Silvios Ape«, rief Terzo ihm zu, bevor er Sophia, die einen erschöpften Eindruck machte, den kleinen Angelo abnahm, weil der unruhig wurde und zu weinen anfing. Das monotone Motorengeräusch und der regelmäßige Herzschlag seiner Mutter hatten ihn während der Fahrt in den Schlaf gewiegt. »Geh du zu Nonna.« Terzo nickte Luciano aufmunternd zu. »Wir bleiben erst mal mit dem Kleinen hier in der Halle, bis er sich beruhigt hat. Sie hat ihn ja schon gesehen, und so ein kleiner Schreihals wäre jetzt vielleicht zu viel für sie.«

Luciano sah sich um. Das Herz klopfte ihm bis zum Hals. Der Empfang war nicht besetzt.

»C'è qualcuno?«, rief er in die neonbeleuchteten Gänge, die von der Halle abgingen.

Da kam eine Krankenschwester mit weißer Nonnenhaube aus dem Raum hinter dem Empfangstresen. Misstrauisch sah sie ihn an.

»Mein Name ist Luciano Pasini«, stellte er sich atemlos vor. »Ich möchte zu meiner Mutter Violetta Pasini.«

Die Schwester nickte, verzog dabei jedoch keine Miene. Dann drehte sie sich um und telefonierte. Sie sprach so leise, dass er nicht verstehen konnte, was sie sagte. Sein Herz begann zu rasen. Hoffentlich lebte seine Mutter noch.

Während sein Puls in seinen Schläfen hämmerte, drehte sich die Schwester wieder zu ihm um. »Der Arzt kommt gleich zu Ihnen.«

»Ist sie tot?«, entfuhr es ihm.

Da sah die ältere Frau ihn mit mildem Lächeln an und wiederholte: »Der Arzt kommt gleich.« Dann verschwand sie wieder in dem Raum hinter dem Tresen.

Luciano atmete tief durch und ging zu Terzo und Sofia hinüber, die auf einer der Wartebänke neben dem Eingang saßen. Der kleine Angelo hatte sich inzwischen beruhigt und schlief wieder friedlich im Arm seiner Mutter.

Luciano teilte den beiden mit, was die Schwester gesagt hatte. Er bemerkte, dass Terzo erblasste. Mit seinen großen dunklen Augen sah er zu ihm hoch und wirkte dabei wie ein kleiner Junge. »Meinst du …?«

Luciano schluckte. »Wir werden es gleich hören.«

Es kostete ihn eine ungeheure Kraft, in dieser Situation Ruhe vorzutäuschen. Die Vorstellung, dass seine geliebte Mutter im Zwist von ihm gegangen sein könnte, schnürte ihm die Luft ab. Wie ein Tiger im Käfig begann er, in der Halle hin und her zu laufen. Da wurden in einem der Gänge Schritte laut – und ein paar Sekunden später betrat ein grauhaariger Mann im Arztkittel die Eingangshalle. Terzo sprang auf und gesellte sich zu Luciano, der dem Mediziner mit hämmerndem Herzen entgegeneilte.

»Signore Pasini?« Der Blick des Arztes wanderte mit fragendem Ausdruck zwischen Luciano und Terzo hin und her.

»Ich bin Luciano Pasini«, stellte sich Luciano mit belegter Stimme vor. Der Einfachheit halber fügte er auf Terzo zeigend hinzu: »Das ist mein Vetter.« Dann sprang auch schon die Frage über seine Lippen: »Wie geht es meiner Mutter?«

»Nun …« Der Mediziner zögerte, während sein Blick so prüfend auf ihm lag, als wolle er abschätzen, wie belastbar sein Gesprächspartner war.

»Bitte, Professore …« Luciano sah ihn eindringlich an.

»Sie hat am Freitag auf Wunsch Ihres Bruders die letzte Ölung bekommen. Doch sie scheint hier auf Erden noch etwas zu erledigen zu haben.« Der Arzt gab einen leisen Seufzer von sich. »Gut, dass Sie endlich da sind. Wenn sie überhaupt noch etwas sagt, dann nur Ihren Namen.« Er berührte ihn am Arm. »Kommen Sie bitte mit.«

Luciano sah Terzo an, doch der schüttelte den Kopf. Tränen liefen ihm die Wangen herunter. »Ich bleibe lieber hier«, raunte er mit heiserer Stimme. »Ich kann das nicht.«

Luciano folgte dem Mediziner in einen der Gänge, an dessen Ende er seine Familie entdeckte. Alle waren da – bis auf die kleinen Kinder von Carlotta und Alessandro. Seine beiden Neffen saßen totenblass und stumm auf ihren Stühlen, als wären sie bereits auf der Beerdigung. Mit Tränen in den Augen nickten sie ihm nur zu. Seine Schwester fiel ihm schluchzend um den Hals, genauso wie Maria. Alessandro klopfte ihm mitfühlend auf die Schulter, und Silvio umarmte ihn und schien ihn gar nicht mehr loslassen zu wollen. »Gut, dass du gekommen bist«, flüsterte er ihm mehrmals ins Ohr.

»Warten Sie bitte hier«, bat der Arzt Luciano und verschwand in dem Zimmer, in dem seine Mutter lag.

»Geh du alleine rein«, sagte Silvio mit unterdrückter Stimme. »Wir haben uns schon von ihr verabschiedet. Aber ich glaube, sie hat uns gar nicht mehr wahrgenommen.«

Luciano wurde die Kehle eng. Er hatte Mühe, die Tränen zu unterdrücken. Jäh wurde ihm bewusst, dass er seine Mutter jetzt zum allerletzten Mal sehen würde. Nicht ein Mal war ihm in den Sinn gekommen, dass ihr Leben endlich war. Niemals war ihm ihr hohes Alter so deutlich bewusst geworden wie in diesen Sekunden, während er die Zimmertür fixierte und darauf wartete, dass der Arzt ihn hereinbat. Als sie bei seinem letzten Besuch mit feuersprühenden Augen auf ihn wütend gewesen war, war sie die Mutter aus seiner Kindheit gewesen – mit all ihrer Kraft, ihren Zornesausbrüchen, ihrer Leidenschaft. Leider war es dann zwischen ihnen nicht mehr – wie immer in seiner Kindheit – zur zärtlichen Aussöhnung gekommen. Wenn ihre Wut auf ihn verraucht gewesen war, hatte sie ihn in die Arme genommen, geherzt und mit Kosenamen überschüttet.

Luciano atmete tief durch. Jetzt stand er hier und wartete darauf, nur noch einmal mit ihr zu reden.

Da ging die Zimmertür auf. »Sie können jetzt zu ihr«, sagte der Arzt mit unterdrückter Stimme zu ihm. »Aber erwarten Sie bitte nicht zu viel. Ich weiß nicht, ob sie Sie überhaupt noch erkennen wird.«

Luciano schluckte. Er blieb stehen, war unfähig, einen Fuß vor den anderen zu setzen. Da spürte er Silvios Hand im Rücken, die ihn sacht ins Zimmer schob und die Tür hinter ihm schloss.

Seine Augen brauchten ein paar Momente, um sich an das Dämmerlicht in dem kleinen Raum zu gewöhnen. Was er als Erstes wahrnahm, war der Geruch von Weihrauch. Dann sah er die Kerze auf dem kleinen Tisch unter dem Fenster, die neben einem Bild der Muttergottes flackerte. Und dann erst wagte er es, seinen Blick zu dem Bett wandern zu lassen, das an der Wand stand. Neben dem Bett standen ein Tropf und zwei Monitore, die irgendwelche Kurven zeigten und leise piepten. Lucianos Blick folgte den Kabeln, die von den Apparaten unter das dünne Laken führten, das die Konturen eines

Körpers abmalte – eines kleinen, schmalen Körpers. Das sollte seine Mutter sein? Violetta Pasini, die zeit ihres Lebens immer vor Kraft strotzte, die leidenschaftlich gerne aß und ihre Pfunde liebte?

Ein leises Schluchzen kam ihm über die Lippen, als er zögerlich auf das Bett zuging. Dann stand er neben seiner geliebten Mutter, die mit geschlossenen Augen und gefalteten Händen dalag. Sie atmete ruhig und gleichmäßig. So, als würde sie friedlich schlafen. Ihre Wangen waren eingefallen und fahl. Ihre Augäpfel wölbten sich unter den pergamentenen Lidern.

Luciano zitterten die Beine so sehr, dass er sich auf die Bettkante setzen musste. Ein paarmal atmete er tief durch. Er wollte nicht, dass seine Stimme bebte. Nachdem er die Fassung weitgehend zurückgewonnen hatte, legte er seine Hand auf ihre Hände und sagte leise und so fest er konnte: »Mamma. Ich bin es – Luciano.«

Zuerst glaubte er, dass sie tatsächlich nichts mehr mitbekam, doch dann begannen ihre Lider zu flattern.

»Luciano, figlio mio«, kam es leise über ihre Lippen, ohne dass sie die Augen öffnete.

»Mamma!« Das eine Wort kam ihm wie ein leiser Aufschrei über die Lippen, und er hatte schon Angst, sie erschreckt zu haben. Doch da spürte er den sanften Druck ihrer Finger, als wolle sie ihn beruhigen.

»Luciano, ich muss dir etwas …« Sie verstummte, war zu schwach, um weiterzusprechen.

»Pscht, Mamma«, flüsterte er. »Ich liebe dich. Sag jetzt nichts.«

Da öffnete sie langsam die zittrigen Lider. Ihr Blick, zuerst verhangen, wurde klarer, suchte seinen und hielt ihn fest. Ihm stockte der Atem – überrascht von der Kraft, die in diesem Blick lag. Ihre Finger krallten sich an seine. Sie versuchte, den

Oberkörper anzuheben, als wolle sie ihm etwas ins Ohr sagen. Dabei brachte sie krächzend hervor: »Vergib mir. Ich habe unrecht …« Dann brach ihre Stimme, und sie sank zurück aufs Kissen. Ein tiefer Seufzer entrang sich ihrer Kehle – der letzte Seufzer, wie Luciano ahnte. Er sah auf seine Mutter hinunter, hielt immer noch ihre Hände in seinen und spürte, dass das Leben seine Mutter verlassen hatte. Ihre ehemals so wunderschönen dunklen Augen blickten leer in die Ewigkeit. Mit einer Geste, in die er seine ganze Liebe zu ihr legte, schloss er sanft ihre Lider. Dann blieb er noch eine Weile sitzen, ihre Hände in seinen. Tränen füllten seine Augen. Eine nach der anderen tropfte auf die Hände seiner Mutter, die nie wieder zärtlich seine Wange berühren würden.

Vergib mir, hatte sie ihn gebeten. Er sah sie wieder unter dem Torbogen des Hofes stehen, als sie ihn ohne ein versöhnliches Wort an jenem Morgen im Juli nach München zu BMW hatte aufbrechen lassen. Dieser Abschied hatte ihnen beiden gleich wehgetan. Das wusste er jetzt. Und er hatte nicht einmal mehr die Chance gehabt, ihr zu sagen, dass er ihr längst verziehen hatte. Hoffentlich würde sie dennoch Ruhe finden – in einer anderen Welt, in der es nur Frieden und Liebe gab. Und wie würde das irgendwann mit ihm sein? Würde er sie finden? Ja, seine Mutter hatte ihn wegen ihres Verhaltens um Verzeihung gebeten. Sie waren in Liebe voneinander geschieden.

Die Beerdigung Violetta Pasinis fand am nächsten Tag auf dem Friedhof in Il Nido statt, hoch oben auf dem Felsen, wo die Toten dem Himmel so nah waren. Luciano nahm die Umgebung als Wüste aus Friedhofmarmor, verblichenen Plastikblumen, einem Gewirr aus einfachen Holzkreuzen und Grabsteinen wahr. Die Szenerie lag wie in Nebel gehüllt vor ihm.

Im Nachhinein erinnerte er sich nur noch an wenige Details: an den Geruch von Weihrauch, der in der kühlen Dorfkirche hing, an den schlichten Kranz aus Myrte und roten Bougainvillea auf dem Sarg, an das laute Knarren der Holzbänke, als die Trauergemeinde zum Beten niederkniete, und an den tiefblauen Himmel und den Sonnenschein, die sich im glänzenden Holz des Sarges spiegelten, als Violetta die letzte Ruhestätte neben ihrem Mann fand. Die Leute trauerten um *la strega*. Niemand hatte vergessen, was Violetta Pasini während des Zweiten Weltkrieges für sie getan hatte.

Nach der Beisetzung zog die Trauergemeinde zum Pasini-Hof zum Totenschmaus. Während sich Terzo, der während der Beisetzung hemmungslos geschluchzt hatte, zurückzog, bewirteten Sophia, Maria und Carlotta die Trauergäste. Luciano funktionierte wie eine Maschine – wie auch sein Bruder Silvio. Ihre Mutter hätte es nicht gutgeheißen, wenn sie in der Öffentlichkeit in Tränen ausgebrochen wären. Weinen und Jammern waren ihrer Meinung nach den Frauen und Mädchen vorbehalten.

Nachdem schließlich alle Honoratioren, Nachbarn, Freunde und Verwandten gegangen und das übrig gebliebene Essen sowie alle Stühle weggeräumt waren, wollte Luciano mit seiner Trauer und seinen Gedanken nur noch allein sein. Als er auf der Steinmauer seines Hauses saß und Rotwein trank, ließ er das vergangene Jahr, in dem es zum Zerwürfnis zwischen ihm und seiner Mutter gekommen war, noch einmal Revue passieren. Angefangen hatte es mit seiner Arbeitslosigkeit, die es ihm ermöglicht hatte, für seinen Vetter in Bonn als Eisverkäufer einzuspringen. Dort hatte er Katharina kennen- und lieben gelernt – was seiner Mutter ein Dorn im Auge gewesen war. Er seufzte und schaute hoch zu dem Sternenmeer, das sich über Il Nido ausbreitete. Katharina … Der Gedanke an sie schnitt ihm ins Herz. Sie verloren zu haben verursachte einen anderen Schmerz als der Tod seiner Mutter. Der Tod eines Menschen gehörte zum Leben. Wenn man jedoch eine große Liebe verlor, musste man sich fragen, welche Schuld man selbst daran trug. Was hatte er falsch gemacht? Er konnte sich auch heute – aus der zeitlichen Distanz, die gewöhnlich den Kopf klärte – nicht erinnern, Katharina verletzt oder enttäuscht zu haben. Was war zwischen ihnen geschehen, dass sie sich einem anderen Mann zugewandt hatte? Oder zumindest ihn – Luciano Pasini – nicht mehr hatte haben wollen?

Am Sonntagmorgen fand sich die gesamte Familie noch einmal zum Abschied an dem langen Holztisch unter der Pergola ein. Danach wollten Luciano und Terzo sich auf den Heimweg machen. Beide hatten den Montag wegen der Beerdigung von ihren Arbeitgebern freibekommen. Über dem Tisch, an dem die Verstorbene geschaltet und gewaltet hatte, hing eine schwere Stimmung. Es wurde nur wenig gesprochen. Maria, die nun die Rolle der Hausherrin innehatte, reichte noch einmal Espresso herum, während Carlotta und Sophia in der Küche Reiseproviant zusammenstellten. Silvio war der Erste, der das belastende Schweigen unterbrach, indem er aufstand und auf Luciano zuging.

»Da du in der Ferne lebst und es dort nichts gibt – außer deiner Erinnerung –, was dich an Mamma erinnert, möchte ich dir das mit auf die Reise geben«, sagte er zu seinem Bruder und öffnete die Hand.

Luciano sah auf seinem Handteller die goldene Kette mit dem Kreuz liegen, die seine Mutter getragen hatte. Sie war das Hochzeitsgeschenk ihres Mannes gewesen.

»Und du?«, fragte Luciano unsicher. »Du bist der Ältere von uns beiden.«

»Keine Widerrede. Mamma hätte gewollt, dass du sie weiterträgst.«

Da stand Luciano auf und umarmte Silvio. Sie hielten einander in ihrer Trauer eine Weile fest umschlungen. Dann legte sein Bruder ihm die Kette um den Hals, der ihm so eng war, dass er nichts mehr sagen konnte – so sehr rührte ihn Silvios Geste.

»Du kannst dir auch gerne noch etwas anderes von Mamma aussuchen«, sagte da Maria mit Tränen in den Augen. »Vielleicht möchtest du ihre Bibel mit nach Deutschland nehmen, in der sie jeden Abend gelesen hat.«

Unsicher sah Luciano seine Schwester Carlotta an.

»Ich habe Vaters Trauring bekommen«, erwiderte diese. »Alessandro will einen Schmuckring für mich daraus machen lassen.«

»Und ich werde Mammas Ehering zu meinem tragen«, sagte Maria mit liebevollem Blick auf ihren Mann. »Als Zeichen dafür, dass ich jetzt ihre Rolle innehabe.« Sie nickte Luciano aufmunternd zu. »Also, such dir ruhig noch etwas aus.«

»Und Terzo?«, fragte Luciano peinlich berührt, weil der Liebling seiner Mutter bisher noch nichts bekommen hatte.

Da sah Terzo ihn mit tränenverhangenem Blick an. »Danke, dass du an mich denkst«, sagte er leise. »Aber wir haben für den kleinen Angelo unser altes Holzspielzeug von ihr bekommen. Das ist uns die schönste Erinnerung an sie.«

Luciano nickte. »Gut, dann nehme ich gerne euren Vorschlag an.«

»Die Bibel liegt in Mammas Kommode neben ihrem Bett!«, rief Maria ihm nach.

Unbehagen befiel Luciano, als er das Schlafzimmer seiner Mutter betrat. Es war sehr lange her, dass er zum letzten Mal hier gewesen war. Zögernd blieb er in der Tür stehen und sah sich um. Die Holzläden vor den offen stehenden Fensterflügeln waren geschlossen. Durch ihre Ritzen fiel die Morgensonne in hellen Streifen ins Zimmer. Auf ihren Strahlen tanzten feine Staubkörner. Unter den dunklen Holzbalken hing noch der Duft von Lavendel, der Lieblingsduft seiner Mutter. Auf der Kommode lag der Kamm, mit dem sie abends ihr immer noch langes, volles Haar gekämmt hatte.

Luciano seufzte. Er kam sich vor wie ein Eindringling. In dem dämmrigen Raum war es totenstill. Nur das leise Ticken der Uhr, die auf dem Nachttisch stand, war zu hören – als Zeichen dafür, dass die Welt sich immer weiterdrehte, ganz gleich, was auch passierte.

Luciano atmete tief durch und trat zu der Kommode. Ganz vorsichtig zog er die erste Schublade auf, in der er die Bibel vermutete. Ein unangenehmes Gefühl beschlich ihn, so, als würde er etwas Unrechtes tun, das ihm nicht zustand.

Mit spitzen Fingern nahm er die Bibel heraus. Da bemerkte er, dass zwischen ihren Seiten in der Mitte Briefumschläge lagen. Vielleicht Liebesbriefe meines Vaters aus der Zeit, als er bei den Partisanen in Norditalien gewesen war?, ging ihm durch den Kopf. Er schlug die Bibel auf, um die Briefe herauszunehmen und in die Schublade zurückzulegen. Da stutzte er. Auf dem ersten Umschlag standen der Name und die Adresse Katharinas – in seiner Handschrift. Verwirrt blinzelte er. Seine Finger begannen zu zittern, während er die Umschläge auseinanderfächerte. Die beiden anderen Briefe waren an ihn gerichtet mit seiner Adresse hier auf Sizilien. Sie waren abgestempelt. Zögernd drehte er sie um und las Katharinas Namen und ihre Adresse auf der Rückseite. Alle drei Briefe waren ungeöffnet.

Ganz langsam, wie aus einem Nebel, stieg eine Ahnung in ihm hoch, die ihm den Atem nahm. Konnte es sein, dass …

Er schluckte krampfhaft. Schwindel erfasste ihn. Völlig durcheinander ließ er sich in den kleinen Korbsessel sinken, der unter dem Fenster stand. Noch einmal betrachtete er jeden einzelnen Umschlag, Vorder- und Rückseite. Schließlich konnte er nicht länger die Augen davor verschließen, dass jemand Katharinas Briefe an ihn sowie seinen Brief an Katharina zurückgehalten hatte. Doch wie kam sein Brief an Katharina, den er in München geschrieben hatte, in die Kommode seiner Mutter? Terzo! Die Antwort schoss ihm wie ein Blitz durch den Kopf. Terzo hatte sich angeboten, genau diesen Brief, den er nach dem wundervollen Wochenende in der Jagdhütte geschrieben hatte, zur Post zu bringen. Das hatte Terzo ganz offensichtlich nicht getan. Und Katharinas Briefe an ihn, die sie nach Sizilien geschickt hatte, waren ihm von seiner Familie nicht ausgehändigt worden. Hinter alldem konnte nur seine Mutter gesteckt haben. *Vergib mir. Ich habe unrecht* … Das waren ihre letzten Worte gewesen. Hatte sie damit etwa nicht ihren lieblosen Abschied von ihm im Sommer, sondern diese Intrige gemeint?

Bei diesem Gedanken wurde ihm ganz flau im Magen. Er hatte ein Brausen in den Ohren, die Sonnenstreifen flimmerten vor seinen Augen. Mit bebenden Händen und jagendem Puls öffnete er Katharinas Briefe, erst den einen, dann den zweiten. Beide erzählten von ihrer Liebe zu ihm, der zweite auch davon, dass sie seine Adresse in München nicht hätte. In beiden fragte sie ihn, warum er sich nicht bei ihr melden würde. Laut Datum hatte sie beide Briefe an ihn geschrieben, kurz bevor sie mit ihm am Telefon Schluss gemacht hatte. Dieses Datum würde ihm immer in Erinnerung bleiben. Es war der 10. August 1956 gewesen.

Luciano legte den Kopf in den Nacken. Er hatte das Gefühl, keine Luft mehr zu bekommen. Eine eiserne Klammer drückte seinen Brustkorb zusammen. Konnte es wirklich sein, dass seine Mutter durch eine solche Intrige hatte verhindern wollen, dass er und die Tedesca, wie sie Katharina genannt hatte, heiraten würden? Hatte sie es vielleicht tatsächlich letztendlich verhindert? Was war noch alles passiert, von dem er nichts wusste?

Abrupt stand er auf, nahm Bibel und Briefe und verließ das Schlafzimmer. Zitternd ging er durch die Küche nach draußen in den Hof. Immer noch saßen alle unter der Pergola. Maria lächelte ihm entgegen. »Hast du die Bibel gefunden?«

Luciano zog seinen Stuhl scheppernd über den Boden und ließ sich darauf fallen. Dann legte er Bibel und Briefe auf den Tisch. »Wisst ihr, was das ist?« Er zeigte auf die drei Umschläge. Dabei ging sein Blick von einem zum anderen – von Alessandro, der links neben ihm saß, zu Carlotta, weiter zu Terzo und Sophia hinüber, um letztendlich seinen Bruder und dessen Frau Maria ins Auge zu fassen. Seine Schwester Carlotta und sein Schwager sahen ihn sichtlich ahnungslos an. Terzo jedoch senkte den Kopf. Sophia nahm Terzos Hand in ihre und starrte mit zusammengepressten Lippen in ihre Espressotasse. Silvio hatte keine Ahnung, das konnte er sehen, und Maria schließlich war die Einzige, die den Mund öffnete.

»Luciano«, begann sie leise und ruhig, »Mamma hat dich geliebt. Und gerade weil sie dich so sehr geliebt hat, konnte sie den Gedanken nicht ertragen, dich zu verlieren. Dich an eine Frau aus Deutschland zu verlieren – aus dem Land, das sie so sehr hasste.«

Luciano hatte seiner Schwägerin mit hämmerndem Herzen zugehört. Sein Blick bohrte sich in ihren. »Deshalb hat sie Katharinas Briefe an mich unterschlagen?«

Maria nickte. Im nächsten Moment fragte Silvio ungläubig: »Wie bitte? Davon wusste ich nichts.«

»Ich auch nicht«, pflichtete ihm Carlotta mit großen Augen bei.

Ohne die beiden anzusehen, fragte Luciano seine Schwägerin: »Wie kann es sein, dass dieser Brief …«, er wedelte mit dem Umschlag, »den ich an Katharina geschrieben habe und den dein Bruder Terzo für mich zur Post bringen wollte, ebenfalls hier in der Kommode gelandet ist? Ohne Poststempel, also nicht verschickt?«

Maria warf ihrem jüngeren Bruder einen raschen Blick zu, bevor sie sagte: »Du weißt doch, wie sehr Terzo immer an Nonna gehangen hat. Er war Wachs in ihren Händen. Er hat doch immer getan, was sie von ihm verlangt hat.«

»Kann Terzo auch selbst für sich sprechen?«, fragte Luciano hart, während er den Genannten mit einem genauso unnachgiebigen Blick bedachte.

Terzo räusperte sich und griff sich in die schwarzen Locken. »Madonna«, flüsterte er leise, während er Lucianos Blick auswich. »Ich weiß selbst nicht, warum ich das getan habe. Aber als du nach Deutschland gegangen bist, hat Nonna mich darum gebeten.«

»Worum?« Lucianos Frage klang wie ein Donnerschlag.

»Darum, dass ich deine Beziehung zu Katharina verhindern sollte«, antwortete Terzo kleinlaut. »Du kennst sie doch. Sie hatte einen starken Willen, und wenn man nicht tat, was sie wollte, fiel man in Ungnade. Ich habe ihr doch so viel zu verdanken. Nach dem Tod meiner Eltern hat sie mich angenommen wie ihren eigenen Sohn. Sie hat mich getröstet, hat mir Zärtlichkeit und Liebe gegeben. Und sie hat die Deutschen eben gehasst. Sie hat sie ja erlebt, wie sie hier gewütet haben. Ich habe es sogar verstanden, dass sie es nicht ertrug, dass du eine deutsche Frau heiraten wolltest.« Terzo hatte immer schneller geredet, war teilweise ins Stammeln geraten und verstummte jetzt mit zitternden Lippen.

Luciano fühlte sich wie betäubt. Terzos verzweifelt hervorgebrachte Verteidigungsrede wollte seinen Kopf schier platzen lassen. Einige Argumente, die Terzo so leidenschaftlich hervorgebracht hatte, verstand er sogar. Die Liebe konnte den Verstand außer Kraft setzen. Und der Hass ebenfalls. Gab es stärkere Gefühle als Liebe und Hass? Seine Mutter hatte ihn geliebt und Angst gehabt, ihn zu verlieren – und das deutsche Volk hatte sie gehasst.

Unter der Pergola herrschte Totenstille. Die Wärme der Vormittagssonne waberte unter den blauen Glyzinien. Vögel zwitscherten, Bienen summten. In der Ferne im Olivenhain spielten Carlottas Kinder so unbeschwert, wie Kinder eben waren. Jeder starrte vor sich hin. Luciano zog schaudernd die Schultern zusammen, trotz der Sonnenwärme, die durch die Blüten und Blätter drang. Sein Herz fühlte sich an wie ein Eisbrocken, der hart und schwer in seiner Brust lag. Mit einer Stimme, die er selbst kaum erkannte, fragte er in die Runde:

»Gibt es etwas, das ich in diesem Zusammenhang noch nicht weiß? Irgendwelche weiteren Intrigen, die die Beziehung zwischen Katharina und mir zum Scheitern bringen sollten?«

Da versetzte Sophia ihrem Mann einen Stoß in die Seite. »Jetzt erzähl es endlich. Luciano hat ein Recht darauf, es zu erfahren.«

Terzo räusperte sich und richtete seine großen dunklen Jungenaugen mit den langen Wimpern auf Luciano. »Da ist noch etwas«, begann er. »Aber dafür kann ich nichts. Ich habe nur davon gewusst und es dir nicht gesagt.«

»Na los«, forderte Luciano ihn barsch auf.

»Mamma war ja eine kluge Frau«, ergriff jetzt Terzos ältere

Schwester wieder das Wort – wie so oft in den Jahren, seit sie durch den Unfalltod der Eltern für den Bruder verantwortlich gewesen war. »Nachdem du nach Deutschland gegangen bist, hat sie Cesares Frau, die sie eigentlich gar nicht mochte, erzählt, dass du und Sophia ein Kind bekommen und bald heiraten würdet und du in die Heimat zurückkehrst. Man muss eurer Mutter zugestehen, dass sie da noch nicht wusste, dass Terzo der Kindsvater war. Andererseits wollte sie natürlich durch diese Information an Tante Elvira bewirken, dass Katharina davon erfahren würde – für den Fall, dass sie einmal in der Eisdiele auftauchen würde. Zugleich hat Mamma aber Elvira verboten, Antonio oder dir von einem möglichen Besuch Katharinas bei ihnen zu erzählen.«

Verwirrt über ein solches Ränkespiel schüttelte Luciano den Kopf. »Verstehe ich das richtig? Mamma baute also darauf, dass Katharina, falls sie erfahren sollte, dass Sophia von mir schwanger wäre, mit mir Schluss machen würde?«, fragte er verständnislos.

Maria nickte. »Davon ging sie aus.«

Luciano spürte, wie die Schlagader an seinem Hals zu pochen begann. »Und? War Katharina in der Eisdiele?«

»Nein …« Maria hob die Schultern. »Das heißt, ich weiß es nicht. Wir wissen es alle nicht. Mamma hat darüber nicht gesprochen.«

»Terzo! Weißt du es?«

Da hob Terzo beide Hände. »Ehrlich, ich weiß nichts. Nonna hat mir nichts gesagt.«

Jetzt konnte Luciano nicht mehr. Plötzlich verließ ihn alle Kraft. Mit beiden Händen strich er sich das Haar aus der Stirn, legte den Kopf in den Nacken und schloss die Augen. Er wäre am liebsten auf der Stelle eingeschlafen und hätte beim Aufwachen erkannt, einen schrecklichen Albtraum gehabt zu haben. Tausende von Gedanken jagten ihm durch den Kopf, überschlugen sich. Während er um Luft rang, herrschte betroffenes Schweigen am Tisch.

Schließlich hörte er seine Schwester Carlotta leise sagen: »Das hätte ich Mamma nicht zugetraut.«

»Ich auch nicht«, stimmte Silvio heiser ein.

Maria beugte sich vor, sah von einem zum anderen. »Es waren ihre ungezügelte Leidenschaft, ihre Eifersucht, ihre unbändige Energie, die sie manchmal zu Schritten verleiteten, die gänzlich gegen ihre christliche Gesinnung waren«, sagte sie eindringlich. »Dafür hat sie andererseits so viel Gutes in ihrem Leben bewirkt. Denkt an die vielen Leute aus Il Nido und der Umgebung, die ihr gestern das letzte Geleit gegeben haben. Aus Dankbarkeit für ihre guten Taten.« Nachdem sie zu Ende gesprochen hatte, sah sie Luciano unsicher an und legte ihm stumm die Hand auf den Arm. Wahrscheinlich wusste sie nur zu gut, dass ihre Worte kein Trost für ihn waren.

Luciano stand auf. »Ich brauche noch eine halbe Stunde. Dann können wir fahren«, sagte er tonlos, und an Terzo gewandt fügte er hinzu: »Sei so nett und pack schon mal den Wagen.« Mit diesen Worten verließ er den Tisch und ging den schmalen Weg zu seinem Rustico hinauf.

Die drei Briefe nahm er mit. Die Bibel ließ er auf dem Tisch liegen.

Katharina

Nach dem Jahreswechsel sahen sich Katharina und Johannes immer häufiger. Jedes zweite Wochenende begleitete Johannes seinen Bruder in die Eifel. Horst hatte inzwischen von freitags bis sonntags ein Zimmer in einer kleinen Pension in Adenau angemietet, wo die beiden Brüder dann auch zusammen übernachteten. Katharina gefielen diese Wochenenden immer mehr. Solange noch Schnee lag, fuhren sie Schlitten. Sonst machten sie lange Wanderungen, gingen ins Kino oder spielten bei Ursel Gesellschaftsspiele, wobei es stets sehr lustig zuging. Katharinas neunundzwanzigsten Geburtstag Ende Februar feierten sie natürlich auch zusammen in Rebenach. Mit von der Partie waren Martha und Hermann sowie Lotte und ihr Bekannter aus Würzburg.

Bei all diesen Unternehmungen ging Johannes stets liebevoll und manchmal sogar zärtlich mit Katharina um. Es kam immer häufiger vor, dass er sie spontan umarmte. Und manchmal küsste er sie sogar auf die Lippen. Doch niemals überschritt er die Grenzen, die Katharina ihm von Beginn ihrer Freundschaft an aufgezeigt hatte. Katharina gestand sich jedoch immer öfter ein, dass ihr diese Zärtlichkeitsbekundungen keinesfalls unangenehm waren – zwei Arme, die sie beschützend hielten, eine Hand, die ihr liebevoll übers Haar strich, die Wärme eines Körpers in der Kälte des Winters … Sie genoss Johannes' Komplimente, seine Fürsorge und seine stets gute Laune. Darüber hinaus konnte sie herrlich mit ihm lachen – so wie damals mit Luciano. Es kam oft vor, dass etwas, das sie mit Johannes erlebte, sie an die Sonnentage mit Luciano erinnerte. Dann fiel es ihr schwer, nicht wieder in Melancholie zu verfallen.

Am ersten Maiwochenende gingen sie zu viert in Bad Neuenahr tanzen. Es wurde ein schöner Abend, der bis in den frühen Morgen dauerte. Katharina übernachtete bei Ursel, wo sie alle vier am späten Sonntagvormittag zum Frühstück zusammentrafen. Nach einem Glas Sekt, das sie im Hof von Ursels Elternhaus in der Maisonne tranken, brachen Horst und Johannes früher auf als üblich. Beide hatten montagmorgens einen Termin, für den sie noch Vorbereitungen treffen mussten. Johannes verabschiedete sich von Katharina fast so zärtlich wie Horst von Ursel.

»Wiedersehen!«, riefen Katharina und ihre Cousine den beiden hinterher und winkten ihnen nach, bis der Wagen hinter der Kurve verschwunden war.

»Waren das wieder einmal schöne Stunden!«, rief Ursel in sehnsüchtigem Ton aus.

»Ja, ich fand es auch sehr schön«, erwiderte Katharina nur. »Lust auf einen Spaziergang?«

»Und wie! Endlich können wir mal unter vier Augen reden«, erwiderte Ursel zwinkernd, hakte sich bei ihr ein und zog sie über die Straße und in einen Wiesenweg, der in den nahe gelegenen Wald führte.

Die Nachmittagssonne war klar und mild. Sie brachte die Landschaft zum Leuchten. Die ersten Minuten gingen die beiden schweigend nebeneinander her und erfreuten sich an den Geräuschen der Natur um sich herum – den Vogelstimmen, dem Summen und Brummen der Insekten über den ersten Wiesenblumen und dem Säuseln des lauen Windes. Die Luft duftete nach jungem Gras. Vor ihnen, am Wiesenrain, standen goldblühende Ginsterbüsche, und als sie näher kamen, wehte ihnen der würzige Geruch des Waldes entgegen. Zwischen den majestätisch hohen Fichten war es feierlich still, was Katharina nach den vielen Stunden übermütiger Laune genoss. Der weiche Fichtennadelboden verschluckte ihre Schritte. Sonnenstrahlen huschten in die dunklen Winkel des Waldes und verwandelten knorrige Äste und mit Flechten bewachsene Stämme in Fabeltiere.

Ursel blieb stehen und sah Katharina bedeutungsvoll an. »Weißt du noch?«

Ja, Katharina wusste noch. Sie lächelte traurig. »Früher waren wir oft mit Peter und Heiner hier und haben uns gegenseitig Rätsel aufgegeben.«

»Ich sehe was, was du nicht siehst, und das hat einen Bart!«, rief Ursel da mit verschmitztem Blick aus.

Katharina lachte in Erinnerung an dieses Spiel ihrer Kindheit und blickte sich suchend um. Da entdeckte sie einen Baumstumpf von etwa zwei Metern Höhe, aus dessen Bruchkante – wie eine Kopfbedeckung – ein Büschel junger hellgrüner Äste wuchs. Zwei große Astnarben darunter sahen mit viel Fantasie wie Augen aus. Ein paar Zentimeter unter ihnen hing eine breite Flechte bis etwa zur Mitte des Stammes herab.

»Der Riese dort hinten«, sagte sie und zeigte auf den Baumstumpf.

»Genau!« Ursel lachte. »Was wir damals als Kinder hier alles gesehen haben! Zwerge, Meerjungfrauen …« Sie verstummte jäh und seufzte. »Weißt du noch? Als kleines Mädchen wollte ich immer deinen Bruder heiraten.«

»Wäre doch gar nicht gegangen«, wandte Katharina ein wenig zu burschikos ein. »Ihr seid doch verwandt gewesen.« Sie küsste ihre Cousine rasch auf die Wange und fuhr betont beschwingt fort: »Heute hast du deinen Horst. Sei froh. Das ist wirklich ein sehr netter Mann. Und ich glaube ...«, sie zwinkerte Ursel verschwörerisch zu, »... den hast du ganz schön im Griff.«

Da hob Ursel ihr Kinn und erwiderte mit wissender Miene: »So muss es sein. Ich lasse mir doch nicht von einem Mann auf der Nase herumtanzen.«

»Recht hast du, Urselchen.« Katharina hakte sich bei ihr ein, und sie gingen weiter.

»Schau mal, der Bärlauch dort hinten!« Ursel zeigte in den Wald hinein, wo auf einer kleinen Lichtung weiß blühender Bärlauch stand.

»Lass uns welchen pflücken«, schlug Katharina vor. »Herta liebt ihn.«

Nachdem die beiden dicke Büschel von dem stark riechenden Gewächs gesammelt hatten, ließen sie sich auf dem weichen Moosboden nieder und sahen hoch zu den Sonnenstrahlen, die wie breite Bänder zwischen den Ästen hindurch auf sie herabfielen.

»Ist das schön hier«, murmelte Katharina. Wieder musste sie an die Sonnentage denken, die sie mit Luciano im vergangenen Sommer zusammen in ihrem Paradies verbracht hatte. Um sich von dieser traurigen Erinnerung abzulenken, sprach sie weiter: »Schau dich um, Urselchen. Hier ist alles, was die Welt schön macht: Alles ist friedlich und still. Das Leben atmet hier ohne Hast, ohne Angst, ohne Neid und ohne Vorurteile gegen Fremdes.«

Ihre Cousine sah sie von der Seite mitfühlend an. »Denkst du noch oft an ihn?«

Katharina nickte. »Ziemlich oft.«

»Und du hast nie wieder etwas von ihm gehört?«

»Natürlich nicht. Das hätte ich dir ja wohl erzählt. Das wundert mich auch nicht. Erstens ist er längst verheiratet und

Vater; und zweitens habe ich ihm ja auch gesagt, ich würde in Kürze heiraten, und er wäre für mich nur ein Abenteuer gewesen.«

Ursel seufzte. »Stimmt. So was will kein Mann hören. Das verzeiht ein Mann dir nie.«

»Aber auch eine Frau verzeiht so was nicht«, konterte Katharina trocken.

»Ich finde es schade, dass du immer noch an ihm hängst. Dabei ist Johannes doch so ein toller Mann.«

»Ist er ja auch. Und ich mag ihn auch sehr gern, aber das ist etwas anderes. Johannes ist nicht Luciano.«

»Wenn ich ehrlich bin, verstehe ich nicht ganz, warum Johannes nicht den ersten Schritt macht.«

Katharina hob die Schultern. »Er weiß doch, dass ich noch nicht offen bin für eine neue Beziehung.«

»Horst war da forscher. Der konnte sich weniger zusammenreißen. Ich habe mich natürlich auch anfangs aus Anstand ein bisschen geziert, aber dann wurde es ihm zu bunt, und er hat mich irgendwann leidenschaftlich in seine Arme gerissen, geküsst und dann …« Sie zögerte und lachte verlegen, bevor sie fortfuhr: »Ja, und dann ist es mit uns eigentlich schnell gegangen. Dann haben wir auch bald zum ersten Mal miteinander geschlafen. Erinnere dich! Ich habe es dir mal erzählt.«

»So weit sind Johannes und ich noch nicht«, stellte Katharina sachlich fest.

»Würdest du es denn wollen?«

»Nun ja, vielleicht irgendwann. Aber zurzeit ist es für mich gut, so wie es ist.«

»Wegen Luciano?«

»Ja, aber Johannes ist auch …« Sie verstummte, suchte nach den richtigen Worten. Schließlich sagte sie: »Johannes ist ein toller Mann, ein richtig schöner Mann, und alle Frauen sehen ihm nach, wenn wir über die Straße gehen. Nur ich finde ihn irgendwie nicht so männlich wie Luciano, der ja genauso attraktiv war. Nur auf eine Art, die mir dann letztendlich besser gefiel.«

»Vielleicht stehst du eher auf die Schwarzhaarigen«, mutmaßte Ursel.

»Frank war auch blond«, wandte Katharina ein. Dann schüttelte sie energisch den Kopf. »Ich weiß auch nicht. Auf alle Fälle bin ich jetzt noch nicht bereit für einen neuen Mann in meinem Leben.«

»Verstehe ich nicht«, murmelte Ursel, während sie neben ihrer Cousine kräftig ausschritt.

»Das ist eben alles Charaktersache«, erwiderte Katharina.

Wieder schwiegen sie eine Weile. Und wieder war es Ursel, die das Thema erneut aufnahm. »Dass Johannes das mitmacht … Ich meine, dass du nur eine Freundschaft mit ihm willst.«

»Ich weiß auch nicht, warum er bei mir so viel Geduld zeigt«, sagte Katharina ungeduldig.

Ursel blieb abrupt stehen. »Weil er dich wirklich liebt«, erwiderte sie im Brustton der Überzeugung. »Das meint Horst auch. Sonst hätte Johannes dich doch längst fallen gelassen. So was macht ein Mann nur mit, wenn er eine Frau wirklich liebt. Ihr spaziert händchenhaltend durch Bad Neuenahr, gebt euch Küsschen, versteht euch gut … Er gibt sich lieber mit dem wenigen zufrieden, als dich gar nicht mehr zu haben«, fuhr Ursel fort. »Was meinst du, wie viel Selbstkontrolle ihn das kostet.«

»Johannes hat eben gute Manieren, und das schätze ich unter anderem auch sehr an ihm. Er weiß doch, dass er, wenn er über mich herfallen würde, mich als Freundin verlieren würde.«

»Dennoch, treib es nicht zu weit. So einen findest du niemals wieder.«

»Komm, lass uns weitergehen und über etwas anderes reden«, sagte Katharina energisch.

Am nächsten Wochenende kam Johannes ganz überraschend Freitag spätnachmittags in den Hof des Weinguts gefahren – just in dem Moment, als Katharina aus dem Weinberg kam. Eigentlich hatte er an diesem Wochenende im Tennisklub in Altenkirchen, in dem er zum Vorstand gehörte, an einem Turnier teilnehmen wollen. Umso verdutzter war Katharina, als sie ihn jetzt aus dem Wagen steigen sah.

Morgens war sie mit ihrer Mutter mit dem Lieferwagen über Land gefahren. Nach dem Mittagessen war sie sofort in den Wingert gegangen und hatte den Männern dort geholfen, Mineral- und Nährstoffe unter den Boden zu heben, damit die Reben ausreichend versorgt wurden. An einigen Stöcken waren die Austriebe schon deutlich zu erkennen. Es passte ihr ganz und gar nicht, dass sie jetzt so müde, schmutzig und verschwitzt, wie sie war, Johannes gegenübertreten musste.

»Komme ich sehr ungelegen?«, fragte er mit unsicherem Blick, als sie sich gegenüberstanden und Katharina nicht gerade in Jubel über seinen Besuch ausbrach.

»Wie du siehst, bin ich nicht gerade frisch gewaschen«, antwortete sie ebenso unsicher und sah an sich herunter.

Da lachte Johannes herzhaft auf. »Du bist immer schön«, sagte er und strich ihr liebevoll über die Wange. Dann wurde er ernst. »Können wir irgendwo ungestört reden?«

Katharinas Magen sackte herab. Er konnte doch nur über ihre Beziehung reden wollen. War es jetzt tatsächlich so weit, dass er sie vor die Alternative stellen würde – entweder Liebesbeziehung oder Ende der Freundschaft?

»Du wolltest doch am Wochenende in Altenkirchen bleiben«, sagte sie, um Zeit zu gewinnen. Ihr Herz begann zu flattern. Instinktiv wusste sie, dass sie, wenn sie sich jetzt gegen ein Liebesverhältnis entschied, Johannes für immer verlieren würde.

»Können wir reden?«, wiederholte er seine Frage.

Sie nickte, sah sich im Hof um. Sie standen allein am Tisch unter der alten Linde, aber hier konnte jederzeit jemand kommen.

»Lass uns ein Stück hinauf in den Wingert gehen«, schlug sie vor. »Dort sind wir ungestört.«

Katharina warf Johannes einen Seitenblick zu, als sie schweigend nebeneinander den Weg hinaufgingen. Sie waren ein seltsames Paar. Sie in Gummistiefeln, dem grünen Overall ihres Bruders, einem Jagdhemd ihres Vaters und mit einem Florentinerhut auf dem Kopf, unter dem ihre wirren, feuchten Locken hervorquollen; Johannes dagegen in beigefarbenem Anzug, weißem Hemd mit lichtblauer Krawatte, blank geputzten Schuhen und ebenfalls mit einem Hut auf dem Kopf. Während sie nach Arbeit roch, duftete er nach einem neuen Aftershave, das ihr besser gefiel als Tabak Original.

Er würde doch wohl nicht, so wie sie aussah, ihr jetzt einen Antrag machen wollen, dachte sie voller Entsetzen, während sie in einem Meter Entfernung neben ihm herstiefelte. Und wie sollte sie dann entscheiden?

Johannes nahm den Hut ab und blieb stehen. »Dort hinten ist eine Bank. Wollen wir uns setzen?«

Sie nickte stumm.

Von der Bank aus, die auf halber Höhe des Weinbergs stand, hatten sie einen unverstellten Blick über die Rebzeilen bis hinunter auf die Ahr, die sich wie ein silbriges Band zwischen den Felsen hindurchschlängelte. Auf der schmalen

Straße, die den Fluss durch das enge Tal begleitete, waren ein paar Autos unterwegs, die von hier oben aussahen wie Spielzeugautos.

Katharina wagte es nicht, Johannes anzusehen. Sie hatte Angst vor dem, was er ihr jetzt sagen würde. Sie wollte ihn nicht verlieren. Andererseits war ihr ja auch schon länger bewusst, dass ein Mann eine solche Beziehung, wie sie sie führten, auf Dauer nicht wollen konnte.

»Katharina«, hörte sie ihn da mit seiner warmen Stimme sagen, wobei er nach ihrer Hand griff und sie fest in seiner hielt, »ich will dich nicht verlieren.«

Da sah sie ihn glücklich an und lächelte. »Ich dich auch nicht, Johannes.«

»Und dennoch … So kann es nicht weitergehen«, fuhr er ernst fort.

Sie senkte den Kopf. »Ich weiß«, flüsterte sie hilflos vor sich hin.

Sein Händedruck verstärkte sich. »Sieh mich bitte an.«

Sie hob den Kopf und sah ihm in die Augen. Er hielt ihren Blick fest. »Katharina, du musst wissen, dass aus uns beiden nie ein Paar werden kann«, sagte er da in beschwörendem Ton. »Selbst, wenn du irgendwann Luciano vergessen haben solltest und offen für mich wärst. Ich …« Er verstummte. Sein Blick löste sich von ihrem und wanderte hinüber zum Horizont, als würde er dort nach Hilfe suchen, um ihr das zu sagen, was er auf der Seele hatte.

Sie schluckte. »Da gibt es eine andere Frau in deinem Leben, nicht wahr?«, sagte sie sanft. In diesem Moment hätte sie nicht sagen können, ob sie sich darüber freuen oder traurig sein sollte.

Da fand sein Blick zurück zu ihr. »Nein, Männer.«

Männer? Sie vergaß zu atmen. Hatte sie sich verhört?

»Ja, du hast richtig verstanden. Ich liebe Männer. Obwohl ich den Richtigen noch nicht gefunden habe. Dafür ist unsere Zeit wohl auch noch nicht reif.«

Sprachlos hielt sie seinen Blick fest. Johannes neigte zum gleichen Geschlecht. Sie wusste, dass es das gab, obwohl das Gesetz der Bundesrepublik Deutschland solche Beziehungen verbot.

»Ja, so ist es«, fuhr Johannes mit unsicherem Blick fort. »Ich wollte, dass du das weißt. Es erklärt, warum ich bisher keine Liebesbeziehung zu einer Frau lange durchgehalten habe. Ich fand die Monate mit dir wunderschön, und ich habe dich sehr lieb gewonnen. Und falls du willst – falls du jemanden wie mich weiterhin zum Freund haben wolltest, wäre ich sehr glücklich.«

Johannes hatte so schnell gesprochen wie noch nie. Angst hatte aus seiner Stimme geklungen. Voller Besorgnis musterte er sie und wartete auf eine Antwort.

Da löste sich der Knoten in ihrer Brust. Sie konnte wieder frei atmen. Tränen der Rührung schnürten ihr die Kehle zu, während sie mit belegter Stimme sagte: »Ach, Johannes, wie kannst du nur denken, ich wollte dich jetzt nicht mehr zum Freund haben! Ich habe dich doch auch lieb gewonnen. Komm mal her …« Sie streckte die Arme nach ihm aus und zog ihn an sich. Ein paar Augenblicke lang saßen sie eng nebeneinander und hielten einander fest umschlungen.

»Ich danke dir für dein Vertrauen und deine Freundschaft«, flüsterte Katharina ihm ins Ohr, bevor sie sich aus der Umarmung löste. »Und ich verspreche dir, dass du immer auf meine Freundschaft bauen kannst.«

Da sah Johannes ihr in die Augen. »Auch, wenn du dich wieder verlieben und heiraten solltest?«

»Ja, auch dann. Ehrenwort. Du bist sozusagen für jeden Mann meine Mitgift.«

Kaum hatte sie das gesagt, da brachen beide in ein Lachen aus, das der Situation auch noch die letzte Schwere nahm. Johannes beugte sich zu Katharina hinüber und küsste sie zärtlich auf die Wange. »Eigentlich habe ich keine andere Reaktion von dir erwartet«, sagte er sanft. »Und bitte: Außer Hannelore und ein paar Freunden, die so sind wie ich, weiß niemand davon.«

»Ich schweige wie ein Grab«, versicherte sie ihm. »Darauf kannst du dich verlassen. Aber vielleicht kommen irgendwann auch einmal andere Zeiten, in denen sich Menschen wie du nicht mehr verstecken müssen. Das würde ich mir sehr wünschen.«

Und Zeiten, in denen eine Frau einen italienischen Gastarbeiter lieben darf, ohne dass die Leute über sie schlecht reden, fügte sie in Gedanken hinzu.

Luciano

Luciano erinnerte sich ungern an die Rückfahrt von Sizilien nach Deutschland. In den vielen Stunden sprach er nur das Nötigste mit Terzo und Sophia, wobei Sophia immer wieder schüchtern die Unterhaltung mit ihm suchte. Er hatte jedoch viel zu viel damit zu tun, Ordnung in seinem Kopf zu schaffen. Terzo war – entgegen seiner sonstigen Art – ebenso wortkarg wie er. Als sie Montag spätnachmittags auf dem Rastplatz von Irschenberg ankamen, flehte Terzo ihn geradezu an, ihm zu verzeihen.

»Ich brauche Zeit«, erwiderte Luciano sachlich, ohne jedoch zu versäumen, Sophia und dem kleinen Angelo zum Abschied Küsse auf die Wangen zu geben.

Als er dann in seinem Auto saß und in Richtung Norden fuhr, freute er sich auf seine Arbeit. Er hoffte, durch sie vielleicht ein wenig Abstand zu dem Erlebten finden zu können.

In den nächsten Tagen arbeitete er jeweils so lange, bis sich die Dämmerung über den Nürburgring senkte. Erst wenn er danach vor dem geöffneten Fenster seines Zimmers saß und rauchte, ließ er die bittere Enttäuschung zu, die ihn seit Sonntag von innen zerfraß. Er fühlte sich von seiner gesamten Familie getäuscht und hintergangen – auch wenn einige von den Intrigen seiner Mutter nichts gewusst hatten. Die Familie hatte für ihn immer einen sehr hohen Wert dargestellt. Und für seine Mutter hätte er sein Leben gegeben. Die

Frau jedoch, die für jeden italienischen Mann der wichtigste Mensch im Leben war, hatte ganz bewusst sein Lebensglück zerstören wollen. Wie nur würde er ihr das jemals verzeihen können?

Er seufzte und drückte die Zigarette aus. Hatte seine Mutter es durch ihre Intrigen vielleicht sogar getan?, fragte er sich erneut – wie schon vergangenen Sonntagmorgen auf seinem Elternhof. Wäre er heute womöglich immer noch mit Katharina glücklich, wenn seine Mutter sich nicht eingemischt hätte?

Auch an diesem Freitagabend trieben ihn nach getaner Arbeit wieder diese Gedanken und Mutmaßungen um, ohne dass er einen Schritt weiterkam. Finito, sagte er sich schließlich, während er einen großen Schluck Wein trank. Damit musste jetzt Schluss sein. Er musste endlich Klarheit haben. Er stand auf und nahm – wie so oft in den vergangenen Tagen – Katharinas Briefe aus dem Schrank. Doch dieses Mal las er sie unter einem ganz anderen Aspekt. Der letzte der beiden Briefe war mit *Dienstag, 6. August 1956* datiert. Luciano überlegte. Am 10. August hatte Terzo ihm die Vaterschaft gestanden. Noch am gleichen Abend hatte er Katharina aus einer Telefonzelle angerufen, und sie hatte ihm gesagt, dass sie einen anderen Mann heiraten würde. Kein Mensch entschied sich in vier Tagen zu heiraten! Sie hatte doch ihn geliebt! Merda – er musste wissen, ob Katharina in den Tagen, die dazwischenlagen, in der Eisdiele gewesen war. Es konnte eigentlich nur so sein. Zwischen dem sechsten August, an dem Katharina den letzten Brief an ihn geschrieben und ihn darin ihrer Liebe versichert hatte, und dem zehnten August musste etwas passiert sein, das ihre Einstellung ihm gegenüber verändert hatte.

Lucianos Herz begann zu rasen. Er stürzte aus seinem Zimmer und suchte Mutter Anna auf.

»Dürfte ich mal kurz telefonieren?«, bat er sie. »Es ist wirklich sehr wichtig.«

Nur wenige Sekunden später verband ihn das Fräulein vom Amt mit dem Telefon seiner Verwandten in Bonn. Wie meistens nahm auch an diesem Abend seine Tante den Hörer ab. Ohne große Vorrede kam er gleich auf sein Anliegen zu sprechen.

»Erinnerst du dich daran, dass ich eine deutsche Freundin namens Katharina Hammes hatte?«

Elvira Pasini zögerte ein paar Sekunden. »Si, ich erinnere mich«, sagte sie schließlich in gedehntem Ton, der ihm verriet, dass sie in innerer Habtachtstellung war.

»War Katharina irgendwann bei euch in der Eisdiele und hat nach mir gefragt?«, fuhr er aufgeregt fort. »Bitte, Tante Elvira, Mutter ist tot. Ich muss es wissen. Und ich muss wissen, wann das war. Lüg du mich bitte nicht auch noch an.«

Wieder schwieg seine Tante eine Zeit lang – und er bekam schon Panik, dass sie ihm die Auskunft verweigern würde. Dann endlich sagte sie: »Ich weiß es sogar ganz genau. Es war ein Freitag, der zehnte August. Am Vormittag. Ich weiß es deshalb so genau, weil deine Freundin nach Antonio gefragt hatte. Antonio hatte jedoch an diesem Tag eine wichtige Untersuchung in der Klinik, und ich befürchtete, dass er wieder operiert werden müsste.«

»Was hat sie gewollt?«

»Sie hat sich Sorgen um dich gemacht, weil sie von dir länger nichts mehr gehört hatte.«

Luciano ließ sich nicht einmal mehr die Zeit, erleichtert auszuatmen. Denn schon drängte die nächste Frage über seine Lippen. »Was hast du zu Katharina gesagt?«

»Das, was Violetta mir aufgetragen hatte.«

Um alle Unsicherheiten auszuschließen, sagte er betont

langsam: »Dass ich Vater werden, Sophia heiraten und nach Sizilien zurückgehen würde?«

»Ja.«

Als Luciano wieder in sein Zimmer trat, war die Dunkelheit längst hereingebrochen. Er setzte sich vors Fenster und zündete sich eine Zigarette an. Vor langer Zeit hatte er schon einmal den Gedanken gehabt, dass Katharina den Mann, den sie angeblich heiraten wollte, nur erfunden haben könnte. Damals war ihm jedoch keine plausible Erklärung dafür eingefallen. Ihr Besuch in der Eisdiele war nun ein möglicher Grund. Aus tiefer Verletzung heraus mochte sie den Spieß nun einfach umgedreht haben. Gegen diese Schlussfolgerung sprach wiederum, dass Antonio wie auch er Katharina mit diesem Mann gesehen hatten, innig und vertraut. Vielleicht war er selbst für sie doch nur ein Abenteuer gewesen. Aber selbst heute, nach einem Dreivierteljahr, konnte er das immer noch nicht glauben. Hätte sie sich sonst Sorgen um ihn gemacht?

Mit einem tiefen Seufzer sah er aus dem Fenster. Die Nacht war mild und mondhell. In den Höfen und kleinen Häusern brannte noch Licht. Nürburg glich einem Nest aus Sternen, die vom wolkenlosen Himmel gefallen waren – eine kleine Welt, die mit sich in Harmonie war. Wie sehr sehnte er sich nach einer solchen Harmonie in seinem Leben! Doch dafür musste er handeln.

Am Samstagmorgen rief Luciano Christiane in München an und teilte ihr mit, dass er in dieser Lebensphase für eine Beziehung mit ihr nicht offen sei. Es tat ihm weh, wie sie ihre Verletzung hinter leichten Worten zu verbergen suchte. Aber war eine schmerzliche Wahrheit nicht besser als eine Lüge?

Da auch ihm eine solch schmerzliche Wahrheit lieber war als die ständige Ungewissheit, nahm er sich vor, am nächsten Tag nach Rebenach zu fahren. Selbst wenn Katharina inzwischen verheiratet sein sollte, musste sie wenigstens erfahren, dass er sie niemals betrogen oder belogen hatte. Er wollte in ihrer Erinnerung nicht dastehen wie ein Schuft. Das war er sich selbst schuldig.

Als Luciano am Sonntagvormittag auf dem Weg nach Rebenach war, begleitete ihn die Frühlingssonne – so wie sie auch in den vergangenen Tagen geschienen hatte. Luciano mochte die Eifellandschaft, von der er, obwohl er in dieser schönen Gegend arbeitete, viel zu wenig mitbekam. Schattige Waldstücke wechselten sich ab mit kleinen Ortschaften, Wiesen und Feldern. Die sanften Hügel am Horizont luden zum Träumen ein. Ruhe und Frieden lagen über dem Land.

Als er an die Ahr kam, tauchte er ein in den sonntäglichen Ausflugsverkehr. Motorräder und Autos belebten die schmale Straße, die sich durchs Ahrtal schlängelte, und in den Weinbergen zu beiden Seiten des Flusses waren Wandergruppen unterwegs. Wie schon beim ersten Mal, als er vor knapp einem Jahr mit Katharina hier entlanggefahren war, gefielen ihm auch jetzt wieder die idyllischen kleinen Weindörfer mit ihren Kirchlein und den Straußenwirtschaften. Schließlich passierte er das Ortsschild *Rebenach*. Er erinnerte sich noch daran, dass er Katharina einmal nach Hause gebracht hatte. Das war nach dem Einsturz der Kelterei gewesen. Da Rebenach nur ein kleiner Ort war, fand er den Weg zum Weingut auf Anhieb wieder. Als er vor dem offen stehenden Tor stand, über dem das Familienwappen der Hammes' hing, beschlich ihn zum ersten Mal, seit er aus Nürburg weggefahren war, ein mulmiges

Gefühl. Es war kurz vor halb zwölf. Der sonntägliche Kirchgang war beendet, der Braten stand noch nicht auf den Tischen. Würde jetzt der richtige Zeitpunkt sein, um eine Familie zu stören? Gab es in seiner Angelegenheit überhaupt so etwas wie einen richtigen Zeitpunkt?

Mit laufendem Motor warf er einen Blick in den Innenhof. Beim Anblick des weißen VW-Käfer begann sein Herz schneller zu schlagen. Katharina war zu Hause. Das war schon einmal ein gutes Omen.

Langsam ließ er seinen Wagen ein paar Meter weiterrollen und hielt dann in der Gasse am Bürgersteig an. Er wollte nicht direkt vor dem Eingang zum Weingut parken. Oder wollte er nur Zeit gewinnen? Schließlich atmete er ein paarmal tief durch, um seinen Herzschlag zu beruhigen. Dann stieg er aus. Mit festen Schritten ging er die wenigen Meter zum Weingut zurück und betrat den gepflasterten Hof, der mit der alten Linde, dem wilden Wein am Gemäuer und den roten Geranien auf den Fensterbänken ein idyllisches Bild bot. Das u-förmige Steingebäude lag still und friedlich vor ihm. Links davon, etwas versetzt, entdeckte er die ehemalige Scheune, in der jetzt die Kelterei untergebracht sein musste. Das neue Dach glänzte in der Mittagssonne.

Langsam ging er über das Basaltpflaster auf die geschnitzte Haustür zu, neben der eine große Türglocke hing. Rechts davon stand auf einem weißen Schild in grüner Schrift *Weinverkauf*. Zwei, drei Sekunden zögerte er noch. Dann drückte er die Klingel. Der schrille Ton ließ ihn unwillkürlich zusammenzucken. Er hielt den Atem an. Würde Katharina öffnen? Wie würde sie sich verhalten? Und was wäre, wenn ihr Ehemann gleich in der Tür stand?

Geräuschvoll sog er die warme Luft, in der der Duft von Holunderblüten und Heckenrosen hing, tief in sich ein. Im

Haus wurden Schritte laut. Hohe Absätze. Das hörte sich nicht nach Katharina an – es sei denn, sie hätte sich sehr verändert. Dann drehte sich ein Schlüssel im Schloss, und die Tür öffnete sich.

Im Rahmen stand eine blonde vollschlanke Frau um die fünfzig. Für den Bruchteil einer Sekunde sah er ihre großen grünblauen Augen keck aufblitzen. Er hatte gelernt, dieses Zeichen zu deuten: Er gefiel ihr. Obwohl die Frau nur wenig Ähnlichkeit mit Katharina hatte, war er sich sicher, dass sie ihre Mutter war.

»Guten Tag«, begrüßte sie ihn fröhlich. »Was kann ich denn für Sie tun? Möchten Sie Wein kaufen?«

Er verbeugte sich leicht. »Guten Tag. Nein, das möchte ich nicht. Darf ich mich vorstellen? Mein Name ist Luciano Pasini, und ich möchte gerne Katharina sprechen. Sind Sie Frau Hammes?«

Kaum hatte er zu Ende gesprochen, sah er, wie ihr die Gesichtszüge entglitten. Automatisch nickte sie, ihre Augen weiteten sich ungläubig. Betroffenheit machte sich auf ihren Zügen breit, ihre manikürte Hand griff an ihren Hals, um den eine Perlenkette lag. Unter ihrer leichten Bräune, die verriet, dass sie sich viel an der frischen Luft aufhielt, wurde sie zusehends bleich.

Auch er hielt betroffen inne. Mit Entsetzen hatte er nicht gerechnet. Immer noch starrte die Frau ihn an, als wäre er ein Ungeheuer.

»Verzeihen Sie bitte, ich wollte Sie nicht erschrecken oder gar unangenehm sein«, entschuldigte er sich. »Aber ich muss dringend Ihre Tochter sprechen. Auch wenn es nur kurz sein kann – hier zwischen Tür und Angel. Bitte …«

Er bemerkte, wie Katharinas Mutter schluckte. Dann rang sie sichtlich um Fassung und straffte sich. »Katharina ist nicht zu Hause«, erwiderte sie mit belegter Stimme und ohne jedes Lächeln.

»Aber ihr …« Er blickte zu dem Käfer hinüber und sah Frau Hammes wieder an.

»Sie ist mit dem Lieferwagen unterwegs«, erklärte sie ihm eisig.

Da sie jetzt wusste, wer er war, stand sie ihm sichtlich feindselig gegenüber. Wahrscheinlich kannte auch sie die Gerüchte um ihn, die seine Tante auf Geheiß seiner Mutter in die Welt gesetzt hatte.

»Sagen Sie mir denn wenigstens, ob Katharina inzwischen verheiratet ist?«, drängte sich die Bitte über seine Lippen, bevor ihm die Tür vor der Nase zugeschlagen werden konnte.

Da hob Martha Hammes ihr Kinn, wie es auch Katharina manchmal getan hatte. »Sie meinen, so verheiratet, wie Sie es sind?«

Er drückte den Rücken durch und hielt ihren Blick fest. »Ich bin weder verheiratet, noch bin ich Vater eines Kindes. Und ich bin nur hier, um das bei Katharina richtigzustellen – auch wenn es sie heute vielleicht nicht mehr interessieren mag. Aber ich will in ihrer Erinnerung nicht weiterhin als Schuft dastehen. Übrigens arbeite ich seit eineinhalb Monaten in der namhaften Autowerkstatt Franz Silberstein am Nürburgring. Auch das soll sie wissen – falls sie sich für einen italienischen Gastarbeiter geschämt haben sollte.«

All diese Sätze waren ihm – ganz entgegen seiner besonnenen Art – wie von selbst über die Lippen gekommen – vielleicht aus Angst, Frau Hammes würde einfach die Tür zuwerfen. Dann verbeugte er sich noch einmal kurz mit den Worten: »Ich wäre Ihnen wirklich sehr dankbar, wenn Sie Katharina das ausrichten würden. Auf Wiedersehen.« Er drehte sich um und ging mit langen Schritten über den

Innenhof und durch das Tor in die Gasse zurück, wo sein Auto stand.

Als er die Wagentür aufschließen wollte, zitterten seine Hände so sehr, dass der Schlüssel das Loch nicht fand. Da hörte er eine Frauenstimme rufen: »Warten Sie …«

Katharina

An diesem Sonntagmorgen war Katharina zur Jagdhütte gefahren, um ein paar persönliche Sachen herauszuholen. Bettzeug, Porzellan, Töpfe. Da ihr Käfer wenig Laderaum besaß, hatte sie den Lieferwagen genommen. Seit der Frühling in der Eifel Einzug gehalten hatte, war sie öfter am Wochenende hierhingefahren, hatte unter dem Vordach der Veranda gesessen und innere Einkehr gehalten. Dabei war sie sich immer sicherer geworden, die Pacht nicht zu verlängern. Sogar einen Interessenten hatte sie schon gefunden, der das Stückchen Land von der Oberen Jagdbehörde pachten und ihr den Materialwert der Hütte bezahlen wollte. Der junge Mann war Maler und wollte sich in der Zurückgezogenheit der Natur seiner Kunst widmen.

In all den Stunden, die Katharina auf der Veranda der Hütte allein verbracht hatte, war ihr klar geworden, dass sie den Gang der Zeit durch den Erhalt ihres Paradieses nicht aufhalten konnte. Die Erinnerung an die Sonnentage mit Luciano tat ihr zwar immer noch weh, aber sie merkte auch, wie die Wochen und Monate nicht nur die Erinnerung verblassen ließen, sondern auch die Wunden heilten, die Luciano ihr durch seinen Betrug geschlagen hatte. Und während sie jetzt die Birken betrachtete – die weißen zarten Stämme, das lichte Geäst, die zartgrünen Blätter in der Sonne –, bekräftigte sie sich noch einmal in ihrem Entschluss, sich von diesem Paradies aus vergangenen Zeiten endgültig zu trennen. In der kommenden Woche hatte sie einen Besichtigungstermin mit dem Maler verabredet, der sich alles ansehen wollte.

Mit einem tiefen Seufzer stand sie auf und ging die Verandastufen hinunter zur Wiese. Klee, Wiesenschaumkraut, Glockenblumen und Löwenzahn setzten Farbtupfer in das frische Gras. Insekten summten über den bunten Blütenköpfen, Vögel zwitscherten in den Baumwipfeln, ansonsten war es still um sie herum. Während sie die berauschend klare Luft einatmete, blickte sie hoch in die überwältigende Unendlichkeit des Himmels. All das hatte sie einmal, in einem anderen Leben, mit Luciano zusammen genossen. Und wieder suchte ihre Rechte die Kette, die sie immer noch trug, und hielt sie fest – so als könne sie durch das dünne goldene Band die vergangene Zeit wenigstens noch für ein paar Augenblicke festhalten. Aber das Leben ging weiter – ganz gleich, was passierte. Es schuf immer wieder neue Erinnerungen, schöne wie schlechte, die die alten in den Hintergrund drängten.

Katharina hob den Kopf. In ihre Gedanken hinein stahl sich Motorengeräusch, das immer lauter wurde. Der Jagdpächter, der nach dem Kirchgang in seinem Revier auf Pirschfahrt war? Oder etwa der junge Maler, der ihre Verabredung zur Besichtigung nicht abwarten konnte?

Der Wagen kam jetzt durch den Birkenwald auf die Lichtung zugefahren. Das Kennzeichen stammte aus dem Kreis. Der grüne DKW hielt an. Da die Sonne sie blendete, konnte Katharina nicht erkennen, wer hinter dem Steuer saß. Abwartend blieb sie auf der Wiese stehen. Dann öffnete sich die Fahrertür, und ein Mann stieg aus. Dieser Mann sah aus wie Luciano.

Katharina legte die Hand über die Augen, blinzelte gegen die Sonne. Halluzinierte sie gerade? Spielte ihre Fantasie ihr einen Streich? Dort hinten, neben dem Auto, stand Luciano

Pasini und blickte zu ihr herüber. Das war unmöglich! Sie griff sich an die Stirn, schloss die Augen, öffnete sie wieder – doch das Bild veränderte sich nur insofern, dass dieser Mann, der Luciano so verblüffend ähnlich sah, jetzt auf sie zukam. Er hatte den gleichen geschmeidigen Gang, war genauso groß und hatte das gleiche Lächeln, wie Luciano es gehabt hatte. Jetzt blieb er stehen, etwa zwei Schritte vor ihr. Unwillkürlich wich sie zurück.

»Katharina …«, hörte sie da den Mann mit Lucianos Stimme, dieser rauen, tiefen Stimme, sagen, deren sinnlicher Akzent ihr jedes Mal eine Gänsehaut beschert hatte. »Deine Mutter hat mir gesagt, dass du hier bist.«

Es dauerte eine gefühlte Ewigkeit, bis Lucianos Worte in Katharinas Verstand gedrungen waren. Luciano stand leibhaftig vor ihr – und war vorher bei ihrer Mutter gewesen.

»Wie …« Sie schluckte. »Was machst du denn hier?«, brachte sie schließlich hervor, wobei ihr ihre Stimme wie ein Krächzen vorkam.

»Ich muss mit dir reden«, erwiderte er ernst. Dabei ließ sein Blick sie nicht los. Es war kein zärtlicher, weicher Blick, sondern ein prüfender. Luciano zeigte auf die Bank unter der Veranda. »Können wir uns setzen?«

Wie hypnotisiert nickte sie und ging vor ihm her zu der kleinen Sitzgruppe, an der sie so manches Mal seine köstlichen italienischen Gerichte gegessen hatten. Und jetzt waren sie wieder gemeinsam hier? Wie hatte ihre Mutter gesagt? *Was du liebst, lass frei. Kommt es zurück, gehört es dir – für immer.* Sollte Konfuzius tatsächlich recht gehabt haben?

Katharina begann zu zittern, als sie Luciano an dem grob gezimmerten Tisch gegenübersaß. Sie konnte ihn nur ansehen, war unfähig, etwas zu sagen.

»Bist du verheiratet?« Luciano hielt ihren Blick fest.

Ihre erste Reaktion war ein kurzes Auflachen. »Das fragst *du mich*?«, gab sie ungläubig zurück.

Und dann war der Bann, mit dem Lucianos völlig unerwartetes Erscheinen sie belegt hatte, gebrochen, und sie fand zu ihrer Geistesgegenwart zurück. »Wie geht es denn deiner Frau und deinem Kind?«, fragte sie voller Sarkasmus. »Wie alt ist denn der oder die Kleine jetzt?«

Sie bemerkte, wie sich Lucianos Miene verfinsterte. Ihre Worte, ihr Tonfall, schienen ihm zu missfallen. Woher nahm dieser Mann überhaupt das Recht, jetzt wütend zu werden? Sie schnappte nach Luft.

Endlich spürte auch sie Wut in sich aufsteigen, die sich steigerte, als Luciano in kaltem Ton sagte: »Nun gut, selbst wenn du verheiratet bist, ist es mir wichtig, dass du weißt, dass alles ein Missverständnis war. Oder, anders ausgedrückt, eine Intrige meiner Mutter …« Er schlug schnell ein Kreuz vor der Brust, bevor er mit bitterer Miene weitersprach. »Meine Mutter wollte verhindern, dass ich eine deutsche Frau heirate.« Er beugte sich über den Tisch zu ihr und fuhr fort: »Ich habe dich niemals belogen noch betrogen, und ich habe es ernst mit dir gemeint. Ich bin nur hier, um dir das zu sagen, weil ich diese Wahrheit erst vor ein paar Tagen herausgefunden habe und nicht will – ganz unabhängig davon, wie du dich mir gegenüber verhalten hast –, dass ich dir für immer als Schuft in Erinnerung bleibe.« Abrupt stand er auf, trat um den Tisch herum und sah auf sie hinunter. »Übrigens war ich vor Weihnachten schon einmal hier in der Gegend und habe dich mit einem blonden Mann in einer vertrauten Situation gesehen. Genauso wie auch mein Vetter Antonio aus Bonn dich im August vergangenen Jahres gesehen hat. Ich wollte einfach nicht glauben, dass ich für dich nur ein Abenteuer gewesen sein soll. Aber es war offensichtlich. Solltest du tatsächlich mit einem anderen Mann glücklich sein, gönne ich dir das von Herzen.«

Katharina war zumute, als wäre sie gerade von einer Achterbahn gestiegen. Ihr war schwindelig. Das Blut pochte ihr so laut in den Schläfen, dass sie keinerlei andere Geräusche mehr wahrnahm. Lucianos Worte kreisten durch ihren Kopf, ohne dass sie sie hätte festhalten können, um deren Sinn zu erfassen. Während sie zu ihm hochsah, griff sie sich mit beiden Händen an den Kopf. »Ich kann nicht mehr«, flüsterte sie.

Da glitt der Ausdruck von Besorgnis über sein Gesicht. Er trat einen Schritt von ihr zurück. »Bitte verzeih, dass ich dich so überfallen habe. Das wird mir erst jetzt klar, und es wird nicht wieder passieren.« Er schluckte, senkte den Kopf und seufzte. Dann sah er sie wieder an. »Ich mache dir einen Vorschlag. Falls auch du noch einmal mit mir reden möchtest, kannst du mich am Nürburgring finden. In der Kfz-Werkstatt für Renn- und Sportwagen Franz Silberstein. Dort arbeite ich seit eineinhalb Monaten. Und falls ich nichts mehr von dir höre, weißt du wenigstens, dass du die kurze Zeit deines Lebens nicht an mich verschleudert hast. Ich bin kein Schuft. Ich habe dich geliebt. Und ich liebe dich immer noch«, fügte er etwas leiser hinzu. Dann drehte er sich auf dem Absatz um und ging in langen Schritten zurück zu seinem Wagen.

Die Wut auf Luciano, die sie gerade noch gehabt hatte, war genauso schnell abgeflaut, wie sie gekommen war. Während Katharina Luciano nachsah, fühlte sie sich vollkommen handlungsunfähig. Und dabei hätte sie ihm so viel zu sagen gehabt! Aus seinem langen, hastig dahingesprochenen Monolog war ihr nur eines ganz deutlich im Ohr geblieben: Und ich liebe dich immer noch.

Jetzt hörte sie den Motor anspringen und sah, wie Luciano den DKW wendete. Dann fuhr er langsam in den Birkenwald hinein, an dessen anderem Ende die Landstraße vorbeiging. Da sprang sie von der Bank auf, lief die Stufen hinunter und rannte dem Wagen hinterher. »Luciano!«, schrie sie aus Leibeskräften.

Doch Luciano hörte sie nicht. Zu weit war der Abstand zwischen ihr und dem Auto.

»Luciano!«, schrie sie noch einmal und wedelte mit beiden Armen durch die Luft. Da gingen die Bremslichter an. Das Auto hielt an. Die Fahrertür öffnete sich, und Luciano stieg aus. Völlig atemlos und mit zerzausten Locken blieb sie vor ihm stehen. Sie sahen sich an. In diesem Augenblick hörten die Vögel auf zu singen, die Insekten hörten auf zu brummen, der Wind strich nicht mehr durchs Geäst der Birken. Plötzlich war es ganz still um sie herum. Die Welt hielt inne, um sich das Wunder anzusehen, das gerade geschah.

»Luciano ...«, begann Katharina leise, »ich liebe dich auch immer noch. Und auch ich habe mich bis heute an mein Versprechen in der Fatimakapelle gehalten und auf dich gewartet ...« Sie verstummte. Was sollte sie noch sagen? Es gab keine Worte, die dem Glück, das sie durchflutete, während sie in Lucianos dunklen Augen seine Liebe zu ihr erkannte, einen angemessenen Ausdruck hätten verleihen können. Über alles andere würden sie später noch reden können. Jetzt ging es nur darum, dass sie sich noch liebten, dass sie sich wiedergefunden hatten.

Gleichzeitig streckten sie die Arme aus und hielten einander so fest, als hätte jeder von ihnen Angst, der andere könnte ihm gleich wieder entgleiten. Katharina hätte nicht sagen können, wie lange sie so gestanden hatten, als Luciano sich ein Stück von ihr löste.

»Du bist da ...«, sagte er leise, andächtig und voller Glück. Er streichelte ihr übers Haar, fasste sie an den Schultern, seine

Hände umschlossen ihr Gesicht, während sein Blick es liebkoste. Katharina hatte plötzlich das Gefühl, als würde sich eine Fessel lösen, die ihr seit ihrer Trennung die Luft abgeschnürt hatte. Zum ersten Mal fühlte sie sich so frei und leicht wie das Vogelpärchen, das über ihnen schwerelos am wolkenlosen Himmel schwebte. Sie lächelte Luciano an, verlor sich in der Wärme seiner dunklen Augen, die bis tief in ihr Inneres drang.

»Küss mich bitte«, sagte sie mit erstickter Stimme. »Ich muss spüren, dass du wirklich da bist.«

Da strich er ihr zart mit dem Finger über die Wange, wischte die Träne fort, die sich aus ihrem Augenwinkel stahl, und küsste sie dann auf die Lippen. Alles war wieder so vertraut, wie es einst zwischen ihnen gewesen war – der Geschmack seiner Lippen, der Duft seiner Haut nach Sandelholz und Zitrone, seine Arme, die sie hielten, das Gefühl von tiefer Verbundenheit und Geborgenheit.

An diesem Sonntag trennten sie sich nicht mehr. Nachdem sie nicht müde geworden waren, sich ihrer Liebe zu versichern und einander zu liebkosen und zu betrachten, saßen sie auf der Veranda, tranken Weißwein, der noch an Bord des Lieferwagens gewesen war, und lauschten eng umschlungen in die Stille der Nacht. Über ihnen spannte sich ein samtschwarzer Himmel, gesprenkelt mit unzähligen Sternen. Träumerisch blickten sie hoch zum Firmament. Es war eine perfekte Nacht, eine Nacht, wie für die Liebe geschaffen. Als dann auch noch eine Sternschnuppe in weitem Bogen über den Himmel fiel, hielten sie unwillkürlich den Atem an. Sie schauten einander an und lächelten. Sie wussten, was das bedeutete: Sie hatten einen Wunsch frei. Und natürlich wünschten sie sich das Gleiche – Liebe für ein ganzes Leben.

Nachwort

Unter der Adenauerregierung vereinbarte die Bundesrepublik Deutschland am 20. Dezember 1955 mit dem italienischen Außenminister Gaetano Martino ein Abkommen über die Vermittlung von hundert- bis zweihunderttausend italienischen Arbeitern nach Deutschland. Damit sollten die italienische Wirtschaft und der übervölkerte, wirtschaftsschwache Süden des Landes entlastet sowie in Deutschland der Arbeitskräftemangel nach dem Zweiten Weltkrieg behoben werden.

Die italienischen Gastarbeiter halfen, das deutsche Wirtschaftswunder wahr werden zu lassen. Viele kehrten nach ein paar Jahren in ihre Heimat zurück, um sich dort eine bessere Existenz aufzubauen. Viele blieben für immer.